FRANCES WHITING

Über den Wolken scheint immer die Sonne

Buch

Als Lulu eines Tages die Augen aufschlägt, liegt sie neben ihm, er ist wunderschön, und sie kennt jede einzelne Stelle seines Körpers – Joshua. Und es ist sein Hochzeitstag, jedoch hat er nicht Lulu sein Jawort gegeben, sondern ihrer besten Freundin Annabelle, die prompt lautstark an die Tür des Hotelzimmers klopft ...

Früher konnte die beiden Frauen nichts trennen, sie teilten einfach alles: ihre Pläne, ihre Geheimnisse und ihre Träume – bis eine einzige Sache ihre Freundschaft entzweite und Lulus Welt auseinanderbrechen ließ. Genau wie ihren Glauben an die große Liebe. Und selbst als Lulu von zu Hause auszieht, wird sie von dieser bitteren Enttäuschung begleitet. Erwachsenwerden war schließlich noch nie leicht ... Doch auch wenn das Leben für Lulu noch weitere herbe Rückschläge bereithält, gibt es Dinge, auf die es wirklich ankommt: Familie, Freundschaft und die unbezahlbaren Momente des Glücks!

Autorin

Frances Whiting ist Queenslands (Australien) berühmteste Kolumnistin. Seit über einem Jahrzehnt fesselt sie mit ihrer wöchentlichen Kolumne in der *Sunday Mail* mit den Höhen, den Tiefen und anderen Absurditäten des Lebens ihre Leser. Sie ist verheiratet und hat zwei Kinder, und wenn sie Zeit hat, spielt Whiting Gitarre (mehr schlecht als recht) und surft (mindestens genauso schlecht). *Über den Wolken scheint immer die Sonne* ist ihr erster Roman.

Frances Whiting

Über den Wolken scheint immer die Sonne

Roman

Deutsch von Ulrike Köbele

blanvalet

Die Originalausgabe erschien 2013 unter dem Titel
»Walking on Trampolines«
bei Pan Macmillan, Sydney.

MIX
Papier aus verantwortungsvollen Quellen
FSC® C014496
FSC
www.fsc.org

Verlagsgruppe Random House FSC® N001967
Das FSC®-zertifizierte Papier *Holmen Book Cream*
für dieses Buch liefert Holmen Paper, Hallstavik, Schweden.

1. Auflage
Deutsche Erstveröffentlichung August 2015 bei Blanvalet,
einem Unternehmen der
Verlagsgruppe Random House GmbH, München

Umschlaggestaltung: © Johannes Wiebel | punchdesign,
unter Verwendung von Motiven von Shutterstock.com
Redaktion: Sabine Franz
ue · Herstellung: sam
Satz: Buch-Werkstatt GmbH, Bad Aibling
Druck und Einband: GGP Media GmbH, Pößneck
Printed in Germany
ISBN: 978-3-7341-0132-8

Für John, Max und Tallulah

Prolog

Seine Haut.

Meine Finger könnten den Weg nachspüren, den sie bereits zurückgelegt hat.

Die kommaförmige Narbe am linken Knie – Fahrradunfall, ›Red Demon‹-Rennen, 1974; die Naht über der rechten Augenbraue – Schnittwunde, Cabarita, 1982; die verblichenen Überreste eines selbst gemachten Tattoos in dunkelblauer Tinte am linken Handgelenk – Highschool, mein Name.

Ich kenne seine Haut: Ich weiß, wie sie sich anfühlt, ich weiß, wie sie riecht. Ich kenne jeden Zentimeter an ihm.

Joshua Keaton.

Er rollt sich zu mir herum. Wir liegen in einem Ozean von einem Bett im Hotel du Laurent, ruhelos und verschwitzt unter den kühlen Laken.

Kleine Wellen von Übelkeit rauschen durch meinen Magen, und meine pochenden Schläfen jagen bohrende Schmerzen durch meinen Kopf – mir ist bewusst, dass dies die Vorzeichen eines Katers sind, der, wie Simone sagen würde, einen Büffel umhauen könnte.

Ich lasse mich aus dem Bett gleiten und gehe ins Badezimmer, wo ich aus Waschbäraugen in den Spiegel starre und über die Frau nachgrüble, die das hier angestellt hat.

Etwas Kleines, Rosafarbenes, Rundes hat sich in meinen Haaren verfangen.

Konfetti.

Noch von gestern, als wir auf dem Kopfsteinpflaster vor der Kirche standen, umgeben von Frauen mit Hüten und Kindern, die zwischen nadelstreifenbehosten Beinen hervorlugten.

Bevor wir hineingingen, legte mein Vater seine Hand an meine Wange. »Es wird alles gut, das verspreche ich dir, Lulu«, sagte er – und er sollte recht behalten.

Als ich die Kirche betrat, drehte Josh sich um und blickte mir entgegen. In diesem Moment geriet alles andere in den Hintergrund – die Kerzen mit Sandelholzduft, die kleinen rosafarbenen Rosensträußchen, die an den Bänken befestigt waren –, und ich befand mich wieder in Snows Eckladen, wo Josh und ich einander mit dümmlichem Grinsen in unseren sechzehnjährigen Gesichtern anstarrten, unfähig, etwas zu sagen.

Mit der Kraft dieses Blickes schritt ich den Gang entlang auf Josh zu, fest entschlossen, von heute an nur noch an das zu denken, was vor uns lag, und nicht wieder die alten Geschichten hervorzukramen, die wir längst hinter uns gelassen hatten – koste es, was es wolle.

Ich schlüpfe zurück ins Bett. Josh rückt an mich heran und legt seinen Kopf auf meine Brust, wo er sich mit jedem meiner Atemzüge hebt und senkt. Meine Finger vergraben sich in seinen dunklen Locken, während er im Halbdunkel die Arme nach mir ausstreckt und verschlafen die Augen öffnet – und sie gleich darauf entsetzt aufreißt.

»Lulu«, ächzt er. »Was machst du denn hier?«

Er schießt kerzengerade in die Höhe, und aus seinem Mund ergießt sich ein wahrer Sturzbach an Schimpfwörtern, der auf uns herabregnet wie gestern das Konfetti.

Denn ich bin vielleicht neben Joshua Keaton und seiner ach-so-vertrauten Haut in den zerwühlten Laken einer Hochzeitsnacht aufgewacht – aber ich bin nicht die Braut.

Teil 1

1

Wenn man in Panik gerät, gibt es diesen einen Augenblick, in dem die Zeit stillsteht und in der Luft hängt wie Lampions über einer Straße. In diesem einen Moment kann man sich einreden, dass alles in Ordnung kommt, wenn man einfach nur die Ruhe bewahrt.

Es klopfte an der Tür, zunächst beinahe höflich: ein kurzes, entschiedenes Pochen, das an einen einzelnen Huster erinnerte. Gleich darauf folgte eine Reihe sehr viel lauterer Schläge von Fäusten, die gegen das Holz trommelten.

Ich schnappte mir Josh, der wie ein aufgescheuchtes Huhn durchs Zimmer hastete und dabei fortwährend über das Laken stolperte, das er sich vor den Körper hielt, als könne er auf diese Weise irgendwie verbergen, was er getan hatte – was wir getan hatten –, und zog ihn mit mir ins Badezimmer.

»Josh«, sagte ich, packte ihn bei den Schultern und versuchte, ihn so lange ruhig zu halten, dass ich ihm in die Augen sehen konnte. »Wir müssen Ruhe bewahren. Ich bin mir ziemlich sicher, dass das da draußen Annabelle ist. Wir sollten uns also dringend eine Erklärung einfallen lassen, warum du hier bist, bevor sie reinkommt und uns beide kaltmacht.«

Josh riss die Augen auf, als ihm das volle Ausmaß dieser Situation bewusst wurde.

Aber es war zu spät – wir hörten, wie die Zimmertür aufging und Zyklon Annabelle hereinstürmte.

Ich lugte aus dem Badezimmer, nur um festzustellen, dass sie mitten im Zimmer stand, neben ihr ein verängstigt dreinblickender Hotelmanager, der einen Bund Generalschlüssel umklammerte. So leise ich konnte, schloss ich die Tür wieder.

»Joshua«, drang Annabelles Stimme durch den Raum. Sie troff nur so vor frostiger Höflichkeit. »Komm auf der Stelle aus diesem Badezimmer. Und Tallulah, würdest du bitte auch rauskommen?«

Dass sie »bitte« sagte, gab mir den Rest.

Ich kannte Annabelle Andrews, seit sie zwölf Jahre alt war; ich hatte sie schon wütend gesehen, ich hatte gehört, wie sie fauchte und zischte und wie eine Harpyie kreischte, wenn etwas nicht nach ihrem Willen lief, ich hatte sie weinen gesehen, war Zeugin geworden, wie sie in einem Nachtklub einen Mann niederschlug, der sie beleidigt hatte, und wusste, dass sie bereits diverse Männer in schluchzende Häuflein Elend verwandelt hatte. Was ich jedoch noch nie zuvor erlebt hatte, war eine höfliche Annabelle.

Zutiefst verängstigt schob ich Josh zu ihr ins Zimmer hinaus und verriegelte hinter ihm die Tür.

Nach nur wenigen Sekunden, in denen einige gedämpfte Schreie zu vernehmen waren, gefolgt von einem lauten Knall, den ich für das Zuschlagen der Tür hielt, wurde es still.

Ich legte mich auf den Fliesenboden, ließ mich von seiner Kühle umfangen, und während im Hintergrund die Klimaanlage des Hotels leise vor sich hinsummte, schloss ich die Augen und dachte zurück.

An alles.

Ich war zwölf, als Annabelle Andrews in mein Leben, oder besser: den Unterrichtsraum der siebten Klasse stolzierte, schnurstracks an Schwester Scholastika vorbei, die gerade versuchte, ihre übliche Vorstellungsrede zu halten.

»Also gut, Mädchen, bitte begrüßt das neueste Mitglied unserer Familie hier an der St. Rita. Annabelle Andrews ist aus Sydney in unser zauberhaftes Juniper Bay gezogen, wo sie … Annabelle, wir haben noch gar keinen Platz für dich ausgesucht.«

»Schon okay, Schwester«, erwiderte Annabelle. »Ich setze mich einfach hierhin.«

Nicht: »Darf ich mich hierhinsetzen?« Nicht: »Sitzt hier schon jemand?« Sondern: »Ich setze mich einfach hierhin.«

Mit einem breiten Grinsen ließ Annabelle Andrews ihre Bücher auf den Tisch neben mir plumpsen, setzte sich und nahm mich sofort in Beschlag.

»Wie heißt du?«, flüsterte sie, während Schwester Scholastika aufgeregt um uns herumflatterte. Die Abweichung von der üblichen Vorgehensweise hatte sie ganz offensichtlich aus der Fassung gebracht.

»Tallulah«, flüsterte ich zurück.

»Tallulah und weiter?«

»De Longland«, antwortete ich. »Aber niemand nennt mich Tallulah. Ich heiße bei allen bloß Lulu.«

»Tallulah de Longland«, wiederholte sie langsam. Meinen Einwurf ignorierte sie und ließ sich stattdessen sämtliche L in meinem Namen auf der Zunge zergehen, bevor sie ihr Urteil sprach.

»Das«, verkündete sie, »ist ein wirklich glamtastischer Name.«

Annabelle liebte es, Teile verschiedener Wörter miteinander zu verschmelzen und sich aus diesen Neuschöpfungen eine eigene Sprache zu basteln. Mit der Zeit gewährte sie mir Zugang zu dieser Sprache, und wenn ich ein Wort beisteuerte, das ihr besonders gefiel, rief sie mit einem aufgesetzten französischen Akzent: »Tallulah, das ist phänomenant!«

Annabelles Sprache entwickelte sich schnell zu einer Möglichkeit, uns zu unterhalten, die gleichzeitig alle anderen ausschloss – was Annabelle nur recht war.

»Im Ernst«, hielt sie mir jedes Mal vor, wenn sie mich wieder von Stella Kelly und Simone Wilson fortzog, die bis zu ihrer Ankunft meine besten Freundinnen gewesen waren, »warum sollten wir uns mit Leuten abgeben, die – seien wir ehrlich, Tallulah – so gewöhnweilig sind?«

Am Ende dieses Morgens, an dem Annabelle ihren Standpunkt – oder besser: Sitzpunkt – verteidigt hatte, indem sie sich rundheraus geweigert hatte, sich vom Fleck zu rühren, war die Sache mit uns geritzt.

Von diesem Tag an hat sie mich kein einziges Mal Lulu genannt; für sie war ich immer Tallulah, und wir beide waren fortan die besten Freundinnen, komme, was da wolle.

Gott, ich habe sie geliebt: ihren bissigen Humor, ihre wilde Unbefangenheit.

Sie war einfach umwerfend.

Manchmal frage ich mich, ob Annabelle mich bloß wegen meines Namens auserwählt hat. Unter all den nylonuniformen Tracey Stewarts und Lorraine O'Neills war Tallulah de Longland wohl das Glamtastischste, was es an der St. Rita Schule für Junge Damen – oder wie Annabelle sie nannte: St. Rita Schule für Junge Lesben – zu entdecken gab.

Doch aus Gründen, die sich mir nie so ganz erschlossen haben, hat sie mich auserkoren. Und so kam es, dass ich seit dem Moment, als ich Annabelle zum ersten Mal zu Hause besuchte, immer fürchtete, dass mir dessen großartiges Durcheinander eines Tages wieder genommen werden könnte: angefangen bei den dramatischen Deklamationen ihrer Mutter Annie bis hin zu ihrem Vater Frank, der gedankenverloren durchs Haus geisterte.

Ich hatte Angst, dass Annabelle mich irgendwann durchschauen würde; dass sie ihre grünen Katzenaugen öffnen und erkennen würde, dass ich dort gar nicht hingehörte.

Eines Morgens würde sie aufwachen, mich als Eindringling entlarven und mich daraufhin zu den Traceys und Lorraines zurückstoßen, zu denen ich in Wahrheit gehörte. »O mein Gott, Tallulah«, rief sie in meiner Vorstellung, »mir war nicht klar, dass du so mittelwürdig bist!«

Aber das geschah nie, und nachdem wir eine ganze Weile tagtäglich zusammen nach Hause gegangen waren, wobei wir uns jedes Mal aufs Neue stritten, bei wem wir diesmal den Nachmittag verbringen würden, rechnete ich irgendwann auch nicht mehr damit.

Bis heute kann ich nicht an Annabelle denken, ohne dass mir dabei gleich ihr Haus einfällt – im ganzen Ort war es als »das Haus am Fluss« bekannt. Vor dem Tor standen zwei Wasserspeier Spalier, das Dach verschwand nach und nach unter einem Mantel aus weitverzweigten Ästen, und der Garten erstreckte sich bis hinunter zum Fluss.

»Ich lebe in einem Dschungel«, seufzte Annabelle jedes Mal dramatisch, wenn wir zum Eingangstor kamen. Damit hatte sie nicht ganz unrecht, allerdings ließ sie dabei die Tatsache außer Acht, dass sich in diesem Dschungel ein wunderschönes, wenn auch zunehmend verfallendes Haus verbarg, hinter dessen wabengemusterten Wänden irgendwo auch Annabelles Eltern Frank und Annie steckten.

Natürlich wussten alle, wer sie waren. Die Ankunft der Andrews' in unserem kleinen Küstenstädtchen hatte in etwa den gleichen Effekt, als hätte jemand einen Schwarm Pfauen in unseren Vorgärten losgelassen. Beide waren berühmte Künstler »aus Sydney«, wie alle immer betonten, als handle es sich dabei um ein fremdes Land. Wobei das unter den gegebenen Umständen vielleicht sogar irgendwie zutreffend war.

Ich betrat das Haus am Fluss zum ersten Mal an einem Freitagnachmittag nach der Schule. Meine Erinnerung an diesen Tag ist so lebendig, als würde ich mir eine DVD, die ich schon hundertmal gesehen habe, zum hundertersten Mal angucken. Der Film beginnt mit Frank, der mir mit einer überschwänglichen Geste die Tür öffnete: »Du musst Tallulah sein«, sagte er. »Komm rein, komm rein. Ich habe euch Kokos-Schokokuchen gebacken! Was hältst du davon?«

Was ich davon hielt?

Ich hielt Frank Andrews für den wunderbarsten Mann, dem ich je begegnet war. Er war auf eine Art gut aussehend, die an die Hollywoodstars vergangener Jahrzehnte erinnerte; wie bei allen Männern der Familie Andrews war sein Gesicht eine abgewetzte Landkarte aus tiefen Tälern und scharfen Vorsprüngen, von seinen Wangenknochen fielen sich überschneidende Risse und Falten ab wie von einer Klippe.

Er war walnussbraun gebrannt, groß und schlank. Seine sehnigen Arme und Beine ragten immer aus einem weißen Unterhemd und olivgrünen Shorts hervor, die wie Frank selbst über und über mit Farbe bedeckt waren. »Sollte ich vor dir sterben und dich als mittellose Witwe zurücklassen, Annie«, sagte er einmal, als wir alle zusammen im Gras vor dem Haus am Fluss lagen, »gebe ich dir hiermit die Erlaubnis, mir einen Körperteil abzuschneiden und ihn als original Frank Andrews zu verkaufen.«

»Nur einen, Frank?«, erwiderte Annie.

Frank lachte und zog sich die Fischermütze, von der Annie immer behauptete, sie sei auf seinem Kopf festgewachsen, ins Gesicht.

Frank Andrews war wunderschön, und ich glaube, von dem Moment an, als er die Tür öffnete und einer unsicheren Zwölfjährigen den fürchterlichsten Kokos-Schokokuchen anbot, den sie in ihrem kurzen Leben je gegessen hatte, war ich ein bisschen in ihn verliebt.

An diesem ersten Nachmittag saßen wir zusammen am Tisch – Frank, Annabelle und ich – und aßen seinen Kuchen. Annabelle verdrehte bei jedem Bissen die Augen, während sich um seine Lippen herum kleine, diebisch vergnügte Lachfältchen bildeten.

»Was? Schmeckt es dir etwa nicht, Belle? Was meinst du, Tallulah die Liebliche?«

»Ich finde ihn sehr lecker, Mr. Andrews«, antwortete ich, woraufhin Annabelle sarkastisch schnaubte.

Frank dagegen schenkte mir sein zerknittertes Lächeln. »Wenn du magst«, sagte er, »darfst du mich Frank nennen.«

Wann immer ich in diesem Haus über ihn stolperte – so war es jedes Mal: Man lief ihm nicht über den

Weg, sondern stolperte vielmehr urplötzlich über ihn –, sagte er irgendetwas Nettes zu mir, was mir ein gutes Gefühl gab. Er nannte mich Tallulah die Liebliche oder Tallulah de Likat, worauf Annabelle erwiderte: »Wohl eher Tallulah de Ment«, und wir drei in hyänenartiges Gelächter ausbrachen.

Ich kann mich nicht erinnern, dass ich Annie an diesem ersten Tag begegnet wäre. Vermutlich bin ich das auch nicht, denn ich bin mir ziemlich sicher, dass man sein erstes Aufeinandertreffen mit Annie Andrews nicht so leicht vergisst.

Annie mit ihrem leuchtend roten Haar, dessen Gewirr sie mit Haarnadeln und Schals zu bändigen versuchte. Annie mit ihren Skarabäusbroschen und den Reihen von Armbändern, die sich um ihre Arme wanden. Annabelle sagte immer, man könnte Annie schon lange vor ihrem eigentlichen Auftritt hören – und Annies Erscheinen war jedes Mal ein Auftritt, selbst wenn sie nur vom Klo zurückkam.

Das einzig Leise an Annie war ihre Stimme, die so rau war, dass man sich manchmal zu ihr vorbeugen musste, um sie zu verstehen, und fast in ihrer Anniehaftigkeit versank.

»Die Männer lieben das, Lulu«, erklärte sie mir bei einem meiner Besuche im Haus am Fluss. Ich hatte keinen Grund, das zu bezweifeln. Selbst wenn Annie nicht ins Königshaus der australischen Kunstszene eingeheiratet hätte – ihr Hochzeitsfoto mit Frank hatte es 1964 sogar auf das Cover der *Women's Weekly* geschafft, unter der Überschrift: »Das perfekte Foto«; Annie hatte dieses Cover später für eines ihrer Bilder adaptiert, indem sie Frank einen Pfauenkopf aufgesetzt und ihren eigenen Kopf gegen einen Angelhaken ausgetauscht hatte –, hätte sie garantiert einen anderen Weg gefunden, um aufzufallen.

In Juniper Bay jedenfalls fiel sie auf wie ein bunter Hund.

»Du warst also bei den Andrews zu Hause?«, fragte mein Vater Harry an jenem ersten Tag beim Abendessen. Wie immer hatte meine Mutter Rose ein wahrhaftes Festmahl auf den Tisch gezaubert: Lammbraten, Kräuterkartoffeln, Kürbispüree, Süßkartoffelgratin, Erbsen mit Minzsoße, in Honig karamellisierte Karotten, selbst gebackene Brötchen, Butter und Bratensoße und im Anschluss Rhabarber-Streuselkuchen mit Schlagsahne. (»Ernsthaft, Tallulah, es ist mir ein Rätsel, warum du nicht absolut gigantesk bist«, pflegte Annabelle zu bemerken. »Ein echtes Wunder.«)

»Und …«

»Und was?«, hakte ich nach und verdrehte die Augen, wie es Annabelle an diesem Nachmittag mit ihrem eigenen Vater gemacht hatte.

»Und haben sie dich in Honig gewälzt und gezwungen, den Mond anzuheulen? Haben sie dich in eine Opiumhöhle gezerrt? Haben sie dir …«, Harry schnappte entsetzt nach Luft, *»Ohrlöcher gestochen?«*

Ich war das einzige Mädchen an der gesamten St. Rita mit jungfräulichen Ohrläppchen; Rose wollte es mir partout nicht erlauben, mir Ohrlöcher stechen zu lassen. Sie war der Meinung – die Wortwahl sollte sie später zutiefst bereuen –, dass Mädchen damit aussähen wie »Prostituierte vom Kings Cross«. Ausgerechnet Rose, die noch nie am Cross gewesen war, geschweige denn gesehen hatte, wie eine Prostituierte dort ihre Dienste feilbot.

»Sehr witzig, Harry«, erwiderte Rose, als sie mit einer neuen Ladung Kartoffeln hereinkam. Hinter Harrys Neckerei steckte jedoch dieselbe Sensationsgier, die überall in Juniper Bay aufflammte, seit die Andrews hier wie exotische Vögel eingefallen waren. Ihre Ankunft war das aufregendste Ereignis, seit in den Fünfzigerjahren ein Koffer voller amerikanischer Dollarnoten am Wattle Beach angespült worden war – »Mafiamoneten« hieß es bald, und schon allein der Klang der Worte sorgte allenthalben für gespannte Erregung.

Die Andrews galten gemeinhin als »Australiens Künstlerfamilie Nummer eins«. In ihrem weitverzweigten Stammbaum tummelten sich Maler, Bildhauer, Architekten, Dramatiker und Dichter. Sie waren berühmt und berüchtigt; selbst Menschen, die in ihrem ganzen Leben noch vor keinem Gemälde gestanden hatten, kannten Annabelles Familie.

Franks Vater, »Der schroffe Jack« Andrews, war einer der weltweit anerkanntesten Landschaftsarchitekten. Ihm zu Ehren gab die australische Post sogar eine Briefmarke mit seinem Konterfei heraus. Als er starb, entlockte ein Reporter Annie die viel zitierte Äußerung: »Na ja, wir können immer noch an seinem Kopf lecken.«

Franks Mutter Christa war nach wie vor quicklebendig und turnte in ihrem weiß getünchten Atelier auf wackeligen Leitern herum, von denen aus sie Farbe auf gigantische Leinwände schleuderte. Sie hatte es aus eigener Kraft zur Berühmtheit gebracht: sowohl durch ihre Kunst als auch durch ihre Geduld, mit der sie den schroffen Jack immer wieder bei sich aufnahm, wenn er mal wieder mit hochrotem Kopf und eingeklemmtem Schwanz bei ihr vor der Tür stand, nachdem er sich ein paar Tage lang aus dem Staub gemacht hatte.

Fergus, Franks älterer Bruder, war ein Dokumentarfilmer. Er reiste durch die ganze Welt, um seltene und bedrohte Tierarten, unbekannte Naturvölker und – Annie zufolge – leichtlebige Frauen aufzuspüren.

Das Verhältnis zwischen Annie und ihrem Schwager schien nicht das herzlichste zu sein. Annabelle erzählte mir mal, dass eine Bemerkung, die Annie gegenüber einem Reporter über Franks berühmten Bruder hatte fallen lassen, einen regen Schriftverkehr zwischen ihren Anwälten nach sich gezogen hatte und es sogar beinahe zu einem Gerichtsverfahren gekommen war. »Oh ja«, hatte sie gesagt, »Fergus ist wirklich fantastisch. Ich bewundere, wie er in all diese abgelegenen, unentdeckten Gegenden reist, um dort sämtliche Frauen zu schwängern.« Frank hatte Annie dazu gebracht, sich zu entschuldigen, woraufhin schnell Gras über die ganze Angelegenheit gewachsen war. Doch Annabelle zufolge hatte Fergus zum darauffolgenden Weihnachtsfest allen in der Familie Glasperlen aus Ghana geschickt – allen, außer Annie.

Annabelle konnte Fergus perfekt imitieren. Ich sehe sie immer noch vor mir, wie sie in ihrem Garten in die Hocke geht, in eine imaginäre Kamera blickt und flüstert: »Und während der Sand durch ihre dürregeplagte Heimat peitscht, gibt es für das Volk der Wahi-Wahi nur noch eine Frage: Wohin?«, bis ich mich vor Lachen im Gras kugele.

Ein Besuch bei den Andrews war wie eine Reise in ein anderes Land; statt mal wieder schreiend vor einem der endlosen Streiche meiner kleinen Brüder davonzulaufen – falschen Spinnen in unseren Schuhen, Juckpulver in unseren Schlafsäcken –, saßen wir im Haus am Fluss barfuß im Wohnzimmer und lauschten Franks Plattensammlung: »Was ihr jetzt gerade hört,

Mädchen, ist Coltranes Drei-in-Eins-Akkordansatz – hört ihr das? Da!«, kommentierte er dabei, während er den Kopf im Takt hin- und herwiegte.

Oft kam irgendwann auch Annie mit einem Glas Wein dazu und fing an zu tanzen; wenn Annabelle gut drauf war, gesellte sie sich zu ihr. Und ich saß mittendrin auf dem Teppich, genoss das alles – Frank, Annie und Annabelle – in vollen Zügen und fragte mich staunend, wie ich hier nur reingeraten war.

Im Vergleich dazu wirkte meine eigene Familie unwahrscheinlich langweilig, was mir allerdings nie aufgefallen war, bis Annabelle auf der Bildfläche erschienen war. Selbst Simone und Stella, die ich seit dem Kindergarten kannte, schienen in ihrer Gegenwart in den Hintergrund zu treten und zu verblassen; neben Annabelles sprühender Lebendigkeit wirkten meine langjährigen Freundinnen wie Sepiafotos ihrer selbst.

Bis zum Eintreffen der Familie Andrews hatte mir meine eigene kleine Welt vollauf genügt. Doch in ihrer entdeckte ich etwas absolut Unwiderstehliches: das Versprechen auf mehr. Harry und Rose schienen es ebenfalls zu bemerken, und so bestand Rose nach meinem ersten Besuch bei Annabelle darauf, dass meine neue Freundin nun auch bei uns vorbeikommen sollte. Diese Vorstellung bereitete mir eine ganze Woche lang Bauchschmerzen.

Aber meine Sorgen waren unberechtigt. Annabelle liebte mein Zuhause von dem Moment an, als sie zum ersten Mal einen Fuß hineinsetzte. Sie liebte meine Eltern und Rose' Essen. Sie liebte sogar Mattie und Sam, meine sechsjährigen kleinen Brüder, die Streichefabrik in Zwillingsform.

»Ich will zu dir nach Hause, Tallulah. Komm schon,

lass uns zu Harry und Rose gehen«, bettelte sie von da an ständig.

»Nein, da waren wir doch gestern erst. Warum können wir nicht einfach zu dir?«

»Weil es sein kann, Tallulah, dass wir es gar nicht erst finden. Das weißt du genau.«

Ich verstand nie recht, warum Annabelle so erpicht darauf war, zu mir zu gehen; mein Zuhause kam mir so mittelwürdig vor.

Jahre später allerdings übermannte mich jedes Mal die Sehnsucht, wenn ich an das Zuhause meiner Kindheit dachte. Dann schloss ich die Augen und kehrte in die vertraute Straße mit ihren glühend heißen Fußwegen und den Sprinklern, die in den Vorgärten ihre Pirouetten drehten, zurück. Ich roch den Duft frisch gemähten Grases und hörte die Stimmen meiner kleinen Brüder, die nach Annabelle und mir riefen, damit wir mit ihnen spielten.

»Hey Lulu, hey Pannebelle, Lust auf 'ne Runde Fußball?« Ich hasste es, dass sie Annabelle »Pannebelle« nannten, aber sie lachte nur und rief zurück: »Nein danke, wir spielen nicht mit Minizwergen.«

Nach der Schule schlenderten wir die Plantation Street entlang, vorbei an den Häusern der Deans, Hunters und Delaneys, bis wir zu meinem Haus kamen, vor dem zu meiner grenzenlosen Scham ein riesiges Schild mit der Aufschrift »Klempnerbetrieb De Longland – Wir gehen Ihrer Verstopfung auf den Grund« stand.

Als Annabelle das Schild zum ersten Mal sah, fürchtete ich, sie würde einen kichersterischen Anfall erleiden.

»O mein Gott!«, kreischte sie. »Wir gehen Ihrer Verstopfung auf den Grund – das kann doch nicht euer Ernst sein. Wir gehen Ihrer … o mein Gott, ich glaube, ich mache mir gleich in die Hose.«

Als ihr schließlich auffiel, dass ich nicht ganz so laut mitlachte, richtete sie sich wieder auf, setzte sich auf die Bordsteinkante und sagte: »Eigentlich ist das ein wirklich guter Spruch.«

Ich setzte mich neben sie, und sie legte mir einen Arm um die Schultern.

»Tallulah«, erklärte sie. »Ich lache nicht über dich. Weißt du, ich glaube, wenn bei mir irgendetwas verstopft wäre, würde ich ganz sicher jemanden rufen, der meiner, du weißt schon, der meiner Verstopfung auf den Grund geht.«

Wir brachen beide in Gelächter aus, und meine Scham schmolz dahin, bis nur noch zwei leuchtend rote Flecken auf meinen Wangen übrig waren.

Dann gingen wir ins Haus, wo Rose bereits mit dem Nachmittagstee auf uns wartete. Sie summte ein Liedchen und lächelte, und ich wusste, dass alles in Ordnung war.

Von außen sah unser Haus vielleicht aus wie alle anderen in der Plantation Street – von dem riesigen Schild, das für Harrys Klempnerbetrieb warb, einmal abgesehen –, doch die Welt hinter dem Gartenzaun stellte sich ein wenig komplizierter dar.

Rose litt unter Angstzuständen und Depressionen. Die Angst äußerte sich in heftigen Panikattacken, die sie dazu zwangen, mit weit aufgerissenen Augen in einer Zimmerecke in Deckung zu gehen. Die Depression dagegen war wie ein riesiger schwarzer Hund, der ihr im Nacken saß und in ihr Ohr knurrte, bis sie nur noch schluchzend am Küchentisch kauerte und sich mit mehlbestäubten Händen die Haare raufte, während Harry hilflos um sie herumschlich.

»Komm schon, Rose«, beschwor er sie, »Kopf hoch. Lulu kocht dir eine schöne Tasse Tee, oder, Süße?«

Manchmal half es. Dann sah Rose auf, wischte sich die Wangen trocken und sagte: »Ich weiß nicht, wie du es mit mir aushältst, Harry.« Doch hin und wieder blieb sie einfach dort sitzen und starrte verloren vor sich hin, bis mein Vater mit seinen roten Klempnerhänden zu ihr ging, »Ich weiß, Liebes, ich weiß« flüsterte, ihr einen Kuss auf den Scheitel drückte und sie in seine großen, starken Arme schloss, in denen sie fast vollständig versank.

»Sie kann nichts dafür, Lulu«, hatte er mir erklärt, als ich als verstörte Achtjährige vor ihrer Zimmertür stand. »Sie kommt wieder raus, sobald sie dazu bereit ist. Na komm, lass uns solange eine Runde Monopoly spielen, nur wir zwei.«

Dann erzählte er mir, dass Rose aus einem kaputten Elternhaus stammte.

Ihre Familie sei nicht so stark und stabil gewesen wie unsere, sagte er, sondern lebte in einem Haus voller tropfender Rohre und knarrender Bodendielen, es zog wie Hechtsuppe, und die Türen hingen in rostigen Angeln, die zu reparieren niemandem in den Sinn kam.

Ein einziges Chaos, fügte er hinzu, einfach ein riesiges Chaos. Und als Rose mit dreizehn davonlief, machten sich ihre Eltern nicht einmal die Mühe, nach ihr zu suchen.

»Auch gut«, bemerkte Harry.

Ich hasste es, wenn er mir von Rose' Zuhause erzählte, ich hasste die Menschen darin, die sich nicht darum geschert hatten, dass ihre Tochter abgehauen war, und ich hasste es, dass das, was sie ihr angetan hatten, sich nun in gewisser Weise auch auf uns auswirkte.

Rose kam schließlich zu Pflegeeltern, zwei Schwestern mittleren Alters, die sie vor ihren riesigen Holzofen stellten, sich links und rechts von ihr aufbauten und sie in die Geheimnisse des Abmessens, präziser Zeitplanung und der genau richtigen Menge Butter einweihten. Sie nahmen sie bei der Hand und zeigten ihr, wie man mit einem Holzlöffel umrührte, wie man mit Suppenkellen und Schneebesen umging, wie man Schlagsahne aufkleckste und Kuchen glasierte.

Die beiden hätten sie gerettet, sagte sie.

Nachts standen sie zu dritt um einen langen Eichenholztisch im Wohnzimmer, der mit Schnittmustern für Rose' Näharbeiten, Stecknadeln zum Befestigen der Stoffteile und Gläsern voller Borten und Knöpfe übersät war. Sie gaben ihren rastlosen Händen etwas zu tun. Dort, in diesem Haus, begann Rose damit, ihren Lieblingskleidern Namen zu geben.

»Shirley«, sagte sie, als sie ein gepunktetes Kleid mit Nackenträger für ihre erste Tanzparty auswählte. »Maria«, verkündete sie, als sie die praktische schwarze Tunika hervorholte, die sie samstags morgens trug, wenn sie in der Kurzwarenabteilung bei David Jones arbeitete. »Morag«, stöhnte sie angesichts des plissierten weißen Hemdblusenkleids, das sie auf Drängen der Schwestern zu ihren wöchentlichen Tennisstunden anzog.

Als ich klein war, schlich ich mich oft in ihr Zimmer und lugte in die Schachtel am Boden ihres Kleiderschranks, in der sie ihre drei liebsten Kleider aufbewahrte. Zwischen Lagen aus weißem Seidenpapier warteten Audrey und Constance, die sie nach den beiden Schwestern benannt hatte, die ihr zum ersten Mal eine Schneiderschere in die Hand gedrückt hatten, sowie Grace, die sie anhatte, als sie Harry begegnete.

Ich liebte Grace – sie war butterblumengelb, mit einem Bubikragen und einer Reihe von Perlmuttknöpfen, die bis hinab zur Taille reichte, wo sie in einen Faltenrock überging. Grace hatte zwei tiefe Taschen, und in einer davon steckte immer noch ein rosafarbenes Stofftaschentuch, in dessen Ecke der Buchstabe R prangte, den eine der Schwestern dort aufgestickt hatte. Ich mochte es, das Taschentuch hervorzuholen und seinen Duft einzusaugen, bevor ich es vorsichtig wieder zusammenfaltete und zurück in die Tasche schob.

Es roch wie meine Mutter, wenn sie glücklich war.

In dem Sommer, in dem ich Annabelle kennenlernte, raschelten Phoebe, Greta, Betty, Alexis, Madeleine, Lauren und Kitty in Rose' Kleiderschrank, wo sie auf ihren gepolsterten Kleiderbügeln aufgereiht waren wie eine Gruppe zauberhafter Revuetänzerinnen.

Variationen dieser Kleider trug sie über Jahre hinweg. Die Schnitte passte sie dem Stil des jeweiligen Jahrzehnts an, doch die Namen blieben die gleichen. Dadurch wurden sie mir mit der Zeit so vertraut wie Schwestern. Einzig Grace, Audrey und Constance blieben unangetastet und unersetzbar zwischen ihren Lagen aus Seidenpapier, wo kleine Kinderhände sie behutsam streicheln und bestaunen konnten.

Ich konnte Rose' Stimmung an ihren Kleidern ablesen. Phoebe und der Rest der Bande waren für die guten Tage; an den schlechten trug sie formlose Hemdblusenkleider. Diese Kleider nannte ich Doris. Keine Ahnung, wann ich sie so getauft habe – ich weiß nur noch, dass es mich beruhigte, wenn ich an Tagen, an denen Rose mal wieder viel zu lang am Küchentisch saß, auf meinem Bett lag, mich vor- und zurückwiegte und zu mir selbst sagte: »Schon gut, sie hat nur wieder einen ihrer Doris-Tage.«

Nachdem Annabelle ihr erstes Halbjahr in St. Rita hinter sich hatte, lud sie mich eines Abends ein, bei ihr im Haus am Fluss zu übernachten. Als ich dort ankam, entdeckte ich, dass Frank auf dem Rasen hinter dem Haus zwei Bettrollen aus Segeltuch ausgelegt hatte. Daneben stand eine Gaslaterne.

»Das wird magisch, Mädchen, wartet nur ab«, verkündete er, während er zwischen dem Haus und unserem Lager hin- und herlief, um uns mit Kissen, Büchern und Chipstüten zu versorgen.

Ich weiß noch, dass wir anfangs murrten, weil wir keine Lust auf Mückenstiche und Äste unterm Po hatten, aber Frank sollte recht behalten.

Wir lagen unter einem Tischtuch aus Sternen, das sich über den Himmel spannte. Später, als der Mond aufging und die Opossums an den Zäunen entlanghuschten, teilten wir flüsternd unsere Geheimnisse.

»Dad trinkt«, gestand Annabelle, den Kopf an meine Schulter gelegt.

»Ich weiß, das habe ich gesehen.«

»Nein, Tallulah, du hast gesehen, wie er ein Glas Wein getrunken hat. Aber manchmal trinkt er sehr viel mehr als das.«

»Das wusste ich nicht.«

»Nein. Ich hasse es. Und Mum auch.«

»Was macht er dann?«, wisperte ich, obwohl ich mich gleichzeitig vor der Antwort fürchtete.

»Er singt.«

»Das ist doch nicht schlimm.«

»Oh doch. Er singt und tanzt und brüllt seine dämlichen Gedichte. Und dann schnappt er sich irgendwelche Sachen, die im Haus rumstehen, und kriegt sich darüber gar nicht mehr ein. ›Guck mal, diese Statue, Belle, sieh dir doch nur diese Blume an …‹«

»Oh.«

»Das ist so peinlich, Tallula, er ist so … viel.«

»Und was macht deine Mum?«

»Sie sagt: ›Du bist ein Idiot, Frank‹, und geht ins Bett.«

»Und du?«

»Ich warte, bis er umkippt, und gehe dann auch ins Bett.«

Wie eine kleine Raupe schob sich Annabelle näher an mich heran. Die Worte kamen in kleinen Frostwölkchen aus ihrem Mund.

»Tallulah«, fragte sie, »warum nennst du deine Eltern Harry und Rose? Ich meine, ich nenne meine Eltern Frank und Annie, weil sie – na ja, sie sind nicht gerade das, was man sich unter Eltern so vorstellt, richtig? Aber bei dir wirkt das irgendwie komisch.«

Ich drehte mich zu ihr um, sodass wir praktisch Nasenspitze an Nasenspitze lagen, und erklärte, dass meine Eltern auch nicht gerade das waren, was man sich unter Eltern so vorstellte.

Ich erzählte ihr von Rose' Depressionen und dass sie eigentlich nie so eine richtig mütterliche Mutter gewesen war – wenn man vom Backen einmal absah. Als die Zwillinge auf die Welt gekommen waren, hatte sie für eine lange Zeit ganz aufgehört, Mutter zu sein.

Ich schilderte Annabelle, dass ich diejenige gewesen war, die sich um die Zwillinge gekümmert hatte. Etwa zu der Zeit hatte ich auch angefangen, meine Mutter Rose zu nennen, wodurch mein Vater gewissermaßen automatisch zu Harry wurde.

Dann holte ich tief Luft und gestand ihr die Sache mit den Kleidern.

»Rose gibt ihren Kleidern Namen.«

»Was?«

»Sie gibt ihnen Namen. Jedem einzelnen.«

Ich erzählte ihr, wie Rose all den Mädchen – Phoebe und Kitty und Greta – eigene Persönlichkeiten andichtete: Sie dachte sich Geschichten darüber aus, wo sie herkamen und was sie erlebt hatten.

Das alles erzählte ich ihr, dann schloss ich die Augen und wartete auf ihr Urteil.

»Wow«, hauchte sie. »Das ist echt wunderstaunlich.«

Unsere Atemwölkchen tanzten in der Nachtluft.

»Also«, sagte sie und kuschelte sich an mich, »welches magst du am liebsten?«

In der Mitte von St. Rita gab es einen Schulhof, und inmitten dieses Schulhofs stand ein gewaltiger Macadamiabaum, der von Bänken in verblassenden Farben umgeben war, auf denen sich müde Schuluniformen niederlassen konnten.

»Wir treffen uns am Baum«, riefen sich die Mädchen zu. Und wenn in St. Rita irgendetwas geschah, dann geschah es unter dessen Zweigen.

Eines Tages saß ich zwischen zwei Unterrichtsstunden auf einer der Bänke und wartete auf Annabelle, als sich zwei Paar bestrumpfter Beine vor mir aufbauten.

Stacey Ryan und Jacki Goldsmith.

Die Piranhaschwestern.

»Hi, Lulu«, sagte Stacey.

»Hi, Lulu«, echote Jacki.

Ich hielt den Blick auf ihre Füße gerichtet.

»Also«, verkündete Stacey. »Ich habe da so ein Problem und wollte fragen, ob du mir vielleicht helfen kannst.«

Jedes Mal, wenn Stacey und Jacki an uns vorbeigingen, senkte Annabelle die Stimme und ahmte Fergus nach: »Diese besondere Gattung kann Angst riechen; achten Sie darauf, den Tieren niemals zu nah zu kommen, und sehen Sie ihnen auf keinen Fall in die Augen. Sollte es für eine Flucht zu spät sein, drehen Sie sich um und strecken Sie ihnen zum Zeichen der Unterwerfung Ihren Hintern entgegen.«

Bei dem Gedanken konnte ich mir trotz Staceys glassplitterartiger Stimme in meinem Ohr ein Lächeln nicht verkneifen.

»Die Sache ist die«, fuhr Stacey fort. »Ich gehe am Wochenende auf eine Party und hatte eigentlich vor, Lucy anzuziehen, aber dann dachte ich, Amanda wäre vielleicht besser, weil sie sehr viel unterhaltsamer ist. Aber dann meinte Jacki, ich sollte lieber Ashley tragen, weil sie immer so eifersüchtig wird, wenn ich sie zurücklasse …«

Ich brauchte einen Moment, bis ich verstand, was sie da sagte, und noch einen, bis mir aufging, dass sie sich über meine Mutter lustig machte. Und dann überlegte ich einen weiteren Moment lang, wer ihr wohl davon erzählt hatte.

»Also«, bohrte Stacey weiter. »Was meinst du, Tallulah? Für wen sollte ich mich entscheiden?«

Ich starrte sie bloß an, denn mir war klar, dass bis zum Ende der Mittagspause die gesamte Schule über meine Familie Bescheid wissen würde. Alle würden von meiner verrückten Mutter, den Revuetänzerinnen in ihrem Kleiderschrank und ihren vollgeweinten, mehlbestäubten Händen gehört haben.

»Stacey«, sagte ich, »meine Mum ist die meiste Zeit echt super drauf, aber …«

Ein Wirbelwind aus schokoladenfarbenem Plissee und olivbraunen Armen schoss heran und presste Stacey gegen den Baum: Annabelle Andrews, mit blitzenden grünen Augen.

»Genau genommen«, fauchte sie, »hat Tallulahs Mutter auch einen Namen für dich, Stacey.«

»Ach ja?«, fragte Stacey herausfordernd.

»Oh ja«, erwiderte Annabelle. »Er lautet verdammtes Riesenmiststück.«

Stacey wand sich in Annabelles Umklammerung, während Jacki neben mir bloß von einem Fuß auf den anderen trat und den Mund auf- und wieder zuklappte wie ein dementer Lachs.

»Und wenn du irgendjemandem davon erzählst«, zischte Annabelle Stacey ins Ohr, »trete ich dir dermaßen in den Arsch, dass dir die Scheiße zu den Ohren wieder rauskommt, ist das klar?«

Stacey biss sich auf die Unterlippe und nickte.

»Wunderbar«, sagte Annabelle und ließ sie los. »Freut mich, dass wir das geklärt haben.«

Dann nahm sie mich bei der Hand und zog mich von ihnen weg.

»Dann trete ich dir in den Arsch, dass dir die Scheiße zu den Ohren wieder rauskommt?«, wiederholte ich später ungläubig. *»Dass dir die Scheiße zu den Ohren wieder rauskommt?* Verdammt noch mal, Annabelle, wer bist du? Einer von den Kray-Zwillingen?«

Wir waren bei mir zu Hause und spielten den ganzen Vorfall noch einmal durch: Ich gab meine Imitation von Jackis Dementer-Fisch-Gesicht zum Besten, und Annabelle lag auf meinem Bett und krümmte sich vor Lachen.

Nach etwa zwei Minuten eingehender Detektivarbeit waren wir darauf gekommen, dass Mattie und Sam Jackis kleinem Bruder Ben von Rose erzählt haben mussten. Nachdem wir jedem von ihnen zehn Cent versprochen hatten, hatten sie freimütig gestanden.

Später an diesem Abend musste ich daran denken, wie Annabelle wie ein Racheengel in Schuluniform auf der Bildfläche erschienen war. Nicht für eine Sekunde hatte ich geglaubt, dass sie diejenige gewesen sein könnte, die diese spezielle Leiche aus dem Keller meiner Familie ans Tageslicht gezerrt hatte.

»Schwör es«, hatte sie in jener Nacht unter den Sternen gesagt.

»Ich schwöre, dass ich nie einer Menschenseele von Frank erzählen werde«, versprach ich. »Jetzt du.«

»Ich schwöre, dass ich nie einer Menschenseele von Rose erzählen werde«, ahmte sie mich nach. »Such dir einen aus.«

Annabelle hatte erklärt, dass jede von uns sich einen Stern aussuchen musste, auf den wir unseren Eid schwören würden.

»Okay«, verkündete sie und zeigte hinauf in den Himmel. »Siehst du den kleinen da drüben, gleich neben dem Großen Bären? Der so ein bisschen unscharf aussieht? Den nehme ich.«

Ich zeigte auf einen anderen.

»Meiner«, sagte ich.

»Okay«, kommandierte Annabelle, »dann nimm jetzt meine Hände.«

Wir hatten uns voreinander in das taunasse Gras gekniet, uns tief in die Augen gesehen und versprochen, einander niemals zu verraten.

Ich hatte gespürt, wie sich ihre Finger in meine Hände gruben, dann hatte ich die Augen geschlossen und es aus tiefstem Herzen versprochen.

Dabei wäre ich im Traum nicht auf die Idee gekommen, dass sich eines Tages alles ändern könnte, ja, dass die Veränderung bereits begonnen hatte und mit jedem Meter, den wir zwischen unseren Häusern hin- und herliefen, weiter fortschritt.

Unter dem Asphalt bildeten sich winzige Wellen, die irgendwann überschwappen und uns voneinander wegtreiben würden, wie die tektonischen Platten, die wir gerade im Geografieunterricht durchnahmen. Ich wusste nichts von diesen aufbrechenden, ständig verrückenden Platten unter uns; ich spürte ja nicht einmal, dass sie sich bewegten.

2

Zimmerservice.«

Das war es also.

Ich konnte nicht einfach bis ans Ende meines Lebens auf dem Fliesenboden eines Badezimmers im Hotel du Laurent liegen bleiben. Ich konnte nicht einfach das »Bitte nicht stören«-Schild aufhängen und meine restlichen Jahre in diesem Raum absitzen, bis ich als »Die Frau aus Zimmer 27« zum modernen Mythos wurde – und ein beliebtes Gesprächsthema auf Dinnerpartys.

Mir blieb also nichts anderes übrig, als aufzustehen, mich anzuziehen und mit meinem neuen Ich klarzukommen – dem Ich, das es offenbar vollkommen akzeptabel fand, die Hochzeitsnacht einer anderen mit deren Bräutigam zu verbringen.

O Gott.

»Einen Moment noch«, rief ich, schnappte mir einen Bademantel vom Kleiderhaken und band ihn zu, während ich das Bad verließ und mir einen Weg durch das Durcheinander im Zimmer bahnte.

Ich öffnete die Tür und sah mich dem lächelnden Gesicht einer Frau Mitte sechzig gegenüber. Sie war weich und rund und erinnerte mich irgendwie an Rose, wie sie mit einem Stapel frischer weißer Handtücher in ihren ausgestreckten Händen vor mir stand.

»Zimmerservice«, wiederholte sie. »Passt es Ihnen gerade oder soll ich später wiederkommen?«

Ich ließ den Blick über das Chaos um mich herum schweifen. *Was müssen diese Leute nur von uns denken?,* schoss es mir durch den Kopf. »Geben Sie mir fünfzehn Minuten«, bat ich sie mit einer Stimme wie zerbrochenes Glas. »Bis dahin bin ich hier raus.«

»Aber natürlich«, erwiderte sie, weiterhin lächelnd. Dann fügte sie hinzu: »Geht es Ihnen gut, meine Liebe? Sie sehen aus, als hätten Sie ein Gespenst gesehen.«

»Alles in Ordnung, danke«, antwortete ich, während ich mich fragte, wie sie das nur wissen konnte. Wie lange hatte ich wohl dort auf dem Boden gelegen, wach und doch in einem traumähnlichen Zustand, während mich die Geister meiner Kindheit heimsuchten?

Ich schloss die Tür zwischen uns, machte mich daran, meine Sachen aufzusammeln, und ließ sie alle zu mir zurückkehren.

Zu ihrem dreizehnten Geburtstag schickte Fergus Annabelle ein Schweizer Armeemesser. Das Beeindruckendste daran war die Tatsache, dass es wahrhaftig aus der Schweiz stammte, während alle Jungs, die wir kannten, ihre Messer bloß aus Snows Eckladen drei Straßen weiter hatten.

»Wow«, staunte ich, während ich auf ihrem Bett saß und seine rote glänzende Einfassung mit dem glatten weißen Kreuz bewunderte. »Was kann man damit alles machen?«

Sie klappte eines der Werkzeuge auf. »Hiermit«, erklärte sie, »kann man sich die Nägel feilen.« Sie klappte das nächste auf. »Das hier kannst du benutzen, wenn du zelten gehst und deinen Dosenöffner vergessen hast, und hiermit«, sie zog eine lange, scharfe Klinge hervor, »schlitze ich dir die Kehle von einem Ohr zum anderen auf, wenn du noch einmal ohne mich mit Simone und Stella ins Kino gehst. War nur ein Witz.« Sie lächelte über mein entsetztes Gesicht.

Selbst heute noch, nach all den Jahren, bin ich mir nicht sicher, ob es wirklich nur ein Witz war.

Stattdessen nutzte sie die Klinge, um zwei ineinander verschlungene A in die Unterseite unseres Küchentischs zu ritzen. Solange sie ihre Initialen ins Holz grub, spitzte ich die Ohren, um sie rechtzeitig zu warnen, wenn Rose sich näherte. Dann ließ Annabelle das Messer schnell in ihren Schoß plumpsen und verkündete: »Die Scones sind wirklich lecker, Mrs. de Longland.«

Während sie an ihrem Kunstwerk herumschnitzte, erklärte sie mir, dass es extrem wichtig war, zeit seines Lebens Spuren zu hinterlassen. Ich hätte ihr allerdings schon damals sagen können, dass sie dafür nicht erst ihre Initialen einritzen musste. Sie liebte es, an diesem Tisch zu sitzen, sich Rose' Gebäck schmecken zu lassen und dabei mit den Fingern über die beiden A zu streichen, während sie gleichzeitig die Augen über Mattie und Sam verdrehte, die sich gegenseitig mit Krümeln vollspuckten. »Ihr seid wirklich ekelwärtig, wisst ihr das?«, klagten wir stöhnend.

Dann gingen wir normalerweise hoch in mein Zimmer, ließen uns im Schneidersitz auf meinem Bett nieder und wühlten stundenlang durch die winzigen bunten Plastikperlen, die ich in einer Schachtel aufbewahrte, die mir Rose geschenkt hatte. Unsere Fundstücke fädelten wir auf und knüpften daraus massenweise Armbänder, die wir den ganzen Sommer über trugen.

Oder wir setzten uns aufs Bett und bemalten unsere

Haut mit glitzerndem Lidschatten und Cremerouge, steckten uns die Haare zu – wie wir fanden – kunstvollen Frisuren hoch und bewunderten uns im Spiegel.

Oder wir legten uns in unseren Bikinis in den Garten hinter meinem Haus, beschirmten unsere Augen mit Plastiksonnenbrillen und ließen uns die Sonne auf den Pelz scheinen, bis unsere Haut unter der dicken Schicht aus Kokosnussöl schier zu brutzeln begann. Gelegentlich fuhren wir hoch, wenn Mattie und Sam mal wieder den Gartenschlauch auf uns richteten.

Wenn wir im Sommer bei Annabelle waren, rannten wir in unseren Bikinis zum Gewächshaus am anderen Ende des Gartens und sprangen in den Fluss. Wir kreischten, als das Wasser unsere Haut mit seinen eisigen Fingern berührte, und kreischten noch ein bisschen mehr, als Annabelle im Brustton der Überzeugung behauptete, sie habe gerade eine Wasserratte vorbeischwimmen sehen. Eiligst kämpfte ich mich zurück an Land, Annabelle dicht hinter mir. Dann rollten wir halb schreiend, halb lachend durchs Gras und forderten einander heraus, doch wieder ins Wasser zu springen.

Manchmal blieb ich auch über Nacht; dann trugen wir tropfende weiße Kerzen durch das kaninchenbauartige Zimmergewirr des Hauses am Fluss und spielten Verstecken. Im Schein der Flammen waren die Schatten, die wir an die Wände warfen, riesig. Hin und wieder sprang Frank aus einer dunklen Ecke hervor und brachte uns zum Schreien. Einmal erschrak ich so sehr, dass ich mir – zu Annabelles großer Erheiterung – in die Hose machte.

An den Wochenenden und in den Ferien fuhren wir

mit dem Bus zum Wattle Beach. Der lag zwar nur fünfzehn Minuten entfernt, erschien jedoch wie ein fremdes Land.

Surfergirls mit Haar wie aus Weißgold glitzerten in der Sonne; an der Milchbar lungerten Halbstarke herum und probierten Tricks mit ihren Skateboards; sandbedeckte Jungs entstiegen Kombis in Begleitung von Mädchen, die ihre Mütter diesbezüglich belogen hatten, und kleine Kinder mit Zinkcremestreifen auf der Nase stürzten sich ins Meer.

Manchmal lud ich Simone und Stella ein, uns zu begleiten. Doch über kurz oder lang schaffte Simone es jedes Mal, Annabelle zu verärgern, woraufhin Stella wie aufs Stichwort anfing zu heulen, sodass wir die Busfahrt zurück für gewöhnlich damit verbrachten, schweigend aus dem Fenster zu starren.

Meistens fuhr ich daher nur mit Annabelle zum Strand, was ihr ohnehin am besten gefiel.

Und so verstrichen unsere Tage und Nächte: Busfahrten nach Wattle; die Pendelei zwischen ihrem und meinem Haus; Annabelle, wie sie die Treppe vor meinem Haus hochhüpfte, immer zwei Stufen auf einmal nehmend, und dabei rief: »Hallo, Mrs. de Longland, gibt's was zu essen? Wir sterbhungern!«; Sam und Mattie, wie sie breit grinsend über den Wohnzimmerboden purzelten; Annabelle, die neben ihren auch meine Initialen in die Unterseite des Tisches ritzte. Auf diese Weise vereinigten sich die Tage zu Wochen, die Wochen zu Monaten und die Monate schließlich zu ganzen Jahreszeiten.

Dann, in dem Sommer, als wir vierzehn wurden, machte Frank uns ein Geschenk.

»Frank baut uns ein Baumhaus«, erzählte ich Rose

eines Nachmittags nach der Schule. »Er meint, jetzt, wo wir dreizehn sind und damit junge Damen« – ich kicherte –, »brauchen wir einen Rückzugsort.«

Rose setzte sich und schob einen Teller mit Himbeer-Kokosmakronen auf mich zu.

Sie trug Greta, ein rosa-weiß gestreiftes Kleid aus gesmoktem Seersucker, in dem sie beinahe selbst aussah wie eine Himbeer-Kokosmakrone.

Ich kicherte wieder.

Rose sah mich an. »Worüber lachst du?«

»Über dich.« Ich lächelte. »Du siehst ein bisschen aus wie eins von diesen Plätzchen, Rose.«

Rose schaute auf den Teller.

»Und du«, erwiderte sie, »siehst aus wie ein Schokokuss.«

Gemeinsam betrachteten wir die bitterschokoladebraunen Schichten meiner Schuluniform der St. Rita Schule für Junge Lesben und lachten.

»Was höre ich da über die Buschtrommeln der Nachbarn: Frank Andrews baut euch Mädchen ein Baumhaus?«, erkundigte sich Harry, der gerade von der Arbeit nach Hause kam und sich nach etwas Essbarem umsah.

»Harry – Werkzeug«, kommandierte Rose automatisch und zeigte kopfschüttelnd auf die Werkzeugkiste, die er auf dem Fußboden abgestellt hatte. »Ich weiß gar nicht, wie oft ich deinen Vater schon gebeten habe, sein Werkzeug nicht ins Haus zu bringen«, seufzte sie. »*Harry,* die Stiefel!«

Harry stand in der Tür und sah auf seine Füße.

»Hoppla, tut mir leid, Liebes«, antwortete er, schnappte sich seine Werkzeugkiste und ging wieder nach draußen.

Rose und ich lächelten einander über den Tisch hinweg an.

»Also«, bohrte Harry nach, als er barfuß zurück in die Küche kam und sich einen Stuhl herauszog. »Was ist jetzt mit diesem Baumhaus?«

»Frank will uns eins bauen«, erklärte ich. »Er meinte, wo wir doch langsam erwachsen werden, bräuchten Annabelle und ich einen Ort, an den wir uns zurückziehen können – Frank sagt, jeder braucht so einen Ort.«

»Das kannst du laut sagen«, entgegnete Harry. »Wann kann ich einziehen?«

»Tut mir leid, Harry«, erwiderte ich. »Das ist nur für Annabelle und mich. Und es wird einfach fantabulös.«

»Ist das so?«, fragte Harry. »Vielleicht sollte ich dann selbst mal einen Blick drauf werfen, falls Frank Hilfe mit der Sanitärinstallation benötigt – in diesem Meisterwerk habt ihr Mädels doch bestimmt auch fließend Warmwasser, oder?«, neckte er.

»Es hat einfach alles«, verkündete ich. »Annie nennt es Franks Spinnerei.«

»Na, damit kennt sie sich sicher bestens aus«, kommentierte Rose und biss in ein Plätzchen.

Manchmal konnte Greta ein echtes Miststück sein.

Rose war jedoch nicht die Einzige, der Annie Andrews zuzusetzen schien – vielmehr brachte sie ganz Juniper Bay aus der Ruhe. Dabei kannten die Leute nicht mal die vollständige Geschichte. Ich schon.

Lange vor ihrer Hochzeit mit Frank war Annie Andrews als Anne Grunker zur Welt gekommen. Diesen Namen habe sie so gehasst, erzählte sie mir, dass sie bereits im zarten Alter von fünf beschloss, ihn loszuwerden, als sie ihn mit ihren pummligen Kinderfingern zum ersten Mal aufschreiben musste.

Als sie in die Schule kam, bestand sie gegenüber ihrer entgeisterten Mutter darauf, dass diese all ihre Schulbücher mit »Anne G.« beschriftete. Wenn die Lehrer sie morgens mit ihrem Nachnamen aufriefen, weigerte sie sich beharrlich, darauf zu reagieren. Mit siebzehn lernte sie schließlich einen bildschönen italienischen Jungen kennen, der zwar strohdumm war, dessen Namen – Roman Barantis – sie aber so hinreißend fand, dass sie ihn kurzerhand heiratete.

Einmal zeigte sie mir ein Foto eines verblassenden Roman Barantis, das hinter der Plastikfolie eines dieser Fotoalben mit Ringbindung steckte, die sie in einer Truhe aufbewahrte. Seite an Seite saßen wir da und sinnierten über ihren ersten Ehemann, mit dem sie ganze sechs Wochen verheiratet gewesen war.

»Wie war er so?«, wollte ich wissen, woraufhin Annie mit den Fingern über sein Gesicht auf dem Foto strich, als helfe es ihr, sich zu erinnern.

»Eigentlich war er wirklich lieb. Und total verrückt nach mir … Seine Mutter ist natürlich vollkommen durchgedreht, als ich ihn verlassen habe …«

»Und Roman? Wie ging es ihm damit?«

Annie klappte das Album zu und ließ es zurück in die Truhe plumpsen. »Woher soll ich das wissen, Tallulah? Ich habe ihn nicht gefragt.«

Annie Barantis war eines Morgens einfach davonmarschiert, mit nichts als der Zeitung von der Türschwelle und dem Namen ihres Mannes im Gepäck.

Beide sollten sich in Annies neuem Leben schon bald als ausgesprochen hilfreich erweisen.

In der Zeitung fand sie eine Annonce, in der die Cove-Studios nach Modellen für ihre Künstler suchten. Jahre später beschrieb Mick Porter, der für seine Reihe »Cove

Nudes« weltberühmt werden sollte, den Moment, als Annie Barantis mit ihren ein Meter zweiundachtzig zur Tür hereinspaziert war, ihren grünen Samtmantel fallen gelassen und ihren Hintern mit den bezaubernden Grübchen auf seinem Hocker platziert hatte.

Er habe, erzählte er, sich an seine Studenten gewandt und verkündet: »Meine Damen und Herren, soeben hat Eva den Garten betreten.«

Ob Mick Porter diese Worte tatsächlich gesagt hatte oder nicht, spielte keine Rolle – die Anekdote wurde Teil von Annies wilder Geschichte. Genau wie die Sache mit der Ampulle mit ihrem Blut, die sie an den damaligen Gesundheitsminister geschickt hatte, um gegen die mangelhafte Gesundheitsversorgung von Frauen zu protestieren, oder die Tatsache, dass sie Anfang der Sechzigerjahre offen mit der Schriftstellerin Marie-Claire Lyons zusammengelebt hatte. »DAS haben sie nicht auf das Cover von *Weekly* gebracht, Lulu«, betonte sie.

Ihr neuer Name machte sie wagemutig. Annie Barantis sagte und unternahm Dinge, die Anne Grunker nicht einmal in den Sinn gekommen wären. Wie zum Beispiel, eines Nachmittags im Oktober an einem Grillfest bei Mick Porter teilzunehmen, auf dem sie einem sturzbetrunkenen und farbbekleckten Frank Andrews begegnen sollte.

In dem Artikel, der zu dem Cover mit dem Hochzeitsfoto gehörte, säuselte *Weekly* über diesen Moment: »Es war Liebe auf den ersten Blick, das Aufeinandertreffen zweier gleichgesinnter Seelen, als sich Annie und Frank über Mick Porters berühmten Garnelenspießen begegneten, während im Hintergrund Peter, Paul und Marys Ohrwurm ›If I Had a Hammer‹ spielte.«

Annies Version klang dagegen ein bisschen anders: »Wir haben uns fast bis zur Besinnungslosigkeit betrunken und dann auf Micks Couch buchstäblich um den Verstand gevögelt. Tags drauf sind wir zusammengezogen.«

Und wie man so hörte, brachte die Vereinigung von Frank und Annie Andrews (das »Barantis« ließ sie zugunsten des weitaus bekannteren »Andrews« schneller fallen »als eine heiße Kartoffel«, wie meine Mutter sagte) lange Zeit nur Gutes hervor.

Frank, dessen Stimmung bis dahin geschwankt hatte wie ein Blatt im Wind, wurde deutlich ruhiger. Als zwei Jahre nach der Hochzeit Annabelle geboren wurde, reichte sein Glück, wie er selbst sagte, »von hier bis zum Mond«.

»Ich habe dich auf den Arm genommen, und du hast wie ein kleiner, zerknitterter, rosafarbener Seestern ausgesehen«, erzählte er Annabelle immer und immer wieder. »Da habe ich zu dir gesagt: ›Schon gut, Kleines, ich bin ganz dein.‹«

Und das war er wirklich. Ein Glück, denn obwohl sie den Namen ihrer Mutter in ihrem trug, gehörte Annabelle niemals so richtig zu Annie.

»Ich glaube, ich bin einfach nicht der mütterliche Typ«, sagte Annie einmal während eines Radiointerviews, dem wir alle gemeinsam im riesigen Wohnzimmer des Hauses am Fluss lauschten. »Ursprünglich wollte ich auch nie Mutter werden. Ich bin nicht wie diese Frauen, Sie wissen schon, denen beim Anblick eines Babys gleich die Milch einschießt. In meinen Zwanzigern und frühen Dreißigern galt meine Leidenschaft ganz meiner Arbeit, meinen Bildern. Sie wissen ja, zu der Zeit stieg die Nachfrage danach gerade gewaltig an.

Aber zwischen meiner Tochter und mir bestand dennoch immer eine enge Verbindung. Ich bin selbst überrascht, wie sehr sie mir im Lauf der Jahre ans Herz gewachsen ist. Keine Ahnung, ob es das ist, was man gemeinhin als Mutterliebe bezeichnet, aber das ist mir auch nicht wichtig.«

Daraufhin verließ Annabelle türenknallend das Zimmer. Seufzend stand Annie auf und rief ihr hinterher: »Ich sagte: *Das* ist mir nicht wichtig, Annabelle, nicht: Du bist mir nicht wichtig.«

Ihre eigenen Eltern sah Annie nur noch selten. Sie erklärte das in demselben Radiointerview so: »Das Problem ist: Sie sind Grunkers und ich nicht.«

Was die Grunkers über Annie dachten, bekam ich nie heraus. Wie so vieles im Leben ihrer Tochter traten sie langsam, aber sicher in den Hintergrund und verblichen; die Weihnachtsbesuche und Geburtstagsanrufe wurden erst weniger und blieben schließlich ganz aus.

Die Grunkers lebten still und leise vor sich hin. Auf Cricket folgte Fußball, sonntags ging es an den Strand, und regelmäßig wurden Würstchen gegrillt. Dieser eingespielte Rhythmus wurde nur hier und da von einem Journalisten unterbrochen, der sie nach Annie befragen wollte.

»Wir sind sehr stolz auf sie«, erwiderte Ruth Grunker dann höflich, bevor sie die Tür schloss und ihr Leben weiterlebte, ohne dass ihre Tochter eine große Rolle darin spielte.

Soweit ich weiß, war dies ein Arrangement zu allgemeiner Zufriedenheit.

»Amerikanische Douglasfichte«, verkündete Frank. »Kalifornisches Weichholz – nichts Ausgefallenes, nichts Teures, aber leicht zu verarbeiten. Schön flexibel, kann man viel rausholen.«

Er strich mit beiden Händen über das Holz, während Annabelle und ich erst einen Blick wechselten und uns dann das Lächeln nicht länger verkneifen konnten.

»Aber das Beste an diesem speziellen Nutzholz ist, dass es gleichzeitig sehr robust ist und damit allen möglichen äußeren Einflüssen widersteht – vom Wetter über klimatische Bedingungen bis hin zu zwei weiblichen Teenagern«, fügte er grinsend hinzu.

Wir saßen auf einer Werkbank in Franks Schuppen, baumelten mit den Beinen und sahen ihm durch einen Nebel aus feinen Staubpartikeln, die durch die Luft schwebten, bei der Arbeit zu.

»Mit diesem Holz also«, Frank klatschte in die Hände und brachte den Staub zum Tanzen, »gedenke ich, euch Mädchen ein Baumhaus zu bauen. Und zwar nicht irgendein x-beliebiges Baumhaus, oh nein. Wenn ihr erlaubt, zeige ich euch jetzt, wo genau ich es errichten werde.« Mit einer ausladenden Bewegung öffnete er die Tür.

Pfeifend ging er durch den Garten voran, hielt hier und da Äste hoch, damit wir uns darunter hindurchducken konnten, und blieb schließlich gleich neben dem kaputten Zaun vor einem Mangobaum stehen, der sich unter den reifen, prallen Früchten nur so bog.

»Das soll wohl ein Witz sein, Dad«, moserte Annabelle. »Was ist mit den Opossums und den Fledermäusen?«

Wir standen zu dritt um den Baum, und Annabelle und ich sahen unsicher zu seinen schattig grünen Blättern und schwarzen Ästen hinauf.

»Mach dir darum mal keine Sorgen, Annabelle«, erwiderte Frank grinsend. »Was ist mit den *Mangos*?«

Unter Franks Händen wuchs das Baumhaus zu einem eigentümlichen, wilden Nest heran, das regelrecht aus den Ästen hervorzuwuchern schien, von wo aus es sich über die gesamte Breite des Baumes erstreckte und hinauf in den Himmel reckte, bis die Sonne durch die mond- und sternförmigen Löcher lugte, die er in die Wände gefräst hatte.

Natürlich war es nichts anderes als ein Kunstwerk – ein original Frank Andrews, der jedoch nur für Annabelle und mich zugänglich war.

»Wir brauchen noch einen Tisch.«

»Mhmm, und zwei Stühle auch.«

»Und Regale für unsere Sachen.«

»Und Kerzen.«

»Rose erlaubt mir keine Kerzen.«

»Wie alt bist du, Tallulah? Sechs?«

»Ich sag ja nur: Rose wird es nicht gefallen, wenn wir hier oben Kerzen haben.«

»Muss sie es denn erfahren?«

»Nein.«

»Also dann – Kerzen. Und auf jeden Fall was zu essen.«

»Okay – Schokolade, klar, und Chips.«

»Mmmh, und Süßkram – Liebesperlen, Minzdragees, weiße Mäuse …«

»Was ist mit Ratten?«

Annabelle warf mir einen Blick zu. »Na ja, ich ess die nicht, Tallulah, aber wenn du welche willst …«

Unser johlendes Gelächter drang durch die Äste bis zum Boden.

Genau wie Frank gesagt hatte, war dies ein Rückzugsort, perfekt, um uns nach der Schule zu verkrümeln. Dort entkamen wir auch den Jungs von der

St. Joseph, die angefangen hatten, unsere Namen zu rufen, wenn wir an ihnen vorbeigingen. Während unter unseren Uniformen neuerdings BHs kratzten, verschoben sich unter unseren Füßen unablässig die tektonischen Platten.

Wie Schwester Scholastika uns in Sozialkunde strahlend verkündete, waren wir dabei, »zu Frauen zu erblühen, zu perfekten kleinen Knospen heranzureifen«. Vor ihr saßen Reihen von Mädchen mit bebenden Schultern, die verzweifelt versuchten, das Lachen zu unterdrücken – ganz besonders, als sie uns vor den Gefahren der »Bestäubung« warnte.

»Es werden Bienen kommen«, drohte sie, während Annabelle neben mir vor unterdrücktem Gelächter stöhnte, »und versuchen, an euren Nektar zu gelangen.«

»O lieber Gott im Himmel«, murmelte Simone in der Reihe hinter uns.

Schwester Scholastikas Bienen-Predigt würde dereinst in die Geschichtsbücher von St. Rita eingehen. Ganze Jahrgänge kichernder Schulmädchen sollten sie noch rezitieren, als seine Urheberin bereits selbst längst Geschichte war.

Doch wenn ich heute unser Klassenfoto aus jenem Jahr betrachte, sehe ich, dass Schwester Scholastika mit ihrer von Fauna-und-Flora-Metaphern gespickten Ansprache recht hatte, so verstörend sie seinerzeit auch gewesen sein mag – denn von diesem Bild blickt mir ein Garten aus unberührten Mädchengesichtern mit leuchtenden Augen und bezaubernd lächelnden Mündern entgegen.

So wie Annabelle.

Auf dem Foto steht sie in der letzten Reihe – aufgrund ihrer Größe war das ihre angestammte Position auf jedem St.-Rita-Jahrgangsfoto –, wie immer ein bisschen abseits, als sei sie aus Versehen ins Bild geraten. Ihre Hände ruhen lose auf ihren Hüften, sie zieht die Schultern zurück, reckt den Kopf ein wenig vor und blickt aus ihren grünen Katzenaugen direkt in die Kamera. Ihre kirschroten Lippen lächeln nicht, aber die Mundwinkel zeigen eine Winzigkeit nach oben. Ich frage mich immer, ob das bedeutet, dass sie sich zumindest bemüht hat, so wie Annie es ihr an jenem Morgen aufgetragen hatte, bevor wir aufbrachen: »Versuch doch bitte, diesmal zu lächeln, Süße. Ich hätte so gerne wenigstens ein Klassenfoto von dir, auf dem du nicht wie ein Knacki aus dem Todestrakt aussiehst.«

Ihre Mütze ist weit nach hinten geschoben, ihre Uniform ein bisschen zerknittert und ihre Krawatte baumelt lose um ihren Hals – diese Verstöße gegen die Kleiderordnung brachten ihr später einigen Ärger ein.

Sie hatte Franks olivbraune Haut und Annies wilde Locken, allerdings nicht in deren Rot, sondern in Dunkelbraun. Jedes Mal, wenn ich sie mir auf diesem Foto ansehe, muss ich an Schwester Scholastikas »perfekte kleine Knospen« denken und staune, wie ich jemals hatte glauben können, dass ich mit ihr mithalten konnte.

Simone und Stella sind auch auf dem Bild. Simone mit ihren langen Zöpfen – die sie abschnitt, sobald sie mit der Schule fertig war – sieht mit demselben durchdringenden Blick in die Kamera, für den sie Jahre später bei zahllosen Fernsehzuschauern bekannt wurde, während Stella zwar ebenfalls in die Kamera blickt, aber pummelig und zauberhaft, mit einem eifrigen

Lächeln und einem Anstecker mit der Aufschrift »Vertrauensschülerin« auf der Brust.

Ich stehe wie immer vorne in der ersten Reihe, direkt in der Mitte, und halte eine Tafel mit unserer Stufe und der Jahreszahl in den Händen. Und wie immer sieht man mir an, dass es mir ein bisschen peinlich ist. Ich stehe dort, weil ich die Kleinste in der ganzen Klasse war. Den Job mit der Tafel bekam ich, weil ich außerdem die Ordentlichste war.

Bei mir gab es keine zerknitterte Uniform, kein zerzaustes Haar, keine gelockerte Krawatte. Rose hatte mich herausgeputzt und zurechtgemacht, als ob mein Leben davon abhinge: zwei lange goldene, perfekt geflochtene Zöpfe mit schokoladenbraunen Schleifen umrahmen mein Gesicht, in dem über der Nase einige vereinzelte Sommersprossen prangen; ich lächle so breit, dass man meine Zähne sieht, und blicke mit Augen, so schokoladenbraun wie meine Uniform, direkt in die Kamera.

Jahre später, als ich in die zwölfte Klasse ging, wollte Joshua Keaton unbedingt meine Fotos aus der achten Klasse sehen. Dieses Foto betrachtete er ausgiebig, bevor er verkündete, dass ich darauf aussähe wie ein Mars-Riegel.

»So süß, dass ich dich glatt aufessen will«, sagte er, woraufhin ich meine schokoladenbraunen Schleifen abnahm und den Dingen ihren Lauf ließ.

Gerade, als ich mit Packen fertig war, klopfte jemand sachte an die Tür.

Ich öffnete und sah mich erneut der lächelnden Frau mit ihrem Putzmittelwagen gegenüber, die sich erkundigte: »Hatten Sie einen angenehmen Aufenthalt,

Liebes?« Ich hatte nicht die leiseste Ahnung, was ich darauf antworten sollte.

Stattdessen erwiderte ich ihr Lächeln und fragte sie, ob sie die Zeitschriften haben wollte, die ich mitgebracht hatte.

Dann zog ich die Tür hinter mir zu und huschte mit gesenktem Kopf zum Aufzug, in der Hoffnung, dass niemand von der Hochzeitsgesellschaft mich sehen würde. An dem Speisesaal, in dem das traditionelle Hochzeitsfrühstück stattfinden sollte, sprintete ich regelrecht vorbei.

Natürlich war niemand da, schließlich gab es nichts zu feiern. Vermutlich hätte sowieso niemand etwas herunterbekommen und Eier schon gleich gar nicht.

Die Aufzugtür öffnete sich, und ich drückte mit zitternden Händen auf den Knopf für die Tiefgarage. Ich hielt die Augen geschlossen, bis die Tür wieder aufging, dann eilte ich im Laufschritt zu meinem Auto, sodass mein Koffer nur so hinter mir herholperte. Als ich endlich ankam, weinte ich dicke, heiße Tränen. Wo sollte ich nur hin?

Nach Hause jedenfalls nicht. Noch nicht.

Mir kamen Simone und Stella in den Sinn – die einzigen beiden Menschen, die nicht auf der Hochzeit gewesen waren und die für das, was ich getan hatte, vielleicht sogar Verständnis aufbringen konnten.

Irgendwie hatte ich es geschafft, mit ihnen befreundet zu bleiben – die ganze Highschoolzeit hindurch und auch danach, selbst als Simone ihren Nachnamen in Severet änderte und zur Vorzeigelesbe wurde, während Stella den Nachnamen ihres Ehemanns – McNamara – annahm und sich zur Vorzeigekatholikin wandelte.

Wir standen einander immer noch nahe, obwohl ich

zu Annabelle übergelaufen war, von der beide nicht sonderlich viel hielten – erst recht nicht seit der Party zu meinem sechzehnten Geburtstag, auf der Annabelle ein Revierverhalten an den Tag gelegt hatte, das dem der Tiere aus Fergus' Dokumentarfilmen in nichts nachstand.

In Gedanken an diesen Abend bog ich aus der Einfahrt. So gesehen schien es recht wahrscheinlich, dass Simone eine Flasche Champagner köpfen würde, sobald ich ihr gebeichtet hatte, was ich soeben mit Annabelles Ehemann angestellt hatte.

Etwa einen Monat vor meinem sechzehnten Geburtstag kam Rose zu dem Schluss, es sei an der Zeit, dass sich die beiden Familien – Annabelles und meine – endlich einmal »richtig« kennenlernten.

»Lulu«, sagte sie eines Morgens, wischte sich die Hände an einem Geschirrtuch ab und kam aus der Küche auf mich zu. »Ich denke, es wäre eine gute Idee, wenn du Mr. und Mrs. Andrews zu deiner Geburtstagsparty einlädst.«

»Frank und Annie«, korrigierte ich.

»Wie bitte?«

»Frank und Annie. So nenne ich sie«, stellte ich mit einem selbstzufriedenen Lächeln klar. Mochte meine Mutter sich auch damit begnügen, in dieser unserer Straße zu leben und den Verstopfungen unserer Spießbarschaft auf den Grund zu gehen – ich, Lulu, verkehrte in weitaus kultivierteren Kreisen.

»Ist das so?«, erwiderte sie. »Nun, ich denke jedenfalls, wir sollten Mr. und Mrs. Andrews zu deiner Geburtstagsparty hier bei uns einladen. Und ich finde, du solltest auch Simone und Stella und noch ein paar Mädchen aus deiner Schule einladen.«

»Aber Rose …«

»Nichts aber, Tallulah.«

Schicksalsergeben verdrehte ich die Augen, stürmte in mein Zimmer, knallte die Tür hinter mir zu und machte mich daran, eine Liste mit einigen von St. Ritas jungen Lesben zu erstellen, die ich zumindest so weit erträglich fand, dass es mich nicht störte, wenn sie zu meiner Party kamen.

Allen voran natürlich Simone und Stella, mit denen ich mich trotz Annabelles anhaltenden Protesten immer noch hin und wieder traf.

»Aber was willst du denn bei Simone?«, quengelte Annabelle dann. »Wenn du zu mir kommst, hilft uns Frank, Sterne an meine Zimmerdecke zu malen.« Oder: »Komm lieber mit mir ins Kino, statt mit Stella shoppen zu gehen. Du weißt genau, dass sie dir nur wieder irgendwas total Unvorteilförmiges aufschwatzen wird.«

Ich hatte immer gehofft, dass wir alle vier Freundinnen sein könnten, aber das war mit Annabelle und Simone nicht zu machen. Sobald sie sich im selben Raum befanden, umkreisten sie einander wie argwöhnische Katzen.

Stella dagegen hätte Annabelle nur allzu gern in unseren Kreis aufgenommen; Stella nahm jeden bereitwillig auf. Am Tag der Party kam sie daher in mein Zimmer gehüpft wie ein vollkommen überdrehter Labrador.

»Alles Gute zum Geburtstag, Lulu! Hi, Annabelle«, rief sie. »Mann, du siehst echt toll aus, Annabelle, das Top ist wirklich klasse!«

»Hi, Lulu, alles Gute zum Geburtstag«, sagte Simone, die hinter ihr zur Tür reinkam. »Hallo, Annabelle, du bist ja auch schon da. Was für eine Überraschung.«

Annabelle saß schmollend auf dem Bett und ließ sich gar nicht erst zu einer Antwort herab. Stattdessen sah sie mich an und fragte: »Willst du denn dein Geschenk gar nicht aufmachen?«

»Kann ich nicht«, erklärte ich. »Rose hat gesagt, ich soll sie alle auf einmal aufmachen.«

»Aber ich will, dass du meins jetzt schon aufmachst.«

»Tja, aber das kann ich nicht«, wiederholte ich.

»Was kannst du nicht?«, wollte Rose wissen, die genau in diesem Moment gewissermaßen aus dem Nichts heraus im Zimmer erschien. Mit dieser unheimlichen Fähigkeit hatte sie mich schon als Kleinkind immer wieder verblüfft.

»Ach, Tallulah hat sich nur gerade darüber beklagt, dass sie ihre Geschenke erst aufmachen darf, wenn alle da sind. Dabei würde sie meins so gerne jetzt schon auspacken«, antwortete Annabelle und stellte damit ihre eigene besondere Gabe unter Beweis, nämlich mir Worte in den Mund zu legen.

»Ach, um Himmels willen, Lulu«, seufzte Rose. »Wenn es dir so wichtig ist, dann pack es halt jetzt schon aus – und danach kommt ihr Mädchen bitte runter, die anderen sollten bald hier sein.«

Annabelle thronte mit einem selbstgefälligen Lächeln auf dem Bett und sah zu, wie ich ihr Geschenk auswickelte.

Es war ein Foto von uns beiden: Arm in Arm und mit breitem Grinsen im Gesicht. In den hölzernen Bilderrahmen waren die Worte eingraviert: »Beste Freundinnen bis in alle Immerwigkeit«.

»Immerwigkeit«, erklärte Annabelle Simone und

Stella mit zuckersüßer Stimme, »ist unser Wort. Tallulah und ich haben es zusammen erfunden. Es ist eine Mischung aus ›immer‹ und ›Ewigkeit‹ und damit viel stärker als nur eines von beiden. – Also dann«, fügte sie gut gelaunt hinzu, »was habt ihr für sie? Irgendwelchen Lippenstift, nehme ich mal an?«

Ein Blick auf Stellas bebende Unterlippe und Simones finsteren Gesichtsausdruck genügte, und ich wusste, dass in dem kleinen Päckchen in Stellas Händen »Nachmittagsrosa« von Revlon lag.

Unten lief es kaum besser.

Gerade traf eine Abordnung von St. Ritas jungen Lesben ein, doch ich nahm sie kaum zur Kenntnis, denn ich war viel zu sehr damit beschäftigt, meine Mutter und Annie sorgenvoll zu beobachten, die sich in der Küche unterhielten.

Es war nämlich so, dass ich genau wusste, dass meine Mutter Annie nicht mögen würde. Das lag nicht nur daran, dass Annie selbst mir einmal gestanden hatte, dass die meisten Frauen sie nicht ausstehen konnten.

»Frauen hassen mich, Tallulah«, hatte sie mir bei einem meiner Besuche im Haus am Fluss erzählt. »Sie glauben immer, ich würde bei der nächstbesten Gelegenheit mit ihren Männern durchbrennen – als ob ich mit meinem eigenen nicht schon mehr als genug zu tun hätte.«

Dann lachte sie ihr klangvolles Lachen, in das ich mit der Bemerkung einstimmte: »Also, ich mag dich, Annie.«

Sie lächelte. »Warte nur ab, Lulu.«

Rose dagegen, dachte ich, würde mit Annie nichts anfangen können, denn in Rose' Welt bestand Liebe darin, dass man seinen Kindern im Winter Ponchos mit Fransen strickte, mitten in der Nacht die Säume ihrer Schuluniformen von Hand umnähte – und zwar perfekt! – und den Ehemann jeden Morgen mit einem selbst gekochten Frühstück in den Arbeitstag verabschiedete. In Rose' Welt zeigte sich Liebe in perfekter Haushaltsführung, während Annie Annabelle morgens nur mit etwas Geld für den Kiosk aus dem Haus schickte – und manchmal vergaß sie selbst das.

Bei Annie wiederum war ich mir nicht sicher, ob sie meine Mutter mögen würde oder nicht. Annie schien sich mit den Leuten in ihrer Umgebung nicht lange genug zu befassen, um sich eine Meinung über sie zu bilden.

Unter dem Vorwand, etwas trinken zu wollen, schlich ich in die Küche. Zu meiner großen Erleichterung hörte ich Annies vertrautes Lachen.

»Nein, im Ernst, Rose«, sagte sie gerade. »Ich bin so dankbar, dass unsere Mädchen Freundinnen geworden sind und dass Sie sich so um Annabelle sorgen. Sie liebt Ihre Nachmittagstees. Sie hat mich sogar schon ein paar Mal gebeten, Ihren Regenbogenkuchen zu backen, aber ich fürchte, diese Art von Mutter bin ich einfach nicht.«

Wieder ertönte ihr klangvolles Lachen, gefolgt von Rose' Stimme, die durch die Küche schallte wie ein Peitschenknall durch einen Pferdestall: »Was für eine Art von Mutter sind Sie denn dann?«

Ich hielt den Atem an.

»Eine widerstrebende«, verkündete Annie mit einem Lächeln.

»Alles Gute zum Geburtstag, Schätzchen!«, rief Rose später, als sie den Kuchen ins Wohnzimmer trug. »Süße sechzehn und noch ungeküsst.«

»Das will ich doch schwer hoffen«, brummte Harry.

»Dafür müsste derjenige auch erst mal durch ihren Damenbart kommen«, bemerkte Annabelle, und alle lachten.

Ich beugte mich vor und blies die Kerzen aus. Mein Wunsch traf mich unerwartet und vollkommen unvorbereitet und verschlug mir beinahe das restliche bisschen Atem, das nach den Kerzen noch übrig war.

Manchmal wünschte ich mir, Annabelle würde mich einfach in Ruhe lassen.

Kaum hatte ich das gedacht, überfiel mich das schlechte Gewissen.

Das hast du nicht so gemeint, redete ich mir ein. *Das hast du nicht so gemeint.*

Aber ein kleiner Teil von mir, der Teil, der das Gefühl hatte zu ersticken, wenn sie in der Nähe war … tja, also der Teil hatte es genau so gemeint.

Sie wollte mich permanent an ihrer Seite haben. Wenn ich mich mal mit Simone und Stella traf, schmollte sie tagelang. Wenn ich allein nach Hause wollte, um etwas Zeit mit meiner Familie zu verbringen, ohne dass sie dabei war, stand sie eine halbe Stunde später trotzdem vor der Tür. Wenn ich ohne sie einkaufen ging, fand sie alles, was ich mir gekauft hatte, ganz furchtbar und verlangte, dass ich es zurückbrachte, damit sie mir helfen konnte, etwas Besseres auszusuchen. Wenn ich im Unterricht mit einem anderen Mädchen über etwas lachte, wollte sie sofort wissen, worum es ging.

Sie hing an mir, bis ich in ihrer Umklammerung beinahe verschwand.

Doch selbst Annabelles manchmal erdrückende Anhänglichkeit konnte mich nicht auf den Sturm an Zuwendung vorbereiten, den Joshua Keaton mit sich bringen sollte.

3

Das Glöckchen über der Tür von Snows Eckladen bimmelte, als ich mit Mattie und Sam eintrat. Kaum von der Leine gelassen, schossen sie wie Flipperkugeln durch das Geschäft.

»Benehmt euch«, drohte ich, »sonst kaufe ich euch kein Eis.«

Wie aufs Stichwort rannten sie zur Gefriertruhe, wo sie wie immer eine gefühlte Ewigkeit über die Vorzüge von Bananeneis am Stiel versus Vanilleherzen mit Schokoglasur diskutierten. Dabei schoben sie die Glasabdeckung auf und zu, bis sämtliche kalte Luft entwichen war. Plötzlich spürte ich einen Hauch von Wärme neben mir.

Ein himmelblaues T-Shirt, ein langer, schlanker Oberkörper, der in ein Paar dunkelblauer Surfshorts überging, braune Arme, die sich auf das Glas stützten.

Er lächelte, schaufelte sich ein Gewirr aus dunklen Locken aus der Stirn und ließ den Blick über jeden Einzelnen von uns schweifen, bis er zu guter Letzt an mir hängen blieb.

»Also«, fragte er, »schon was gefunden, was dir schmeckt?«

Die Frage schwebte zwischen uns in der Luft und breitete sich langsam aus, bis Mattie ihn schließlich aufklärte: »Sie kriegt kein Eis, sie ist nämlich auf Diät.«

Sam nickte. »Und zwar so richtig«, ergänzte er hilfsbereit.

Der Junge im himmelblauen T-Shirt lachte und sagte: »Im Ernst? Ich finde, sie sieht ziemlich perfekt aus.«

Und das war es. Joshua Keaton und ich waren einander begegnet, und die Funken, die zwischen uns sprühten, brachten praktisch alles Eis in der Truhe zum Schmelzen. »Ich bin Josh«, stellte er sich vor, ohne den Blick aus seinen dunklen, gesprenkelten Augen von mir abzuwenden. »Wie heißt du?«

»Tallulah … Lulu.«

»Also dann, Tallulah-Lulu«, meinte er schmunzelnd. »Man sieht sich.«

Dann verließ er, akustisch untermalt von Snows Türglocke, den Laden.

»Haha, du hast gesagt, dein Name wäre Tallulah-Lulu«, höhnte Mattie.

»Halt die Klappe, Mattie«, brummte ich und führte sie zur Kasse.

»Lulu hat 'nen Freu-heund, Lulu hat 'nen Freu-heund«, sang Sam, während er um mich herumtanzte. In dem Moment kam Josh wieder herein.

»Stimmt das?«, fragte er grinsend. »Hast du einen Freund?«

»Nein«, antwortete ich.

»Willst du einen?«

Später, nachdem er mich erst bequatscht hatte, uns nach Hause bringen zu dürfen, wobei er den gesamten Weg sein Fahrrad neben uns herschob, und es dann sogar bis ins Haus geschafft hatte, wo er Rose verzauberte, indem er einen ganzen Teller ihrer selbst gemachten Makronen vertilgte, und anschließend Harry beeindrucken konnte, weil er wusste, was eine Abflussspirale war, wiederholte er seine Frage.

»Also, Tallulah-Lulu«, sagte er gedehnt, wodurch ein winziges Grübchen auf seiner rechten Wange auf und ab tanzte, »hättest du Interesse an einem Freund? Ich wäre nämlich unter Umständen bereit, mich zur Verfügung zu stellen.«

Ich kicherte – über seine Frage, über ihn, über uns und über mich, die ich gerade mit dem schönsten Jungen, den ich je gesehen hatte, in unserer Küche stand.

»Ich meine es ernst«, beharrte er.

Dann legte er einen Finger auf meine Lippen, beugte sich vor und küsste mich.

Mattie und Sam spielten draußen im Garten Krieg der Sterne, Harry und Rose waren irgendwo im oberen Stock, und ich lehnte mich an den Küchentisch und schloss die Augen, während Josh mit den Fingern meinen Hals entlangfuhr, über meine Schultern strich, mein Gesicht berührte.

Er legte die Hand an meine Wange, zog mich an sich und küsste mich jetzt stürmischer. Ich weiß nicht mehr, wie lang dieser erste Kuss dauerte, aber ich weiß sehr wohl noch, dass seine Hände, sein Mund und seine Zunge jeden Zentimeter meiner reinen, unberührten Katholisches-Schulmädchen-Haut zum Kribbeln brachten, bis ich mir wünschte, er würde mich gleich hier und jetzt auf Rose' Küchenbank bestäuben.

Später am Abend, als all die Mütter in unserer Straße in ihren Gärten standen und ihre Sprösslinge mit dem üblichen Singsang aus »Cait-lin«, »A-man-da«, »Chris-to-pher«, der das Ende der Spielzeit ankündigte, ins Haus riefen, wandte er sich vor meiner Haustür zu mir um und fragte: »Und, habe ich den Job?«

Ich nickte.

»Ausgezeichnet«, erwiderte er, drehte sich um und schlenderte durch unseren Vorgarten, um sein Fahrrad hinter Harrys Reklameschild hervorzuholen, wo er es abgestellt hatte.

»Dann also bis morgen«, rief er und radelte davon.

Ich sah ihm nach und konnte mein Glück kaum fassen.

In dieser Nacht lag ich lange wach und dachte darüber nach, wie seltsam es war, dass ich noch einen Abend zuvor ins Bett gegangen war, ohne einen Freund zu haben oder, wie Rose auf meiner Geburtstagsparty gesagt hatte, je geküsst worden zu sein.

Und jetzt hatte ich allem Anschein nach einen Freund. Ich war geküsst worden, und zwar – das wusste ich trotz meines vollkommenen Mangels an Erfahrung – richtig.

Ich lächelte in der Dunkelheit, als ich daran zurückdachte, wie meine Familie sich beim Abendessen aufgeführt hatte.

Harry hatte mich geneckt: »Tallulah Keaton, verliebt, verlobt, verheiratet.« Woraufhin Rose beunruhigt erwiderte: »Red keinen Quatsch, Harry, sie haben sich doch gerade erst kennengelernt.« Währenddessen sangen die Jungs im Chor: »Lulu und Josh sitzen auf dem Baum, sie K-Ü-S-S-E-N sich, man glaubt es kaum!«, und trommelten im Takt mit den Fäusten auf den Tisch, bis Rose ihnen androhte, sie an ebenjenen Baum zu ketten, wenn sie nicht sofort damit aufhörten.

Als Annabelle angerufen hatte, hatte ich Rose gebeten, ihr zu sagen, ich sei bereits im Bett, denn ich war noch nicht bereit, Josh mit ihr zu teilen. Aber ich wusste natürlich auch, dass ich ihn nicht ewig vor ihr geheim halten konnte; das war vollkommen unmöglich.

Ich schloss die Augen, schlang die Arme um meinen Bauch und dachte, falls ich wirklich einen Freund hatte, falls Joshua Keaton – ich presste seinen Namen an mich wie einen Teddy – wirklich mein Freund war, musste ich einfach bloß einen Weg finden, mich so zwischen Annabelle und ihm aufzuteilen, dass ich für beide reichte.

»Nie im Leben!«, kreischte Annabelle, als wir am nächsten Morgen zur Schule liefen. »Du stehst in Snows Eckladen, und dieser Typ kommt einfach rein und fragt dich, ob du seine Freundin sein willst? Das kann doch nicht dein Ernst sein, Tallulah – wie heißt er?«

Ich zögerte, bevor ich antwortete, weil ich ihn am liebsten noch ein bisschen länger ganz für mich allein behalten wollte.

»Joshua Keaton«, sagte ich schließlich und erwartete ihr Urteil.

Ich hätte es nicht ertragen, wenn sie sich in irgendeiner Form über ihn lustig gemacht hätte; wenn sie die Buchstaben seines Namens irgendwie vertauscht oder ihm einen Spitznamen verpasst hätte, der mir jedes Mal durch Mark und Bein gegangen wäre.

Ich hätte es nicht ertragen, wenn sie ihn mir verdorben hätte.

»Joshua Keaton«, verkündete sie. »Das klingt echt total faszilockend – und jetzt erzähl mir ganz genau, was passiert ist. Ich will alles über ihn wissen.«

Erleichtert, dass sie mich nicht aufzog, berichtete ich ihr alles, was ich bisher über Joshua Keaton herausgefunden hatte. Viel war es allerdings nicht, was ich zwischen Mattie und Sams Herumgeturne, Rose' Plätzchengaben, Harrys Autofragen – »Was hältst du vom neuen Holden, Josh?« – und unseren Küssen erfahren hatte.

Ich wusste, dass er siebzehn war, zwei Vororte weiter bei seiner Mutter Pearl wohnte – von einem Vater war nicht die Rede – und dass er bis letztes Jahr auf die Ralston Road Highschool gegangen war, bevor er sich entschlossen hatte, eine Lehre zum Mechaniker zu machen.

Ich wusste, dass er gerne Surfen ging und Teilzeit bei DNA Motors arbeitete, was ihm viel Spaß machte, dabei aber einem Typen namens Mel unterstellt war, den er nicht ausstehen konnte.

Das war so ziemlich alles, was ich über Joshua Keaton wusste, als ich an jenem Morgen mit Annabelle zur Schule ging.

Später jedoch, als die Tage zu Wochen und die Wochen zu Monaten geworden waren – zu unserem Sechsmonatigen tätowierte er sich mithilfe eines Taschenmessers und eines blauen Kugelschreibers meinen Namen ins Handgelenk, woraufhin Harry ihn einen ›albernen Spinner‹ nannte –, hätte ich ihr noch so viel mehr erzählen können.

Ich hätte ihr sagen können, dass er einen Meter und vierundachtzigeinhalb Zentimeter groß war und ihn der fehlende halbe Zentimeter regelmäßig in den Wahnsinn trieb; oder dass er mitten in seiner Lockenmähne eine weiße Strähne hatte, die man aber nur entdeckte, wenn man das Haar in seinem Nacken anhob; oder dass er nicht pfeifen konnte.

Ich hätte ihr sagen können, dass er es liebte, auf den Rücken geküsst zu werden, und außerdem auf den FC

St. Kilda, Bernhardinerhunde, vietnamesische Eiernudeln (zu allem), die Wellen am Strand von Duranbah und die Sängerin Chrissy Amphlett stand – »die zweitschärfste Frau der Welt, Tallulah-Lulu.«

Ich hätte ihr sagen können, dass sein Vater drei Monate nach Joshs Geburt abgehauen und zur Handelsmarine gegangen war und dass Josh, als er das erste Mal betrunken war, versucht hatte, ihn auf der HMAS *Melbourne* anzurufen. Er hatte in den Hörer geschrien, es sei eine Angelegenheit von nationaler Sicherheit, dass er zu Davie Keaton durchgestellt wurde, und als die Telefonistin schließlich einfach aufgelegt hatte, hatte er sich im Ralston Park auf eine Schaukel gesetzt und geweint.

Ich hätte ihr sagen können, dass er weinte, als er mir diese Geschichte erzählte, was aussah, als würde es tief in ihm drin regnen.

Ich hätte ihr sagen können, dass seine Daumen zwei Gelenke hatten, dass er mit dreizehn einen Brief an den Rennfahrer Peter Brock geschrieben und ihn gebeten hatte, sein Beifahrer sein zu dürfen, und dass er wochenlang mit dem signierten Foto unter dem Kissen geschlafen hatte, das als Antwort gekommen war.

Ich hätte ihr sagen können, dass er nach Mandeln schmeckte und nach Zitronen duftete und dass er die weichste Haut hatte, die man sich nur vorstellen konnte.

Aber das spielt keine Rolle.

Ich nehme an, das hat sie auch selbst herausgefunden.

Ich sorgte dafür, dass ihre erste Begegnung am Wattle Beach stattfand, fernab von Harry und Rose' oder

Frank und Annies neugierigen Blicken. Es war einer dieser heißen Tage, an denen die Straße unter den Füßen zu flimmern beginnt und die Schultern schon feuerrot leuchten, bevor sie der erste Sonnenstrahl getroffen hat.

Vor lauter Nervosität und Besorgnis kribbelte es an meinem ganzen Körper. Schließlich packte Annabelle mich am Arm und sagte: »Um Himmels willen, Tallulah, jetzt entspann dich mal! Ich werde ihn schon nicht auffressen.«

Wir liefen gerade die grün gestrichenen Betonstufen zum Strand hinunter, als ich spürte, wie sie neben mir kurz ins Stocken geriet und sich der Druck ihrer Finger an meinem Handgelenk ganz leicht verstärkte.

»Ist er das?«

Ja, es war Josh, der durch die letzte der anbrandenden Wellen auf uns zugerannt kam, wobei er sich mit seinen langen Armen und Beinen einen Weg zwischen all den kleinen Kindern auf ihren Bodyboards und den Müttern mit Babys auf der Hüfte hindurchbahnte. Sein Surfbrett klemmte unter seinem Arm, in seinen Locken hatten sich Wassertropfen verfangen, und über seinen Oberkörper spannte sich ein Surfshirt. Im nächsten Moment stand er neben uns und setzte mit einem Lächeln sein Board ab.

»Hey, Tallulah-Lulu«, sagte er und beugte sich vor, um mir einen flüchtigen Salzwasserkuss auf die Lippen zu drücken. »Wie geht's meiner Süßen?«

Er schüttelte sich, dass die Wassertropfen auf seiner Haut nur so umherflogen, dann hob er den Kopf und nickte Annabelle zu.

»Hey«, sagte er.

Das war alles. Sooft ich diesen Moment, diese allererste Begegnung später – als es von Bedeutung war – im Kopf durchspielte: Ich fand nichts, das mich hätte vorwarnen können. Nichts, das mir zuflüsterte: Er küsst dich und verschlingt sie dabei mit seinen Blicken. Nichts, das mir riet, auf der Hut zu sein.

Es gab nur uns drei. Lachend und schwatzend breiteten wir uns so auf unseren Handtüchern aus, dass wir alle zusammen darauf Platz fanden, während über uns am Himmel eine perfekte Sommersonne stand.

Im Sommer, als ich sechzehn wurde, nistete Josh sich in meiner Familie ein. Er half den Jungs, im Garten ihren berüchtigten ausbrechenden Vulkan zu bauen – Steine, Schlamm, Sand, Stöcke, ein Gartenschlauch und jede Menge Ärger –, hielt Harry die Leiter, als dieser die Regenrinnen reinigte, oder saß mit aufgestützten Ellenbogen an Rose' Küchentisch, legte das Kinn auf seine gefalteten Hände und wartete mit einem breiten Grinsen im Gesicht und Grübchen in den Wangen aufs Essen.

Dabei hatte Rose eigentlich bestimmt, dass wir einander während des Schuljahres nur an einem Abend in der Woche sehen durften. Und an den Wochenenden erst, wenn ich mit meinen Hausaufgaben fertig war.

Sie hatte Josh erklärt, wie wichtig es sei, dass ich gute Noten schrieb, und dass ich daher keinerlei Ablenkungen gebrauchen konnte – mit den Ablenkungen war natürlich Josh gemeint. Er hatte nur gelächelt und genickt und war dann trotzdem tagtäglich pünktlich zum Abendessen bei uns aufgekreuzt.

Jedes Mal, wenn Rose hörte, wie sein Fahrrad über den Rasen heranquietschte und gleich darauf das Gartentor mit einem Klick ins Schloss fiel, verdrehte sie die Augen und seufzte, aber Josh und ich wussten ganz genau, dass sie es nie und nimmer übers Herz bringen würde, einen hungrigen Jungen abzuweisen.

»Weiß deine Mutter, dass du hier bist?«, fragte Rose stattdessen, woraufhin Josh bloß nickte, weil das sehr viel einfacher war, als zu erklären, dass Pearl Keaton sich für gewöhnlich nicht einmal lange genug von ihren Zigaretten und Kreuzworträtseln losreißen konnte, um zu bemerken, dass er nicht da war.

Pearl lebte hinter einem Rauchschleier. Sie hockte tagein, tagaus auf ihrer Couch, vor sich auf dem mit Kaffeeringen übersäten Tisch ihre Kreuzworträtsel und einen flaschengrünen Glasaschenbecher, der vor Kippen überquoll.

»Hallo, Süße«, sagte sie, wenn Josh mich auf dem Weg nach oben in sein Zimmer an ihr vorbeiführte. »Dass ihr euch ja benehmt, da oben!«

Ich spürte jedes Mal, wie Josh sich neben mir innerlich wand. Er schämte sich für ihre Direktheit, ihre Liederlichkeit, den nachlässig übergeworfenen Bademantel und die riesigen Hündchenpantoffeln an ihren Füßen.

»Warum hast du dich nicht angezogen, Mum?«, fragte er dann. »Du wusstest doch, dass Tallulah kommt.«

»Ich bitte vielmals um Verzeihung, der Herr«, erwiderte sie. »Dir macht das doch nichts aus, Liebes, oder?« Ich schüttelte den Kopf und schämte mich für uns alle drei.

Pearl war Kassiererin in einem staatlichen Wettbüro, hatte eine einzige Freundin namens Caroline, mit der sie jeden Freitagabend zu den Spielen des örtlichen Fußballvereins ging, und arbeitete in geteilten Schichten, damit ihr Sohn ein Dach über dem Kopf hatte. Dass sein Vater abgehauen und zur See gegangen war, versicherte sie ihm immer wieder, sei kein großer Verlust gewesen.

Vielleicht war es das ja wirklich nicht, aber wenn ich sah, wie Josh sich in Anwesenheit meiner Eltern verhielt, wie er an unserem Tisch saß und jedes von Harrys Worten in sich aufsog, fragte ich mich, ob er selbst das nicht möglicherweise anders sah.

Ich ging nicht gerne zu Josh nach Hause, und ich mochte es erst recht nicht, dass ich Harry und Rose dafür auch noch anlügen musste.

Ich hasste die beengten Räumlichkeiten, die fleckigen Linoleumböden und das unvermeidliche Gerangel auf Joshs Bett, sobald wir die Stufen hinauf in sein Zimmer erklommen hatten. Er kämpfte mit meinen Kleidern und ich mit meinem katholischen Schamgefühl.

Aus heutiger Sicht mag das ziemlich lächerlich erscheinen, aber damals – 1982 – war ich ein sechzehnjähriges katholisches Schulmädchen, und jedes Mal, wenn Josh mich berührte, sah ich vor meinem inneren Auge, wie Eva Adam diesen verdammten Apfel gab und damit die Menschheit bis ans Ende ihrer Tage verdammte.

Ich hatte Angst, mich zu versündigen, fürchtete, dass Josh das Interesse an mir verlieren würde, wenn ich mit ihm »bis zum Äußersten« ging, und machte mir Sorgen, dass ich schwanger werden und wie Lisa Fitzgerald abgeschoben werden würde, die zu ihrer Großmutter nach Longreach verbannt worden war. Mit dem Baby im Gepäck hatte sie ausgesehen wie eine Flüchtlingsfamilie.

»Du willst doch nicht wie Lisa Fitzgerald enden«, predigten sämtliche Mütter in der Nachbarschaft ihren

Töchtern, als wäre ihr das erdenklich Schlimmste widerfahren. Als hätte sie Lepra bekommen oder wäre in die Sklaverei verkauft worden.

Ich dachte an Lisa, die ich nur vage als groß gewachsenes Mädchen mit Brille und einem johlenden Lachen in Erinnerung hatte, und fragte mich, wie sie wohl so hatte »enden« können. Ich fragte mich, ob sie wusste, dass sie an der St. Rita als mahnendes Beispiel für ein enthaltsames Leben herhalten musste und dass sie mir jedes Mal durch den Kopf ging, wenn Josh mich berührte.

Wir lagen eng umschlungen im Bett, unsere Gliedmaßen miteinander verschränkt wie die Finger zweier Hände, und ich fühlte mich innerlich zerrissen: Einerseits wollte ich ihn so sehr, andererseits wusste ich, dass gute Mädchen so etwas nicht machten und schlechte Mädchen nach Longreach verbannt wurden.

»Ach, um Himmels willen«, schimpfte Annabelle eines Nachmittags. »Bei diesem ganzen Gejammer wird einem ja schlecht. Warum hast du nicht einfach Sex mit ihm und fertig?«

»Ich bin noch nicht bereit dazu.«

»Warum? Das ist wirklich keine große Sache.«

»Annabelle, kannst du nicht endlich damit aufhören? Warum ist dir das überhaupt so wichtig?«, fragte ich. »Du hattest doch noch nicht mal Sex.«

»Oh doch, hatte ich wohl. Und lass mich dir sagen: Es ist absolut nichts Besonderes.«

»Du hattest Sex?«

»Ja.«

»Mit wem?«

»Mark Morris.«

»Du hattest Sex mit Mark Morris?«

»Jep, in seinem Auto.«

»Du hattest Sex mit Mark Morris? In seinem Auto?« Ich hatte nicht mal gewusst, dass sie Mark Morris, den Vizekapitän des Rugbyteams der St. Joseph, kannte – wenn man mal von dem gelegentlichen »Halt's Maul, Mark« absah, das sie ihm an den Kopf warf, wenn er uns wieder irgendetwas Dämliches hinterhergerufen hatte.

»Pass auf, Tallulah«, sagte sie. »So gerne ich auch hier stehen bleiben und dir zuhören würde, wie du alles wiederholst, was ich sage – ich muss noch Hausaufgaben machen.«

Wir liefen zusammen weiter, doch jetzt stolzierte Annabelle auf ganz seltsame, völlig übertriebene Weise vor mir her. Sie wackelte irgendwie mit den Hüften und schwang dabei ihre Schultasche wie ein Pendel hin und her.

Ich hielt den Kopf gesenkt und starrte auf den Boden vor mir. Meine Verwirrung nagte an mir, und aus irgendeinem Grund, den ich selbst nicht verstand, sammelten sich hinter meinen Augenlidern heiße, salzige, kindische Tränen.

Annabelle konnte ihre Tasche schwingen, so viel sie wollte, und dabei so tun, als wäre dies eine Unterhaltung wie jede andere auch. Aber wir wussten beide, dass das nicht stimmte.

Schweigend liefen wir weiter, bis sie schließlich stehen blieb, die Tasche absetzte und fragte: »Warum lässt du es nicht einfach gut sein?«

»Ich hab doch gar nichts gesagt.«

»Haarexakt, Tallulah. Hör mal, ich muss dir doch nun wirklich nicht jedes noch so winzige Detail erzählen, das sich in meinem Leben abspielt, oder? Du erzählst mir doch ganz sicher auch nicht in *allen* Einzelheiten, was zwischen Josh und dir so läuft.«

Ich hielt den Kopf weiter gesenkt, denn ich hatte Angst, diese neue Annabelle anzusehen, die nicht nur Sex gehabt hatte, sondern neuerdings auch Dinge vor mir geheim hielt.

Wir kamen an die Straßenecke, an der wir normalerweise unsere »Zu dir oder zu mir?«-Diskussion führten. Diesmal ging ich schnurstracks nach Hause und in mein Zimmer, und zwar ohne sie.

»Lulu«, rief Rose irgendwann. »Willst du denn gar nicht runterkommen? Auf dem Tisch stehen Obst und Plätzchen.« Doch ich vergrub bloß den Kopf unter meinem Kissen. Ich wusste, dass ich eh nichts runterbekommen würde.

An diesem Abend lieh Josh sich einen Wagen und fuhr mit mir ins Kino.

Auf dem Rückweg hielten wir eine Straße vor meinem Haus an, und er begann, mich zu küssen, während er gleichzeitig an meinen Jeans zerrte und meinen Gürtel öffnete.

»Nicht, Josh«, flüsterte ich.

»Warum nicht, Tallulah-Lulu?«, murmelte er, das Gesicht in meinen Haaren vergraben.

»Ich bin einfach noch nicht so weit.«

»Herrgott noch mal, Lulu.« Er seufzte tief. »Was hast du denn jetzt schon wieder für ein Problem?«

»Gar keins, Josh. Ich will einfach nur nicht.«

Josh trommelte mit den Fingern aufs Lenkrad und fragte: »Na, und wann willst du dann endlich mal?«

»Keine Ahnung«, antwortete ich. »Hör auf, mich ständig danach zu fragen.«

Er fuhr sich mit den Händen durchs Haar. »Weißt du, es gibt jede Menge Mädchen, die ich fragen könnte.«

»Prima«, entgegnete ich bissig und öffnete die Tür. »Dann frag doch eine von denen.«

»Vielleicht mache ich das auch«, erwiderte er, als ich die Tür zuknallte.

Aber das tat er nicht. Stattdessen stand er am nächsten Tag mit einem Strauß Nelken vor der Tür, den er unterwegs an der Tankstelle gekauft hatte, und bat mich um Verzeihung.

»Ich weiß, ich sollte dich nicht unter Druck setzen«, sagte er und kratzte sich hinterm Ohr. »Möchtest du vielleicht heiraten oder so? Würde das helfen?«

Ich lachte, nahm ihn in die Arme und versicherte ihm, dass das nicht nötig sein würde.

Um nach Craybourne Island zu kommen, musste man in Wattle Beach auf eine wenig Vertrauen erweckende Brücke biegen, die jedes Mal ein Stück durchzusacken schien, wenn ein Auto darüberfuhr. Tagsüber stürzten sich dort die Jugendlichen mit einem Kampfschrei vom Geländer ins Wasser, alle viere wie Seesterne von sich gestreckt.

Ich war schon unzählige Male auf dieser Insel gewesen, anfangs allein mit Harry und Rose, später eingeklemmt zwischen Mattie und Sam, den Kofferraum voller Kühlboxen, Sonnenschirme und Klappstühle.

Außerdem waren wir dort mit der Schule Jahr für Jahr auf Exkursion gegangen, um Craybournes berühmte Soldatenkrabben unter die Lupe zu nehmen. Mit zwölf hatten Stella, Simone und ich einen Campingausflug auf die Insel unternommen, und später war ich auch mit Annabelle hergefahren, die den

Namen allerdings konsequent als »Gähnbourne« ausgesprochen hatte. Doch jetzt, da ich die Brücke mit Josh überquerte, kam es mir vor, als sei ich noch nie zuvor hier gewesen.

Die Brücke ächzte und stöhnte unter dem Gewicht des Autos wie immer, die Boote im Hafen dümpelten auf und ab wie Äpfel in einem Kinderplanschbecken, aber hier, in Joshs neuem Wagen, fühlte sich nichts davon vertraut an. Ich hatte die Hände in den Schoß gelegt und rieb meine Daumen gegeneinander.

Er bog auf den Parkplatz vor dem Half-Moon Motel, auf dessen Aushängeschild alle paar Sekunden ein Halbmond aus Neonlicht aufflackerte.

Josh stellte den Motor ab und lehnte sich zu mir herüber.

»Ist das nicht romantisch, Lulu?«, fragte er. »Ich habe dir den Mond vom Himmel geholt.«

»Es ist wirklich schön, Josh«, rang ich mir ab. Mir fiel absolut nichts ein, was ich darauf erwidern sollte. »Geradezu außerirdisch.«

Es war mein siebzehnter Geburtstag, den ich größtenteils damit verbracht hatte, Harry und Rose anzulügen, denn ich hatte ihnen erzählt, dass ich bei Annabelle übernachten würde. »Annie backt mir einen Kuchen«, hatte ich verkündet und dabei wohl tief in meinem Inneren gehofft, dass Rose angesichts dieser vollkommen unwahrscheinlichen Behauptung hellhörig werden würde.

Josh küsste meinen Hals und schob die Hände unter mein T-Shirt, dann sagte er: »Lass uns reingehen.«

Ich folgte ihm mit gesenktem Kopf, starr vor Angst, dass mich jemand, den ich kannte – oder schlimmer noch: den meine Mutter kannte –, dabei beobachten könnte, wie ich mit Josh Keaton an der Rezeption des Half-Moon Motels herumstand.

»In eindeutiger Absicht«, präzisierte Annabelle, als ich ihr am nächsten Tag auszugsweise davon berichtete.

»Was?«

»Ihr standet in eindeutiger Absicht herum.«

Wir lagen nebeneinander auf ihrem Bett und kicherten, dann fragte ich: »In eindeutiger Absicht wozu?«

»In eindeutiger Absicht, junge Dame«, erwiderte sie streng, »dich flachlegen zu lassen.«

Daraufhin kriegten wir uns vor Lachen gar nicht mehr ein.

Doch die Nacht war mehr als nur das gewesen, worauf Annabelle und ich sie kichernd reduzierten.

Sehr viel mehr.

»Komm her«, sagte er.

Der Halbmond draußen vor dem Fenster blinkte unablässig, sodass ich alle paar Sekunden seine braunen Arme sah, die er nach mir ausstreckte, bevor er die Hände in meinen Nacken legte und mich an sich zog.

Er fuhr mit dem Finger die Konturen meiner Lippen nach, dann nahm er meine Hand und ließ sie langsam an meinem Körper hinabgleiten, bis er seine Finger in den Bund meines Rockes hakte.

»Warte kurz«, sagte er lächelnd und schwang die Beine vom Bett.

Aus seiner Sporttasche holte er eine Kerze, seinen Kassettenrekorder und eine Kassette.

Die Kerze stellte er auf das Schränkchen neben dem Bett und zündete sie an. Während die winzige Flamme die Schönheit der Schatten um uns herum zum Vorschein brachte, legte er die Kassette ein.

»Das hab ich für dich gemacht«, verkündete er mit einem Lächeln.

Ich schloss die Augen, als er zurück ins Bett kam, und spürte seinen Atem auf meiner Haut. Seine Hände streichelten meinen ganzen Körper und erzeugten eine Gänsehaut, die uns beide zum Lachen brachte.

»Du bist wunderschön, Tallulah-Lulu«, flüsterte er.

»Du auch«, erwiderte ich.

Das Meer und die sechzehn Lieder seines Mixtapes spielten unseren Soundtrack, und für die Dauer dieses Augenblicks waren wir es beide: wunderschön.

4

Stella, Simone und ich trafen uns schon seit Jahren regelmäßig im Café Gottardo – ich liebte es wegen des hervorragenden Kaffees, Simone liebte es, weil der Inhaber ununterbrochen Dean-Martin-Songs laufen ließ, und Stella liebte es, weil sie jeden Ort liebte, an dem sie ihren Kindern für einen Moment entfliehen und wieder zu Atem kommen konnte.

Nachdem ich aus dem Hotel geflohen war, hatte ich sie angerufen und gebeten, sich hier mit mir zu treffen. Es war der einzige Ort, wo ich mich jetzt hintraute, und sie waren die einzigen beiden Menschen, an die ich mich noch wenden konnte.

Von Juniper Bay in die Stadt fuhr man rund neunzig Minuten, was mir ausreichend Zeit gab, über das nachzudenken, was ich getan hatte, bis sich die Scham darüber tief in meinen Eingeweiden festsetzte und die ganze Fahrt über schmerzhaft daran nagte.

Wie hatte ich nur so dämlich sein können anzunehmen, ich könne einfach zurückkehren, ohne dass es mir etwas ausmachen würde?

Die Vergangenheit war ein fremdes Land, in das nur ausgemachte Vollidioten reisten.

Ich bog auf den Parkplatz vor dem Gottardo.

Es war eigentlich abzusehen gewesen, dass irgendjemand Schaden nehmen würde – allerdings nicht, dass ich diejenige sein würde, die diesen Schaden anrichtete.

Ich war es gewesen, die die verdammte Kassette wieder eingelegt und auf »Play« gedrückt hatte.

»Du dumme, dumme Kuh«, warf ich meinem Gegenüber im Rückspiegel an den Kopf. »Heutzutage gibt es doch nicht einmal mehr Kassetten.«

Als ich eintraf, waren Stella und Simone bereits da. Unter dem Tisch hatte sich Stellas dreijähriger Sohn Riley zusammengerollt. Ich setzte mich zu ihnen.

»Tut mir leid, Lulu«, sagte Stella. »Er wollte unbedingt mitkommen.« Unter dem Tisch fing Riley an, mein Schienbein abzulecken. »Seit er den Kater der Clintons im Fernsehen gesehen hat, hält er sich für eine Katze«, fuhr Stella fort. »Damit treibt er mich echt noch in den Wahnsinn. Er hört nur noch, wenn man ihn mit Mr. Socks anspricht, und ich muss ihm seine Milch in einer kleinen Schale hinstellen …«

»Verdammt noch mal, Stella«, fiel ihr Simone ins Wort. »Jetzt ermuntere ihn doch nicht auch noch. Weißt du noch, als Grace sich für ein Pferd gehalten hat und du sie schließlich auf dem Ponyhof angemeldet hast?«

»Ich habe sie nicht angemeldet, Simone«, widersprach Stella. »Ich bin nur mit ihr hingefahren und habe sie eine Weile über die Koppel galoppieren lassen …«

»Hörst du dir eigentlich selber zu, Stella?«, fragte Simone, während sie in ihrem Kaffee rührte. »Ist dir klar, wie bescheuert das klingt?« Sie legte den Löffel beiseite und beugte sich nach vorn. »Jetzt aber Schluss mit dem ganzen Kindergelaber; ich will alles über die Hochzeit hören – schieß los, Lulu.«

Ich sah sie an und dachte, dass sie sich das, was ich als Nächstes sagen würde, wohl nicht einmal in ihren wildesten Träumen hätte ausmalen können.

»Ich habe etwas Furchtbares getan«, gestand ich leise.

Simone sah mich an. »Was meinst du ... Lulu, was ist passiert?«

Die Scham brannte auf meiner Haut. Unwillkürlich schlug ich die Hände vors Gesicht und drückte mit den Fingern meine Augenlider zu, unter denen erneut die Tränen hervorquollen.

»Was ist los, Lulu?« Stella erhob sich, kam um den Tisch herum und stellte sich neben mich.

Sie streichelte meine Wange. »Ist ja gut«, brummte sie mit einer Stimme, die ihre fünf Kinder sicher über jede ihrer mannigfaltigen Kindheitsängste hinweggetröstet hatte, und tätschelte meinen Kopf. »Alles ist gut, Lulu, was es auch ist, alles wird wieder gut.«

Ich klammerte mich an sie, vergrub das Gesicht in ihrem Kleid und hoffte von ganzem Herzen, dass ein kleines bisschen von Stella Maria Patricia Mary McNamaras Güte irgendwie auf mich abfärben würde.

»Lulu«, sagte Simone in scharfem Tonfall. »Was um alles in der Welt hast du angestellt?«

»Ich habe mit Joshua Keaton geschlafen. In seiner Hochzeitsnacht«, flüsterte ich in Stellas Bauch.

»Was?«, hakte Simone nach.

»Ich habe mit Joshua Keaton geschlafen. In seiner und Annabelles Hochzeitsnacht«, vertraute ich Stellas Bauchnabel an.

»Lulu«, bohrte Stella freundlich nach. »Wir können dir nicht helfen, wenn wir nicht hören, was du sagst.«

»Tallulah«, fauchte Simone. »Wir verstehen nicht ein verdammtes Wort.«

»ALSO GUT«, brüllte ich über den Tisch. »ICH

HATTE SEX MIT JOSHUA KEATON. IN SEINER HOCHZEITSNACHT.«

Stella schlug die Hand vor den Mund. Simone dagegen bemerkte bloß – zweifelsohne mit einem Lächeln, da war ich mir sicher: »Oh, Lulu, dafür wird Annabelle dir die Augen auskratzen.«

»Miau«, machte Riley unter dem Tisch.

Als ich später am Abend nach Hause kam, klingelte bereits das Telefon. Ich ignorierte es, denn ich verspürte das unwiderstehliche Verlangen, mich jetzt sofort mit einem Kissen auf dem Gesicht auf mein Sofa zu legen.

Aus dieser Position hörte ich, wie der Anrufbeantworter anging und die Stimme meines Vaters ertönte.

»Hallo, dies ist eine Nachricht für Lulu de Longland«, verkündete er. Gegen meinen Willen konnte ich mir ein Lächeln nicht verkneifen. Egal, wie oft ich ihm auch sagte, dass er ganz normal mit mir reden konnte, wenn der AB ranging – er schickte immer eine formelle Anrede voraus, als wende er sich gerade an die Vereinten Nationen.

»Lulu, hier ist dein Vater. Wie war der Empfang? Tut mir leid, dass ich nicht bleiben konnte, aber ihr hattet doch sicher noch einen schönen Abend.« Ich wand mich innerlich, während mir gleichzeitig durch den Kopf schoss: »Na ja, zumindest zwei von uns …« Dann fügte er hinzu: »Hör mal, ich will dich nur ungern belästigen, Liebes, aber mit deiner Mum geht es gerade ein bisschen bergab. Als ich von der Hochzeit zurückkam, trug sie mal wieder Doris … Ich habe jedenfalls schon einen Arzttermin ausgemacht, aber wenn du in der nächsten Woche oder so vielleicht mal bei uns vorbeischauen könntest, Liebes, wäre das echt toll. Danke, Liebes.

Das ist das Ende der Nachricht für Lulu de Longland von Harry de Longland – ihrem Vater.«

»Oh, Harry«, seufzte ich ins Kissen.

Ich stand auf, wischte mir mit dem Handrücken die Augen trocken, strich mir die Haare aus dem Gesicht – so wie Rose es gern hatte – und war gerade auf dem Weg nach oben, als das Telefon erneut klingelte.

»Lulu«, war eine Stimme zu vernehmen, die ich nur allzu gut kannte. Ich erstarrte auf der fünften Stufe. »Tut mir leid, dass ich nicht schon früher angerufen habe, aber wir hatten hier ein paar Verzögerungen – wie immer –, aber na ja, jetzt läuft alles wieder nach Plan. Ich versuch's einfach später noch mal. Hoffe, bei dir ist alles in Ordnung. Wie war die Hochzeit? Ich freu mich schon darauf, was du alles zu berichten hast. Also gut, dann pass auf dich auf, und ich versuch's später noch mal.«

Ben Moreton.

Mein Freund.

»Tut mir leid, Lulu«, hatte er vor zwei Wochen zu mir gesagt, »aber ich kapiere einfach nicht, warum du unbedingt auf diese Hochzeit gehen willst.«

Ich hatte zugesehen, wie sich die vertrauten Konturen seiner Schultern und seines Nackens krümmten, während er auf dem Tisch beim Fenster seinen Koffer packte. Die Farben seiner Hemden und Krawatten stimmte er wie immer sorgfältig aufeinander ab.

»Ben«, antwortete ich, »das haben wir doch alles schon besprochen. Annabelle und Josh sind zwei meiner ältesten Freunde, und ich weiß, du verstehst nicht …«

Er fuhr zu mir herum, und die Worte überschlugen sich regelrecht in seinem Mund: »Ganz genau«, unterbrach er mich wütend. »Ich verstehe es nicht – ich verstehe nicht, warum du lieber zu dieser Hochzeit gehst, als mit mir nach Hongkong zu kommen. Warum, Lulu? Warum? Damit diese Frau dich ein weiteres Mal demütigen kann? Damit Josh mit seinem dämlichen Grinsen vor dir stehen und dir sagen kann, wie hübsch du aussiehst? Damit Annabelle wieder in dieser albernen Sprache mit dir reden kann und ihr so tun könnt, als wärt ihr immer noch zwölf und der ganze verdammte Mist wäre nie passiert? Ist das der Grund?«

Ich stand da, überrumpelt und sprachlos, während er ein letztes Paar dunkelblauer Socken in seinen Koffer stopfte.

»Ist das der Grund, Lulu?«, wiederholte er, als er den Reißverschluss an seinem Koffer zuzog. »Denn wenn ja, bin ich echt froh, dass ich nach Hongkong fliege. Ich habe diese ganze Geschichte nämlich langsam wirklich satt.«

Dann marschierte er aus dem Schlafzimmer und knallte die Tür hinter sich zu.

Ich hörte, wie er die Treppe nach unten und zur Haustür hinauspolterte, wo er, wie ich mir ausmalte, prompt einer anderen Frau in die Arme laufen würde, die ihr Glück kaum fassen konnte, hier in dieser Stadt einfach so einem vollkommen normalen, netten Mann zu begegnen, der sonst nie laut wurde, nie fluchte und auch nie mitten im Streit davonlief. Und der noch dazu immer erst Weiß- und Buntwäsche auseinandersortierte, bevor er ihre Wäsche wusch.

Einer klugen Frau.

»Tut mir leid«, sagte ich in die Stille des Zimmers hinein. »Es tut mir so leid.«

Aber offenbar nicht genug, um nicht auf die Hochzeit zu gehen. Vielleicht war ich aber auch einfach nur unbelehrbar.

Und jetzt war da seine Stimme auf meinem Anrufbeantworter und versuchte, den Streit und unseren unbehaglichen Abschied am Flughafen wiedergutzumachen. Ja, er machte sich sogar die Mühe, sich nach der Hochzeit zu erkundigen, was ihn sicher einiges an Überwindung gekostet haben musste. Ich dagegen – tja, was hatte ich seit seiner Abreise getan?

Gegen meinen Willen drängte sich mir die Erinnerung an die Nacht nach der Hochzeit wieder auf.

Ich sah Josh durch das Schlüsselloch meiner Zimmertür. Er stand schwankend im Flur und lächelte, als ich ihm aufmachte. Dann beugte er sich zu mir vor und trug halb singend, halb sprechend den Text eines der sechzehn Songs vor, die er damals auf das Mixtape gepackt hatte.

»Nein, nein, nein«, sagte ich laut zu mir selbst und schüttelte den Kopf, um das Bild aus meinen Gedanken zu verdrängen. Dann machte ich mich wild entschlossen daran, für meinen Besuch bei Harry und Rose zu packen.

Doch Josh sang einfach weiter und kam noch einen Schritt auf mich zu.

»NEIN«, wiederholte ich, schüttelte erneut den Kopf und warf ein Paar Schuhe aufs Bett. Normalerweise packte ich nur das ein, was ich für eine Übernachtung brauchte. Dafür reichte eine kleine Tasche. Heute zog ich jedoch meinen Koffer hervor – vielleicht würde ich ausnahmsweise mal etwas länger bleiben.

Wieder klingelte das Telefon. Diesmal rannte ich hin, um abzunehmen. Ich war mir sicher, dass es Harry war, der wissen wollte, ob ich kommen würde, und ich wollte ihm unbedingt versichern, dass ich natürlich für sie beide da sein würde. Stattdessen sprang jedoch erneut der Anrufbeantworter an, und eine ganz andere Stimme meldete sich zu Wort.

»Tallulah«, sagte Annabelle Andrews. »Hättest du nicht wenigstens warten können, bis das Konfetti auf dem Boden ankommt, bevor du mit meinem Ehemann in die Kiste steigst? War nur so ein Gedanke.«

Ich stand da wie festgefroren, denn ich hatte das irrationale Gefühl, dass sie durch die Leitung hindurch jede meiner Bewegungen erspüren konnte.

»Ich weiß, dass du da bist, Tallulah«, sagte sie ruhig. »Nimm sofort den Hörer ab.«

Ich ließ den Koffer zuschnappen und ergriff die Flucht.

Die neunzigminütige Fahrt von der Wohnung in der Innenstadt, die ich mir mit Ben teilte, zurück nach Juniper Bay dauerte eine gefühlte Ewigkeit. Währenddessen sah ich unentwegt in den Rückspiegel, um mich zu vergewissern, dass niemand hinter mir her war. Die Einzigen, die mich den gesamten Weg bis nach Hause verfolgten, waren jedoch meine Schuldgefühle.

Ich glaube, in meinem ganzen Leben war ich noch nie so erleichtert, nach Hause zu kommen, wie in diesem Moment, als ich in die Plantation Street bog. Ich würde durchs Gartentor gehen, vorbei an dem Schild, das alle paar Jahre neu gestrichen wurde, die Stufen hinaufsteigen und wusste dabei vorher schon, was mich erwartete. Selbst wenn Rose mal wieder in ihrer anderen Welt war, deren halb im Schatten liegende Räume keiner von uns je betreten konnte, würden im Flur trotzdem frische Blumen stehen, der Teekessel wäre noch warm, und an der Hintertür würden Harrys aufgeschnürte Arbeitsstiefel warten. Der Anblick war so vertraut wie die rosafarbene Chenille-Tagesdecke auf meinem Kinderbett mitsamt der Zweige, die Mattie und Sam eigenhändig darunter versteckten – ganz egal, wie alt sie waren. Obwohl sie beide weit weg in Canberra waren, wo sie an einem sechsmonatigen Austauschprogramm im Rahmen ihres Physiotherapiestudiums teilnahmen, schob ich am Abend meiner Rückkehr ganz automatisch die Hand unter die Tagesdecke, um nachzusehen, ob mir meine beiden Brüder – die mittlerweile auch schon stramme zweiundzwanzig waren – möglicherweise ein Geschenk hinterlassen hatten.

Ich war bereits seit einer Woche zu Hause, kümmerte mich um Rose und versteckte mich gleichzeitig in den vertrauten Wänden meines Heims, als Harry sich im Garten zu mir gesellte.

»Was ist los, Liebes?«, fragte er und stützte sich auf seinen Rechen.

»Was meinst du, Harry?«

»Na ja«, erklärte er, »gerade war Annabelles Mum im Fernsehen.«

»Im Fernsehen?«, wiederholte ich einfallslos.

Harry betrachtete eingehend seinen Rechen. »Ja, Liebes. Es ging darum, wie du Annabelles Hochzeit ruiniert hast. Wird heute Abend in dieser Show von Maxine Mathers gezeigt.«

Harry sah mich an und rieb sich dabei den Nacken, was bei ihm ein untrügliches Zeichen war, dass er sich Sorgen machte.

O Gott.

Das konnte er nun wirklich nicht auch noch gebrauchen – erst die Sache mit Rose und jetzt stand seine

Tochter landesweit im Rampenlicht wie ein Reh im Scheinwerferlicht eines Autos.

Daran konnte ich freilich nichts ändern – es war nun mal passiert, und dafür musste ich jetzt büßen. Aber ich konnte ihm wenigstens mit Rose helfen.

»Halb so wild, Harry«, versicherte ich ihm mit einem Lächeln. »Du kennst doch Annie, sie war schon immer so melodramatisch. Ich gehe besser mal rein und sehe nach Rose.«

Es war nicht viel, aber mehr hatte ich gerade einfach nicht zu bieten. Also ließ ich ihn allein im Garten zurück, mit einem Gesicht, das aussah wie ein einziges ängstliches Fragezeichen.

Rose saß zusammengesunken am Küchentisch.

»Hey, Rose«, sagte ich, setzte mich neben sie und legte eine Hand auf Doris' Ärmel. »Die Narzissen blühen, willst du rausgehen und sie dir ansehen?«

Sie starrte vor sich hin, die Hände fein säuberlich im Schoß gefaltet. Ich legte den Arm um sie, zog ihren Kopf an meine Schulter und streichelte ihr übers Haar. So saßen wir eine Weile da. Nur einmal durchbrach ein zittriger kleiner Seufzer von Rose die Stille.

Ich grub in meiner Trickkiste, um den einen Kniff zu finden, der ihr helfen würde. Ich wühlte mich durch all die Worte und Bilder, die ich als kleines Mädchen gelernt hatte, während ich an der Seite meiner stummen Mutter saß.

»Wie wär's mit einem Lied, Rose? Soll ich dir was vorsingen?«

Ich spürte, wie sich Rose' Schultern neben mir ganz leicht bewegten.

Also begann ich, mit leiser Stimme ein Lied von früher zu singen: »Dream a Little Dream of Me.«

Das beruhigte uns beide; es war schon immer leicht gewesen, die Außenwelt zu vergessen, wenn Rose und ich zusammen in ihrer Küche saßen und vor uns hinträumten.

Später, als ich Rose dazu gebracht hatte, sich zu Harry nach draußen in den Garten zu setzen – auf die alte Gartenschaukel, deren rot geblümter Stoff längst verblasst war und deren Fransen unzählige Vögel über die Jahre samt und sonders ausgezupft hatten –, ließ ich mich auf meinem Bett nieder und sah mit einer Mischung aus Entsetzen und Faszination, wie Annie mir mit ihren schwarz umrahmten Augen aus dem Fernseher entgegenblinzelte.

Ein Zusammenschnitt aus verschiedenen Familienszenen der Andrews' wurde gezeigt, kommentiert von einer wohltönenden Stimme aus dem Off:

Die Andrews sind eine der ältesten und bekanntesten Dynastien Australiens, die es auf praktisch jedem Gebiet der Kunst zu weltweiter Anerkennung gebracht hat.
Doch die Leidenschaft, die hinter diesen einzigartigen Begabungen steckt, sorgt auch für Zerwürfnisse innerhalb des Clans. Heute Abend spricht Annie Andrews, Ehefrau von Frank Andrews und Gewinnerin des »Archibald Prize«, exklusiv auf Kanal Neun zum ersten Mal über all die Skandale, die Australiens Künstlerfamilie Nummer eins über die Jahre umgetrieben haben.

Das Video endete mit einem bildschirmfüllenden Schwarz-Weiß-Foto von Annabelle und mir.

Das Telefon neben meinem Bett klingelte. Es war Simone.

»Ich weiß ja nicht, was genau Stevie Nicks gleich sagen wird« – Simone war kein großer Fan von Annie –, »aber ich hoffe, dass sie dir die Chance geben, deine Version der Geschichte zu erzählen.«

Ich hatte nicht die geringste Absicht, das zu tun, aber falls doch, wusste ich genau, wo ich anfangen würde: Bei diesem ersten Sommer, in dem wir drei – Annabelle, Josh und ich – in schönster Eintracht gemeinsam in der Sonne gebraten hatten.

5

»Au, au, au, au, au, au«, schimpfte Annabelle, während sie über den heißen Sand rannte. »Es ist mir echt ein Rätsel, warum du jedes Wochenende hierherkommen willst«, bemerkte sie und ließ sich auf ihr Handtuch plumpsen.

»Du musst ja nicht mitkommen, wenn du es so furchtbar findest, Annabelle«, erwiderte ich. »Ich weiß echt nicht, warum du dir das antust.«

In Wahrheit wusste ich das natürlich sehr wohl – wir beide wussten es.

Annabelle begleitete mich, weil ihr klar war, dass ich sonst Simone oder Stella mitnehmen würde. Und das hätte sie nur über ihre Leiche zugelassen. Also saß sie neben mir, rümpfte angewidert die Nase über die sommerlichen Gerüche – in erster Linie Hawaiian Tropic Bräunungsmilch und Jungs – und errichtete dabei buchstäblich einen Graben zwischen uns und den anderen.

»Siehst du das?«, blaffte sie jeden zerzausten Surfer an, der sich uns, von ihrer wilden Meerjungfrauenmähne angelockt, mutig näherte, nur um gleich darauf mit feuerroten Wangen – deren Ursache nicht das viele Salzwasser war – wieder abzuziehen. »Dieser Graben bedeutet: Betreten verboten, bitte nicht stören und auf keinen Fall ansprechen. Ich habe ihn gezogen, weil ich weiß, welche Schwierigkeiten ihr Surfer mit der englischen Sprache habt.«

»Annabelle«, ermahnte ich sie dann. Ich ärgerte mich über ihre Unverfrorenheit, bewunderte sie aber irgendwie auch dafür. »So kannst du doch nicht mit ihnen reden.«

»Ach, die lieben das«, erwiderte sie achselzuckend und streckte sich auf ihrem Handtuch aus wie eine Katze beim Sonnenbad. Wie sich Jahre später zeigen sollte, hatte sie die männliche Psyche bereits zu einem Zeitpunkt durchschaut, als wir restlichen Mädchen noch ahnungslos am Strand herumlagen und uns mit Kokosnussöl einrieben.

Der einzige Kerl, der diesen Graben übertreten durfte, war natürlich Josh.

Vielleicht spürte Annabelle, dass ich für ihn sehr viel vehementer eintreten würde als für Stella und Simone. Jedenfalls unternahm sie nie auch nur den Versuch, ihn auszuschließen. Stattdessen räumte sie umstandslos den Platz an meiner Seite und ließ ihn dorthin. Im Laufe des Sommers – in dem wir tagsüber zusammen Picknicks machten, Musik hörten und uns nachts im Park mit Wein aus dem Karton betranken, Witze erzählten und den Mond anheulten – waren wir drei einander so nahegekommen, dass kaum noch zu erkennen war, wo die eine anfing und der andere aufhörte.

Natürlich war das viel zu nahe.

Rose hatte das längst erkannt; sie stand mit gerunzelter Stirn daneben, wenn wir drei uns nach oben in mein Zimmer verzogen. Und auch Annie hatte es bemerkt: »Annabelle, warum gehst du nicht los und suchst dir deinen eigenen Freund, der uns die Haare vom Kopf futtert?« Selbst den Piranhaschwestern fiel es schon auf.

»Verzeihung, Schwester«, meldete sich Stacey eines Tages im Französischunterricht zu Wort. Den Blick auf Annabelle und mich gerichtet, fragte sie: »Einige von uns wüssten gerne, was eine *Ménage-à-trois* ist.«

Die Reihen von in Schokolade gehüllten Mädchen kicherten, als Sister Eltrees, die jüngste und am leichtesten zu erschütternde Nonne an der St. Rita, mit dem Französischbuch *Encore Tricolore* in der Hand mitten in der Bewegung erstarrte.

»Oh, das weiß ich nicht so genau, Liebes. Ich glaube, es ist eine Art Kuchen.«

Im Nachhinein betrachtet, ist das eigentlich fast schon lustig: Schließlich brachte Josh das Meisterstück zustande, sich ebendiesen Kuchen gleichzeitig zu sichern und tüchtig reinzuhauen.

Die Einzige, die nichts davon bemerkte, war ich. Vielleicht zog ich es aber auch einfach vor, die Augen zu verschließen und den Kopf in den Sand zu stecken.

Außerdem gab es bei alldem immer noch genügend Momente, die nur Josh und mir gehörten – voller Lachen und Seufzer und Versprechen, die nur wir beide teilten –, sodass ich mir keine Gedanken darüber machte, dass sich etwas oder jemand zwischen uns stellen könnte.

Das war der Sommer, bevor Annabelle und ich in die zwölfte Klasse kamen. In diesem Jahr wurde neben dem Wohnwagenparkplatz am Wattle Beach eine Rollschuhbahn unter freiem Himmel errichtet, wo sich in den frühen Abendstunden die Familien versammelten. Mütter mit Augen im Hinterkopf wachten über ihre Kinder, die über die Bahn staksten, während die dazugehörenden sonnenverbrannten Väter am Rand standen und Geschichten austauschten.

Später, wenn die Sterne am Himmel erschienen, kündigte der DJ an: »Und jetzt, meine lieben Verliebten – nur nicht schüchtern sein: Sucht euch einen Partner für den Pärchenlauf«, woraufhin die Jugendlichen übernahmen und zunächst einander und dann gemeinsam die Bahn umkreisten.

Annabelle hasste den Pärchenlauf. Sie rollte jedes Mal schmollend an die Bande und wies einen Jungen nach dem anderen ab, als wären sie keinen Deut besser als die nervigen Motten, die von den roten, grünen und blauen Lichtern angezogen wurden, die rund um die Bahn aufgehängt waren.

Ich dagegen liebte es.

Ich liebte es, Joshs Arm um mich zu spüren, wenn er mir die eine Hand auf die Schulter legte und mit der anderen meine Hand hielt. Ich liebte es, wie wir in perfekter Harmonie über die Bahn glitten, bis er mit einer geschmeidigen Bewegung vor mich rollte und mich gegen die Bande schob.

Während er sich an mich presste, flüsterte er: »Ich liebe dich, Tallulah-Lulu«, und sogar die Sterne seufzten.

Annabelle und ich lagen am Pier von Craybourne Island auf unseren Handtüchern und ließen uns genüsslich die Sonntagnachmittagssonne auf den Pelz scheinen.

Plötzlich senkte sich ein großer, dunkler Schatten auf uns herab: Josh stand vor uns, setzte sein Surfbrett ab und schüttelte sich. Eiskalte Tropfen regneten auf uns herab.

»Kann ich reinkommen, Mädels?«, fragte er grinsend, wartete die Antwort jedoch gar nicht erst ab, sondern ging auf die Knie und legte sich mit seinem kühlen Körper einfach auf mich drauf, den Kopf gleich neben meinem Ohr.

»Hey, Baby«, murmelte er. »Du duftest ja nach Kokosnuss. Zum Anbeißen.«

Ich bekam eine Gänsehaut, und trotz der Sonne lief mir ein Schauer über den Rücken.

»Oh Mann, nehmt euch doch ein Zimmer«, stöhnte Annabelle.

Er rollte von mir herunter und zwängte sich zwischen uns. Annabelle und ich drehten uns beide zu ihm um, dann verkündete Annabelle: »Annie nimmt am ›Archibald‹ teil.«

»Am was?«, fragte Josh mit dem Mund an meinem Hals.

»Am ›Archibald‹«, wiederholte Annabelle. »Allerdings wundert es mich nicht, dass ein Kulturbanause wie du noch nie davon gehört hat.«

»Ein was?«

»Ein Kulturbanause – jemand, der für Kunst nichts übrig hat und mit Verachtung auf künstlerische Leistung herabschaut. Ein unkultivierter, ungebildeter Bauerntrampel, wenn man so will«, erklärte sie mit einem Lächeln.

»Gott, Annabelle«, warf Josh ein. »Das ist jetzt aber ein bisschen hart.«

»Aber es ist wahr, Joshie«, neckte sie ihn. »Leider ist es nur allzu wahr.«

Sie drehte sich wieder auf den Rücken und fügte hinzu: »Warum läufst du nicht zurück ins Wasser zu deinen Surferfreunden und pinkelst ein bisschen in deinen Neoprenanzug, während ich Tallulah alles Weitere erzähle?«

Josh sprang auf, schnappte sich Annabelle und warf sie sich über die Schulter. »Ich glaube, du würdest viel lieber schwimmen gehen, Annabelle!«, bemerkte er lachend.

Annabelle wand sich aus seinem Griff, kreischte und rannte davon. Ihre langen braunen Beine wirbelten den Sand auf, während Josh sich an die Verfolgung machte. Die Schatten ihrer schlanken Körper sahen im Sand aus wie Stabheuschrecken.

Wie Zwillinge.

Ich setzte mich auf, schirmte mit der Hand meine Augen ab und sah zu, wie sie an dem schattigen Strand immer weiter in der Ferne verschwanden. Ich sah zu, wie sie zu Boden gingen und im Sand miteinander rangen, bis sich Annabelle unter ihm hervorwand, schnurstracks ins Wasser rannte und in einem geschmeidigen Bogen aus olivbrauner Haut und weißem Bikini eintauchte.

Josh stürzte hinter ihr her, und gemeinsam tauchten sie unter, während ich auf meinem Handtuch saß und wartete, bis sie wieder an die Oberfläche kamen. Es dauerte eine gefühlte Ewigkeit.

In dieser Nacht lagen Josh und ich unter einem Jacarandabaum beim Fluss, unsere Gesichter ganz nah beieinander.

»Josh«, flüsterte ich.

»Ja, Tallulah-Lulu?«

»Möchtest du, dass ich mir einen weißen Bikini kaufe?«

Am nächsten Tag auf dem Heimweg von der Schule lief Annabelle vor mir her und ließ beiläufig einen Ast über die Zäune klappern.

»Wir gehen heute nicht zu mir«, verkündete sie. »Du brauchst es also gar nicht erst vorzuschlagen.«

»Tja, zu mir will ich aber auch nicht.«

»Doris?«, erkundigte sich Annabelle knapp.

Ich nickte.

»Annie?«, fragte ich sie.

Sie nickte ebenfalls.

»Im Moment führt sie sich ganz besonders dramatisch auf«, seufzte sie.

»Verdammte Weiber«, brummte ich, schnappte mir das andere Ende ihres Astes und zog sie daran hinter mir her. »Komm, es ist so heiß, lass uns zum Fluss gehen.«

Die meisten Leute weigerten sich, in dem Fluss zu schwimmen, der sich durch Juniper schlängelte; unter unseren Brücken hindurch und an unseren Gärten entlang, an deren Rändern er sachte leckte.

Manche sagten, er sei verschmutzt, andere behaupteten, es schwämmen riesige schwarze Aale darin, die ihre schleimigen Körper um die Beine der Schwimmer wickelten und sie hinabzogen. Ihre Opfer würden nie wieder gesehen.

Jessica McCarthy schwor, dass ihr Vater, der als Fischer arbeitete, zweiköpfige Fische beobachtet hatte, die aus den braunen Tiefen an die Oberfläche schossen, und Sarah Scott schilderte einer Schar tief beeindruckter Achtklässlerinnen, dass ihr Bruder und seine Kumpels oft über die Köpfe darin herumdümpelnder toter Kühe hinwegglitten, wenn sie am Wochenende Wasserski fuhren.

»Wie beim Skispringen«, warf Annabelle fröhlich ein und ruinierte damit Sarahs großen Auftritt.

Annabelle und ich hatten jedenfalls ein Stückchen

Fluss gefunden, das noch nicht von fleischfressenden Aalen oder verwesenden Rindern bevölkert wurde. Rechts vom Kanuklub befand sich ein blassgrauer Steg, der weit ins Wasser hinausragte.

An seiner Unterseite wucherten scharfkantige Muscheln, und durch die unebenen Planken konnte man Hunderte winziger silberner Fischchen sehen, die in Schwärmen durchs Wasser schossen, mal in die eine Richtung und dann, nach einer exakt gleichzeitigen Wendung, genauso schnell in eine andere.

Dort konnten wir uns bis auf die Unterwäsche ausziehen und uns in dem seichten Wasser unter den Planken treiben lassen, zwischen denen wohldosierte Mengen Sonnenlicht hindurchschienen, während winzige Wellen – Wellenküken nannte Annabelle sie – mit unseren Zehen flirteten.

Dies war der einzige Ort, von dem wir Josh nie erzählt und wohin wir ihn auch niemals mitgenommen hatten.

Es für uns zu behalten war eine unausgesprochene Übereinkunft zwischen uns. Dort gingen wir hin, wenn es zu heiß für das Baumhaus – das zu betreten wir Josh gelegentlich erlaubten – und zu weit bis zum Strand war.

»Du siehst aus wie eine Meerjungfrau«, sagte ich an diesem Nachmittag zu ihr, an dem keine von uns unseren Müttern über den Weg laufen wollte.

»Du auch«, erwiderte sie lächelnd und fügte dann hinzu: »Ich wünschte verdammt noch mal, wir wären welche.«

»Ich auch«, sagte ich und wackelte mit den Zehen. »Dann könnten wir einfach davonschwimmen.«

»Irgendwohin, wo uns niemand findet«, stimmte sie

mir zu. Dann gestand sie: »Frank und Annie liegen sich wegen dieser ›Archibald‹-Sache tierisch in den Haaren.«

»Warum?«

Annabelle seufzte, tauchte kurz unter und kam Sekunden später wieder an die Oberfläche. Sie strich sich die dunklen Haare aus dem Gesicht. »Weil Frank nicht will, dass sie daran teilnimmt.«

»Warum?«

»Er meint, sie würde das nicht aus den richtigen Gründen tun. Er glaubt, ihr gehe es nur um die Aufmerksamkeit und das Geld.«

»Wie viel kriegt man denn dafür?«

»Ungefähr zwanzigtausend, glaube ich.«

»Nicht schlecht.«

»Ich weiß. Annie sagt, wir könnten das Geld weiß Gott gut gebrauchen, nachdem Frank in letzter Zeit nicht viel zustande gebracht hat« – Franks Arbeitsweise war genau wie er selbst: planlos und unstet – »und wir ja schließlich irgendwie die Schulgebühren für St. Rita bezahlen müssen. Sie meint, er habe ja keine Ahnung, wie schwierig es sei, seinen Namen in der Kunstwelt hochzuhalten …«

Annabelle wirkte geistesabwesend; offenbar war sie voll und ganz in Annies Welt mit ihren klimpernden Armreifen und ihrer rauchigen Stimme abgetaucht.

Ich strich mir das Wasser aus den Haaren, bis es in winzigen Tröpfchen über meinen Rücken perlte.

»Aber ich verstehe immer noch nicht, worüber er sich so aufregt. Der ›Archibald‹ ist doch ein ziemlich namhafter Preis, oder? Es ist ja nicht so, als würde sie an einem Ausmalwettbewerb teilnehmen oder so was …«

Annabelle lachte. »Ich glaube, das wäre viel besser.«

»Warum?«, wollte ich wissen. »Ich kapiere es einfach nicht.«

»Weil es superviele Regeln und Bedingungen für die Teilnahme gibt. Eine davon ist, dass man die Person, die man porträtiert, persönlich kennen muss und diese Person noch dazu auf ihrem Gebiet gut bekannt sein soll. Also zum Beispiel ein Politiker oder ein Künstler oder sonst irgendein hohes Tier.«

Sie ließ sich wieder ins Wasser sinken und stützte sich mit zurückgelegtem Kopf auf den Ellbogen auf.

»Und das Problem daran ist …«, sagte ich gedehnt.

»Das Problem ist: Wenn Annie schon jemanden porträtieren soll, den sie gut kennt und der auf seinem Gebiet herausragend ist, sollte man doch wohl annehmen, dass sie sich, du weißt schon, für Dad entscheidet.«

»Hat sie nicht?«, fragte ich einfallslos.

»Nein«, antwortete Annabelle. »Sie hat Fergus genommen.«

Das überraschte mich allerdings; ich hatte eigentlich nicht gedacht, dass Annie Fergus sonderlich mochte. Wann immer sein Name fiel, brummelte sie irgendetwas vor sich hin. Annabelle meinte, sie sei immer noch sauer wegen der Sache mit den Glasperlen.

Frank dagegen vergötterte ihn.

Im Haus am Fluss gab es Kinderfotos von ihm, auf denen er Fergus hinterherlief, seine Kameras trug, seinen Kleidungsstil nachahmte und sich genau wie er übers Kinn rieb und sich das Haar auf die gleiche Weise hinter die Ohren strich. Es dauerte Jahre, bis er sich eine eigene Identität zugelegt hatte.

Fergus schickte Annabelle Postkarten aus allen Winkeln der Erde. Sobald sie eintrafen, rannten wir los, um im Atlas nachzuschlagen, wo er gerade war. Er schickte ihr auch Federn und Kopfputze und Umschläge voller fremdartiger Düfte, die von einem Leben fernab von Juniper Bay berichteten.

Eines Abends saßen wir bei Annabelle zu Hause und guckten gerade eine von Fergus Andrews' Dokumentationen, als Annie ins Zimmer kam.

»Was seht ihr euch an, Mädchen?«, erkundigte sie sich.

»Onkel Fergus' neuesten Film. Hat er mir geschickt«, antwortete Annabelle.

»Wie heißt er?«

»Ähm, *Alisterus scapularis, König der Papageien*.«

»Wohl eher *König der Flachwichser*.«

»Annie«, schimpfte Frank, der in diesem Moment dazukam. »Wie kannst du so etwas sagen?«.

»Ach, um Himmels willen, Frank. Mit jedem Preis, den er erhält, werden Fergus' Dokus nur noch überheblicher. Das weißt du genauso gut wie ich.«

»Was ich weiß«, erwiderte Frank, »ist, dass Fergus sehr talentiert ist, ausgesprochen hart arbeitet und es nicht verdient hat, dass du dich über ihn lustig machst.«

Annie drehte sich zu ihm um und sah ihn aus ihren Zigeuneraugen an. »Du hast recht, Frank«, entgegnete sie. »Das hat er nicht verdient. Ich hebe es mir lieber für seinen kleinen Bruder auf.«

Annabelle und ich wechselten einen Blick und wandten uns wieder dem *König der Flachwichser* zu.

Um ehrlich zu sein, mochte ich Fergus auch nicht besonders.

Das erste Mal war ich ihm begegnet, als er für ein paar Tage ins Haus am Fluss kam. Das gesamte Abendessen über redete er ausschließlich über sich. Er zog Foto um Foto hervor und hatte allen Souvenirs mitgebracht, die einfach zum Niederknien waren. Während ich zwischen den beiden Männern hin und her sah, fiel mir jedoch auf, dass er sich nicht ein einziges Mal erkundigte, wie es seinem kleinen Bruder ergangen war.

Gegen neun Uhr stand er auf, streckte sich und verkündete: »Tut mir leid, Leute, meine innere Uhr läuft wohl immer noch nach Swasizeit.« Obwohl ich damals gerade erst vierzehn war und noch keine Ahnung hatte, was »Swasi« war, erkannte selbst ich, was für eine idiotische Bemerkung das war.

Er ging nach oben ins Gästezimmer, blieb unterwegs aber vor dem riesigen Gemälde stehen, das Frank erst kurz zuvor fertiggestellt hatte – eine Collage, auf der ein bunter Mix aus Farben wild aufeinanderprallte und die eines Tages bei Sotheby's für eine unfassbar hohe Summe versteigert werden sollte –, und konstatierte: »Ein ganz schönes Durcheinander, was?«

Damals war Annie Fergus' Erfolg zuwider gewesen. Es hatte alles danach ausgesehen, als sollte er Frank mühelos den Rang ablaufen, der, wie sie sagte, begabter war als »die ganze verdammte Bande zusammen«.

Franks Arbeiten waren von erlesener Qualität. Seine Zeichnungen, Gemälde und Radierungen waren so detailreich und von solcher Schönheit, dass es den Leuten meist schwerfiel zu glauben, dass sie von einem Mann erschaffen worden waren. Doch Frank selbst war unstet und hatte nicht das geringste Zeitgefühl. Sein Atelier war mit unfertigen Aufträgen übersät, was ihm in weniger freundlichen Künstlerkreisen den Spitznamen »Halbe-Sachen-Frank« einbrachte.

Frank war so von den kleinen Details des Lebens fasziniert – »Tallulah, Annabelle, kommt schnell her und seht euch dieses wundervolle Spinnennetz an!« –, dass es ihm vermutlich gar nicht in den Sinn kam, auch das große Ganze im Auge zu behalten. Bei den wenigen Gelegenheiten, wo er es doch einmal tat, musste er oft genug erkennen, dass er längst den Überblick verloren hatte.

Diesmal war es jedoch Annie, die er verlor, denn etwa einen Monat nach dem Nachmittag am Fluss machte sie sich auf den Weg auf die Salomonen, wo Fergus seine neueste Doku drehte. Ihr Aufbruch war typisch für sie: unvorhersehbar und überhastet.

»Hab ein Auge auf Annabelle, Tallulah«, bat sie mich am Tag vor ihrem Abflug, als sie gerade die große, flache Holzkiste, in der sie ihre Farben aufbewahrte, einpackte und ihre Pinsel zu einem Bündel zusammenrollte. »Und auf Frank – oder nein, hab besser beide Augen auf Frank.«

»Wie lange bleibst du denn weg, Annie?«, fragte ich.

Sie schloss den Deckel und sah mich an. »Offensichtlich bist du keine Künstlerin, Lulu«, erwiderte sie. »Sonst wüsstest du, dass es auf diese Frage keine Antwort gibt.« Sie lächelte und tätschelte mir mit ihren glitzernden Händen die Wange. »Ich bleibe so lange dort, wie ich brauche, um alles richtig hinzubekommen, in Ordnung, meine kleine Bedenkenträgerin?«

»Ehrlich gesagt, wollte ich bloß wissen, wie lange es dauert, bis Annabelle wieder was Richtiges zu essen bekommt«, blaffte ich. Ich war selbst überrascht, wie sehr es mir zu schaffen machte, dass sie ging, zumal ich immer noch nicht so recht verstand, warum sie überhaupt ging.

»Annabelle ist absolut in der Lage«, entgegnete Annie, »sich selbst etwas zu kochen.«

An dem Morgen, als Annie in Richtung Salomonen aufbrach, regnete es in Strömen, und Blitze jagten einander über den finsteren Himmel. Ein wütender Sturm zerrte an Franks riesigem schwarzem Regenschirm, während er barfuß neben dem Taxi stand, um Annie zu verabschieden.

Als sie weg war, legte sich die Ruhe über das Haus am Fluss wie eine Decke. Frank zwang sich jeden Morgen aufzustehen, um sich um seine Tochter zu kümmern, die, wie er zwischen Uniformbügeln und Makkaroniauflaufkochen verkündete, »Liebe, Essen, Kleidung und Schuhe« nötig hatte – »in genau dieser Reihenfolge«.

Den restlichen Sommer über bis weit in den Herbst hinein verbrachte Annabelle die meisten Wochenenden bei mir zu Hause. Während Josh und sie sich um einen Platz an unserem Küchentisch balgten, brummte Rose alle möglichen Bemerkungen über Annie in sich hinein, ganz besonders, wenn sie gerade Alexis trug.

Der Ablauf unserer Tage veränderte sich und fügte sich in ein neues Muster. So vergingen zwei Monate, und Annie war immer noch nicht zurück. Dann rief eines Tages Fergus an, und aus den zwei Monaten wurde schlagartig eine gefühlte Ewigkeit.

Es war an einem Samstagabend nach dem Abendessen – das weiß ich noch, weil Harry und Rose sich gerade eine Wiederholung von *Parky* ansahen –, als Annabelle aufkreuzte und an unsere Haustür klopfte, bevor sie sich wortlos zu uns aufs Sofa gesellte.

Ein Gutes hatte Rose' Krankheit: Sie war ausgesprochen tolerant gegenüber dem seltsamen Verhalten anderer und akzeptierte umstandslos, was andere Leute hinterfragt hätten. Statt also Annabelle zu fragen, was sie wollte, rückte sie einfach beiseite und machte ihr Platz auf unserem Sofa.

Als *Parky* zu Ende war, gingen wir nach oben in mein Zimmer.

»Annie kommt nicht zurück«, erzählte sie mir. »Fergus hat Dad angerufen und ihm gesagt, dass er und Mum« – sie spuckte das Wort förmlich aus – »sich ineinander verliebt haben und deswegen zusammen auf den Salomonen bleiben müssen, um sich ›über alles klar zu werden‹.« Sie krümmte zwei Finger jeder Hand zu Anführungszeichen, um auf diese Weise zum Ausdruck zu bringen, was sie von dieser Formulierung hielt.

»O Gott, Annabelle«, erwiderte ich. »Das ist ja furchtbar.« Ich ging zu ihr und wollte sie in den Arm nehmen.

»Nicht«, sagte sie und schob mich weg. »Es ist mir egal, Tallulah, es interessiert mich nicht. Wenn Mum meint, sich mit Mr. Scheißkhakihosen wie die hinterletzte Schlampe aufführen zu müssen, bitte sehr. Frank und ich sind ohne sie sowieso viel besser dran.«

Frank – mein Herz setzte einen Schlag aus. »Wie geht es ihm?«

»Wen interessiert das, Tallulah?«, fragte sie. Sie sah vollkommen fertig aus.

Dann schlief sie bei mir auf dem Boden volle dreizehn Stunden lang.

6

Aber haben Sie nicht Ihre Tochter verlassen, als sie kurz vor ihrem Schulabschluss stand?«, fragte Maxine Mathers Annie. Sie brachte das Kunststück fertig, dabei gleichzeitig missbilligend und mitfühlend auszusehen.

Ich hatte gerade mein Telefonat mit Simone beendet und saß nun auf meinem Bett, kaute auf meinen Fingernägeln und beobachtete wie hypnotisiert die Katastrophe, auf die dieses Interview zusteuerte. Ich sah, wie Annie die Augen aufriss und sich abrupt vorbeugte, woraufhin Maxine Mathers erschrocken in ihrem Stuhl zurückwich.

»Ich finde es wirklich interessant«, sagte Annie langsam, »dass Sie das als ›verlassen‹ bezeichnen.«

»Und warum, Annie?«, fragte Maxine, die Hand unters Kinn gelegt. Sie hatte ihre Gesichtszüge wieder so weit im Griff, dass es ihr gelungen war, einen leicht amüsierten Ausdruck aufzusetzen.

»Weil ich meine Tochter nicht verlassen habe, wie Sie es so dramatisch ausdrücken, Maxine. Ich bin für einige Monate auf die Salomonen gereist, um dort ein Bild zu malen, weil das mein Job ist, in dem ich, ganz nebenbei, sehr gut bin. Annabelle blieb bei ihrem Vater, und ich hoffe, dass sie in dieser Zeit erkannt hat, dass sie in der Lage ist, auf eigenen Beinen zu stehen. Und dass Frauen nicht automatisch alles verlieren, was sie bis dahin ausgemacht hat, sobald sie Mutter werden.«

»Aber Sie sind mit dem Bruder ihres Vaters durchgebrannt«, bohrte Maxine weiter, während ich meinen Nagel bis aufs Nagelbett abnagte.

Annie seufzte. »Ich bin nicht mit ihm durchgebrannt, ich habe ihn gevögelt«, stellte sie klar. Die Telefonleitungen bei Kanal Neun liefen vermutlich bereits heiß, doch sie fügte seelenruhig hinzu: »Das ist noch so etwas, worin ich sehr gut bin.«

Maxine Mathers, der unter ihrer unerschütterlichen Betonfrisur förmlich die Augen aus dem Kopf fielen, wandte sich zur Kamera um, während ihr Gesicht noch nach einem passenden Ausdruck suchte. »Nach der Pause«, kündigte sie an, »berichtet Annie exklusiv bei *Today, Tonight and Tomorrow* von ihrer komplizierten Beziehung zu ihrer Tochter Annabelle und dem herzzerreißenden Verrat einer alten Schulfreundin.«

Ich stand vom Bett auf und schaltete den Fernseher aus. Wie dieser Teil der Geschichte ausging, wusste ich bereits.

Als ich mich an diesem Abend schlafen legte, gingen mir Annies Worte durch den Kopf. Es hatte fast den Eindruck gemacht, als glaubte sie, sie habe ihrer Tochter einen Gefallen getan, als sie damals abhaute.

Es stimmte durchaus, dass das Leben im Haus am Fluss noch eine Weile unbehelligt weiterging. Und Annabelle hatte nie behauptet, sie würde sich verlassen fühlen – tatsächlich benahm sie sich die meiste Zeit, als sei Annies Abwesenheit ein Segen: »Endlich stinkt nicht mehr das ganze Haus nach diesen verdammten Patschuli-Duftkerzen.«

Vielleicht …

»Annabelle Andrews, bitte melden Sie sich bei Mutter Patricia. Annabelle Andrews, kommen Sie bitte ins Büro.« Schwester Angelas Stimme drang knarzend durch die Sprechanlage von St. Rita, auf der Suche nach Annabelle. Ich selbst hatte bereits die gesamte Mittagspause damit verbracht, nach ihr Ausschau zu halten, bis ich sie schließlich hinter der schuleigenen Grotte fand, die Maria, Josef und dem Jesuskind ein Zuhause bot.

»Scheiße«, fluchte sie. Sie tigerte auf und ab und rauchte eine Zigarette. »Scheiße, scheiße, scheiße.«

Ihre Uniform saß ganz schief, und auf ihrer Wange glänzte eine noch feuchte Blutspur.

»O Gott, Annabelle«, rief ich. »Was ist passiert?«

»Die Piranhaschwestern«, fauchte sie. »Sie meinten, Annie wäre eine Schlampe, was, wie wir beide wissen, durchaus der Wahrheit entspricht, denn wie sonst sollte man eine Mutter bezeichnen, die einfach mit deinem Onkel durchbrennt und gleichzeitig deinem Vater irgendwelche beschissenen Briefe schreibt, die er nicht mal liest, sodass sie sich mittlerweile schon *unter* dem Tisch stapeln …«

Sie zitterte, ihr Gesicht war ganz verquollen, und sie atmete stockend durch den Mund, während ihr dicke Rotzfäden aus der Nase hingen und wild hin- und herschwangen.

Ich brachte sie dazu, sich hinzusetzen und den Kopf an die sanfte Rundung der Grottenwand zu lehnen, dann zog ich ein Taschentuch hervor und hielt es ihr unter die Nase.

»Schnäuzen«, befahl ich und legte ihr den Arm um die Schultern.

Aus meiner Tasche holte ich ein paar Feuchttücher – ich war nicht nur das einzige Mädchen an der gesamten St. Rita mit jungfräulichen Ohren, ich war auch die Einzige, die Hygieneartikel für den Notfall mit sich herumschleppte. »Man weiß nie, wann man so etwas mal braucht, Lulu«, pflegte Rose zu sagen – und tupfte das Blut ab.

»Also«, fragte ich, um sie aufzuheitern, »hast du die Piranhas zerfleischt?«

Zwischen ihren Tränen hindurch zeigte sich ein kleines, schiefes Lächeln auf ihren Lippen.

»Frank ist verschwunden«, verkündete Annabelle etwa eine Woche später, als wir auf dem Heimweg von der Schule waren.

»Was soll das heißen: ›Er ist verschwunden‹?«, fragte ich. »Wohin ist er verschwunden?«

»Ich hab nicht die leiseste Ahnung«, antwortete sie und trat ihre Zigarette aus. »Ich weiß es nicht, und es interessiert mich auch nicht.«

»Na ja, aber du musst doch irgendeine Vermutung haben, wo er hin sein könnte. Ist er los, um Annie zurückzuholen?«

»Was? Nein, red doch keinen Blödsinn, Tallulah. Als ob Frank wüsste, wie er auf die Salomonen kommt. Der Kerl durchschaut ja noch nicht mal den Busfahrplan.«

»Also gut, wie lange ist er denn schon weg?«

»Zwei Tage.«

»Zwei Tage?«, kreischte ich. »Hast du das der Polizei gemeldet?«

»Hast du das der Polizei gemeldet?«, äffte sie mich nach. »Jetzt sei doch nicht so melodramotional, Tallulah.«

»Annabelle«, sagte ich. »Ich bin nicht melodramotional. Wenn Frank wirklich verschwunden ist, hättest du es mir längst sagen müssen. Oder Harry und Rose … Annabelle, ich kann einfach nicht … bist du sicher, dass er weg ist?«

»Was soll das denn jetzt heißen? Er ist weg, Tallulah, er ist nicht mehr da. Er ist nicht mehr im Haus. Als ich am Mittwoch nach Hause gekommen bin, habe ich nach ihm gerufen. Ich habe gerufen und gerufen, ich habe jedes Zimmer abgesucht, aber er ist weg, klar? Er ist nicht mehr da, er ist abgeschwunden, verduftet, durchgebrannt …«

»Also, irgendwas müssen wir jedenfalls unternehmen«, unterbrach ich sie. »Zuallererst kommst du so lange mit zu mir, bis Frank wieder auftaucht – und das wird er. Dann müssen wir es Harry und Rose sagen; und außerdem müssen wir deine Mutter kontaktieren und ihr sagen, dass sie ihren armseligen, fetten Arsch herschwingen soll.«

Annabelle kicherte.

»Was gibt es da zu lachen?«, fragte ich. »Das ist alles andere als lustig, Annabelle, das ist kein Witz …«

»Du hast ›Arsch‹ gesagt«, erwiderte Annabelle lächelnd. »Solche Wörter nimmst du sonst nie in den Mund.«

»Genau genommen habe ich ›armseliger, fetter Arsch‹ gesagt«, berichtigte ich sie.

Rose richtete Annabelle ein Bett im Gästezimmer her. Sie eilte in Phoebe hin und her, zupfte hier noch etwas zurecht, schüttelte dort die Kissen auf, und zu guter Letzt öffnete sie die Fenster, um »frische Luft reinzulassen«.

»Danke, Mrs. de Longland«, sagte Annabelle.

»Jederzeit, Schätzchen. Jetzt kommt mal her, Mädchen, und helft mir mit diesem Bettlaken«, forderte Rose uns auf und hob das weiße Baumwolltuch so schwungvoll in die Luft, dass es sich wie ein Segel im Wind bauschte.

Später an diesem Abend, als die Jungs bereits im Bett waren, baten Harry und Rose Annabelle und mich zu ihnen ins Wohnzimmer.

»Nicht in die Küche«, merkte ich Annabelle gegenüber an. »Muss was Ernstes sein.«

Rose kam mit einem Tablett in den Händen rein. Sie trug jetzt Alexis.

»Aber so was von ernst«, flüsterte Annabelle.

Rose stellte das Tablett, auf dem sie einen Teller mit Keksen, eine Teekanne und vier Tassen drapiert hatte, ab und fragte freundlich: »Annabelle, hast du irgendeine Ahnung, wo dein Vater hingegangen sein könnte?«

Annabelle schüttelte den Kopf.

»Nun ja, ich weiß, du möchtest nicht, dass wir die Polizei rufen, aber Harry und ich denken beide, dass kein Weg daran vorbeiführt, falls dein Dad bis morgen nicht wieder auftaucht oder sich zumindest bei uns meldet.«

Annabelle sah aus dem Fenster.

»Falls er verletzt ist oder in Schwierigkeiten steckt«, fuhr Rose sanft fort, »wäre es ein Fehler, die Polizei nicht einzuschalten. Das siehst du doch ein, Liebes, oder?«

Annabelle nickte kaum merklich.

»Also gut«, verkündete Rose. »Dann wäre das geklärt. Als Nächstes müssen wir mal über deine Mutter reden.«

Annabelle rutschte unruhig auf ihrem Platz hin und her.

»Sie sollte wissen, was passiert ist, Annabelle, und ich hätte gerne, dass du mir erlaubst, sie anzurufen«, sagte Rose bestimmt.

Zu meiner Überraschung nickte Annabelle wieder. »Von mir aus«, sagte sie. »Kann ich jetzt ins Bett?«

Als ich an diesem Abend in mein Zimmer ging, musste ich an Frank denken.

Je länger ich darüber nachdachte, umso klarer wurde mir, dass ihn die Affäre zwischen Fergus und Annie völlig aus der Bahn geworfen hatte. In letzter Zeit schien er noch mehr Probleme damit zu haben, irgendetwas zu Ende zu bringen. Des Öfteren hatte ich ihn dabei ertappt, wie er die Treppe raufgelaufen war, nur um sich auf halber Strecke umzudrehen und wieder nach unten zu gehen; oder er hängte nur einen Teil der Wäsche auf, ließ die Türen halb offen stehen und fing mit dem Abendessen an, ohne es fertig zu bringen. Nie hatte der Spitzname »Halbe-Sachen-Frank« besser zu ihm gepasst.

Aber es war mehr als das: Ihn umgab eine Melancholie, eine stille Art von Traurigkeit, die mit ihm durch die Zimmer des Hauses am Fluss streifte, auf der Suche nach einem Ort, an dem er sich zu Hause fühlen würde.

Ich war eines Sonntagmorgens hingefahren, um zu fragen, ob Annabelle Lust auf eine Fahrradtour hatte, und fand Frank auf den Stufen vor der Haustür vor.

»Hallo, Tallulah de Likat«, sagte er.

»Hi, Frank«, antwortete ich und küsste ihn auf die Wange. Seine Bartstoppeln scheuerten über meine Haut. »Du musst dich mal wieder rasieren.«

»Ach ja?«, fragte er und rieb sich mit der Hand übers Gesicht.

Eine Weile saßen wir zusammen auf der Treppe; ich sah Frank an, und Frank starrte in die Luft.

»Tja dann«, er stand auf, »ich sollte wohl besser mal die Wäsche aufhängen, bevor es anfängt zu regnen.«

Über uns erstreckte sich ein leuchtend blauer wolkenloser Himmel.

»Ich glaube nicht, dass es bald regnet, Frank«, warf ich ein.

»Irgendwann regnet es immer, Kleines«, erwiderte er und schlüpfte ins Haus.

In dieser Nacht nun wälzte ich mich, halb wach, halb träumend, in meinem Bett hin und her.

Ein Band aus Worten und Bildern wand sich durch die Dunkelheit: Frank und Annie lachend im Gras; Frank, wie er sich mit dem Pinsel hinterm Ohr über ein Gemälde beugte; Annabelle, die verkündete: »Dad trinkt«; Annie, wie sie mir auftrug: »Hab beide Augen auf Frank«, und schließlich mein eigenes Gesicht, meine eigene Stimme: »Frank sagt, jetzt wo wir dreizehn sind und junge Damen, brauchen wir einen Rückzugsort.«

Ich setzte mich auf. Während ein aufbrausender Wind an meinem Fenster rüttelte, kam mir eine Idee, wo Frank Andrews sein mochte.

Draußen wurde es bereits langsam hell. Ich stieg aus dem Bett und schlich auf Zehenspitzen durch den Flur, ins Schlafzimmer meiner Eltern.

»Rose«, flüsterte ich und kniete mich neben ihre Seite des Bettes. »Rose«, versuchte ich es erneut.

Rose wälzte sich zu mir herum. »Lulu? Was ist los, Schätzchen, ist was mit Annabelle? Geht es ihr gut, geht es dir gut?« Sie streckte die Hand nach der Nachttischlampe aus, aber ich hielt sie zurück.

»Pst, Rose«, flüsterte ich. »Ich glaube, ich weiß, wo Frank ist.«

Wortlos glitt sie unter ihrer Decke hervor und folgte mir hinaus in den Flur. »Was geht hier vor, Lulu?«, fragte sie mit einem Blick auf die Uhr, die unserer Familie die Zeit wies. »Es ist halb sechs.«

»Ich glaube, ich weiß, wo Frank ist«, wiederholte ich.

»Du weißt, wo er ist? Geht es ihm gut? Ich denke, wir sollten deinen Vater wecken.«

»Nein«, bat ich, immer noch flüsternd. »Das würde Frank nicht wollen – er würde es furchtbar finden. Und Annabelle würde er auch nicht sehen wollen.«

Rose sah mich an. »Was willst du jetzt machen, Lulu?«

»Ich will, dass wir ihn holen, mit meinem Fahrrad.«

Ich hatte es mir genau überlegt. Rose konnte oder wollte nicht Auto fahren, und mit dem Fahrrad wären wir immer noch schneller als zu Fuß.

»Jetzt?«

»Ja, bevor alle aufwachen.«

Rose nickte. »Los, zieh dich um«, sagte sie. »Wir treffen uns vor der Tür.«

Ich ging zurück in mein Zimmer, um ein T-Shirt und eine kurze Hose überzustreifen. In Augenblicken wie diesen war ich froh, dass Rose meine Mutter war. Sie hatte weder gefragt, wo wir hinwollten, noch hatte sie wie die meisten anderen Mütter einen Riesenaufstand deswegen gemacht. Wir hatten so viele von ihren Verrücktheiten durchgestanden, dass sie meine eigene gar nicht erst hinterfragte.

Ich schlüpfte in meine Schuhe. Nun, da ich wusste,

dass Rose mitkommen würde, fühlte ich mich sicherer. Wenn jemand Frank helfen konnte, dann meine Mutter. Als ich mein Fahrrad hinter dem Haus hervorholte und nach vorne schob, stand sie bereits neben dem Schild und wartete. In Phoebe.

Sie raffte den Saum und setzte sich im Damensitz auf die Stange. Die Blümchenclips tanzten auf den Speichen. »Das habe ich nicht mehr gemacht, seit dein Dad mich früher immer von der Arbeit abgeholt hat«, sagte sie lachend. »Ich hatte ganz vergessen, wie viel Spaß das macht.«

Ich lächelte, während ich aufstieg und mich ganz darauf konzentrierte, uns im Gleichgewicht zu halten. Ich griff mit beiden Armen um sie herum, sodass ich ihren Duft riechen konnte, genau wie Harry es vor so vielen Jahren getan haben musste.

»Festhalten, Rose«, brüllte ich, »Kurve!« Kreischend und kichernd kippten wir zur Seite. Um ein Haar wären wir umgefallen – und ein bisschen hofften wir wohl auch, dass genau das passieren würde.

»Das war knapp.« Rose stöhnte theatralisch. »Ich dachte schon, das war's!«

Ich musste laut lachen, als sich Rose auf einmal wie das Kind gebärdete, das sie nie gewesen war.

Als wir uns Annabelles Haus näherten, bremste ich ab und brachte das Fahrrad wild schwankend vor dem Eingangstor zum Stehen. Die beiden Wasserspeier grinsten uns mit gefletschten Zähnen an und reckten uns ihre kleinen, dicken Bäuchlein entgegen.

»Guten Morgen, Lulu. Annabelle«, begrüßte Rose sie mit einem Nicken.

»Sehr witzig, Rose«, sagte ich und lehnte das Fahrrad gegen den Zaun. »Komm jetzt.«

Wir liefen am Haus und dem Schuppen vorbei. Als der Boden langsam abschüssig wurde und dem Fluss zustrebte, griff Rose nach meinem Arm und hielt mich zurück. »Bist du sicher, dass er hier ist, Schätzchen?«

»Ziemlich sicher«, antwortete ich, den Fuß bereits auf der untersten Sprosse der Leiter, die Frank irgendwie an diesem Baum befestigt hatte, ohne einen einzigen Nagel zu benutzen. »Bohrt niemals Löcher in einen Baum«, hatte er uns erklärt. »Das bricht ihren Geist.«

»Ich klettre hoch und sehe nach.«

Der Wind peitschte um meine Beine, als ich dorthin kletterte, wo Frank unser Nest errichtet hatte. Dunkel ruhte es in den Ästen, die es in ihren knorrigen Klauen hielten.

Als ich die letzte Sprosse erklommen hatte, zwängte ich mich durch das Loch im Boden, zog mich an dem herabbaumelnden Seil auf die Veranda hoch und sah durch eines der Fenster hinein.

»Frank«, flüsterte ich. »Frank, ich bin's, Tallulah. Bist du da?«

Keine Antwort. Nur der brausende Atem des anschwellenden Windes war zu hören, bis der Schrei eines Flughundes mich zusammenfahren ließ. Daraufhin rührte sich auch die Gestalt auf dem Boden.

»Annie«, stöhnte Frank. »Bist du das, meine kleine Annie?«

Wenn ich an jene Nacht zurückdenke, kommt mir als Erstes der peitschende Wind in den Sinn, gefolgt von der seltsamen Reise, zu der sich Franks Abstieg aus dem Baumhaus entwickelte.

Erst weigerte er sich, das Baumhaus zu verlassen. Sein Blick zuckte von Rose zu mir und wieder zurück zu Rose, dann wurden sie für einen kurzen Augenblick ganz groß.

»Ah«, sagte er, »eine Wegbegleiterin.« Dann ließ er sich umstandslos zum Haus führen.

Rose schickte mich nach Hause, um Annabelle zu sagen, dass wir ihn gefunden hatten. Danach nahm Franks Mutter Christa ihn bei sich auf, wie sie es so oft mit seinem Vater getan hatte. Der Apfel fiel offenbar nicht weit vom Stamm – man konnte beinahe den Schatten vom Schroffen Jack sehen, der betreten auf ihrer Türschwelle stand.

Frank berappelte sich wieder. Jahre später, als seine Werkreihe »Im Haus meiner Mutter« herauskam, erzählte Christa in einem Interview, dass sie ihn an jenem Tag gleich auf sein Zimmer geschickt und ihm einen Pinsel in die Hand gedrückt hatte.

»So heilen die Andrews-Männer ihre Wunden«, erklärte sie.

Wie die Andrews-Frauen ihre Wunden heilen, verriet sie nicht. Doch am Tag, nachdem Frank bei seiner Mutter eingezogen war, kam Annie nach Hause, um ihre Tochter zurückzufordern.

»Wie geht's deinem Dad?«, fragte ich einige Wochen nach Annies Rückkehr.

Annabelle zuckte mit den Schultern. »Ganz gut.«

Wir saßen in Snows Eckladen und warteten auf Josh.

»Arbeitet er?«

»Weiß ich nicht.«

»Das weißt du wohl, Annabelle, er schreibt dir doch andauernd.«

»Tja, dir schreibt er aber auch, Tallulah. Also kennst du die Antwort auf deine Frage ja wohl schon.«

»Hast du vor, ihn bald mal zu besuchen? Vielleicht kann ich ja mitkommen. In den Ferien zum Beispiel?«

»Nein.«

»Annabelle, warum besuchst du ihn nicht?«

»Weil ich keine Lust habe«, antwortete sie. »Hör auf, mich deswegen zu nerven.«

»Mach ich doch gar nicht«, protestierte ich. »Ich finde nur, es würde ihm bestimmt guttun, wenn wir ihn besuchen.«

»Tja, ich will ihn aber nicht sehen«, verkündete Annabelle und hob die Hand. »Ende der Diskussion, Tallulah.«

Ich seufzte und sah aus dem Fenster, um nach Josh Ausschau zu halten. Franks letzter Brief brannte in meiner Hosentasche.

Liebe Tallulah de Likat,

also, bei Christa läuft alles erwartungsgemäß.
Sie bewacht mich mit Argusaugen und kommt sofort herbeigeeilt, wenn ich einmal ins Straucheln gerate. Ihre mütterlichen Instinkte sind so stark wie eh und je, auch wenn ich mittlerweile siebenundfünfzig Jahre alt bin.
Ich habe wieder angefangen zu malen, eine neue Reihe, von der ich glaube, dass du sie mögen wirst und Annabelle auch. Ich finde sie ziemlich umwerfend, wenn du mir diese kleine Prahlerei gestattest.
Wie geht es Annabelle?
Ich will dich nicht mit all unseren familiären Problemen belasten und möchte dich ganz sicher nicht zum Vermittler zwischen uns machen. Aber da

sie auf meine Briefe nicht antwortet: Könntest du ihr das Folgende von mir ausrichten?
Könntest du ihr sagen, dass ich jeden Tag an sie denke und ihr jeden Abend, bevor ich die Augen schließe, einen Gutenachtkuss gebe?
Bitte sag ihr, dass ich seitdem keinen Tropfen mehr angerührt habe.
Wusstest du, dass der Name Tallulah ursprünglich von den amerikanischen Ureinwohnern stammt? Vom Volk der Choctaw aus der Gegend um den Mississippi?
Er bedeutet »sprudelnde Quelle«, und nachdem ich dich im Swimmingpool gesehen habe, habe ich daran nicht den geringsten Zweifel.

Auf Wiedersehen, meine Freundin.
Was immer auch passiert: Hör nicht auf zu sprudeln.
Kuss,
Frank

7

Hör mir einfach nur zu«, sagte Simone. »Mehr verlange ich doch gar nicht.«

Wir saßen im Biergarten des Royal Albert in Juniper Bay. Sonnenlicht fiel durch das Spalier auf die Tische, deren Beine ganz pragmatisch mit Pappuntersetzern stabilisiert worden waren.

Ich liebte das Royal Albert, es war schon mein ganzes Leben lang mein Stammlokal. Ein biergetränktes Relikt aus rotem Backstein, dessen Bedienungen ihre Gäste auch heute noch durch die Bank mit »Schätzchen« anredeten. Die vor Kälte perlenden Gläser stellten sie auf lange, nasse Matten, die sich über die gesamte Länge des Tresens zogen, und das zu Zeiten, als alle anderen Hotels der Umgebung dazu übergegangen waren, ihre Möbel festzunageln und ihre Wände in einem Farbton namens »Cappuccino« zu streichen.

Ich hatte dort mit Rose – und später auch Sam und Mattie – in der »Ladies Lounge« gesessen und etwas Rotes, Schaumiges durch einen wachsweichen Strohhalm geschlürft, während Harry uns allen Pommes spendierte und ein Bier nach dem anderen trank, bis Rose schließlich verkündete: »Das reicht jetzt, Harry.«

Ich hatte mit Annabelle im »Kabarettsaal« getanzt, den es nun auch schon seit vielen Jahren nicht mehr gab. Wenn ein Lied gespielt wurde, das wir mochten, sangen wir lautstark mit, und unter den roten und blauen Lichtern strahlte mir ihr make-up-verschmiertes, wunderschönes Gesicht entgegen.

Unter dem dunkelgrünen Vordach hatten Josh und ich uns in heißen, schweißgetränkten Sommernächten geküsst, trunken vor Liebe und heimlich beschafftem Wodka.

Und nun war ich wieder hier. Mir gegenüber saß Simone, die ausführende Produzentin und Moderatorin von *Our Time, Our Stories* und zugleich eine der erfolgreichsten jungen Lesben, die St. Rita jemals hervorgebracht hatte.

Our Time, Our Stories war kein Vergleich zu *Today, Tonight and Tomorrow* – hier gab es keine zwielichtigen Geschäftsleute, die nichtsahnend ihre Haustür öffneten, um sich völlig perplex einem gleißenden Blitzlichtgewitter gegenüberzusehen, aus dessen Mitte heraus eine entschlossene Brünette fragte: »Verraten Sie den Menschen, deren Leben Sie ruiniert haben, wo das ganze Geld geblieben ist, Mr. Stevens?«

Simones Vorgehensweise glich eher einer sanften Reise, zu der sie die Zuschauer jede Woche aufs Neue mit ihrer melodischen Stimme einlud: »Folgen Sie mir, Simone Severet, und erkunden Sie mit mir unsere Zeit und unsere Geschichten.«

Jetzt saß sie also hier und versuchte, mich zu überreden, in ihrer Sendung aufzutreten.

»Die Sache ist die«, erläuterte sie mir gerade. »Normalerweise würden wir das Thema ›Frau vögelt Exfreund in dessen Hochzeitsnacht‹ nicht mal mit der Kneifzange anfassen. Entschuldige«, fügte sie hinzu, als sie mein Gesicht sah, »aber so ist es nun mal. In diesem Fall glaube ich allerdings, nein, ich bin überzeugt, dass es sich um eine wirklich starke Geschichte handelt. Daher würde ich gerne deine Version der Ereignisse schildern.«

Ich nippte an meinem Wein und dachte: *Folgen Sie mir, Simone Severet, und lassen Sie sich von mir zu etwas überreden, das Sie auf keinen Fall tun wollen.*

»Es geht in dieser Geschichte ja nicht nur um Liebe oder Verrat«, fuhr sie fort. »Hier geht es um Familiendynastien, um den Zusammenprall zweier Klassen.«

Unwillkürlich schossen meine Augenbrauen in die Höhe.

»Ich meine, sieh dir diese Familienkonstellation doch nur mal an: Zum einen ist da der gute alte Frank, eine gottverdammte Institution mit absolut fantastischem Haar und einem Hang zu Rotwein. Dann haben wir noch Annie, die in ihren grauenvollen Kaftans durch die Kulissen wirbelt, und Fergus, der sich an alles ranmacht, das ihm zufällig vor die Kameralinse gerät.« Simone leerte ihr Glas in einem Zug. »Und nicht zu vergessen, die bezaubernde« – sie hob eine Augenbraue – »Annabelle.«

Ich nahm einen weiteren Schluck von meinem Wein, während mir nicht zum ersten Mal durch den Kopf ging, dass Simone endlich über die Party zu meinem sechzehnten Geburtstag hinwegkommen sollte.

Von Stella stammte die Theorie, dass Simone und Annabelle nicht miteinander auskamen, weil sie sich dafür viel zu ähnlich waren. »Im Prinzip sind sie vollkommen identisch«, erklärte sie mir eines Tages im Biologieunterricht, nachdem die beiden sich mal wieder gezofft hatten. »Sie sind wie zwei Alphatiere in ein und demselben Rudel, daher empfinden sie einander als Bedrohung.«

»Ist das so, David Attenborough?«, spöttelte ich.

»Jepp«, antwortete Stella. »Denk doch mal drüber nach, Lulu. Sie sind beide richtig gut in allem, was sie anfangen, und führen sich beide auf wie Diktatoren.«

Simone riss mich aus meinen Gedanken, indem sie sich zu mir vorbeugte. Wie immer duftete sie nach Vanille, Moschus und anderen Frauen. »Lulu, hörst du mir überhaupt zu? Also, in meinen Augen ist der wirklich faszinierende Aspekt an dieser ganzen Sache nicht die Familie selbst – Australien ist gerammelt voll von Künstlerfamilien, die einander bis aufs farbegetränkte Blut bekämpfen. Nein, was mich interessiert, ist die Frage, was passiert, wenn zwei Vorstadtkids – du und Josh natürlich – in ihre Umlaufbahn geraten wie zwei wunderschöne Ikarusse, die zu nah an die Sonne heranfliegen.«

»O Gott, Simone«, stöhnte ich. »Ich glaube, da gefiel mir ›Frau vögelt Exfreund in dessen Hochzeitsnacht‹ deutlich besser.«

»Wie du meinst«, erwiderte sie schnippisch. Von ihrem einschmeichelnden Tonfall und dem ganzen prätentiösen Getue war schlagartig nichts mehr übrig. »Dann ziehen wir es eben so auf.«

Wir lehnten uns zurück und grinsten.

»Jetzt mal im Ernst, Lulu«, sagte Simone. »Diese Geschichte wirst du so schnell nicht los. Glaub mir, ich kenne das – da stecken die Big Five drin.«

»Die Big Five?«

Simone zählte sie einzeln an ihren Fingern ab, die sie dabei wie den Lauf einer Waffe auf mich richtete. »Ruhm. Geld. Liebe. Sex. Verrat. Größer wäre die Story nur noch, wenn Annabelle einen von euch an Ort und Stelle umgebracht hätte.«

»Tja, tut mir leid, dich enttäuschen zu müssen«, antwortete ich. Dann entdeckte ich den jungen Mann, der schwankend vor unserem Tisch stand. Er trug ein T-Shirt mit der Aufschrift »Bernies Junggesellenabschied«. Darunter prangte das grinsende Gesicht eines anderen Kerls, bei dem es sich vermutlich um besagten Bernie handelte.

»Du bist doch diese Tussi, oder?«, fragte er. »Die, die mit dem Mann ihrer Freundin in die Kiste gestiegen ist?« Er drehte sich um und rief seinen Freunden an der Bar zu: »Hey, das ist diese Tussi, ihr wisst schon, die Schlampe aus dem Fernsehen.«

»O Gott«, ächzte ich in mein Weinglas, während Simone ihm gelassen die Hand auf den Arm legte.

»Wie heißt du, Kumpel?«, erkundigte sie sich.

»Dougie«, erwiderte er.

»Tja, Dougie, ich fürchte, du bringst da ein bisschen was durcheinander. Wahrscheinlich hast du mich schon mal im Fernsehen gesehen – du kennst doch bestimmt meine Sendung *Our Time, Our Stories*.«

Dougies Blick wurde glasig, während er versuchte, sie einzuordnen.

»Wie auch immer. Ich möchte ja nicht unhöflich sein, aber meine Freundin und ich führen hier gerade ein wirklich wichtiges Gespräch. Was hältst du daher von folgendem Vorschlag: Ich gebe dir und deinen Kumpels eine Runde aus und schreibe dir außerdem die Nummer von unserem Sportreporter auf, damit er euch allen ein paar Fußballtickets organisiert. Wie klingt das?«

»Fantastisch«, sagte Dougie, neigte den Kopf und sabberte etwas Bier auf sein T-Shirt. »Fan-tas-tisch.«

»Sehr schön«, konstatierte Simone, kritzelte etwas auf ein Stück Papier und schob ihm den Zettel in die

Tasche. »Und jetzt geh und sag der Bedienung, die nächste Runde geht auf mich.«

Simone und ich lehnten uns zurück und sahen zu, wie er davonzog. Und mit ihm, das wussten wir beide, all ihre Chancen, mich vielleicht doch noch rumzukriegen.

Trotzdem gab sie sich nicht so leicht geschlagen.

»Lulu«, setzte sie erneut an, doch ich hob die Hand.

»Das reicht jetzt, Simone«, seufzte ich. »Ende der Diskussion.«

Auf der Heimfahrt ließ ich mir all die Argumente, die Simone vorgebracht hatte, um mich zu überreden, noch einmal durch den Kopf gehen – und auch, wie enttäuscht Dougie morgen sein würde, wenn er mit dröhnendem Schädel aufwachte, Simones Zettel in seiner Tasche fand und mit blutunterlaufenen Augen las: »Lieber Dougie, leck mich. Maxine Mathers.«

Simone hatte ihr Pulver fürs Erste verschossen, sodass wir an diesem Abend doch noch im Guten auseinandergegangen waren. Mit Stella dagegen lagen die Dinge anders. Von ihr hatte ich nichts mehr gehört, seit ich Simone und ihr im Gottardo meine Tat gestanden hatte.

Kurz darauf hatte sie hastig den unbeirrt weitermiauenden Riley unter dem Tisch hervorgezogen und war gegangen. Ihr fluchtartiger Abgang verriet mir, dass sie für mich beten würde, kaum dass sie zu Hause zur Tür herein war.

Stella McNamara, geborene Kelly: Sie war wahrscheinlich die einzige Schülerin an der gesamten St. Rita, die ernsthaft mit dem Gedanken gespielt hatte, sich dem Orden anzuschließen. Bis zur Jahresabschlussparty der Franziskanerschule, als ihr Blick dem von William »Billy« McNamara begegnet war.

Selbst wenn sie tatsächlich von einem Leben in Keuschheit geträumt hatte: Dieser Entschluss schmolz wie Schnee in der Sonne dahin, als Stella zu den Klängen von Madonnas »Like A Virgin« ihr ganz persönliches Erweckungserlebnis hatte.

»Ich werde ihn heiraten«, flüsterte sie Simone und mir zu, als wir draußen auf Mr. Kelly warteten, der uns abholen sollte. Annabelle hatte sich rundheraus geweigert, zu der Party zu gehen (»Warum sollte ich den ganzen Abend herumstehen und warten, bis mich irgend so ein pickliger Pubertäter mit Vorstrafenregister angrapscht?«). »Ich heirate Billy McNamara.«

Simone schnaubte. Ich flüsterte: »Woher willst du das wissen?« Stella erwiderte verträumt: »So was weiß man einfach.«

Anscheinend wusste sie es tatsächlich einfach, denn am Tag ihres achtzehnten Geburtstags stand Stella Kelly neben Billy McNamara in der Kapelle der St. Rita, wo sie einander ewige Treue schworen – in Gesundheit und Krankheit, in guten wie in schlechten Tagen und, wie sich zeigen sollte, sogar während Billys gnädigerweise kurzer Karriere als Stand-up-Comedian.

Tapfer saß Stella in dieser Zeit jeden Donnerstagabend im Royal Albert an einem Tisch in der ersten Reihe; Simone und mich schleifte sie grundsätzlich zur Unterstützung mit. Ihr Lachen klang leicht hysterisch, und unter dem Tisch bohrten sich ihre Fingernägel tief in ihre Oberschenkel, während Billy dort oben auf der Bühne tausend Tode starb. Wieder und wieder klopfte er ans Mikrofon und fragte verzweifelt: »Ist das überhaupt an?«

Stella und Billy überstanden diese Phase. Sie überstanden auch zwei Fehlgeburten und fünf gottgeschenkte Kinder, ohne jemals an ihrer Ehe zu zweifeln. Nie musterten sie auch nur aus den Augenwinkeln, was das Leben sonst noch so zu bieten hatte, oder spielten mit dem Gedanken »Was wäre, wenn?«.

An besagtem Tag im Café konnte ich Stellas Reaktion daher nur allzu gut verstehen. Sie schlug die Hand vor den Mund und keuchte: »Aber Lulu, es war doch ihre *Hochzeitsnacht*.«

So schockiert hatte ich sie das letzte Mal vor fünf Jahren gesehen, als Simone ihr offenbart hatte, dass sie lesbisch war. Mich hatte sie als unmoralische Unterstützung mitgeschleift.

Im Vorfeld hatten wir lang und breit besprochen, wie sie es Stella sagen sollte. Wir hatten die beste Herangehensweise erwogen, hatten durchgespielt, wie wir das Thema beiläufig in die Unterhaltung einfließen lassen konnten, und zu guter Letzt beschlossen, es ihr so schonend wie möglich und voller Respekt für ihre Glaubensansichten beizubringen.

Aus dem Grund konnte ich auch nicht fassen, was schlussendlich an diesem Tag bei Gottardo passierte: Wir setzten uns hin, bestellten etwas zu trinken und dann wandte sich Simone an Stella und sagte: »Klopf, klopf?«

»Wer ist da?«, zirpte Stella.

»Eine Lesbe. So, wer hat jetzt Lust auf Kuchen?«

Stella stürzte ihren frisch servierten Wein in einem Zug herunter, kicherte unsicher und brach dann in Tränen aus. Stella fing jedes Mal an zu weinen, wenn sie verunsichert war. Annabelle hatte ihr daraufhin den Spitznamen »Old Faithful« verpasst, nach dem gewaltigen Geysir im Yellowstone-Nationalpark. Das war ein bisschen gemein, aber immer noch besser als der Spitzname, den Annabelle sonst für Stella benutzte: Virginia Intactica.

Dass Simone lesbisch war, wusste ich bereits seit der Party zu ihrem achtzehnten Geburtstag, den sie im obersten Stock des Royal Albert gefeiert hatte, in einem Raum mit dem hochtrabenden Namen »Schwanenseesaal«. Ich besitze ein Foto von dem Moment, als sie zusammen mit ihren Eltern Bob und Viv die Torte anschnitt: Drei Händepaare umklammern das Messer, Bobs Jackett ist bis zum Äußersten gespannt, während Viv in ihrem lavendelfarbenen Kleid mit dem Federkragen nur so strahlt.

Ich blieb bis zum Ende. Die Band spielte einen Rausschmeißer, ein halbherziges »Lady in Red« für die wenigen Pärchen, die sich auf der Tanzfläche noch irgendwie aufrecht hielten. Derweil standen Simone und ich draußen auf der Veranda und leerten unsere Drinks.

»Hattest du einen schönen Abend?«, fragte ich sie.

»Ja – und du?«

»Ja. Du solltest da drinnen sein und tanzen«, sagte ich. »Es ist der letzte Song.«

»Hab niemanden zum Tanzen«, antwortete sie.

»Du könntest tanzen, mit wem du willst, Simone«, ermunterte ich sie. »Da drinnen gibt es Jungs, die sich den rechten Arm abhacken würden, nur um mit dir tanzen zu dürfen.«

»Keine Lust«, erwiderte sie. Woraufhin ich die Frage stellte, die mir schon die gesamte Highschoolzeit unter den Nägeln brannte. Sämtliche Mädchen der St. Rita waren früher oder später mit einem der Jungs von der St. Joseph ausgegangen. Oder, wenn sie etwas verwegener drauf waren, mit einem von der Ralston Road High. Küsse wurden gestohlen, Herzen gebrochen, unter einem Himmel aus Plastiksternen trafen sich Stellas und Billys Blicke, Josh Keaton erschien mit einem Fahrrad auf der Bildfläche, Lisa Fitzgerald zog nach Longreach, und Simone, die wunderschöne Simone mit ihrem Elfengesicht und den Wangenknochen, auf denen man hätte Skifahren können, ließ das alles vollkommen kalt. Die gesamte Zeit über schien es niemanden gegeben zu haben, für den sie sich interessiert hätte.

»Simone«, fragte ich daher, »hast du schon mal irgendjemanden gemocht?«

»Du meinst, so richtig?«, wollte sie wissen.

»Ja.«

»Ja.«

»Wen?«

»Penny Watkins.«

»Oh«, machte ich.

»Oh«, echote sie. Darauf folgte eine kurze Pause, in der wir beide verdauten, was gerade geschehen war. Wir warfen einen Blick nach drinnen, wo Penny gerade mit ihrem Freund Scott tanzte. Sie hatte die Arme um seinen Nacken geschlungen, und beide schwankten betrunken im Takt der Musik. Ihr Kopf lag an seiner Brust, und ein Stück ihres Rocksaums klemmte hinten in ihrer Unterhose.

Simone und ich kicherten.

»Tja, besonders stilvoll ist sie ja nicht«, stellte ich fest. Simone lächelte.

»So«, sagte sie. »Jetzt kennst du also mein Geheimnis. Ich bin eine fette alte *Lesbe*.«

»Du bist nicht fett, Simone«, widersprach ich. Und damit war alles gesagt.

Simone war lesbisch, ich nicht. Wir beschlossen allerdings, erst noch ein paar Jahre zu warten, bevor wir Stella einweihten.

Und jetzt ging Stella mir aus dem Weg. Entweder ging sie gar nicht ans Telefon, oder sie schickte Billy vor, der unsicher verkündete: »Es tut mir echt leid, Lulu, aber aus irgendeinem Grund möchte Stella nicht mit dir reden. Ist zwischen euch alles in Ordnung?« Offenbar war Billy McNamara der einzige Mensch in ganz Australien, der die berühmt-berüchtigte Folge von *Today, Tonight and Tomorrow* nicht gesehen hatte.

»Alles ist gut, Billy«, antwortete ich. »Bitte richte Stella einfach nur aus, dass sie mich anrufen soll, wenn sie so weit ist.«

Einige Tage später tat sie es.

»Es tut mir leid, Lulu«, sagte sie steif. »Es tut mir wirklich leid, dass ich nicht zurückgerufen habe.«

»Schon okay«, beschwichtigte ich. »Wie geht es dir?«

»Gut, echt gut.«

»Und jetzt sag mir, wie es dir tatsächlich geht, Stella«, bat ich, den Regeln unseres alten Spiels folgend.

»Ach Lulu, es war furchtbar. Patrick und Thomas sind mit Magen-Darm nach Hause geschickt worden, Grace hat wieder mit dieser Pferdesache angefangen – Schwester Margaret möchte, dass wir mit ihr zum Therapeuten gehen –, und bis Freitag muss ich noch ein Kostüm für Claires Ballettaufführung nähen, womit ich selbstverständlich noch nicht einmal angefangen habe.«

»Ich mach das für dich«, bot ich automatisch an. »Was ist es dieses Jahr? Biene, Hund, herumtollende Waldnymphe?«

Stella brach in Tränen aus. »Siehst du, Lulu«, schluchzte sie. »Ich bin so ein schlechter Mensch ... Ich verurteile dich und rufe tagelang nicht zurück, und du machst einfach weiter, als wäre nichts geschehen.«

»Ist schon in Ordnung, Stella«, setzte ich an, doch sie unterbrach mich.

»Nein, Lulu, ist es nicht. Ich bin schrecklich prüde, das weiß ich, aber ich kann es einfach nicht ändern. Das liegt wahrscheinlich daran, dass meine Eltern so religiös waren, weißt du – PATRICK, HÖR AUF, DEINEN BRUDER ZU WÜRGEN –, ich meine, ich musste jedes Jahr ins Bibelcamp, und außerdem lagen sie mir ständig mit all den Todsünden in den Ohren. Und geschlafen wurde natürlich nur mit den Händen oben auf der Decke.«

Ich konnte mir ein Lächeln nicht verkneifen, denn so wie das klang, musste Stella den Großteil ihrer Jugend stocksteif im Bett gelegen und fieberhaft gebetet haben, dass ihre Hände nachts nicht auf Wanderschaft gehen würden.

»Schon gut«, beteuerte ich. »Das macht wirklich nichts.« Ich setzte mich auf den Hocker neben dem Telefontisch. »Ich bin einfach nur froh, dass du noch mit mir redest.«

»Aber natürlich rede ich noch mit dir.«

»Und, hast du für mich gebetet?«, neckte ich sie, obwohl ich die Antwort längst kannte.

»Ja.«

»Zu wem?«

»Judas Thaddäus.«

»Wofür ist der zuständig?«

»Hoffnungslose Fälle.«

»Ah ja.«
»Lulu?«
»Ja?«
»Ich finde, du solltest zur Beichte gehen.«
»Das finde ich nicht, Stella.«

»Vater, vergib mir, denn ich habe gesündigt«, sprach ich leise in die Dunkelheit. »Seit meiner letzten Beichte sind …« Wie lange war das jetzt her, dass ich das hier zum letzten Mal gemacht hatte? Mich vor einen Fremden gesetzt und ihm meine Geheimnisse zugeflüstert hatte? Das musste noch als Kind gewesen sein. Ich erinnere mich, dass ich versucht habe, einen Blick auf das gesenkte Haupt des Priesters zu erhaschen, obwohl ich genau wusste, dass es Pater Duffy war, der sich alle Mühe gab, so zu tun, als kenne er mich nicht.

Nun, so viele Jahre später, rutschte der Priester auf der anderen Seite des Gitters auf seinem Stuhl herum. Wahrscheinlich war er daran gewöhnt, dass die Leute auf gut Glück hier hereinstürmten, weil sie verzweifelt auf der Suche nach Vergebung waren.

Ich dagegen hatte diese Kirche ganz bewusst ausgewählt. Ich kannte St. Joseph gut und wusste, wie es sich anfühlte, wenn sie ihre kühlen Sandsteinarme um ein kleines Mädchen schloss, das wie im Wahn Kerzen für seine dahinschwindende Mutter anzündete. Manchmal, wenn Rose zu viele Doris-Tage gehabt hatte, war ich die sieben Blocks von zu Hause bis hierher gelaufen, um mich in diese Kirche und ihre stille Umarmung zu flüchten.

Dann kniete ich auf einer der Holzbänke nieder, schloss die Augen und betete: »Lieber Gott, bitte mach, dass es Rose wieder besser geht«, »Lieber Gott, bitte mach, dass es Rose wieder besser geht«, »Lieber Gott, bitte mach, dass es Rose wieder besser geht.« Wieder und wieder sprach ich diese Worte, während ich mich auf meinen Knien vor- und zurückwiegte und hoffte, dass mich irgendwann jemand erhören würde, wenn ich sie nur oft genug wiederholte.

»Gott«, fügte ich meistens hinzu, »ich weiß, dass du wahrscheinlich ziemlich beschäftigt bist. Falls es also jemand anders gibt, der mir helfen könnte – irgendeinen Heiligen vielleicht, der nicht so viel zu tun hat wie du –, wäre das auch okay.« Eine Achtjährige feilscht mit dem, was sie sich unter dem Himmel vorstellt.

Jetzt war ich also zurück und wusste nicht einmal so genau, warum; vielleicht nur, weil Stella es sich gewünscht hatte.

Oder vielleicht, weil nichts anderes mir geholfen hatte, mich auch nur eine Winzigkeit besser zu fühlen: nicht die vielen Tränen, die ich geweint hatte, bis ich überzeugt war, mich ein für alle Mal leergeweint zu haben; nicht die vielen Entschuldigungsbriefe, die ich geschrieben und gleich danach in den Papierkorb geworfen hatte; nicht die vielen tiefen Spuren in meiner Haut, die davon stammten, dass ich meine Fingernägel tief hineingebohrt hatte.

Ich hatte etwas getan, das ich niemals für möglich gehalten hätte, und die Schuldgefühle deswegen nagten Tag und Nacht an mir. Ich konnte mir nicht vorstellen, dass ich jemals über diese Schande hinwegkommen würde.

Irgendwie entbehrte es nicht einer gewissen Ironie: Es hatte Jahre gedauert, bis ich all die Schuldgefühle abgeschüttelt hatte, die uns Mädchen von der Kirche eingeimpft worden waren. Und nun waren es ausgerechnet Schuldgefühle, und zwar gigantische, die mich zurück in die Arme der Kirche trieben.

Der Priester räusperte sich dezent.

Ach ja.

Ich sollte wohl besser weitermachen.

»Seit meiner letzten Beichte sind einige Jahre vergangen«, sagte ich. An den genauen Wortlaut des Rituals erinnerte ich mich trotzdem noch. »Ich habe gesündigt.«

Erwartung hing in der kühlen Luft. Draußen vor dem Beichtstuhl lief jemand durch die Kirche, wahrscheinlich irgendein Freiwilliger, der die Blumen versorgte.

Ich schloss die Augen und rieb über die Lider.

»Ja«, hakte der Priester nach. Ich hatte keine Ahnung, wie ich das Folgende über die Lippen bringen sollte.

»Ich habe vor Kurzem … also, was passiert ist, ist: Ich habe Unzucht getrieben« – Gott, ich klang schon wie Stella –, »na ja … also, was ich damit sagen will, ich war mit einem verheirateten Mann zusammen, Pater«, stammelte ich.

Er nickte.

»In seiner Hochzeitsnacht.«

Selbst in der Dunkelheit des Beichtstuhls konnte ich erkennen, wie seine Augenbrauen in die Höhe schossen.

»Ich fühle mich ganz schrecklich deswegen, Pater.« Die Worte überschlugen sich fast in meinem Mund, und die kühle Luft fühlte sich auf einmal unangenehm warm an.

Der Priester legte seine Hand auf meine. Sanft fragte er: »Und warum haben Sie das getan, mein Kind?«

»Ich weiß es nicht«, antwortete ich und schlug die Hände vors Gesicht. »Ich weiß nicht, warum.«

Aber natürlich wusste ich es ganz genau.

8

In den letzten Wochen des Schuljahres durchlief Annabelle eine Veränderung. Ohne dass ich bemerkt hatte, wie es geschah, war sie auf einmal nicht mehr dieselbe. Ihre Sanftheit verbarg sich nun hinter einer neuen Sprödigkeit. Je weiter das Jahr voranschritt, desto seltener bekam ich sie zu Gesicht; wir liefen kaum noch zusammen nach Hause, und wenn doch, dann ging sie immer ein kleines Stück vor mir, sodass ich nicht zu ihr aufschließen konnte.

Sie wollte nicht über Frank reden, der immer noch im Haus seiner Mutter weilte und seine Wunden leckte. Und Annie, die sich wieder im Haus am Fluss niedergelassen hatte, nachdem ihre Affäre mit Fergus beendet war – zumindest fürs Erste –, war erst recht tabu.

Annabelle hatte mich gebeten, dabei zu sein, wenn Annie nach Hause kam. Das Gespräch, das wir führten, während wir auf der Treppe vor dem Haus standen und aufs Taxi warteten, war vermutlich das letzte, das über rein Oberflächliches hinausging.

»Alles in Ordnung?«, fragte ich.

»Ja«, antwortete sie. »Bin nur ein bisschen nervös.«

»Bist du froh, dass sie nach Hause kommt?«

»Keine Ahnung, kann sein. Zumindest, wenn ich nicht gerade stinksauer auf sie bin.«

Wir lachten und nippten an unseren Coladosen.

»Sollen wir drinnen auf sie warten?«

»Nein, ich will sehen, wie sie aus dem Wagen steigt.«

»Warum?«

»Ich will ihr Gesicht sehen, Tallulah.«

»Okay«, sagte ich unsicher. Aber in dem Moment, als Annie aus dem Taxi stieg und Annabelle neben mir zurückwich, wusste ich, dass der Gesichtsausdruck, mit dem die abtrünnige Mutter ihre Tochter begrüßte, offenbar der falsche war.

Annie kehrte zurück, wie sie gegangen war: in Eile. Sie schlug die Wagentür zu und marschierte auf uns zu. Im Schlepptau hatte sie ihre Farben und Taschen voller Sarongs, Muschelketten und zwei Baströcken, einen für Annabelle und einen für mich.

Sie beschleunigte ihre Schritte, um zu ihrer Tochter zu gelangen, ja, sie stürzte sich regelrecht auf sie.

»Du siehst wunderschön aus, Schätzchen«, sagte sie. »Ich habe dich jeden einzelnen Tag vermisst.« Ein Blick in Annies Gesicht verriet mir, dass sie die Wahrheit sprach.

Nicht, dass das einen Unterschied gemacht hätte.

Wir gingen ins Haus, und Annie holte ihre Schätze hervor, während sie uns erzählte, wo sie überall gewesen war – mit wem, verschwieg sie allerdings. Dann überreichte sie uns die Baströcke.

»Danke, Annie«, sagte ich und nahm die Reihe makellos weißer Kaurimuscheln in Augenschein, mit denen der Rockbund verziert war. »Komm, Annabelle, wir probieren sie mal an.«

Annabelle warf mir einen bösen Blick zu. Mir wurde klar, dass ich einen Fehler gemacht hatte. »Nein danke, Tallulah«, sagte sie und ließ den Rock auf den Boden fallen.

»Ach komm schon, Annabelle«, drängte Annie. »Probier ihn mal an. Was willst du denn sonst damit machen?«

Annabelle stand auf und sah ihrer Mutter ins Gesicht. »Ich dachte, ich verbrenne ihn«, erwiderte sie kühl. »Nicht, dass ich mir noch was einfange.«

Annie schlug die Hände vors Gesicht. »So soll das jetzt also zwischen uns werden, ja?«, fragte sie.

»Du hast angefangen«, antwortete Annabelle und verließ den Raum.

Von da an lebten die beiden zwar noch unter einem Dach, mehr aber auch nicht. Annabelle hielt ihre Mutter so weit wie möglich auf Abstand; sie erledigte stillschweigend alle Hausarbeiten, die sie ihr auftrug, und antwortete nur noch, wenn es absolut unvermeidbar war.

Annie bemühte sich redlich.

Das sah ich bei den wenigen Gelegenheiten, zu denen ich zu Besuch war. Doch Franks Abwesenheit war im ganzen Haus zu spüren, sosehr Annie auch versuchte, den Schaden irgendwie wiedergutzumachen.

Eines Tages stand sie in der Tür zu Annabelles Zimmer, wo wir gerade lernten. »Wie lange«, fragte sie, »gedenkst du diesen Schmollmarathon eigentlich noch fortzuführen, Annabelle? Ich habe nämlich wirklich Besseres zu tun, als mich tagein, tagaus mit einem starrsinnigen Teenager herumzuschlagen.«

»Dann lass es«, erwiderte Annabelle von ihrem Bett aus und drehte sich auf den Bauch. »Mach, was du willst, das hast du doch schon immer getan.«

»Unternimm etwas, Lulu«, drängte Annie. »Sonst fliege ich zurück auf die verdammten Salomonen.«

Aber was hätte ich denn tun sollen? Mir entglitt Annabelle genauso.

Ich vermisste sie.

Die meiste Zeit war ich jedoch damit beschäftigt, für die Abschlussprüfungen zu lernen, Rose mit Mattie und Sam zu helfen und mich von Josh Keaton in Beschlag nehmen zu lassen, der es sich zum Ziel gesetzt hatte, jeden Zentimeter meines Körpers zu erkunden. Ein Großteil des Dramas, das sich im Haus am Fluss abspielte, strich daher unbemerkt an mir vorüber. Letzten Endes vermisste ich sie wohl doch nicht genug.

»Was hat Annabelle für ein Problem?«, erkundigte sich Josh eines Abends auf der Fahrt zum Autokino, nachdem wir drei einen heißen und hitzigen Nachmittag in Snows Eckladen verbracht hatten. »Zurzeit ist sie ein noch größerer Albtraum als sonst.«

»Ihr geht's gut«, beschwichtigte ich. »Du darfst nicht vergessen, dass es bei ihr gerade nicht so toll läuft – wir haben die Abschlussprüfungen im Nacken, Frank ist weg, und Annie und sie liegen sich permanent in den Haaren. Im Moment gehe ich echt nicht gerne dorthin, die beiden streiten die ganze Zeit.«

»Wir sind da anders«, erwiderte er und grinste, während er vor der Einfahrt zum Drive-in-Schalter abbremste. »Wir streiten nicht, wir lieben uns.«

Später, irgendwann zwischen dem ersten und dem zweiten Film, flüsterte er: »Siehst du, ich hab's dir doch gesagt.«

Wir planten eine Weltreise.

Als Erstes wollten wir nach Indonesien, damit Josh am Uluwatu surfen konnte. Dann nach Japan, wo ich die Kirschblüte miterleben wollte, und schließlich nach

Europa, um uns gemeinsam so ziemlich alles anzugucken, was es dort zu sehen gab.

Während ich für meine Prüfungen lernte, vertiefte Josh sich in die *Lonely-Planet*-Reiseführer. Er stellte unsere Reiseroute zusammen und suchte heraus, zu welcher Zeit es wo am schönsten war, was wir alles würden mitnehmen müssen und welche Jobs wir annehmen konnten, um das Ganze zu finanzieren.

»Ich lerne, in siebzehn verschiedenen Sprachen ›Ich liebe dich‹ zu sagen«, kündigte er an. »Und danach werde ich dir zeigen, wie sehr.«

Josh kümmerte sich einfach um alles. Das Einzige, was ich noch machen musste, war Rose und Harry einzuweihen. Denn Pearl Keaton mochte vielleicht eines Tages durch ihren Dunstschleier blicken und feststellen, dass ihr Sohn verschwunden war – bei meinen Eltern würde das nicht funktionieren.

Harry hatte in letzter Zeit ein gewisses Misstrauen gegenüber Josh entwickelt. Er war besorgt, dass die Sache mit uns schon viel zu ernst war, obwohl wir beide doch noch so jung waren. Dabei vergaß er wohl, dass er selbst sich mit gerade einmal neunzehn Hals über Kopf in ein Mädchen verliebt hatte, dessen butterblumengelbes Kleid bei jedem ihrer Schritte raschelte.

Und Rose … nun, die Vorstellung, dass Rose ohne meine Hilfe auskommen musste, behagte mir nicht besonders. Es ging ihr jetzt schon so lange gut – Doris war bereits seit Monaten nicht mehr aufgetaucht –, aber ich wusste, dass sie unberechenbar war. Wenn sie durchs Haus glitt, hier einen Kuchen buk und dort einen Auflauf zauberte, während sie gleichzeitig Pullover für Harry und die Jungs strickte, brauchte sie mich an ihrer Seite, für den Fall, dass sie eine Masche fallen ließ.

Also schob ich es immer wieder auf, ihnen von unserer Reise zu erzählen. Und Josh wurde zunehmend ungeduldiger.

Als meine Schulzeit in die letzte Woche ging, hatte ich es ihnen immer noch nicht gesagt.

Josh und ich saßen am Fluss.

»Hast du es deinen Eltern schon erzählt?«

»Nein, aber das werde ich noch, Josh. Ich hab dir doch gesagt, dass ich die Prüfungen noch abwarten will.«

»Ich hab's meiner Mum heute Morgen erzählt.«

»Was hat sie gesagt?«

»Sie fand das vollkommen in Ordnung und meinte, sie wäre früher gerne selbst um die Welt gereist, wenn sie die Möglichkeit gehabt hätte. Die übliche Mitleidsnummer halt.«

»Oh«, machte ich. »Na ja, zumindest hast du es ihr gesagt.«

»Was, glaubst du, werden deine Leute sagen?«

»Ich denke, sie werden sagen, dass wir es langsamer angehen lassen sollen. Dass ich erst auf die Uni gehen soll, bevor ich auf Weltreise gehe, damit ich etwas habe, das mich auffängt, falls etwas schiefgeht.« Ich schmiegte mich noch enger an ihn und sah zu ihm hoch. »Und dann werde ich ihnen antworten, dass ich längst etwas habe, das mich auffängt.«

»Lulu?«

»Mhm.« Ich knabberte an seinem Ohrläppchen.

»Wir müssen das echt durchziehen.«

»Ich weiß.«

»Du musst ihnen endlich sagen, dass wir fahren. Und ich muss die Tickets besorgen.«

»Ich hab dir doch gesagt, dass ich es ihnen erzähle, Josh. Nach den Prüfungen.«

»Versprochen?«
»Versprochen.«
»Lulu?«
»Ja, Josh.« Ich lächelte.
Er setzte sich auf.
»Ich muss dringend weg aus Juniper Bay«, sagte er.

Am letzten Schultag ließ sich Annabelle nicht blicken. Als wir unsere Mützen in die Luft warfen, war ihre nicht dabei, und auf den Fotos von diesem Tag fehlt von ihr jede Spur. Stattdessen sieht man Stella, Simone und mich, wie wir von einem Ohr zum anderen grinsen, die Zunge rausstrecken und unsere Gesichter so dicht zusammenpressen, dass sie wie Zerrbilder aus einem Spiegelkabinett wirken – und auf jedem einzelnen dieser Fotos macht Simone Stella heimlich Hasenohren.

Von diesem Tag existiert kein einziges Bild, das beweisen würde, dass Annabelle Andrews jemals durch die Buntglastüren von St. Rita stolziert war und mir ihr Spiegelbild von überall entgegengeblickt hatte, wo ich auch hinsah.

Als die Klingel zum letzten Mal läutete, ließ ich die anderen Mädchen links liegen, die gerade auf dem Schulhof durchdrehten – Stacey Ryan riss sich die Bluse vom Leib, um anschließend nur im BH Rad zu schlagen –, und rannte zum Haus am Fluss.

»Annabelle«, brüllte ich. Die Haustür war wie immer unverschlossen, also trat ich einfach ein und rannte die Treppe hinauf. »Annabelle, ich kann nicht glauben, dass du heute nicht zur Schule gekommen bist. Wo warst du? Wo BIST du? Annabelle, ANNABELLE?«

Meine Uniform war mit kleinen Blümchen, Herzchen und den Namen all der Mädchen übersät, die sich in ihrer überschäumenden Freude mit Kugelschreiber darauf verewigt hatten. Ich hatte die Mütze, die unter Dutzenden von auf Hochglanz polierten Schuhen zertrampelt worden war, tief ins Gesicht gezogen, und in meiner Tasche, die mir beim Rennen permanent gegen den Oberschenkel schlug, steckte das Buch, das ich Annabelle schenken wollte.

Es war ein Lexikon aller Worte, die wir gemeinsam erfunden hatten, von *Absotal: absolut / total – mit jemandem voll und ganz übereinstimmen* bis *Zäuchlerisch: zänkisch / heuchlerisch – jemand, der anderen seine fragwürdigen Ansichten mit Vorliebe ins Gesicht schreit.*

»Sie ist nicht da«, sagte Annie, die sich in diesem Moment am Fuß der Treppe materialisierte. »Ich dachte, sie wäre bei dir, Lulu, und würde mit euch das Ende der Knechtschaft in St. Rita feiern.«

»Nein«, antwortete ich unsicher, weil ich Annabelle nicht in Schwierigkeiten bringen wollte. »Wir … wir sind nicht zusammen nach Hause gegangen. Macht es dir was aus, wenn ich hier auf sie warte, Annie?«

Sie schüttelte den Kopf und schwebte davon.

Ich saß auf der Treppe und wartete, während mir der Schweiß vom Nacken über den Rücken rann und von dort aus bis in die Kniekehlen lief, wo er prompt zu jucken begann. Dementsprechend dankbar war ich für die kühle Stille im Haus. In letzter Zeit war es hier so ruhig geworden; es gab keine Dinnerpartys mehr, deren Gäste das Haus mit Qualm und Gelächter füllten, kein Gläserklirren, keine Musik.

Während ich so dasaß, musste ich an Frank denken. Daran, wie sehr er mir fehlte und wie sehr sich Annabelle bemühte, so zu tun, als vermisse sie ihn nicht. Dabei kam mir in den Sinn, was sie am vergangenen Wochenende am Strand zu mir gesagt hatte, als wir zusammen unter der Dusche standen.

Josh kam gerade aus dem Wasser gelaufen, das Surfbrett unter dem Arm und die Shorts tief auf den Hüften, und Annabelle und ich stritten – mal wieder – über Frank.

»Ich verstehe einfach nicht, warum du ihn nicht sehen willst«, sagte ich, während mir das Wasser über den Rücken strömte. »Er hat doch überhaupt nichts falsch gemacht, Annabelle. Jetzt mal im Ernst: Wo liegt eigentlich dein Problem?«

Sie schaltete ihre Dusche aus und schüttelte sich von Kopf bis Fuß, sodass sich ein Schwall salziger Wassertröpfchen über mich ergoss. »Lass endlich gut sein, Tallulah«, erwiderte sie. »Echt, du bist wie ein Hund, der sich in einen Knochen verbissen hat.«

»Ich lasse es gut sein, wenn du mir verrätst, wo dein Problem liegt und was genau Frank getan hat, um von dir derart mit Missachtung gestraft zu werden.«

»Mein Problem ist«, antwortete sie gedehnt, während sie zusah, wie Josh auf uns zulief, »dass ich einen Vater habe, der zu blöd war, um zu erkennen, was sich direkt vor seiner Nase abgespielt hat. Noch dazu mit seinem eigenen Bruder.« Sie streckte die Hand aus und hob ihr Handtuch vom Boden auf, ohne Josh dabei aus den Augen zu lassen. »Und wer nicht sehen kann oder nicht sehen will, was sich direkt vor seiner Nase abspielt, Tallulah, kriegt bloß, was er verdient.«

Bevor ich diesen Gedanken überhaupt zu Ende gedacht hatte, schienen sich meine Beine bereits ganz von selbst von der Treppe im Haus am Fluss erhoben zu haben. Sie rannten die Stufen hinab, zur Haustür hinaus und an Annies »Bis dann, Tallulah« vorbei.

Ich lief ums Haus herum, an Franks Schuppen, dem Baumhaus, dem winzigen, halbmondförmigen Strand vorbei und über die verwitterten Pfade, deren herabhängende Zweige mir die Haut zerkratzten, bis ich zu dem ergrauten Bootssteg kam, der im Einklang mit dem Liebespaar, das darunter lag, seufzte.

Noch während ich rannte, schob sich wie bei einer Diashow ein Bild nach dem anderen vor mein inneres Auge: Josh, der Annabelle eine Locke aus dem Gesicht strich; die beiden, wie sie einmütig ihre Füße unter dem Tisch in Snows Eckladen baumeln ließen; die beiden roten Flecken auf Annabelles Wangen, als ich letzten Samstag in Franks Schuppen gekommen war und Josh dort ohne Shirt gestanden hatte – »Es ist so heiß«, hatte er gesagt, »es ist so heiß«; Joshs eindringliches »Ich muss dringend weg aus Juniper Bay«.

Ich rannte, bis ich sie sah und sich das letzte Bild vor meinen Augen materialisierte: die beiden zusammen, nackt, wie silberne Fische unter dem Steg.

Josh setzte sich auf, schlug die Hand vor den Mund und sagte: »Lulu.« Annabelle zog die Knie an die Brust, während meine eigenen unter mir nachgaben.

Mit ausgestreckten Armen flüsterte ich ihre Namen – wozu?

Wozu? Das fragte ich mich später immerzu, noch lange, nachdem sie sich abgetrocknet, angezogen und ihre Sachen zusammengepackt hatten und schweigend an mir vorbeigegangen waren; Annabelle mit gesenktem Kopf und entschlossenem Schritt, Josh weinend hinter ihr. Allerdings weinte er wohl nicht um mich, denn als ich aufsah, waren meine Arme leer.

In den folgenden Jahren unternahmen Annabelle und Josh all die Dinge, die eigentlich Josh und ich gemeinsam hatten erleben wollen: Josh half Annabelle, ihren Rucksack aufzusetzen, und lachte sich schlapp, als sie von dem Gewicht nach hinten gezogen wurde und umfiel. Sie reisten um die Welt und machten Fotos mit der Kamera, die Fergus ihnen als Abschiedsgeschenk mitgegeben hatte. In Spanien betranken sie sich in kleinen, verwinkelten Bars mit Rotwein, in Griechenland betrachteten sie mit zusammengekniffenen Augen die gleißend hellen, weiß getünchten Mauern, mit denen die Inseln übersät waren, und zu guter Letzt ließen sie sich wie die Lemminge bis nach Earls Court in London spülen. Während ich zu Hause, in den Straßen meiner Kindheit, zurückblieb.

Ich blieb zu Hause bei Harry und Rose, sah aus meinem Fenster und fragte mich, nach wem von ihnen ich mich mehr sehnte.

Teil 2

9

Ich will nicht, dass du hier noch länger arbeitest, Lulu.«

Ich hob den Blick von meinem Schreibtisch und entdeckte, dass Harry neben mir stand und sich den Nacken rieb, als wolle er ihn ausradieren.

»Ich will dich nicht mehr in meinem Büro haben«, wiederholte er, ohne mit dem Rubbeln aufzuhören.

»Aber klar doch, Harry«, erwiderte ich lächelnd. »Endlich sind deine Bücher auf dem aktuellen Stand, deine Abrechnungen laufen vernünftig, und ich bin mit meiner Ausbildung fertig. Herrje, was soll ich denn noch alles für dich tun?«

»Nicht für mich, für *dich*, Liebes.«

»Was?«

»Ich will nicht, dass du etwas für mich machst, sondern, dass du etwas für dich tust.«

»Wirklich tiefsinnig, Harry, aber ich habe keine Verstopfung, der du auf den Grund gehen müsstest.«

Ich wandte mich wieder dem Computermonitor zu, während Harry zur Tür ging, um sie zu schließen. Seine Arbeitsschuhe hinterließen kleine schwarze Dreckhäufchen – Rose würde einen Anfall bekommen, schoss mir unwillkürlich durch den Kopf.

Doch Harry griff sich einen der Stühle von der anderen Seite des Raumes, rollte ihn zu mir herüber und setzte sich neben mich.

»Es wird Zeit, dass du endlich anfängst zu leben, Lulu.«

»Was?«

»Du bist jetzt zweiundzwanzig und hast die letzten drei Jahre ausschließlich im Büro oder zu Hause rumgesessen und Trübsal geblasen. Seit Annabelle und Josh weggezogen sind.«

Ich hob die Hand, um zu verhindern, dass er weiterredete.

»Nein, Liebes, ich weiß, dass wir ihre Namen nicht in den Mund nehmen sollen. Aber das wird jetzt langsam wirklich lächerlich. Was geschehen ist, ist geschehen, und die beiden sind längst über alle Berge. Du musst endlich aufhören, darauf herumzureiten, erst recht, nachdem dir das Pferd unterm Hintern ausgebüxt ist.« Harry zog sein Taschentuch hervor und reichte es mir, nur für alle Fälle. »Du hast deine Sache wirklich wunderbar gemacht, Lulu, das Geschäft floriert. Aber es ist einfach nicht richtig, Liebes. Es wäre falsch von mir, dich hierzubehalten und dich den Laden schmeißen zu lassen.«

»Mir hat's gefallen.«

»Nein, hat es nicht, Lulu. Du hast es ausgesessen, das ist alles.«

Ich starrte auf den Monitor.

Natürlich hatte ich es bloß ausgesessen.

Es war nie mein Ziel gewesen, Leute mit »Guten Morgen, Klempnerbetrieb de Longland, was kann ich für Sie tun?« zu begrüßen und von Baustelle zu Baustelle zu fahren, wo mir die Arbeiter laut und ausdauernd hinterherpfiffen, bis ihnen jemand verriet, dass ich die Tochter des Chefs war. Ich hatte als Kind nicht auf meinem Bett gesessen und davon geträumt, Tabellenkalkulationen zu machen, bis mir die Augen brannten.

Dies war nicht das Leben, in das ich an meinem letzten Schultag hinausgestürmt war, nachdem ich zugesehen hatte, wie meine Mütze durch die Luft gesegelt war, während jeder einzelne Nerv in meinem Körper vor Vorfreude auf das, was nun kommen würde, summte.

Nie hätte ich damit gerechnet, dass ich dermaßen zum Stillstand kommen würde.

Doch auch wenn mein Leben nicht mal ansatzweise dem ähnelte, was ich mir ausgemalt hatte, war es immerhin trotzdem ein Leben. Für mich hatte diese Trägheit etwas Tröstliches: die vertrauten Abläufe im Büro, wo ich jeden Morgen um halb acht eintraf und als Allererstes die Kaffeemaschine einschaltete, und zu Hause, wo selbst Rose' Stimmungswechsel, so sprunghaft sie auch waren, ihrem eigenen Muster folgten. Ihre Depressionen kamen und gingen, und in ihrem Rhythmus lag unser Haus mal im Schatten, mal erstrahlte es im hellsten Licht. Doch es war und blieb unser Zuhause, und Rose war der Mond, der die Gezeiten darin bestimmte.

Wir arrangierten uns damit. Harry saß leise im Garten und las seine Zeitung, während die Jungs die Treppe herunterpolterten, weil ihre Mitfahrgelegenheit zum Schwimmtraining vor der Tür stand, und mir unterwegs mit ihren Handtüchern eins überzogen. Sie waren inzwischen sechzehn, hatten den Appetit eines ausgewachsenen Bären und die Gestalt eines Riesen und kamen doch immer noch zu mir, wenn Rose mal wieder zu zerfallen drohte.

Der Gedanke, sie zurückzulassen, ja, das alles zurückzulassen, versetzte mich in Panik.

»Harry, ich will aber gar nichts anderes machen.«

»Doch, das willst du. Und das weißt du auch. Deine Mutter und ich möchten, dass du mal etwas anderes ausprobierst, Lulu. Geh auf die Uni, wie du es eigentlich vorhattest. Oder auf Reisen. Egal was, Liebes, Hauptsache, du unternimmst etwas – und zwar woanders als hier.«

Fassungslos starrte ich Harry an.

»Du feuerst mich, *und* du setzt mich vor die Tür?«

»So könnte man es ausdrücken, ja«, antwortete er mit einem Grinsen und nahm mir sein Taschentuch wieder ab, um sich lautstark zu schnäuzen.

Rose kam an mein Auto. Sie hatte Betty an – blau-weißer Seersucker-Ribbelstoff, große Taschen – und drückte mir einen Korb voller Kuchen, Kekse und Gebäck in die Hand, der mit karierten Geschirrtüchern abgedeckt war.

»Rose«, sagte ich. »Die Fahrt dauert eineinhalb Stunden, das hier reicht glatt für eine ganze Woche.«

»Ich weiß, aber du kannst ja Simone etwas abgeben, wenn ihr euch trefft – ich habe sie neulich im Fernsehen gesehen, und sie ist ja so dürr! So, wenn du nicht in den Feierabendverkehr kommen willst, solltest du jetzt besser losfahren.«

Ich stellte den Korb auf den Beifahrersitz und lächelte Rose an. Sie lächelte zurück, und eine Weile standen wir nur da und sahen einander in die Augen.

»Ab mit dir«, sagte sie schließlich und verschränkte die Arme vor der Brust.

Ich gab ihr einen Kuss, stieg ein und rollte aus der Einfahrt. Am Ende der Straße hielt ich kurz an, um im Rückspiegel noch einen letzten Blick auf sie zu werfen.

Sie winkte mir nach, bis ich um die Ecke bog und mich in einem nach Zimtschnecken duftenden Auto auf den Weg in die Stadt machte.

Simone hatte sich längst im Stadtleben eingerichtet. Sie kämpfte sich mit Zähnen und Klauen die Karriereleiter hinauf und hielt sich eisern fest, während um sie herum einer nach dem anderen durch die Sprossen brach. Ihre Wohnung teilte sie sich mit einer jungen Frau namens Beth, die Kimonos trug und rauchte wie ein Schlot.

»Du kannst eine Weile bei uns einziehen, bis du was Eigenes findest«, hatte Simone mir am Telefon versichert. »Oder bis Beth ein Emphysem kriegt und stirbt – dann kannst du ihr Zimmer haben.«

Also zog ich vorübergehend bei den beiden ein. Beth sah ungläubig zu, als ich Rose' Gaben auslud. »Ist das *selbst gebacken*?«, fragte sie. »Ich wusste gar nicht, dass es überhaupt noch Leute gibt, die selbst backen ...« Dann futterte sie sich weiter durch Rose' Korb und hielt nur inne, um an ihrer Zigarette zu ziehen.

Nachdem Harry mir verkündet hatte, es sei an der Zeit, einen Schlussstrich unter meine bisherige Lebensweise zu ziehen und ein neues Leben zu beginnen, war ich nach Hause gegangen, um Rose zu bitten, ihn umzustimmen – doch sie hatte bloß wiederholt, was er gesagt hatte. Genau wie Mattie und Sam, die ebenfalls wollten, dass ich auszog, weil dann endlich jeder von ihnen ein eigenes Zimmer bekommen würde.

Einige Tage später erzählte ich Stella davon. Sie sagte nur: »Es ist an der Zeit«, und brach in Tränen aus. Simone wiederum schickte einen tiefen Seufzer durchs Telefon und befahl: »Jetzt komm schon her, Lulu. Hör auf rumzutrödeln.«

Dass ich bis jetzt kein nennenswertes eigenes Leben

gehabt hatte, hatte durchaus seine Vorteile – es gab nicht viel, was ich einpacken musste: nur meine Kleider, meinen Lebenslauf und das »Überlebenspaket für die große Stadt«, das mir die Jungs aus Harrys Betrieb an meinem letzten Arbeitstag geschenkt hatten.

Pete, Micko, Chook, Simon, Lizard und Alexi standen in einem Halbkreis um mich herum und traten von einem Fuß auf den anderen, während ich ihr Geschenk auspackte. Eine Taschenlampe, ein Taschenmesser, eine Sauerstoffmaske, ein Straßenverzeichnis und zu guter Letzt ein Paar Handschellen mit Plüschbezug und eine Schachtel genoppter Kondome »für ein Maximum an Vergnügen«.

»Man weiß nie, was das Leben in der Großstadt für einen bereithält, Lulu!«, rief Micko, dann brachen sie in Gelächter aus. Lizard, unser Lehrling im ersten Jahr – der so hieß, weil er flink wie eine Eidechse war –, bekam rote Ohren.

Sie stießen mit warmem Chardonnay in Plastikbechern auf mich an und überraschten mich mit einer Karte, auf der ein Schutzengel abgebildet war, der über ein schlafendes Kind wachte. »Mögen Engel neben deinem Bette wachen« stand auf der Vorderseite; im Innenteil hatten sie den Segenspruch fortgeführt: »Hoffentlich lässt du's ordentlich krachen.«

Als wir das Büro verließen, waren wir allesamt ziemlich angetrunken. Micko strubbelte mir mit seinen roten Händen durchs Haar und sagte: »Du bist ein gutes Mädchen, Lulu, du kommst schon klar.«

Zwei Wochen später lag ich zusammengerollt auf einer Matratze in Simones Gästezimmer und betete, dass er recht behalten würde.

An jenem Tag am Bootssteg war etwas mit mir geschehen. Etwas hatte sich durch die feuchte Erde gewühlt, war durch meine Haut gedrungen und hatte sich dort all die Jahre festgesetzt. Seitdem fühlte ich mich gleichzeitig unsichtbar und total durchschaubar. Ich war jemand, der den Leuten lange Zeit gar nicht erst auffiel. Und wenn sie mich schließlich doch bemerkten, fragten sie sich schnell, warum sie sich überhaupt mit mir abgaben.

Wenn Männer mich mit erkennbarem Interesse ansahen, wand ich mich innerlich. Nicht, dass das besonders oft vorgekommen wäre – von den Jungs, die im Laufe der Jahre bei Harry gearbeitet hatten und noch Single waren, hatte mich keiner jemals um ein Date gebeten. Vielleicht lag es daran, dass ich die Tochter des Chefs war, vielleicht gab es an mir aber auch einfach nichts, was in ihnen das Verlangen danach geweckt hätte.

Mich umgab eine Aura der Bitterkeit, die so dicht war, dass ich sie beinahe schmecken konnte.

Hin und wieder drangen kleine Häppchen aus Joshs und Annabelles Leben bis in unser Heimatstädtchen durch. Wenn mir Mrs. Delaney dann über ihren Gartenzaun hinweg zurief: »Na, deine alten Freunde machen sich ja einen ganz schönen Namen. Was sind sie noch mal? Fotojournalisten, oder?«, verspürte ich das dringende Bedürfnis, sie mitten in ihr teigiges Gesicht zu schlagen.

Einmal stieß ich in einem Magazin zufällig auf ein Foto der beiden und verlor für einen Moment fast das Gleichgewicht. Ich stand in diesem Zeitschriftenladen, hielt ihre Gesichter in meinen Händen und wurde von einer Woge der Verbitterung überspült.

Doch meistens machte mich das, was an jenem Tag unten am Fluss von mir Besitz ergriffen hatte, einfach nur traurig. Nicht auf die Weise, wie Rose traurig war, und auch nicht so, als hätte ich mich irgendwo fernab von allem Vertrauten hoffnungslos verirrt. Es war eher so ein Gefühl, als würde ich hinter einem verschlossenen Fenster stehen, das Gesicht gegen die Scheibe pressen und das wilde Treiben um mich herum beobachten.

Ich war praktisch ohne jeden Widerstand zu Hause ausgezogen, denn in mir war kaum noch Kampfgeist übrig. Doch irgendwann auf der Fahrt in die Stadt spürte ich auf einmal eine Veränderung in mir, so als hätte mein Körper begonnen, die Fesseln abzustreifen, die ihn so lange zurückgehalten hatten. Vielleicht lag das bloß daran, dass ich erst zweiundzwanzig war und die Jugend ihre ganz eigenen Wege hat, einem so lange ins Ohr zu brüllen, bis man gar nicht anders kann, als mitzusingen. Jedenfalls fing ich an jenem Tag auf der Fahrt zu Simone endlich an loszulassen.

Stella hatte recht gehabt. Es war an der Zeit. Ich musste lediglich die Fenster öffnen und die frische Luft hineinlassen.

Als ich an diesem Abend in Simones Wohnung die Augen schloss und einschlief, spürte ich Rose' Hand an meiner Wange.

Am nächsten Morgen saß ich in der Küche und studierte die Kleinanzeigen, als Beth dazukam, den Gürtel an ihrem Kimono richtete und sich neben mich setzte.

»Was machst'n da?«

»Ich suche mir einen Job.«

»Was für einen Job?«

»Weiß ich ehrlich gesagt gar nicht so genau. Hauptsache, ich muss nicht wieder im Klempnerbetrieb meines Vaters anfangen.«

»Ganz schön wählerisch – was kannst du denn gut?«

»Keine Ahnung«, gestand ich und merkte, dass das die Wahrheit war.

»Bist du eine Schwester?«, fragte sie, griff nach ihrer Zigarettenschachtel und fischte eine Kippe heraus.

»Wie bitte?«

»Bist du«, flüsterte sie dramatisch, »eine Freundin Sapphos?«

»Ich glaube nicht«, erwiderte ich unsicher. »Ist das eine Bekannte von Simone?«

Beth legte den Kopf in den Nacken und lachte so heftig, dass sie sich prompt an ihrer Zigarette verschluckte. Sie verzog das Gesicht und umklammerte ihren Hals, bis ich ihr ein Glas Wasser reichte.

Sie stürzte es hinunter, wischte sich die Augen und sah mich blinzelnd an. »Weißt du, was?«, sagte sie. »Ich habe den Eindruck, mit den alten Griechen hast du es nicht so.«

Schließlich fuhren Simone und Beth zur Arbeit; Simone zu einem Treffen ihrer Produktionsfirma und Beth zu dem Zahnchirurgen, bei dem sie angestellt war. Vermutlich als Anästhesistin, denn sie musste die Patienten lediglich anhauchen, um sie zu betäuben. Sobald sie weg waren, holte ich die Nummer aus meiner Handtasche.

Sind Sie insgeheim voller Frust?, hatte die Frauenstimme im Radio etwa auf halber Strecke zwischen meinem alten und meinem neuen Zuhause gefragt. *Haben Sie das Gefühl, sich ständig selbst im Weg zu stehen? Suchen Sie Zugang zu der Kraft, die in Ihnen steckt?*

»Ja«, hatte ich im Auto geflüstert. »Ganz genau.«

Dann rufen Sie uns an. Das Epstein-Institut ist bereits seit 1982 eine angesehene Adresse im Bereich der Persönlichkeitsentwicklung. Melden Sie sich zu unserem Frauen-Frustseminar an – wir wecken die Löwin in Ihnen.

Ein bisschen albern kam ich mir schon vor, als ich die Nummer wählte, aber etwas hatte mich dazu gebracht, rechts ranzufahren und sie zu notieren. Und nachdem ich mich so lange geduckt hatte, war ich mir ziemlich sicher, dass ich endlich die Löwin in mir zum Leben erwecken wollte. Oder na ja, zumindest eine kleine Wildkatze.

»Epstein-Institut, hallo«, meldete sich eine Frauenstimme. Eindeutig nicht die aus dem Radio. »Wie kann ich Ihnen behilflich sein?«

»Hi«, sagte ich. »Ich interessiere mich für eines Ihrer Seminare, das für frustrierte Frauen.«

»Ich, äh, tut mir leid – welches?«

»Das, ähm, Frauen-Frustseminar«, antwortete ich. »Sie wissen schon, das, wo Sie die Löwin in einem wecken.«

Es entstand eine längere Pause, dann folgte ein lautes Prusten. »Es heißt Lustseminar, Liebes, Frauen-*Lust*seminar.«

»Oh«, erwiderte ich. »›Lustseminar‹. Natürlich. Na dann, tut mir leid, dass ich Sie belästigt habe, aber das ist wohl eher nichts für mich.«

Ich legte auf. Nicht wie eine Löwin, sondern wie eine piepsende Maus.

Simone lachte sogar noch lauter als die Frau am Telefon, als ich ihr und Beth am Abend nach einer Ladung Take-away-Curry vom Inder und zweieinhalb Flaschen Rotwein von diesem Anruf erzählte.

»Ich bin froh, dass du dich nicht angemeldet hast, Lulu«, verkündete Simone. »Wahrscheinlich wäre das auf so ein Wochenende in der Wildnis hinausgelaufen, wo ihr euch dann nackt im Schlamm gewälzt und damit anschließend gegenseitig die Brüste eingerieben hättet oder so … Warte mal, vielleicht sollte ich da mitmachen!«

»Also, ich finde ja«, meldete sich Beth schwankend und mit einer Zigarette im Mundwinkel zu Wort, »dass es sehr mutig von dir war, dort anzurufen, Lulu. Und weißt du, was ich noch denke?«

»Nein.«

»Ich finde, du bist bereits eine Löwin, so wie du dich in dein neues Leben gestürzt hast, nur mit einem Korb voller Kuchen …«

»Das klingt doch wohl eher nach Rotkäppchen«, warf Simone gähnend ein. »Ich geh jetzt ins Bett.«

Etwas später ging ich ebenfalls auf mein Zimmer, ein bisschen wacklig auf den Beinen. Als ich auf dem Weg an Simones Tür vorbeikam, fragte ich in einer Art lautem Flüstern: »Simone, bist du noch wach?«

»Ja«, antwortete sie.

»Ich wollte nur Danke sagen.«

»Wofür?«

»Dass ich hier wohnen darf.«

»Kein Problem.«

»Simone?«

»Mhmm?«

»Ich hab dich lieb«, verkündete ich.

»Ich hab dich auch lieb, Lulu.«

»Aber nicht auf diese Weise.«

»Auf welche Weise?«

»Ich bin keine Freundin Sapphos«, flüsterte ich. »Tut mir echt leid, Simone.«

»Gute Nacht, Tallulah«, erwiderte sie. Ich konnte hören, wie sie in der Dunkelheit lächelte.

Am nächsten Morgen war Simone Laufen gegangen – wie sie das fertiggebracht hatte, war mir ein Rätsel –, und Beth saß zusammengesunken auf einem Stuhl in der Ecke der Küche. Sie wühlte in ihren Taschen nach einer Zigarette, steckte sie in den Mund, nahm sie wieder heraus und sagte: »Nein, heute Morgen kann selbst ich das nicht.«

»Möchtest du eine Tasse Tee?«

»Sehr gern. War ein ziemlich guter Abend gestern, oder?«

»Ja, allerdings.«

»Ich kann immer noch nicht glauben«, sagte sie, wobei in ihrer Kehle Gelächter aufstieg, das nach und nach in einen trockenen Husten überging, »ich kann immer noch nicht glauben, dass du dich für ein ›Frauen-Frustseminar‹ anmelden wolltest.« Ihr zierlicher Körper krampfte sich zusammen, als der Husten durch ihre Kehle rasselte.

»Hier«, sagte ich und reichte ihr ein Glas Wasser, um den Brand zu löschen.

Als sie fertig gehustet hatte, fragte sie: »Was frustriert dich denn so, Lulu? Was macht dir zum Beispiel jetzt gerade am meisten zu schaffen?«

Ich sah sie an. Sie war so winzig, wie sie da auf ihrem Holzstuhl kauerte. Ihre Füße reichten kaum bis auf den Boden. Gleichzeitig dachte ich über all das nach, was mir an diesem Morgen durch den Kopf ging – dass ich keinen Job finden würde, keine Wohnung. Dass ich irgendwann wieder bei Harry und Rose angekrochen kommen müsste und alle dann wissend sagen würden:

»Wie ich sehe, ist die kleine de Longland wieder zu Hause.« Dass ich mich trotz der langen Strecke, die ich von meinem Heimatort bis hierher zurückgelegt hatte, trotz der frischen Luft, die dabei durchs Fenster hereingeströmt war, für den Rest meines Lebens so fühlen würde wie in den letzten vier Jahren.

Dann sah ich wieder Beth an und erkannte, was mir im Moment am meisten zu schaffen machte.

»Jetzt gerade«, antwortete ich und deutete auf die Zigarettenschachtel auf dem Tisch, »mache ich mir vor allem Sorgen, dass die Dinger dich noch umbringen.«

Ich brachte den Tag damit zu, die Zeitung nach Stellenangeboten zu durchforsten. Bis zum Abend hatte ich drei Vorstellungstermine ausgemacht, alle bei Zeitarbeitsfirmen, die jemanden suchten, der pünktlich zur Arbeit kam, ans Telefon ging, ein paar Briefe tippte, ein paar Unterlagen abheftete, pünktlich wieder ging und niemandes Mittagessen aus dem Kühlschrank mopste.

Perfekt.

Ich frage mich, was passiert wäre, wenn ich einen dieser Jobs angenommen hätte.

Stattdessen bestand Simone darauf, dass ich mich mit ihrer Freundin Loreli Marks von der Personalagentur Marks & Abbott traf.

»Sie sind hauptsächlich im Medienbereich tätig«, erklärte Simone. »Fürs Fernsehen, fürs Radio, für die Werbung oder Marketingbüros. Außerdem haben sie eine Kreativabteilung, die mit Galerien, Theatern und Agenturen zusammenarbeitet. Es ist immer noch ein Bürojob, aber zumindest ist da ein bisschen Leben in der Bude – vielleicht triffst du ja sogar jemand Berühmten.«

»Ich kenne doch schon jemand Berühmten – dich!«

»Noch nicht, Lulu«, erwiderte sie lächelnd. »Aber bald.«

»Dein Zeugnis ist ja wirklich umwerfend«, verkündete Loreli strahlend. Ihre leuchtend rot geschminkten Lippen spannten sich wie zwei glänzende Schleifenbänder über ihr Gesicht. »Auch wenn es von deinem Vater stammt.«

»Für jemand anders habe ich bisher noch nicht gearbeitet, tut mir leid.«

»Muss es nicht«, erwiderte sie nüchtern. »Du kannst hervorragend tippen, stenografierst sehr gut, deine Buchhaltungskenntnisse sind auf dem neuesten Stand, und du machst einen wirklich umwerfenden Eindruck. Ich wünschte, ich hätte hundert von deiner Sorte, Tallulah«, sagte sie. »Aber die habe ich nicht. Die Frage ist also, wo ich dich am besten hinstecke, damit wir beide auch wirklich etwas davon haben. Ich denke, Duncan sollte dich nehmen.«

»Duncan soll mich nehmen?«

»Nicht im biblischen Sinn, Liebes, guck nicht so entsetzt. Nein, ich dachte, ich könnte mal ein Treffen zwischen dir und dem Team von Duncan McAllister arrangieren – du hast doch sicher schon von Duncan McAllister gehört.«

»Ja«, antwortete ich. »Er ist der Kerl im Radio, der mit den magischen Stimmbändern.«

»Platin.«

»Oh ja, richtig, Platin. Also, wie kann ich ihm denn helfen?«

Loreli schenkte mir ein Lächeln. »Wo soll ich da nur anfangen, Liebes?«

»Duncan ist ein Supertyp«, ließ mich einer der Männer im Restaurant wissen.

»Er ist voller Energie, immer am Ball. Mit ihm bei 3KPG zu arbeiten macht Riesenspaß, wird nie langweilig.«

»Aber ja, absolut«, meldete sich der andere zu Wort. Er hieß PJ oder JP, jedenfalls irgendwas mit Initialen, und schnippte gerade mit den Fingern, um die Kellnerin herbeizurufen.

Ich hasste Leute, die so etwas machten.

»Also, wo ist er?«, fragte ich.

»Duncan?«

»Ja. Ich dachte, wenn er nach einer persönlichen Assistentin sucht, würde er die Bewerber dann nicht gerne vorher kennenlernen?«

»Lulu«, erwiderte PJ. »Es ist Mittag. Duncan macht die Morgensendung, was bedeutet, dass er seit drei Uhr morgens auf den Beinen war. Jetzt gerade ist er vermutlich zu Hause im Bett und gönnt sich seine wohlverdiente Ruhe. Aber ich bin gewissermaßen Duncans rechte Hand, und bei dieser Art von Entscheidungen vertraut er mir voll und ganz.«

In den sechs Jahren, in denen ich für den Mann mit den Platinstimmbändern arbeitete – erst als persönliche Assistentin, dann als Produzentin –, sah ich JP oder PJ, oder wie auch immer er hieß, nie wieder.

10

Duncan McAllister.

König der Kurzwelle, Liebling des Mitmachradios, Raucher, Rotweintrinker und Serien-Exmann mit drei abgelegten Ehefrauen: Kiki, Kerry-Anne-mit-e und Karen. Eine vierte, Kimmy, war bereits auf dem besten Weg, ihnen zu folgen. Offenbar gab es nur ein Kriterium, das seine zukünftigen Gattinnen zu erfüllen hatten, nämlich dass ihr Name mit K anfing.

Darüber hinaus war er liebender Vater von Duncan junior (Kiki), Rhees (Kerry-Anne), Jasmine und Jarrod (Karen), sowie Besitzer von Barney, einem gigantischen Hund von unbekannter Abstammung und mit ausgesprochen fragwürdigen Ernährungsgewohnheiten.

Ein Original.

Ein elender Aufschneider.

Das wandelnde Chaos.

»Das kann doch nicht dein Ernst sein, Lulu«, lautete Simones Reaktion, als ich ihr erzählte, wer mein zukünftiger Boss sein würde. »Duncan McAllister? Was zur Hölle hat sich Loreli bloß dabei gedacht?«

»Kennst du ihn?«, wollte ich wissen.

»Alle kennen ihn, Lulu«, sagte sie. »Er wird dich bei lebendigem Leib auffressen, kleines Rotkäppchen.«

»Warum?«, fragte ich. »Warum haben alle solche Angst vor diesem Mann?«

»Weil, Lulu«, antwortete Simone, »er die mächtigste Person in der gesamten Medienbranche ist. Was ihn zu einem der mächtigsten Männer im ganzen Land macht. Und damit zu einem 1-A-Dreckskerl.«

»Ich habe gehört, er soll mal die Haare einer Kellnerin angezündet haben, weil er glaubte, sie würde ihn ignorieren«, ließ sich Beth vernehmen, die gerade aus dem Bad kam.

»Ich bin sicher, das war nur ein Unfall«, wiegelte ich ab. Obwohl ich meinen neuen Arbeitgeber noch nicht einmal zu Gesicht bekommen hatte, legte ich bereits ein Unheil verheißendes Maß an Loyalität zu ihm an den Tag.

»Es waren ihre Schamhaare, Lulu«, stellte Simone klar.

»Oh.«

»Na egal, falls du überlebst, musst du ihn unbedingt zum Abendessen einladen. Es könnte meiner Karriere sicher nicht schaden, wenn ich den Mann mit den Platinstimmbändern zu meinem Freundeskreis zählen könnte.«

»Du hast doch gerade noch behauptet, er wäre ein Dreckskerl.«

Simone lächelte. »So läuft es nun mal in der Medienwelt, Lulu«, bemerkte sie. »Wir sind alle Dreckskerle.«

An meinem ersten Tag bei 3KPG parkte ich meinen Wagen auf dem Besucherparkplatz, nachdem der Sicherheitsmann mich anscheinend nicht verstehen wollte, als ich ihm erklärte, dass ich eine neue Mitarbeiterin sei – die persönliche Assistentin von Duncan McAllister, um genau zu sein.

»Das sagen sie alle, Schätzchen«, erwiderte er bloß

und pappte einen lilafarbenen Besucher-Aufkleber auf meine Windschutzscheibe.

Ich lief den halb im Dunkeln liegenden Hügel zu den Studios hinauf, wo die Stimmung so früh am Morgen noch ruhig und gedämpft war, dann wanderte ich vollkommen auf mich gestellt durch die labyrinthartigen Gänge, bis ich schließlich Duncans Büro fand – mit dem aufgemalten Glitzermikrofon auf der Tür war es allerdings auch schwer zu übersehen.

»Also gut«, sagte ich zu mir. Für alle Fälle borgte ich mir noch einen Spruch von Mattie und Sam, den sie als Kinder immer verwendet hatten, wenn sie sich mal wieder für irgendeine Art von Abenteuer wappneten: »Dann mal ran an den Speck!«

Ich atmete einige Male tief durch, bevor ich an die Tür klopfte. Wenige Augenblicke später wurde sie von einem Mann mit einem roten Gesicht aufgerissen, der ein rotes Hemd mit einem Muster aus riesigen Hibiskusblüten trug, dessen Knöpfe alle offen standen. Auf seiner Oberlippe prangte ein Rotweinfleck.

»Bitte sag mir, dass du gekommen bist, um mir meinen Morgenkaffee zu bringen – ganz schön spät übrigens. Falls nicht, kannst du dich gleich wieder verpissen«, schnauzte er, und die Hibiskusblüten schwankten.

Duncan McAllister, nahm ich an.

Entschlossen, den Anschein von Professionalität zu wahren, streckte ich die Hand aus und lächelte. »Ich bin Tallulah de Longland«, sagte ich. »Ihre neue persönliche Assistentin.«

»Ach ja?«, erwiderte er. Meine ausgestreckte Hand ignorierte er. »Wie schön für dich. Also dann, Tabitha …«

»Tallulah.«

»Tallulah – ich bitte dich und Miss Bankhead vielmals um Verzeihung. Also dann: Denkst du, du könntest mir wohl einen Kaffee machen? Oder ziehst du es vor, dich zu verpissen?«

Er schwankte noch ein bisschen stärker, und hinter ihm auf dem Schreibtisch glomm in einem Aschenbecher ein kleines Feuer auf.

»Wie bitte?«

»Na wunderbar, jetzt schicken die mir schon Schwerhörige – MUNGO!«, donnerte er plötzlich los. »Besorg mir einen beschissenen Kaffee und schaff mir diese Alte aus der Behindertenwerkstatt vom Leib.«

Dann wurde ich von einem Wolf angefallen.

Die riesige, tapsige Bestie kam hinter Duncan hervor und raste auf mich zu wie ein zotteliger Güterzug. Sie rammte meine Knie und zwängte ihren Kopf zwischen ihnen hindurch.

Gleich darauf zog sie sich wieder zurück und sprang in einer überraschend geschmeidigen und eleganten Bewegung an mir hoch, sodass ich zwischen ihr und der Flurwand eingeklemmt wurde. Ihre gewaltigen Vorderpfoten stützte sie links und rechts von meiner Brust auf.

»Ach du lieber Himmel«, ächzte ich, als ihr Atem mich wie eine übel riechende Wolke einhüllte. »Was um alles in der Welt hast du bloß gefressen?«

Die Bestie schnüffelte an mir. Ihre feuchte Nase tastete sich an meinem Hals entlang, ihre Zunge tropfte mich mit Hundesabber voll, und ihr Besitzer machte keinerlei Anstalten, sie zurückzurufen.

»Könnten Sie ihm sagen, dass er mich loslassen soll?«, quiekte ich. Duncan saß inzwischen an seinem Schreibtisch und blätterte demonstrativ durch einige Unterlagen, wobei er das Feuer, das mittlerweile in dem Aschenbecher neben ihm loderte, vollkommen ignorierte.

»Wie bitte?«

»Könnten Sie das da zurückrufen?«

»*Das da* hat einen Namen – Barney«, erwiderte er. »Er ist ein Hund, und aus irgendeinem unerfindlichen Grund scheint er dich zu mögen, Talisa.«

»Tallulah«, korrigierte ich erneut, diesmal jedoch zähneknirschend.

Duncan pfiff, und Barney entließ mich aus seiner Umklammerung, während meine Knie unter mir nachgaben.

»Nachdem du genug mit meinem Hund gespielt hast«, bemerkte Duncan, wobei er weiterhin irgendwelche Papiere von einer Seite des Schreibtischs auf die andere verschob, »könntest du mir nun vielleicht persönlich assistieren und mir einen gottverdammten Kaffee kochen, oder muss ich mir einen kommen lassen?«

»Sie sollten sich einen kommen lassen.«

»Wie bitte?«

»Sie sollten sich einen kommen lassen, Mr. McAllister«, wiederholte ich, hob meine Handtasche vom Boden auf, die mir der Hundewolf aus den zitternden Händen gerissen hatte, und wandte mich zum Gehen.

Für diesen Menschen konnte ich auf keinen Fall arbeiten.

Das lag nicht daran, dass er so unhöflich war – auch wenn bisher noch niemand so mit mir geredet hatte –, und auch nicht daran, dass er so viel fluchte – da hatte ich auf den Baustellen viel Schlimmeres gehört –, ja, nicht einmal an seinem fragwürdigen Hemdengeschmack.

Es lag daran, dass ich die Tochter eines Klempners war.

Oder genauer gesagt: die Tochter von Harry de Longland, einem Mann, der tagein, tagaus den Verstopfungen anderer Leute auf den Grund ging und dabei immer eines von Rose' Taschentüchern sorgfältig gefaltet bei sich trug. Der sein Leben lang ellbogentief in den Abflussrohren anderer Leute gesteckt hatte und trotzdem jeden Morgen lächelnd und winkend in seinen Lieferwagen stieg. Dessen Büro immer sauber war und der seinen Auszubildenden beibrachte, stets höflich und zuvorkommend zu sein und aufmerksam zuzuhören, was einem kleine alte Damen in Wohnblöcken mit verstopften Rohren zu erzählen hatten.

Ich betrachtete das Chaos in Duncans Büro: die überquellenden Aschenbecher und die überall herumstehenden schimmligen Kaffeetassen, die Eingangskörbe, in die keine neue Post mehr passte, und die auf dem Boden verstreuten Unterlagen. Es war deutlich, dass ihn das alles einen Dreck scherte.

Dann sah ich Duncan an und musste an meinen Vater denken, wie er spätabends noch dasaß und mit Bleistift die Dienstpläne ausfüllte, damit er eventuelle Fehler feinsäuberlich ausradieren konnte. Oder wie er alle ein, zwei Jahre mit seinen krummen Beinen auf eine Leiter stieg und das Schild vor unserem Haus neu malte. Und mit einem Mal war mir klar, dass ich hier völlig fehl am Platz war.

»Es tut mir leid, Mr. McAllister«, sagte ich, »aber das hier wird nicht funktionieren. Ich fahre gleich zur Agentur und erkläre ihnen alles. Ich bin mir sicher, sie werden Ihnen jemanden schicken, der hierfür, äh, besser geeignet ist.« Ich drehte mich um und ging.

»Du haust ab? Das ging ja sogar für meine Verhältnisse schnell«, bemerkte er. Er wirkte beinahe zufrieden mit sich. »Vielleicht sogar eine neue persönliche Bestmarke.«

Ich lief einfach weiter.

»Du meine Güte, das ging aber schnell«, stellte auch der Pförtner fest. »Ich glaube, das war Rekord.«

»Mhmm«, erwiderte ich, reichte ihm meinen Besucherausweis und kehrte den 3KPG-Studios ein für alle Mal den Rücken.

Schade.

Den Hund hatte ich eigentlich gemocht.

Am Abend saß ich mit einem Glas Wein auf dem Boden, lehnte den Kopf ans Sofa und beschrieb Simone und Beth gerade meine Begegnung mit Duncan, als es an der Tür läutete.

Simone durchquerte die Küche, um aufzumachen, und kam gleich darauf mit Duncan im Schlepptau zurück. Er hatte sich die Haare gekämmt und trug ein gebügeltes Hemd und weiße Slipper mit Quasten.

»Guten Abend.« Er nickte Beth und mir zu, dann wandte er sich direkt an mich. »Tallulah«, sagte er, wobei er sorgfältig jede Silbe meines Namens aussprach. »Ich bin gekommen, um mich für mein Verhalten heute Morgen zu entschuldigen.«

»Oh, okay«, antwortete ich und rappelte mich auf. In meinem Kopf herrschte das reinste Chaos. »Kommen Sie doch rein und setzen Sie sich, Mr. McAllister.«

»Duncan.«

»Duncan – möchten Sie etwas trinken?«, fragte ich, wobei ich zu Illustrationszwecken dümmlich auf die Flasche in meiner Hand zeigte.

»Nein danke, Tallulah«, erwiderte er. »Mein Magen fühlt sich an, als hätte ihn ein tollwütiger Afghane ausgeleckt, daher werde ich wohl mal eine Weile den Schwanz einziehen, wenn ich darf.«

»Bitte, nur zu«, meldete sich Simone sichtlich erfreut zu Wort.

»Können wir uns vielleicht unter vier Augen unterhalten?«, fragte Duncan.

Also setzten wir uns in Simones Küche, und Duncan verdrückte einige von Rose' Rosinenbrötchen, die ich für ihn aufgebacken hatte.

»Mmnff«, seufzte er mit vollem Mund. »Die sind wirklich, wirklich gut.«

»Hat meine Mutter gebacken«, sagte ich. »Im Gefrierfach sind noch ungefähr zweihundert davon, falls Sie gerne welche mit nach Hause nehmen wollen – Mutzenmandeln hätte ich auch noch, falls Sie die mögen.«

»Mutzenmandeln?«, wiederholte Duncan. »Ich hätte nicht gedacht, dass es überhaupt noch Leute gibt, die wissen, was das ist.«

»Meine Mutter schon«, sagte ich und erzählte ihm von Rose' Backkünsten

Von Harry erzählte ich ihm auch, denn er wollte wissen, was mein Vater machte und ob ich Geschwister hätte, und dann erkundigte er sich nach dem Städtchen, in dem ich aufgewachsen war, bis ich irgendwann auf die Uhr guckte und feststellte, dass er wohl nicht zuletzt auch deswegen »der Mann mit den Platinstimmbändern« genannt wurde, weil er außerordentlich gut darin war, Fragen zu stellen.

Duncan schielte ebenfalls nach der Uhr, wo der kleine Zeiger gerade auf die Elf zukroch, und richtete sich in seinem Stuhl auf.

»Nun denn, Tallulah«, sagte er, während er mit einer Serviette die Rosinenbrötchenkrümel zusammenschob. »Ich möchte mich aufrichtig für heute Morgen entschuldigen. Mein Benehmen war wirklich ausgesprochen unhöflich, selbst für meine Verhältnisse.«

Ich nickte und fragte mich, ob ich ihm sagen sollte, dass eine Rosine an seiner Nase klebte.

»Die Sache ist die: Barney mag dich, und er liegt selten falsch, was Menschen angeht. Obwohl: Meine zweite Frau, Kerry-Anne-mit-e mochte er auch … Gott, in dem Punkt war sie eine fürchterliche Nervensäge. Jedes Mal, wenn irgendein bemitleidenswerter Mensch an der Hotelrezeption unsere Namen aufschreiben musste, ging es los: ›Mein Name ist Kerry-Anne – Kerry mit y, Anne mit e‹«, ahmte er sie nach. Dann fügte er gedankenverloren hinzu: »War trotzdem irgendwie fies von mir, das damals vor dem Scheidungsrichter so auszubuchstabieren …«

»Duncan.«

»Oh, ja, ich schweife ab. Die Sache ist die: Barney mag dich …«

»Sie sind also hier, weil Ihr Hund mich mag?«

»Ja, ganz genau.« Er strahlte mich an. Dann bemerkte er meinen Gesichtsausdruck. »Na ja, nicht nur. Die Sache ist die, Tallulah, also, es ist so: Ich bin ein ziemliches Arschloch, das weiß ich, und das liegt zu einem großen Teil daran, dass ich einfach nun mal so bin. Aber ein bisschen kommt es auch daher, dass ich den ganzen Tag von anderen Arschlöchern umgeben bin – verstehst du?«

Ich nickte wieder, weil ich nicht so recht wusste, was ich sonst tun sollte.

»Ich arbeite nun schon seit geraumer Zeit in der Medienbranche, und ich finde es auch wirklich großartig, aber auf Dauer wird man hier leicht zu einem kleinen Monster. Und dann bin ich dir begegnet und dachte mir, dass du vielleicht genau die Richtige sein könntest, die mir dabei hilft, kein ganz so fieses Monster mehr zu sein, verstehst du?«

»Ich weiß nicht, ob das in der Stellenbeschreibung stand«, antwortete ich lächelnd.

Er erwiderte mein Lächeln, und zwischen uns tat sich eine kleine neue Welt auf.

»Also gut«, sagte ich und stellte zu meinem eigenen Erstaunen fest, dass ich gerade dabei war, mich darauf einzulassen, mit diesem seltsamen Menschen zusammenzuarbeiten. »Aber als Erstes räumen wir Ihr Büro auf.«

»Wird gemacht!«, rief er mit leuchtenden Augen. »Wir fangen am Montag noch mal ganz von vorne an, in aller Herrgottsfrühe; der Fluch der Morgensendung. Ich hole dich um kurz nach fünf ab – ich wohne nämlich ganz hier in der Nähe, musst du wissen.«

Er stand auf, schnappte sich sein Sakko und noch ein letztes Rosinenbrötchen, wobei er weiter über beide Backen strahlte.

»Wir werden viel Spaß zusammen haben, Tamara.«

Zwischen Duncan und mir entwickelte sich eine Freundschaft: Sie begann noch an besagtem erstem Morgen, als er in seinem grünen Kombi die Einfahrt heraufgerumpelt kam. Barney nahm die gesamte Rückbank ein und sabberte glücklich die Fußmatten voll.

Duncan hielt Wort. Sobald er die Sendung beendet hatte, putzten wir sein Büro. Immer wieder blieben Leute stehen und sahen ungläubig zu, wie Duncan McAllister mit Handfeger und Kehrblech auf dem Boden herumrutschte oder mit dem Staubwedel zwischen den Knien durch die 3KPG-Flure tänzelte.

Von außen betrachtet war es wohl eine recht ungewöhnliche Freundschaft, aber für uns war sie genau das Richtige. Ich glaube, am ehesten lässt sie sich so beschreiben: Ich brachte ihm bei, nicht so großspurig zu tun, und er lehrte mich, mich nicht immer so kleinzumachen – »Na los, Tallulah, tu es. Was kann denn schlimmstenfalls passieren?«

Wie ich herausfand, war er im Prinzip ein guter Mensch. Nur manchmal kamen seine inneren Dämonen an die Oberfläche und kehrten seine schlechte Seite hervor. Wenn er dann mal wieder schreiend und pöbelnd aus einem Restaurant stürmte, unterwegs ein paar Gläser zerschlug und fauchte: »Wisst ihr eigentlich, wie erbärmlich ihr alle seid?«, gab es hinterher wohl niemanden, der sich deswegen schlechter fühlte als der Protagonist selbst. Am nächsten Tag kam er für gewöhnlich ins Studio geschlichen und verkündete: »Sieh mich nicht an, Lulu, ich gehe heute in Sack und Asche.«

Dabei war es natürlich von Vorteil, dass wir beide einander nicht im Geringsten begehrenswert fanden. Einmal erklärte mir Duncan sogar, warum er niemals jemanden mit Sommersprossen attraktiv finden könnte: »Das sieht aus, als würden einem winzige rote Krabben übers Gesicht kriechen, findest du nicht auch, Lulu – oh, Scheiße, sorry.«

Doch obwohl das mit der nicht vorhandenen sexuellen Spannung zwischen uns geklärt war, machte es ihm doch zu schaffen, dass bei mir in diesem Bereich so gar nichts lief. Und so erwischte ich ihn regelmäßig dabei, wie er meine Telefongespräche belauschte, in der Hoffnung, dass am anderen Ende der Leitung ein Mann wäre.

Nachdem ich etwa sechs Monate für ihn gearbeitet hatte, spazierte er eines Tages in mein Büro und verkündete: »Tallulah, ich habe dir etwas zu sagen.«

»Du hast immer etwas zu sagen, Duncan. Deswegen moderierst du eine Mitmachsendung.«

»Sehr lustig, Lulu. Und jetzt hör zu: Du bist ein hübsches Mädchen, Lulu, doch, wirklich. Du erinnerst mich ein bisschen an meine zweite Frau Kerry-Anne, bevor sie das Ablaufdatum überschritten hat.«

»Duncan!«

»Tut mir leid, tut mir leid – bevor sie in Würde gealtert ist. Die Sache ist die: Du bist echt eine gute Partie, und ich verstehe einfach nicht, warum es keinen Kerl in deinem Leben gibt. Ich finde, es ist höchste Zeit, dass du mal ein bisschen Spaß hast. Du solltest dringend wieder aufs Pferd steigen.«

»Was für ein Pferd, Duncan?«, fragte ich, um ihn zu ärgern.

»Du weißt, wovon ich rede, Lulu – Simone hat mir erzählt, dass du schon seit Jahren nicht mehr geritten bist.«

»Was? Oh, Duncan, das ist doch widerlich. Ich kann nicht glauben, dass Simone dir das erzählt hat«, stöhnte ich, obwohl ich es mir in Wahrheit nur allzu lebhaft vorstellen konnte.

»Beruhige dich, ich versuche bloß, dir zu helfen. Ich denke, du bist vielleicht blockiert.«

»Blockiert?«

»Ja, ich glaube, es ist schon so lange her, seit du es

das letzte Mal gemacht hast, dass du jetzt fürchtest, du könntest es verlernt haben.«

»Du hast sie doch nicht mehr alle«, erwiderte ich.

Duncan sah mich mit ernstem Gesicht an. »Möchtest du, dass ich es mal versuche?«

»Was?«

»Möchtest du, dass ich es mal probiere? Um die Dinge wieder in Gang zu bringen?«

»O Gott, Duncan«, ächzte ich. »Das ist ja ekelhaft. Das ist das Widerlichste, was ich je gehört habe.«

»Ich versuche nur zu helfen, Lulu«, antwortete er und schlurfte zurück in sein Studio. Ich konnte ihm nicht einmal böse sein, denn ich wusste, dass er es auf seine vollkommen fehlgeleitete, absolut inakzeptable, total abstoßende Weise tatsächlich so meinte.

Recht hatte er trotzdem. Ich war schon seit Jahren nicht mehr in den Sattel gestiegen.

Ich hatte keine Lust gehabt.

War noch nicht bereit dazu.

War zu beschäftigt.

Der Schmerz saß immer noch zu tief.

Also beschäftigte ich mich anderweitig.

Ich stand früh auf und fuhr ins Studio, und wenn ich nachmittags nach Hause kam, werkelte ich entweder in der Wohnung herum oder traf mich mit Simone auf einen Kaffee. Stella und Billy waren ganz in der Nähe eingezogen, also stattete ich auch ihnen gelegentlich einen Besuch ab, spielte mit ihren Kindern im Garten Fangen, massierte Stellas müde Füße und blieb bis zum abendlichen Makkaroni-und-Käse-Auflauf. Einmal in der Woche ging ich ins städtische Schwimmbad, samstagmorgens zum Yoga und sonntags mit Beth auf den Markt, bis sie eines Tages verkündete, dass sie wieder in die Kleinstadt zurückziehen würde, aus der sie damals geflohen war.

»Es ist mein Dad«, ließ sie Simone und mich wissen. »Sein Herz.« Während sie ihre Kimonos und Silk-Cut-Zigaretten einpackte, erklärte sie: »Ich bin ihre einzige Tochter, da gehört das dazu. Meine Brüder machen keinen Finger krumm – sie wollen sich nicht damit auseinandersetzen. Ihr wisst ja, wie Männer sind.«

»Nicht wirklich«, verkündeten Simone und ich synchron, wenn auch aus unterschiedlichen Gründen.

Wir winkten ihr zum Abschied. »Bis bald, Simone, bis bald, kleine Löwin«, brüllte sie durchs Fenster, und dann war sie weg. Zurück blieb nur eine kleine weiße Rauchwolke.

Als Beth in die Kleinstadt zurückkehrte, in der sie aufgewachsen war, hinterließ sie jedoch mehr als bloß den hartnäckigen Nikotingeruch, der sich gefühlt noch Jahre in Simones Wohnung hielt, oder die halb vollen Zigarettenschachteln, die nach und nach in Blumenkübeln oder hinter Kochtöpfen zum Vorschein kamen wie kleine, rechteckige Andenken an eine junge Frau, die geglaubt hatte, sie könne ihrem Laster entkommen, indem sie es vor sich selbst versteckte. Nein, sie hinterließ auch ein großes, dickes Fragezeichen.

Vielleicht waren es die Nachwirkungen der Veränderung, die ihr Abschied bewirkt hatte, eine winzige Verschiebung in meiner kleinen Welt, aber was es auch war: Praktisch von dem Moment an, als ihr kleines Auto hinter dem Hügel verschwand, fühlte ich mich auf einmal rastlos.

Es war jetzt über ein Jahr her, seit ich in die Stadt gezogen war, und obwohl ich einen Job gefunden hatte, den viele Leute wohl als ziemlich gut beschrieben hätten, und mich bei Simone häuslich niedergelassen hatte, hatte ich in all dieser Zeit niemand Neues kennengelernt. Von Duncan einmal abgesehen.

Ich hatte frische Luft hereingelassen, aber mehr auch nicht.

11

Was ist los mit dir, Lulu?«, erkundigte sich Duncan rund eine Woche später. »Hummeln im Arsch?«

»Nein, Duncan«, seufzte ich. »Ich habe keine, wie du es so schön formulierst, Hummeln im Arsch. Ich fühle mich einfach nur so, du weißt schon, so …«

»Langweilig?«, fragte er.

»Nein«, antwortete ich. »Gelangweilt.«

»Also gut«, sagte er. »Gehen wir.«

»Wohin?«, wollte ich wissen.

»Überallhin«, antwortete er. Und das war sein voller Ernst.

Einer der Vorteile, wenn man Platinstimmbänder hatte, war, dass einen alle Welt zu ihren Partys einlud. Duncan ließ sich jedoch nur selten darauf ein; er blieb lieber mit seiner jeweiligen Ehefrau zu Hause. Die Wochenenden verbrachte er mit all seinen Kindern aus seinen diversen Ehen in Lingalonga, seinem Strandhaus auf Willow Island, das etwa zweieinhalb Stunden außerhalb der Stadt lag.

Manchmal waren ihre Mütter dabei, manchmal nicht. Hin und wieder fuhr ich auch mit, wofür ich mich zusammen mit Duncan junior, Rhees, Jasmine, Jarrod und Barney, der die ganze Fahrt über hechelnd seinen riesigen, gewehrpatronenförmigen Kopf aus dem Fenster hielt, in Duncans Kombi quetschte.

»Will Dad dich heiraten?«, erkundigte sich Jarrod,

als ich das erste Mal mit ihnen hinfuhr. Jasmine hatte mir derweil sanft ihre winzige Hand in den Schoß gelegt.

»Sei nicht albern, Jarrod«, mischte sich Rhees ein. »Als würde er Tallulah heiraten – ihr Name fängt doch nicht mal mit K an.«

»Haha«, machte Duncan. »Sehr lustig.«

»Daddy«, meldete sich Jasmine zu Wort. »Barney frisst die Picknickdecke.«

Duncan liebte die Wochenenden in Lingalonga. Den Namen fand er gleichermaßen amüsant wie schrecklich, konnte ihn aber nicht ändern, denn so hatte das ältere Ehepaar, dem er es vor Jahren abgekauft hatte, das Haus nun mal getauft. Und wie Duncan immer sagte: »Man vergreift sich nicht an Geschichte, Talullah.«

Willow Island war nur mit der Autofähre zu erreichen. Kapitän Walter Prentice und seine Overall tragenden Männer dirigierten die Wagen die Rampe hinauf, indem sie den Fahrern irgendwelche unverständlichen Worte zubrüllten. Ihr Haar war von der vielen Arbeit in der salzigen Seeluft bretthart, und jeder von ihnen hatte eine selbst gedrehte Zigarette zwischen den Lippen, die sich jedes Mal zu einem Lächeln verzogen, wenn sie Duncan sahen.

»Moin, Kumpel«, riefen sie ihm zu, während wir einer nach dem anderen aus dem Auto kletterten. »Machen wir mal wieder einen Abstecher in die echte Welt?«

Duncan erwiderte das mit einem Lächeln, schüttelte allen die Hände und machte prompt einen auf alter Seebär: »Steife Brise«, »ordentliches Lüftchen aus Südwest, was?« oder »Beißen die Makrelen? Ich wollte mit unserem Rhees hier mal auf Angeltour gehen«.

»Die Kerle haben's gut«, erklärte er mir. »Arbeiten

unterm freien Himmel, an der frischen Luft, keine Sorgen, keine Quoten, keine durchgeknallten Exfrauen, keine Telefonstalker.«

»Keine VIP-Plätze beim Cricket, kein direkter Draht zum Premierminister, keine ergebenen Fans, die darum betteln, dass du ihre Ohren mit deinen berühmten Platinstimmbändern kitzelst – du würdest vielleicht eine Woche durchhalten, Duncan«, zog ich ihn auf. »Allerhöchstens.«

Dann stiegen wir alle die wackelige alte Stahltreppe in die Bordcafeteria hinauf, die oben auf dem Kahn thronte wie ein Adlerhorst. Dort machten wir es uns an einem der Tische gemütlich, bestellten Cola und heiße Schokolade und noch irgendetwas für Barney, der sich unter dem Tisch ausgebreitet hatte, und Duncan sah aus dem salzverkrusteten Fenster und verkündete: »Jetzt geht's los, Kinder. Auf ins Paradies!«

»Das sagst du jedes Mal, Dad«, stellte Jasmine bei einer der Überfahrten fest, als der Wind so stark war, dass er den Kahn regelrecht übers Wasser zu schieben schien.

»Weil es stimmt, Jazzy«, antwortete er.

Doch nachdem ich Duncan erzählt hatte, dass ich mich langweilte, gab er Lingalonga für ganze zwei Wochen auf. Er schickte seine Exfrauen an seiner Stelle hin und begleitete mich stattdessen vierzehn Tage lang auf Partys, Bälle, Wohltätigkeitsveranstaltungen, Galerieeröffnungen und Konzerte, bis wir beide schließlich vollkommen erschöpft im Studio zusammenbrachen.

»Tallulah«, kündigte er eines Morgens an, als er mich zu Hause abholen kam, wo er mich erst wenige Stunden zuvor mit dem Taxi abgesetzt hatte. »Ich halte das nicht mehr lange durch.«

»Aber du hast doch gesagt, ich solle ausgehen und neue Leute kennenlernen. Du hast gesagt, ich sei vorzeitig gealtert. Und wenn ich mich recht entsinne, warst du es auch, der gesagt hat, ich solle mich endlich kratzen, bevor ich nicht einmal mehr merke, dass es juckt.«

»Ich weiß«, antwortete er betrübt. »Aber es bringt mich noch um.«

Um ehrlich zu sein, ging es mir keinen Deut besser. Es war nur so, dass es mir einen Heidenspaß machte, dabei zuzusehen, wie Duncan sich jedes Mal wand, wenn sich bereits an der Tür jemand auf ihn stürzte, um ihn zu begrüßen: »Duncan McAllister, altes Haus, wo hast du nur gesteckt!«, »Sag bloß, dich gibt es auch noch, McAllister. Mit welcher Frau haben wir denn heute das Vergnügen?«, »Oooh, Mr. McAllister, Sie sehen ja noch viel besser aus, als Sie im Radio klingen!«, »Meine Frau und ich verpassen keine Ihrer Sendungen, Mr. McAllister, nicht wahr, Diana?« Duncan schien diese Begegnungen gleichzeitig zu genießen und zu verabscheuen. Eines Abends, auf einer Cocktailparty in einer Galerie, zu der er mich geschleift hatte – »Da werden lauter Künstler sein, Lulu, vielleicht triffst du da ja jemand *Leidenschaftlichen*« –, stand ich gerade etwas abseits und beobachtete ihn, als ein Mann auf mich zukam und sich neben mich stellte.

»Hallo«, sagte er zu mir und lehnte sich mit dem Rücken an die Wand. »Macht es Ihnen etwas aus, Ihre Wand mit mir zu teilen? Hier kann man sich mal wieder nirgends hinsetzen, wie immer bei diesen Veranstaltungen.«

»Nein, kein Problem«, erwiderte ich. Ich sah ihn an – blaue Augen, kurzes, leicht gelocktes blondes Haar, kariertes Hemd mit offenem Kragen, dunkelblaue Hose – und fragte mich, ob er wohl das war, was man als leidenschaftlich bezeichnen würde.

»Ich bin Ben Moreton«, sagte er und streckte die Hand aus.

»Lulu de Longland«, erwiderte ich und schüttelte sie.

»Toller Name.«

»Danke.«

»Also, was führt Sie her?«, fragte er.

Nicht leidenschaftlich, entschied ich. »Um ehrlich zu sein, bin ich mit meinem Chef hier«, antwortete ich. »Ich weiß eigentlich gar nicht, warum.«

Ben Moreton lächelte. »Ich bin mit einem Kumpel gekommen«, sagte er. »Ich weiß auch nicht, warum.«

Nicht leidenschaftlich, aber nett.

Wir wandten uns wieder dem Partygeschehen zu und beobachteten, wie die Gruppe, in der König Platinstimmbänder Hof hielt, in lautes Gelächter ausbrach, gefolgt von einer Woge bebender Schultern.

Ben sagte: »Ist das nicht dieser Typ aus dem Radio? Duncan McAllister? Mögen Sie den? Ich kann ihn echt nicht ausstehen. Er ist so, keine Ahnung, vorhersehbar.«

»Ehrlich gesagt ist er mein Boss«, erwiderte ich lächelnd.

»O Gott, das tut mir leid«, entschuldigte sich Ben. »Ich weiß nicht mal, warum ich mich so über ihn ausgelassen habe. Ich meine, ich kenne ihn ja noch nicht mal. Das passiert ihm wahrscheinlich ständig.«

»Schon okay«, beruhigte ich ihn. »So ist Duncan nun mal – entweder man liebt ihn, oder man hasst ihn.«

»Was ist mit Ihnen?«

»Ich liebe ihn«, antwortete ich, während ich zusah,

wie Duncan Rauchringe durch den Raum blies und mit dem Finger hindurchstach.

»In dem Fall nehme ich alles zurück, was ich gerade über ihn gesagt habe, Lulu de Longland.«

Nicht leidenschaftlich, aber sehr, sehr nett.

Später, als Duncan, Ben und ich uns auf den Weg zum Wagen machten – Bens Kumpel hatte sich längst verabschiedet, aber Ben war noch geblieben und hatte angeboten, uns nach Hause zu fahren –, kam es am Eingang der Galerie zu einem kleinen Tumult. Denn gerade, als wir nach draußen wollten, spazierte Annie Andrews herein.

»Platinschwanz!«, rief sie. Ihr Haar war mittlerweile an einigen Stellen ergraut, ihr Lidstrich ein wenig dicker und das Parfüm ein bisschen schwerer als früher, aber sie war immer noch unverkennbar Annie.

Seit dem Tag, an dem ich aus ihrem Haus gerannt war, hatte ich sie nur noch ein einziges Mal gesehen, und zwar im Fernsehen, als sie den »Archibald Prize 1985« für ihr »raues, sehr persönliches und fesselndes Porträt von Fergus Andrews, dem Dokumentarfilmer und Schwager der Künstlerin« entgegennahm. Und nun stand sie auf einmal direkt vor mir. Ihre Augen weiteten sich, als sie mich erkannte.

»Tallulah!«, sagte sie. »Du ahnst ja gar nicht, wie sehr wir alle dich vermisst haben.«

Sie grapschte nach meiner Hand, offensichtlich betrunken.

Ich konnte nichts anderes mehr wahrnehmen als diese Hände, die nach mir griffen, um mich an einen Ort zurückzuzerren, wo ich auf keinen Fall hinwollte, während ihr violett geschminkter Mund sagte: »Das ist fantastisch, einfach fantastisch, Annabelle wird sich freuen, wenn ich ihr erzähle, dass ich dich gesehen habe.« Bis plötzlich Ben zwischen uns stand, die Tür zuzog und Duncan und mich mit sich schleifte.

»Zeit zu gehen, denke ich«, verkündete er.

»Unser Held«, schmachtete Duncan und brach in Bens Armen zusammen.

»Na dann«, sagte der. »Bringen wir den alten Platinschwanz mal nach Hause.«

Ich kicherte.

»Und danach könntest du mir vielleicht erzählen, wer diese Frau war. Oder vielleicht auch nicht. Oder halt irgendwann mal, wenn du dazu bereit bist.«

Sehr, sehr, sehr nett.

Ben arbeitete für den Familienbetrieb seiner Eltern, eine Schuhfirma namens Moreton's Shoes – »Wir halten Australien am Laufen. Seit 1967«. Er war hauptsächlich für die Importabteilung zuständig, was bedeutete, dass er häufig nach Asien reiste und ich, als wir exakt zwölf Monate später zusammenzogen, bereits über eine absurd große Sammlung an Schuhen verfügte.

»Ein Glück, dass du so winzige Füße hast, Lulu«, sagte er oft und küsste dabei meine Zehen. »Dir stehen so viele tolle Modelle.« Ich liebte es, wenn Ben meine Zehen küsste, aber ich hasste es, wenn er sagte: »Dir stehen so viele tolle Modelle.« Genauso wenig mochte ich, wenn er anderen Leuten erzählte, dass unsere beiden Familien gewissermaßen die Grundbedürfnisse des Landes abdeckten, indem seine Australien am Laufen hielt, und das bereits seit 1967, während meine den Verstopfungen seiner Bewohner auf den Grund ging. Oder wenn er mich während der Sendung auf der

Arbeit anrief, nur um beispielsweise zu fragen: »Bleibt es bei Tony und Kate Samstagabend?«

»Mhm«, erwiderte ich, wobei ich mit einem Auge die restlichen blinkenden Leitungen im Auge behielt. »Halb sieben.«

»Prima«, sagte er. »Müssen wir irgendetwas mitbringen? Ich könnte wieder diesen Rucolasalat mit Feta machen, wenn du magst.«

»Klingt gut«, antwortete ich. »Ich muss jetzt aber wirklich auflegen.«

»Okay, Lulu, tut mir leid, wenn ich dich gestört habe. Wir sehen uns nachher zu Hause.«

»Rucolasalat mit Feta?«, dröhnte Duncans Stimme gleich darauf durch meine Kopfhörer. »Da hast du dir ja eine richtige Martha Stewart geangelt.«

»Halt die Klappe, Duncan«, sagte ich. »Und hör auf, meine Anrufe zu belauschen.«

»Genau genommen sind es meine Anrufe, Lulu«, konterte er. »Wie war doch noch mal der Name der Show? Genau: ›McAllister am Morgen‹. Das heißt, wenn du ans Telefon gehst, dann pour moi!«

»Wie du meinst«, erwiderte ich und stellte ihm zur Strafe Peter, den verrückten Postboten aus Hobart, durch.

Als wir uns kennenlernten, war ich dreiundzwanzig und Ben schon neunundzwanzig. Trotzdem hatte sich sein Gesicht seit seiner Jugend kaum verändert, sodass er in seinem Anzug immer noch aussah wie ein Schuljunge. Obendrein war er ein ausgezeichneter Schuhverkäufer, dem insbesondere Frauen kaum noch widerstehen konnten, sobald er einmal ihre Fersen in Händen hielt.

Sein Vater Jeremy sah ganz genauso aus wie er, bis auf ein paar graue Strähnen an den Schläfen. Er war ein ruhiger, bodenständiger Mann, der hart arbeitete, an zwei Abenden in der Woche Tennis spielte und wohldurchdachte Leserbriefe an die Zeitungen schrieb, in denen er sich über das Thema Importsteuer ausließ.

Ich mochte Jeremy Moreton unheimlich gerne. Ich mochte auch Bens Mutter Fiona, eine blassblonde Frau mit einer exquisiten Schuhsammlung, die jeden Tag um Punkt siebzehn Uhr einen Whiskey Soda trank.

Ben hatte drei ältere Schwestern – Maria, Gwen und Lois –, die ihn vergötterten und jeder seiner Freundinnen daher mit einem gewissen Misstrauen begegneten. Bei Familienfeiern saßen sie mir dementsprechend ständig im Nacken und löcherten mich mit Fragen wie: »Was sollten wir Ben deiner Meinung nach dieses Jahr zum Geburtstag schenken, Lulu?«, nur um zu sehen, ob ich die Antwort kennen würde.

Ich mochte sie dennoch, vor allem Maria, die eine ausgemachte Tierfreundin war und sich, ihrem Familienstammbaum zum Trotz, standhaft weigerte, irgendetwas aus Leder zu tragen. Umgekehrt schienen mich die Moreton-Schwestern ebenfalls zu mögen, denn sie fügten sich praktisch umstandslos in die Tatsache, dass ich neuerdings an die Seite ihres Bruders gehörte.

Umstandslos.

So konnte man das zwischen Ben und mir beschreiben: Am Tag nach unserer ersten Begegnung rief er an, um sich zu erkundigen, wie es Duncan ging, und mich zum Mittagessen einzuladen. Und von da an verbanden sich unsere beiden Leben nahtlos miteinander, ohne dass an den Rändern irgendwelche hässlichen Übergänge entstanden wären.

Wir trafen uns zum Abendessen, dann begleitete er mich, wenn ich einmal in der Woche zum Schwimmen ging, schickte mir lustige Postkarten von seinen Geschäftsreisen, und als er mich schließlich fragte, ob ich bei ihm einziehen wollte, sagte ich Ja. Meine Möbel fügten sich perfekt in die leeren Ecken seiner Wohnung ein.

Ich ging zur Arbeit, wenn er noch schlief, kam ein paar Stunden vor ihm nach Hause und hatte dadurch immer noch etwas Zeit für mich, bevor wir zusammen zu Abend aßen. Dann ging ich früh ins Bett, und Ben tappte auf leisen Sohlen durch die Wohnung, um mich nicht zu wecken.

Hin und wieder schliefen wir miteinander; unkompliziert und entspannt. Es war nicht unbedingt leidenschaftlich, aber nett.

Und doch kam es manchmal, wenn Ben mich ins Bett brachte, »Träum was Schönes, Lulu« flüsterte und mich auf die Stirn küsste, vor, dass ich die Augen schloss und ein anderer Mann, dessen Haut ich bis auf den letzten Zentimeter genau kannte, mir »Hallo, Tallula-Lulu« ins Ohr flüsterte.

12

Bens Job führte ihn alle paar Wochen nach Asien. Ich verbrachte diese Zeit immer mit gemischten Gefühlen: Halb vermisste ich ihn, halb nicht; halb hatte ich deswegen ein schlechtes Gewissen, halb nicht.

Für Duncan zu arbeiten war ein bisschen, als hätte ich einen zu groß geratenen Pubertierenden zum Sohn. Sowohl Ben als auch Duncan waren imstande, wie Teenager zu schmollen, wenn sie das Gefühl hatten, ich würde dem jeweils anderen mehr Aufmerksamkeit schenken.

Wenn Ben in Asien oder Duncan in Lingalonga war, nutzte ich die Gelegenheit, um mich mit Simone und Stella zu treffen oder lange Telefonate mit Harry und Rose zu führen. So konnte Harry mich bezüglich Rose' Gesundheit immer auf dem neusten Stand halten.

»Gut«, sagte er leise in den Hörer, »sie geht jetzt wieder öfter in den Garten, und gestern war sie drüben bei den Delaneys, zum Geburtstag von deren Tochter. Die Mädels sind zusammen sogar eine Runde an die frische Luft gegangen …«

Harrys Berichte waren beruhigend, wie Morsenachrichten von zu Hause. Trotzdem legte ich Wert darauf, Rose alle paar Wochen zu besuchen, um mit eigenen Augen zu sehen, wie es ihr ging.

Mattie und Sam schossen derart in die Höhe, dass ihre Arme und Beine aus ihren Körpern ragten wie gigantische Äste. Sie waren mittlerweile achtzehn, in ihrem letzten Jahr an der Highschool und damit gewissermaßen schon mit einem Fuß zu Hause ausgezogen.

»Hey, Talluwabohu«, riefen sie, wenn sie die Treppe hinuntergedonnert kamen, »wir sehen uns beim Abendessen.« Dann fiel die Fliegentür krachend hinter ihnen ins Schloss, während sie sich mit ihren Sporttaschen auf dem Rücken auf den Weg zum Fußball, Rudern oder Rugby machten. Wann immer die Leute sie bei einer dieser Gelegenheiten sahen, sagten sie: »Das sind die de-Longland-Zwillinge – die sind echt gut.« Wenn ich das hörte, sang mein Herz vor Freude wie das einer stolzen Mutter.

Sofern sie überhaupt etwas von Rose' Krankheit mitbekommen hatten, merkte man es ihnen nicht im Geringsten an. Genau das hatten Harry und ich auch gehofft. Gemeinsam hatten wir alles darangesetzt, sie zumindest vor den schlimmsten Phasen abzuschirmen, als sie noch klein waren. Wir hatten gewissermaßen Schutzschilde um sie herum errichtet.

An Doris-Tagen schickten wir sie zum Übernachten zu Freunden oder auf Pfadfinderwochenenden. Oder ich ging mit ihnen nach oben auf ihr Zimmer, um sie mit dem neusten Abenteuer von Zac McCain und seinem gewaltigen Gehirn abzulenken.

Diese Bücher hatten sie geliebt. Es ging darin um einen Jungen, in dessen riesigem Gehirn alles Mögliche zu finden war – verborgene Türen in andere Welten, geheime Passwörter, Rezepte für widerliche Gerichte wie Schmeißfliegenpastete und Lemmingcracker und natürlich Listen aller Mädchen in der Schule, die es, ich zitiere, UM JEDEN PREIS ZU VERMEIDEN galt. Zu jedem dieser Bereiche in Zac McCains gewaltigem

Gehirn gab es spezielle Zugangscodes, die Mattie und Sam mit Leichtigkeit knackten, um sich anschließend über meine erbärmlichen Versuche, ebenfalls dahinterzukommen, kaputtzulachen.

»Lulu, das ist total einfach«, erklärte Sam, während er auf dem Bett auf und ab hüpfte wie ein Gummiball. »Du musst einfach nur die dritte Zahl nehmen, sie zur Zahl des letzten Buchstabens addieren und das dann mit der ersten Ziffer von Zacs Namen multiplizieren.«

»Was?«, fragte ich und musterte die Zahlen mit zusammengekniffenen Augen. »Das habt ihr euch doch gerade ausgedacht.«

»Gar nicht«, riefen sie im Chor, bohrten ihre Finger in meine Rippen und schlangen ihre zerkratzten und mit Pflastern übersäten Beine um mich. »Du kannst es einfach nicht.«

»Wahrscheinlich, weil du ein Mädchen bist«, fügte Mattie hinzu. »Und nicht so ein gewaltiges Gehirn hast wie Zac McCain.«

Ich kuschelte mich zwischen sie und fragte mich, wie Harry unten in der Küche wohl zurechtkam. In solchen Momenten wünschte ich mir Zac McCains gewaltiges Gehirn, denn damit hätte ich bestimmt einen Weg gefunden, meiner Mutter zu helfen.

Und jetzt waren sie so groß, und Rose schien es immer besser zu gehen. Trotzdem zog es mich alle paar Wochen zu ihnen zurück, nur um sicherzugehen.

»Kriege ich nächsten Montag frei, Duncan?«, fragte ich ihn eines Morgens auf dem Weg zur Arbeit, als Ben gerade zu einer zweiwöchigen Geschäftsreise nach Thailand aufgebrochen war. »Ich habe alle Interviews zusammengestellt, vier Beiträge vorbereitet und außerdem kommt auch noch der ›Wie viel ist Ihr Auto wert?‹-Typ. Du brauchst mich also gar nicht, zumal Suzanne bereit wäre, die Anrufe zu übernehmen.«

»Bloß nicht Suzanne«, jammerte er. »Die ist lesbisch, und du weißt doch, dass mich alle Lesben hassen.«

»Nicht alle Lesben hassen dich, Duncan«, stellte ich klar. »Darf ich dich nebenbei daran erinnern, dass eine Frau nicht gleich lesbisch sein muss, nur weil sie nicht mit dir schlafen will? Suzanne ist keine Lesbe, und selbst wenn, hätte das keinerlei Auswirkungen auf ihre Fähigkeiten, ans Telefon zu gehen. Kann ich Montag jetzt freinehmen oder nicht?«

»Nur, wenn du mich mitnimmst.«

»Was?«

»Ich will mit dir nach Hause fahren, Lulu«, verkündete er. »Ich will Sleepy Hollow kennenlernen, ich will in Whites Eckladen am Tresen sitzen und mir eine Ovomaltine bestellen …«

»Snows.«

»Von mir aus, dann halt Snowwhites. Ich will auf der Hollywoodschaukel auf eurer Veranda sitzen und vor den Toren deiner Highschool stehen. Ich will sehen, wo du herkommst, Tallulah.« Er sah mich eindringlich an. »Ich brauche selbst mal einen freien Tag. Und ich muss unbedingt ganz dringend von Kimmy weg.«

»Was ist passiert, Duncan?«

»Ein kleiner Ausrutscher bei der Verleihung der ›Radio Awards‹ letzten Donnerstag.«

Ich seufzte. Nicht zum ersten Mal ging mir durch den Kopf, dass auf Duncans Grabstein die Worte ER KONNTE EINFACH NICHT ANDERS stehen sollten, wenn er dereinst den Löffel abgab.

»Also gut«, sagte ich. »Du kannst mitkommen, aber

nur wenn du versprichst, mir nicht von der Seite zu weichen.«

»Du bist ganz schön besitzergreifend geworden, Tallulah«, bemerkte er, als er vor dem Sender hielt. »Ich weiß nicht, ob das für eine junge Frau wie dich so gesund ist.«

Einige Tage später fuhr ich also zusammen mit Duncan, Jarrod, Jasmine und Barney in Duncans rollender Sauna nach Juniper Bay. Als ich unterwegs einen Blick in den Rückspiegel warf, stellte ich fest, dass die beiden Kleinen auf dem riesigen Hund lagen und schliefen.

»Sie schlafen tief und fest«, sagte ich zu Duncan.

»Meine kleinen Engel«, erwiderte er. »Hoffen wir, dass Barney sie nicht auffrisst.« Er drehte sich zu mir um. »Danke, dass du uns mitnimmst, Lulu. Ich weiß, so hattest du dir das Wochenende wahrscheinlich nicht vorgestellt, aber Karen ist zurzeit unterwegs, und Kimmy geht neuerdings auch ziemlich auf Abstand.«

»Sag jetzt nicht, sie ist deinetwegen ebenfalls lesbisch geworden.«

»Nicht lesbisch«, hauchte er. »Sie will die Scheidung.«

Ich schüttelte den Kopf, beobachtete, wie die Straße in der Hitze flimmerte, und schnippte eine Fliege aus dem Fenster.

Es war still im Auto, denn Duncan hatte darauf bestanden, dass das Radio ausblieb. Er konnte es nicht ausstehen, jemand anders als sich selbst im Radio zu hören. »Das hat keinen Zweck«, erklärte er. »Ich werde nur wieder gehässig, und das wirft ein schlechtes Licht auf mich.«

Stattdessen lauschten wir also dem lieblichen Klang

von Barneys Schnarchen, in das sich hin und wieder ein unverständliches Wort aus Jasmines Mund mischte.

Die Hitze staute sich im Wagen, sodass sich unsere Unterhaltung für den Rest der Fahrt auf einzelne, unzusammenhängende Bemerkungen beschränkte, die wir aus lauter Trägheit gar nicht erst weiterverfolgten.

Als wir uns meinem Zuhause näherten, wies ich Jazzy und Jarrod auf all meine persönlichen Sehenswürdigkeiten hin. Die beiden waren mittlerweile aufgewacht und streckten nun neugierig die Köpfe aus den Seitenfenstern.

»Da bin ich zur Grundschule gegangen«, zeigte ich ihnen. »In dem Schwimmbad dort drüben habe ich schwimmen gelernt! Und das ist meine alte Highschool, St. Rita.«

»Und das ist der Sportplatz, auf dem ich das gesamte Fußballteam gevögelt habe«, brummte Duncan in sich hinein.

Ich ignorierte ihn. »Das ist meine Straße – und da ist meine Mutter!«, verkündete ich und winkte Rose zu, die in Kitty lächelnd auf dem Gehweg stand.

Wir hielten am Straßenrand. Duncan kam aus dem Wagen geschossen, noch bevor ich mich überhaupt abgeschnallt hatte.

»Hallo, hallo, Sie müssen Rose sein, obwohl Sie bestimmt auch mit jedem anderen Namen so bezaubernd duften würden«, begrüßte er sie strahlend und umarmte sie so fest, dass er sie um ein Haar zerquetscht hätte.

Lass los, dachte ich. *Lass sie los, Duncan, du bist zu groß, zu viel für sie.*

Doch Rose lachte und strich sich übers Haar. Es hatte fast den Anschein, als schnurrte sie.

Mit Schrecken erkannte ich, dass er sie – um einen Ausdruck aus der Radioszene zu benutzen – »geMcAllistert« hatte.

»Und Harry!«, rief Duncan derweil aus. »Lassen Sie mich die Hand des Mannes schütteln, der der Verstopfung auf den Grund geht. Darf ich Ihnen beiden Jasmine und Jarrod vorstellen, zwei der süßesten Früchte meiner Lenden? Und das hier ist Barney, der wohl gerade versucht, Ihren Rasensprenger zu fressen, fürchte ich.«

Wir drehten uns alle nach Barney um. Ich wollte etwas sagen, musste jedoch feststellen, dass die anderen bereits auf dem Weg nach drinnen waren. Zurück blieben Duncans Koffer und ich.

»Nun mach schon, Lulu«, rief er mir von der Tür aus zu. »Rose hat eine Art Früchtepunsch gemacht!«

Schließlich lagen Jasmine und Jarrod oben im Gästezimmer füßeschlenkernd auf ihren Betten – auf denen ich nagelneue Tagesdecken entdeckte: Schmetterlinge für Jazzy und Raumschiffe für Jarrod – und malten mit den Filzstiften, die Rose ihnen gekauft hatte, Bilder aus. Duncan und Harry waren mit kaltem Bier und einer Käseplatte nach draußen verbannt worden, wo Barney es sich bereits unter dem Haus gemütlich gemacht hatte und am Fundament herumkaute. Und so fand ich endlich Zeit, mich zu Rose in die Küche zu setzen, die gerade den Lammbraten aus dem Ofen holte.

»Die Keule habe ich für dich beiseitegelegt«, verriet sie mir lächelnd. »Lass das aber nicht die Männer wissen.«

»Rose«, sagte ich, »du hättest dir echt nicht so viele Umstände machen müssen.«

»Das mache ich doch gerne«, erwiderte sie schlicht.

»Das weiß ich«, antwortete ich. Dann fügte ich hinzu: »Du siehst toll aus, Rose.«

»So fühle ich mich auch.«

»Wirklich?«

»Wirklich«, bestätigte sie mit einem Lächeln. »Du musst endlich aufhören, dir Sorgen zu machen, Lulu. Mir geht es wirklich viel, viel besser.«

»Wie lange geht es dir denn jetzt schon gut?«

Sie lächelte und zwinkerte mir zu – ich liebte es, wenn Rose zwinkerte. »Gute Frage. Aber vielleicht solltest du lieber fragen, wie lange es mir schon fantastisch geht.«

»Also gut, wie lange geht es dir schon fantastisch?«

»Vierzehneinhalb Wochen.«

»Das ist echt gut, Rose.«

»Fantastisch«, sagte sie und reichte mir die Keule zum Abnagen.

Beim Abendessen saßen wir alle dicht gedrängt um den Tisch, während meine Finger wie immer nach den beiden A auf seiner Unterseite tasteten. Ich zog sie beide von Anfang bis Ende nach, wobei ich unwillkürlich an das Mädchen denken musste, das sie dort hineingeritzt hatte.

Als ich Jasmine und Jarrod die Meilensteine meiner Kindheit gezeigt hatte, hatte ich sie überall gesehen: Sie kam im Windschatten der anderen Mädchen durch die Schultore geschlendert, hielt ihren Kopf unter die Duschen des Schwimmbads, stand mit tief in die Stirn gezogener Mütze an der Straßenecke. Ich sah sie neben mir im Baumhaus, wie sie sich aus dem Fenster lehnte und kleine Botschaften für Frank hinabflattern ließ –

BRAUCHEN DRINGEND MEHR LIMONADE – und die Vorräte anschließend in dem an einem Seil befestigten Korb heraufzog, den Frank für uns angebracht hatte. Ich sah, wie sie vor meiner Haustür die Mütze abnahm, um mir ihre Haare zu zeigen, die sie tintenschwarz gefärbt hatte. Ich sah, wie sie Stacey Ryan an den Baum presste und ihr ins Ohr zischte: *Dann trete ich dir so fest in den Arsch, dass dir die Scheiße zu den Ohren rauskommt.*

Lächelnd blickte ich aus dem Küchenfenster und erwartete, auf der Straße unserer Kindheit jeden Moment Annabelle zu entdecken, die wie immer ein, zwei Schritte vor mir herlief und sich in regelmäßigen Abständen zu mir umdrehte, um über irgendeine Geschichte zu lachen, die ich ihr gerade erzählt hatte.

Josh war ebenfalls da. Er hob den Kopf und sah uns nach, als wir an Snows Eckladen vorbeifuhren. Er radelte Ladbroke Hill hinauf, so schnell, dass ihm der Schweiß in Strömen über den Rücken lief und eine V-förmige Spur auf seinem T-Shirt hinterließ. Er saß mit baumelnden Beinen auf der Mauer vor St. Rita und wartete auf mich, bis Schwester Bonaventura ihn verscheuchte. Ich sah ihn zusammen mit Sam und Mattie in unserem Garten: Die Jungs rollten wie Wellen über ihn hinweg, und Josh lag im Gras und krümmte sich vor Lachen. Ich sah ihn vor unserer Tür stehen: »Hi, Mrs. de Longland. Gibt's was zu essen?« Ich sah sein Gesicht im Dämmerlicht einer Straßenlaterne, wo er sich vorbeugte, um mich zu küssen. Und ich hörte ihn flüstern: »Du bist mein Mädchen.«

Sie waren überall, wo ich nur hinsah, und doch bekam ich sie nicht zu fassen. Lediglich ihre Initialen unter dem Tisch meiner Mutter – Josh hatte seine über

Weihnachten hinzugefügt – versicherten mir, dass sie tatsächlich einmal hier gesessen hatten.

Ich spürte Harrys Blick auf mir, mit dem er versuchte, mich wieder in die Unterhaltung einzubinden.

»Also, Duncan«, erkundigte er sich. »Was führt Sie in unsere Gegend?«

Duncans Antwort war eine langatmige Ausführung über die Freuden des Kleinstadtlebens, aber ich wusste, dass hinter seinem Besuch hier mehr steckte als nur das vorgeschobene Bedürfnis, Juniper Bay einmal mit eigenen Augen zu sehen – ich erkannte es an der Art, wie er zu mir herüberlinste und dann übertrieben grüblerisch die Stirn runzelte.

Später, als alle anderen bereits zu Bett gegangen waren und wir zusammen mit einem Glas Rotwein in der Hand auf unserer Gartenschaukel saßen, konfrontierte ich ihn damit.

»Raus damit, Duncan«, sagte ich. »Verrätst du mir jetzt endlich, warum du wirklich hier bist?«

»Annie Andrews.«

Ich hielt die Luft an.

Ich hatte Annie Duncan gegenüber nicht mehr erwähnt, seit wir ihr auf der Cocktailparty, auf der ich Ben kennengelernt hatte, begegnet waren und mich erst ihr bloßes Erscheinen, dann der Anblick ihrer Tränen zutiefst erschüttert hatte. Duncan hatte ebenfalls kein Wort über sie verloren, aber ich hatte angenommen, dass das daran lag, dass er sich gar nicht mehr daran erinnern konnte. Ich wusste immer noch nicht, woher sie einander kannten, aber ich hatte da so eine Ahnung.

»Was ist mit Annie Andrews?«

Er beugte sich zu mir herüber. »Ich bin deswegen

hergekommen, Tallulah, weil ich herausfinden will, was dir in dieser Kleinstadt wohl zugestoßen ist. Es muss doch einen Grund dafür geben, dass du so unfassbar langweilig warst, als wir uns das erste Mal begegnet sind … Ganz ehrlich, du warst wie so ein kleines Amish-Mädchen.«

»Ich bitte dich, Duncan. Das hast du Simone doch garantiert schon längst aus der Nase gezogen.«

»Sie hat nur hier und da mal was fallen gelassen, Lulu, nur kleine Häppchen und Andeutungen. Simone verrät mir immer nur das, was ich ihrer Meinung nach wissen darf. Sie bringt mich echt noch zur Weißglut damit – aber klar, sie ist halt auch eine von diesen Lesben, die ganze Stadt ist ja voll von diesen Weibern in ihren Cowboyhemden. Und als ich versucht habe, auf deiner Geburtstagsparty deine Freundin Stella abzufüllen, um sie zum Reden zu bringen, ist sie nach gerade mal einem Glas Wein in Tränen ausgebrochen.« Er beugte sich noch weiter vor. »Aber ich weiß sehr wohl, dass es irgendetwas mit Annie Andrews und ihrer Familie zu tun hatte.« Er kniff verschwörerisch die Augen zusammen. »Irgendein finsteres Geheimnis, das du seit Jahren tief in deinem Inneren mit dir herumträgst.«

»So eine große Sache ist das gar nicht, Duncan«, setzte ich an, doch er hielt mir die Hand vor den Mund, um mich zum Schweigen zu bringen.

»Schon gut, Lulu«, sagte er. »Ich bin eh längst dahintergekommen. Ich habe es mir schon an dem Abend zusammengereimt, als du bei Annies Anblick zusammengeklappt bist und ich dich nach draußen tragen musste.«

»Du hast mich nach draußen getragen?«

»Ja. Und nur fürs Protokoll: Es wäre mir sehr recht,

wenn du deinen Alkoholkonsum in der Öffentlichkeit ein bisschen einschränken könntest – aber egal: Ich habe jedenfalls herausgefunden, was los ist. Und ich möchte, dass du weißt, dass dein Geheimnis bei mir in guten Händen ist.«

»Was für ein Geheimnis, Duncan?«

Er hielt die Schaukel mitten im Schwung an und sah mir direkt ins Gesicht. »Dass Annie Andrews«, er machte eine dramatische Pause, wie ein Sherlock Holmes in Quastenslippern, »deine Mutter ist!«

Ich starrte ihn wortlos an.

»Schon gut, meine Liebe«, redete er besänftigend auf mich ein. »Dein Geheimnis ist bei mir in besten Händen. Ich bin schließlich selbst ein alter Bastard, musst du wissen.«

»Ein verrückter alter Bastard.«

»Wie bitte?«

»Du bist ein verrückter alter Bastard, Duncan McAllister«, verkündete ich und setzte die Schaukel wieder in Bewegung.

»Also stimmt es nicht?«

»Nicht mal annähernd.«

»Ja, aber was ist es dann?«

»Willst du das wirklich wissen?«

»Ja, will ich.«

»Warum?«

»Weil es mir wichtig ist.«

»Also gut«, sagte ich. Und dann erzählte ich es ihm.

»Das ist alles?«, fragte er eine gute halbe Stunde später.

»Was soll das heißen: Das ist alles?«

»Das ist alles? Irgend so ein pickliger Teenager mit Dauerständer bricht dir dein armes, bemitleidenswertes Kleinstadtherz, indem er mit deiner besten Freundin durchbrennt und euch damit aller Chancen beraubt, Ballkönig und -königin zu werden. Und das ist die schreckliche Vergangenheit, die dich zur langweiligsten Frau der Welt gemacht hat? Das ist das große Geheimnis, dein persönliches Coming-out? Herrgott, Lulu, wem wurde in der Highschool denn nicht das Herz gebrochen? Meine erste Freundin hat mir erst einen Tripper verpasst und ist dann mit ihrem Fahrlehrer durchgebrannt.«

»Wie hieß sie?«

»Wer?«

»Das Mädchen, das mit dem Fahrlehrer durchgebrannt ist.«

»Chloe«, antwortete er.

»Oh«, machte ich.

»Mit K.«

Vor Lachen wären wir um ein Haar von der Schaukel gefallen.

»Es tut mir leid, Lulu«, entschuldigte er sich später. »Ich hätte deine Geschichte nicht kleinreden sollen, so armselig sie auch sein mag.«

»Ist schon okay«, beruhigte ich ihn. »Du hast ja recht. Ich habe viel zu lange darauf herumgeritten und die Sache am Ende viel größer gemacht, als sie eigentlich war.«

»Nein, ich habe nicht recht«, widersprach er. »Wenn ich jemals jemanden so sehr geliebt hätte, stünde ich jetzt vielleicht nicht kurz vor meiner vierten Scheidung.«

Er tätschelte meinen Arm und rückte etwas näher an mich heran.

»Denk nicht mal daran, Duncan.«

»Keine Sorge«, erwiderte er. »Das würde mir im Leben nicht einfallen.«

Dann legte er mir den Arm um die Schulter und verriet mir den wahren Grund für sein Kommen.

Der Mann mit den Platinstimmbändern hatte Kehlkopfkrebs.

Eine Behandlung durch Bestrahlung, Chemotherapie, vielleicht auch Operation, würde ihm bestenfalls etwas mehr Zeit verschaffen, erklärte er. Wie viel, sei jedoch schwer zu sagen, und die verdammten Ärzte rückten einfach nicht mit einer klaren Antwort heraus.

So oder so würde er mit großer Wahrscheinlichkeit seine Stimme verlieren. Worüber, fuhr er mit einem Lächeln fort, manche Leute vermutlich gar nicht so traurig wären.

Als ich acht war, hatte Harry mich mal zum Squash mitgenommen. Mitten im Spiel hatte er mich versehentlich mit dem harten schwarzen Ball an der Brust getroffen, so fest, dass ich hinfiel und es mir für einen Moment den Atem verschlug.

Genauso fühlten sich Duncans Worte nun für mich an: Als hätte mich jemand mit einem harten kleinen Gummiball abgeschossen. Der Aufprall war so schmerzhaft, dass ich meine Hände ganz unwillkürlich an meine Brust presste.

Ich konnte den Schlag förmlich spüren.

Noch während Duncan mir von seiner Erkrankung erzählte, machte sich in mir ein unwahrscheinlicher Schmerz breit, dessen Heftigkeit mich selbst überraschte. Es war der Schmerz eines brechenden Herzens.

Wir verbrachten das gesamte Wochenende damit,

uns die Sehenswürdigkeiten meiner Jugend in Juniper Bay anzusehen und dabei so zu tun, als wüsste ich nichts von Duncans Geheimnis. Montagabend fuhren wir schließlich zurück in die Stadt. Die ganze Fahrt über konnte ich ihn kaum ansehen, denn dabei kam mir unweigerlich wieder sein »Aktionsplan« in den Sinn, wie er es genannt hatte, und das ertrug ich nicht.

»Es wird Zeit aufzuräumen«, hatte er an jenem Abend auf der Schaukel gesagt. »Ungeklärtes zu klären, Unvollendetes zu Ende zu bringen und zu reparieren, was ich alles kaputt gemacht habe.« Er sah mich mit tränenden Augen an. Das lag allerdings nicht daran, dass er weinte – natürlich nicht –, sondern kam vom Qualm der fetten kubanischen Zigarre, die er während unseres Gesprächs rauchte. »Und das schließt dich mit ein, Lulu.«

»Aber mit mir ist alles in Ordnung«, protestierte ich. »Wie gesagt: Ich bin über das alles längst hinweg.«

»Nein, bist du nicht«, widersprach er. »Und das ist auch der Grund, weswegen ich Annie versprochen habe, dass ich versuchen würde, dich zu einer Art Treffen zu überreden, als sie mich angerufen und darum gebeten hat.«

Ich schlug die Hände vors Gesicht.

»Ich weiß«, sagte er und zog selbstzufrieden an seiner Zigarre. »Wenn ich nicht todkrank wäre, würdest du mich jetzt eigenhändig umbringen.«

»Ich will nicht mit ihr reden, Duncan. Ich will mit keinem von ihnen reden.«

»Oh, aber das musst du, verstehst du? Damit du endlich das große Loch in dir stopfen kannst.«

»Hast du gerade ernsthaft gesagt, ich soll *das große Loch in mir stopfen*?«

»Ja, allerdings.« Er nickte weise. »Kimmy meint, du bräuchtest das.«

Jetzt kam langsam Licht ins Dunkel. »Kimmy? Du hast Kimmy davon erzählt?«

»Na ja, ich habe ihr meine Theorie von der auf der Türschwelle zurückgelassenen, unehelichen Tochter erzählt – da habe ich wohl den falschen Mond angeheult, was? Aber egal. Du musst das einfach machen, Lulu – wenn es eines gibt, was ich im Laufe der vergangenen Wochen gelernt habe, dann dass es wichtig ist, Abschied nehmen zu können. Die Worte, die wir nicht aussprechen, sind die, die hängen bleiben, Lulu. Nicht die, die wir gesagt haben.«

Aber ich hatte mich längst verabschiedet. Von beiden.

Von Annabelle hatte ich im Baumhaus Abschied genommen.

Ungefähr eine Woche, nachdem ich Annabelle und Josh am Fluss entdeckt hatte, kam Harry in mein Zimmer und erzählte mir, dass sie Ende des Monats nach Kanada fliegen würden. Fergus hatte dafür gesorgt, dass sie ihm bei den Dreharbeiten zu einem seiner Filme zur Hand gehen konnten.

»Es tut mir leid, Liebes«, sagte Harry vom Fußende meines Bettes aus und tätschelte unbeholfen mein Knie, während er sich mit der anderen Hand den Nacken rieb. »Ich kann mir vorstellen, wie weh das tut – aber vielleicht ist es ja besser so. Aus den Augen, aus dem Sinn oder wie der Mist heißt.« Er küsste mich auf den Scheitel, schaltete das Licht aus und zog die Tür hinter sich zu, sodass meine aufkommende Panik und ich allein im Dunklen zurückblieben.

Ich hatte das Gefühl, als wäre ich einfach ausradiert worden. Als spielte es nicht die geringste Rolle, was ich tat und sagte. Ich löste mich buchstäblich in der Dunkelheit meines Zimmers auf, nicht mehr als ein Schatten in der Ecke. Es fühlte sich an, als hätte Annabelle einfach mein Leben übernommen. Sie war in meine Schuhe geschlüpft, als ich für einen Moment nicht hingesehen hatte, und nun fürchtete ich, dass bald vielleicht niemand mehr wissen würde, dass sie einst einem anderen Mädchen gehört hatten.

Infolgedessen lag ich fast die gesamte Nacht wach. Als der Morgen zu dämmern begann, stand ich auf, nahm das Buch aus meiner Nachttischschublade, steckte es in meinen Rucksack, zog mich an und schlich aus dem Haus.

Dann fuhr ich mit dem Fahrrad zum Haus am Fluss, rannte mit klopfendem Herzen quer durch den Garten, wobei ich mich immer wieder umdrehte, um mich zu vergewissern, dass Annabelle mich nicht von ihrem Fenster aus beobachtete, und kletterte schließlich ein letztes Mal in unser Nest im Mangobaum hinauf.

Ich nahm das Buch, das ich für sie geschrieben hatte, aus meinem Rucksack und legte es in die Ecke.

Danach presste ich mein Gesicht gegen eines von Franks Fenstern – das, das so aussah wie ein Diamant – und blickte zum schlafenden Haus am Fluss.

»Ich war hier«, flüsterte ich in die Morgendämmerung, während ich das Gefühl hatte, dass mir mein ganzes Leben entglitt. »Vergiss das nicht.«

Von Josh hatte ich mich auf der Rollschuhbahn verabschiedet.

Rund eine Woche bevor Annabelle und er nach Kanada aufbrachen, rief er mich an und bat mich, ihn dort zu treffen, damit wir noch einmal »in Ruhe« über alles sprechen könnten.

»Ohne Annabelle?«, fragte ich. »Ohne deine Freundin?«

»Lass das«, erwiderte er. »Bitte lass es, Tallulah.« Also ließ ich es und traf mich mit ihm auf der Rollschuhbahn. Als ich ankam, stand er bereits am Eingang und wartete. Er trug Jeans und Turnschuhe und das grün karierte Hemd, das ich ihm zum Geburtstag geschenkt hatte. Sein Haar ringelte sich im Nacken.

Ich biss mir auf die Lippe und nagte darauf herum, bis ich Blut schmeckte.

»Lulu, schön, dass du gekommen bist.«

Ich nickte dümmlich.

»Willst du laufen?«

Der Mond über uns am Himmel sah zu, wie ich mich auf die Stufen setzte, meine Tasche neben mir abstellte und dann reglos im Schein seines Lichtes dahockte, unfähig, auch nur ein Wort herauszubringen.

»Soll ich dir die Rollschuhe anziehen?«

Josh zog den Reißverschluss meiner Tasche auf, holte meine Rollschuhe heraus, beugte sich vor und nahm meinen Fuß in seine Hände.

»Es tut mir so leid, Lulu«, flüsterte er.

Er streifte die Schuhe von meinen Füßen und zog mir die Rollschuhe an. Sorgfältig zog er die Schnürsenkel fest und band sie zu. Ich konnte seine Berührung kaum ertragen, die Art, wie er meine Füße festhielt und sie vorsichtig zur Seite drehte, um die Schnürsenkel festzuziehen. Und das alles mit diesen Händen, die ich so gut kannte. Ich sah seinen geschwollenen Knöchel, seine abgekauten Fingernägel und stellte mir vor, wie er mit diesen Händen über Annabelles Haut strich, wie er ihr Gesicht berührte, während ich meins abwandte.

»Sieh mich an, Lulu«, sagte er. »Bitte, sieh mich an.«

Doch ich starrte lediglich mit gesenktem Kopf auf meine weißen Rollschuhe.

Josh fasste mich sanft am Kinn und brachte mich dazu, den Kopf zu heben. Dann stand er auf.

Er führte mich zur Bahn, legte mir den Arm um die Schultern und nahm meine Hand.

Wie früher glitten wir in perfekter Harmonie über die Bahn und drehten unsere Runden. Als mir die Tränen kamen, zog er mich an sich, nahm mein Gesicht in beide Hände und wiederholte: »Es tut mir leid, Lulu.« In dem Moment wusste ich, dass ich ihn verloren hatte.

Er war nicht hergekommen, um mir zu gestehen, dass das alles ein Fehler, ein Ausrutscher gewesen war. Dass er *mich* wollte, nicht Annabelle. Und dass er nicht fortgehen würde, ja, dass er es niemals wirklich vorgehabt hatte.

Ich sah ihn an und erkannte, dass er längst fort war.

»Es ist kompliziert«, erklärte er. »Es ist irgendwie einfach so passiert, ich weiß, dass es für dich echt schlimm ist …«

Ich schloss die Augen und dachte, dass man tatsächlich spüren konnte, wie einem das Herz brach.

»Aber ich liebe dich, Tallulah-Lulu«, sagte er. »Ich werde dich immer lieben.«

Er beugte sich zu mir herunter.

»Du bist mein Mädchen«, flüsterte er.

Das war es, was Josh am Abend unseres Abschieds zu mir sagte, als sich seine und meine Tränen miteinander vermischten, während der Mond am Himmel höher und höher stieg.

13

Duncan bog in die Einfahrt vor meinem Haus.

»Ich hatte wirklich viel Spaß dieses Wochenende«, sagte er. »Danke.«

Seit dem Abend auf der Schaukel hatten wir nicht mehr über seine Krebserkrankung gesprochen. An diesem Abend jedoch hatten wir bis spät in der Nacht draußen gesessen und weiter an Duncans Aktionsplan gefeilt. Bisher bestand dieser Plan im Großen und Ganzen aus einem einzigen Punkt: die Diagnose vor so vielen Leuten wie möglich geheim zu halten. Irgendwann war Rose nach draußen gekommen und hatte uns eine Decke gebracht.

»Setzen Sie sich zu uns, Rose«, lud Duncan sie ein.

»Nein«, antwortete sie. »Ich denke, ich gehe lieber wieder ins Bett.«

»Gott«, seufzte Duncan und kuschelte sich zu mir unter die Decke. »Das ist hier ja wie bei den Waltons.«

Auf der Heimfahrt sprachen wir natürlich auch nicht darüber; schließlich saßen Jarrod und Jasmine mit im Wagen, deren kleinen Ohren wir solch ein großes Thema nun wirklich nicht zumuten wollten.

Also hörten wir stattdessen Musik. Duncan schob eine Kassette nach der anderen in den Rekorder.

»Hallo, ich bin Johnny Cash«, sprach er mit und spulte die Kassette dann zurück, um den Satz noch mal abzuspielen. Und noch mal. Und noch mal. Dabei lächelte er selbstvergessen in sich hinein. An jedem anderen Tag hätte ich ihm irgendwann die Kassette abgenommen und dem Ganzen ein Ende gesetzt. Doch diesmal ließ ich ihn gewähren, denn ich wusste ja nicht, wie viele Tage ihm noch blieben, an denen er mich in den Wahnsinn treiben konnte.

»Ich fand's schön, dass du mitgekommen bist«, versicherte ich ihm, als er mich zur Tür brachte. »Auch wenn ich glaube, dass meine Mutter jetzt in dich verknallt ist.«

»Sie ist halt eine Frau, was will man da machen?«, erwiderte er. In dem Moment erkannte ich, wie wir mit seiner Krankheit umgehen würden. Nämlich so, als hätte er nie ein Wort darüber verloren.

»Wir sehen uns auf der Arbeit«, sagte er und ging zurück zum Wagen.

In den folgenden Wochen lief tatsächlich alles ganz normal, zumindest nach außen hin. Oder na ja, vielleicht eher wie »normal« auf Kokain. Duncans Krankheit veranlasste ihn nicht im Geringsten dazu, es etwas ruhiger angehen zu lassen. Vielmehr schien er sein Leben von nun an auf der Überholspur zu führen, mit heulendem Motor und durchgetretenem Gaspedal. Wenn er schon abtreten musste, dann zumindest nicht kampflos. Und so streichelte und umschmeichelte er seine Hörer über das Mikrofon und erhielt im Gegenzug die besten Quoten seiner Karriere.

Während der ersten warmen Sommertage des Jahres 1990 konnte niemand Duncan McAllister das Wasser reichen, selbst seine stärksten Rivalen lagen mindestens vier Prozentpunkte hinter ihm. Und niemand außer mir wusste, dass es der Tod war, der ihn furchtlos machte.

Er schlug dem Premierminister live im Radio vor, er solle erst einmal »erwachsen werden, Sir«, startete eine Petition, um das gesamte südafrikanische Cricketteam aufgrund seines »abartigen Akzents« des Landes zu verweisen, und wurde vom *Who*-Magazin zum Sexiest Man of the Year gekürt, was er als den stolzesten Augenblick seines Lebens bezeichnete. Auf dem Cover posierte er als Boxer – mit Kapuzenumhang und roten Boxhandschuhen hing er lässig wie Frank Sinatra in den Seilen, während von der Decke ein Platinmikrofon baumelte. Auf seinen Satinshorts stand *The Champion.*

»Gott, ich bin so sexy, findest du nicht?«, schwärmte er jedes Mal, wenn sein Blick auf das Foto fiel. »Wie schaffst du es nur, dich den ganzen Tag in meiner unmittelbaren Nähe aufzuhalten, ohne vor Begierde zu *explodieren,* Lulu? Du musst wahrlich Lenden aus Titan haben.«

Doch als die Wochen in Monate übergingen, begann seine Stimme, ihren warmen, honigweichen Klang zu verlieren. Sie klang heiserer, und das Atmen fiel ihm zunehmend schwerer. Manchmal nahm die Haut unter seinem Bartschatten ein, wie ich fand, beunruhigendes Grau an.

Er brachte die Senderleitung dazu, ihm eine Dreitagewoche zu genehmigen, indem er ihnen dreist verkündete, er brauche mehr Zeit zum Angeln. Da sie ihn um jeden Preis halten wollten, stimmten sie zähneknirschend zu. Sie erlaubten sogar, dass ich meine Arbeitszeit ebenfalls verkürzte – Duncan verklickerte ihnen, dass er meine Hilfe nötig hatte, um »die Köder zu befestigen«. In Wahrheit saß ich vor der Tür des Onkologen Dr. Patrick Stephenson und wartete, während Duncan sich einer Strahlentherapie unterzog.

Eine operative Behandlung kam nicht infrage – Duncan waren die Risiken zu hoch –, also suchten wir stattdessen regelmäßig Patricks Praxis auf, wofür wir jedes Mal eine andere hochkomplizierte Route wählten. Außerdem fuhren wir immer nur dann hin, wenn die Sprechstundenhilfe gerade in der Mittagspause war oder eine Besorgung machen musste oder was auch immer sie sonst unternahm, damit es aussah, als wüsste sie nicht, dass Duncan McAllister Patient ihres Chefs war.

Natürlich muss sie es gewusst haben, so wie viele andere Leute auch. Erst recht, als Duncans Stimme im Laufe der Zeit immer heiserer wurde. Trotzdem gelang es uns, eine ganze Weile unentdeckt zu bleiben, bevor die Gerüchteküche zu brodeln begann.

Durch die Bestrahlung schwoll Duncans Kehlkopf an und wurde ganz rau. Zudem kostete ihn die Behandlung immer mehr Kraft, sodass er wirklich jeden einzelnen der vier Tage, die zwischen den Terminen lagen, brauchte, um sich für die nächste Sitzung zu erholen.

Trotzdem schaffte er es irgendwie, sich für die drei Stunden seiner Sendung so sehr zusammenzureißen, dass man ihm kaum etwas anmerkte. Nur wenn man sehr genau hinhörte, entdeckte man das Kratzen in seiner Stimme.

Als ich meinen fünfundzwanzigsten Geburtstag feierte, war er zu schwach, um an dem Abendessen teilzunehmen. Umsichtig, wie er war, schickte er stattdessen einen Stripper in das ruhige, gediegene Restaurant, in das Ben, Simone und Stella mich eingeladen hatten.

»Sonderlieferung von Duncan McAllister an Tallulah de Longland«, rief der Stripper, als er zur Tür hereinplatzte. Die Bedienung erschrak fast zu Tode.

»Hier drüben!«, brüllte Simone und zeigte auf mich, während Stella knallrot wurde und Ben unter dem Tisch meine Hand drückte.

»Keine Angst«, flüsterte er und fügte noch hinzu: »Wie schlimm kann es schon werden?« Im nächsten Moment hatte mein persönlicher Lieferjunge sich vor mir aufgebaut, riss sich das Hemd vom Leib, deutete auf seine Brust und kommandierte: »Bitte hier unterschreiben.« Dann drückte er auf die Taste seines CD-Players und fing an, zu »It's Raining Men« zu tanzen. Die ganze Vorstellung über schielte er immer wieder zu Ben hinüber, während Ben und Simone sich vor Lachen ausschütteten und Stella wie hypnotisiert auf seine Brust starrte.

Am nächsten Tag im Studio war ich gerade damit beschäftigt, meinen leichten Kater auszukurieren, als Duncan grinsend hereinspazierte.

»Wie war dein Geburtstag?«, erkundigte er sich gut gelaunt. »Hat dir dein besonderes Geschenk gefallen?«

»Ach, du meinst den schwulen Stripper, den du mir geschickt hast?«, fragte ich. »Er war super. Ich glaube, Ben und er werden sehr glücklich miteinander.«

»Was? Das hatte ich so aber nicht bestellt – ach, egal, wir haben eh viel Wichtigeres zu besprechen. So wie das hier«, verkündete er und zog mit großer Geste einen weißen Umschlag hervor. »Weißt du, was das ist?«, fragte er und hielt ihn mir so nah vors Gesicht, dass ich ihn mit den Zähnen hätte öffnen können.

»Eine Geburtstagskarte?«, erwiderte ich.

Er schüttelte den Kopf.

»Eine Vorladung?«

»Ausgesprochen amüsant, Lulu. Nein, mein Herz, das ist dein Ticket nach Stopfhausen.«

»Stopfhausen?«

»Ganz genau. Du warst noch nie da, deswegen sagt dir der Name möglicherweise nichts. Aber die Reise führt über die Lass-endlich-los-und-mach-nicht-so-ein-Drama-draus-Straße.«

Er öffnete den Umschlag, holte die weiße Karte heraus, die darin steckte, legte sie auf meinen Schreibtisch und ging zur Tür. Im Hinausgehen sagte er: »Vielleicht sehen wir uns ja da, wenn du dich traust.«

Dann schloss er die Tür, und ich blickte auf die Karte aus festem weißem Karton hinunter, die vor mir auf dem Schreibtisch lag.

Verzaubert, stand dort. *Eine Ausstellung von Frank Andrews.* Und daneben, am Rand der Karte, waren zwei graue, mit Bleistift gezeichnete kleine Mädchen zu sehen. Ihre Gesichtszüge waren verwischt, ihre Mienen nicht zu erkennen, doch sie hatten die Arme umeinander gelegt und steckten die Köpfe zusammen. Für Immerwigkeit.

Ich dachte gar nicht daran hinzugehen, außer vielleicht, wenn Duncan versucht hätte, mir das als seinen letzten Wunsch unterzujubeln – was ich ihm durchaus zugetraut hätte. Doch dann war es ausgerechnet Harry, der mich dazu brachte, meine Meinung zu ändern.

Er und Frank waren Freunde geworden, nachdem Frank bei Christa ausgezogen und ins Haus am Fluss zurückgekehrt war.

Annie hatte daraufhin das Weite gesucht – die Gräben, die ihre Affäre mit Fergus in ihrer Beziehung hinterlassen hatte, waren unüberbrückbar geworden. Annabelle war ebenfalls schon lange auf und davon, sodass Frank nun allein durch die vollgestopften, chaotischen

Räume irrte, die immer noch von den Schatten seiner Frau und seiner Tochter bevölkert wurden.

Wie still ihm dieses Haus ohne das Klimpern von Annies Armreifen oder das Gekicher aus Annabelles Zimmer, das durchs ganze Treppenhaus perlte, vorgekommen sein muss. Und wie laut seine Schritte in den leeren Fluren.

Also saß er draußen in seinem Studio, hörte Radio und trank Instantkaffee, den er mit heißem Wasser direkt aus dem Hahn aufgoss, und malte stundenlang vor sich hin. Raus ging er eigentlich nur noch, um Vorräte einzukaufen. Und auf einem dieser Ausflüge traf er Harry.

Ich war gerade erst aus Juniper Bay in die Stadt gezogen, als die beiden einander im Baumarkt über den Weg liefen; Harry war dort, um einige Regenrohre zu besorgen, und Frank brauchte Brennspiritus. »Keine Sorge, Kumpel, der ist nicht für mich«, bemerkte er, als er neben Harry an der Kasse stand. Das darauffolgende Gelächter legte den Grundstein für ihre Freundschaft.

Nach dieser ersten Zufallsbegegnung gingen Harry und Frank schnell dazu über, sich einmal die Woche im Uxbridge Arms zu treffen – Harry genehmigte sich ein Bier und Frank das eine Glas Rotwein, das er sich neuerdings pro Woche zugestand. Dabei zeigte sich, dass die beiden zueinander passten »wie ein Paar alte Arbeitsstiefel«, wie Harry es beschrieb.

Nachdem sie sich einige Wochen lang regelmäßig getroffen hatten, rief er mich an, um zu fragen, ob ich etwas dagegen hätte.

»Wir reden nicht über Josh, Annabelle und dich, Lulu«, versicherte er mir. »Das ist längst Vergangenheit. Ich wollte aber trotzdem sichergehen, dass du kein Problem damit hast.«

»Habe ich nicht, Harry«, erwiderte ich. Und das war mein voller Ernst.

Harry hatte sein ganzes Leben damit verbracht, anderer Leute Verstopfungen auf den Grund zu gehen, und an den Abenden und Wochenenden hatte er sich um uns gekümmert. Er war nie der Typ gewesen, der nach der Arbeit noch mit ein paar Kollegen auf einen Absacker in die Kneipe ging.

Umso mehr freute ich mich, dass er und Frank einander zwischen den Bohrmaschinen und Heißklebepistolen gefunden hatten, auch wenn ich mich manchmal fragte, was wohl die Kellnerinnen im Uxbridge Arms über die beiden denken mochten – Harry in Blaumann und Arbeitsstiefeln, Frank im vollgekleckten Unterhemd und mit einer Fischermütze auf dem Kopf.

Irgendwann fragte ich Harry, worüber sie sich unterhielten. Er meinte, manchmal würden sie fast gar nicht reden, sondern einfach nur dasitzen und »den Tag ausklingen lassen«. An anderen Tagen sprachen sie über Franks Malerei. Einmal hatte Frank ihm gestanden: »Ich finde einfach nicht das richtige Schwarz.« Harry hatte erwidert: »Was soll das heißen: Du findest nicht das richtige Schwarz? Schwarz ist Schwarz, oder nicht?« Frank hatte geantwortet: »Nein, Mann, es gibt alle möglichen Arten von Schwarz.« Daraufhin war Harry Rose eingefallen, und er hatte verstanden.

Ein paar Tage, nachdem Duncan mir die Einladung zur »Verzaubert«-Ausstellung gezeigt hatte, rief Harry mich an und fragte, ob ich ihn dorthin begleiten würde.

Er wollte gerne hingehen, um Frank Beistand zu leisten. Zudem fand das Ganze im Bloom statt, sodass er Rose dafür nicht allzu lange allein lassen musste. Denn obwohl es Rose jetzt schon so lange gut ging, wussten wir nie, ob ihre Depression nicht doch bereits hinter der nächsten Tür auf sie lauerte und sich in Gestalt eines unförmigen beigen Kleids und endloser Backmarathons an sie heranschlich. Sie tauchte jedes Mal genauso unvermittelt auf, wie sie einige Zeit später wieder verschwand. Und dazwischen hing Harry hilflos in der Luft.

Diesmal erlebte Rose zwar eine lange Phase aus guten Tagen, aber einem ganzen Raum voller Leute fühlte sie sich trotzdem nicht gewachsen. Stattdessen wollte sie einen Kuchen backen und ihn Harry mitgeben.

»Bitte lass mich nicht allein mit einer Kuchenbox in diese Ausstellung marschieren, Lulu«, flehte Harry und lächelte.

»Ich weiß nicht recht, Harry – wer kommt denn sonst noch?«

»Alle«, antwortete er. »Mit Kind und Kegel.«

»Ich weiß nicht recht«, wiederholte ich. »Ich glaube, ich bin einfach noch nicht bereit dafür.«

»Wer ist das schon, Liebes?«, erwiderte er. »Trotzdem wird es wahrscheinlich langsam Zeit.«

Nach dem Telefonat mit Harry ging ich nach Hause. Beim Abendessen erzählte ich Ben von der Ausstellung.

»Wie geht es dir damit, Lulu?«, erkundigte er sich.

Er wusste von Josh und Annabelle – bei unseren ersten Verabredungen hatten wir zensierte Zusammenfassungen unserer bisherigen Beziehungen ausgetauscht. Bens Erfahrungen beliefen sich größtenteils auf Mädchen, mit denen seine Schwestern ihn verkuppelt hatten.

»Nichts Ernstes«, hatte er mir versichert. »Zumindest nicht vor dir.«

Ich hatte ihm gegenüber behauptet, dass ich seit der Sache mit Josh und Annabelle ebenfalls ein paar flüchtige Beziehungen gehabt hätte. Das entsprach zwar nicht ganz der Wahrheit, aber wie erzählte man auch jemandem, dass man in der eigenen Highschoolzeit stecken geblieben war? Das klang selbst für mich einfach nur lächerlich.

Ich schenkte jedem von uns ein Glas Wein ein. »Ganz gut eigentlich«, antwortete ich. »Ein bisschen nervös vielleicht. So, wie es sich wahrscheinlich anfühlt, wenn man auf ein Klassentreffen geht.«

Ben lächelte. »Du schaffst das schon«, sagte er. »Außerdem hast du ja noch mich und deinen Dad und den Kuchen von Rose.«

Ich erwiderte sein Lächeln. »Der natürlich der einzige Grund ist, weswegen du überhaupt mit mir hingehst«, zog ich ihn auf.

»Nein, ist er nicht«, widersprach er. Dann stand er zu meiner Überraschung auf, kam um den Tisch herum und küsste meinen Hals. »Ich muss doch mein Mädchen beschützen.«

Später, als Ben seine abendliche Laufrunde drehte, stellte ich mich vor unseren Ganzkörperspiegel und übte, mich normal zu verhalten.

Nein, nicht normal: ungezwungen.

»Oh, hi, Annabelle, hi, Josh.«

Nein.

»Hi, Josh, hi, Annabelle.«

»Hey, ihr beiden, wie geht's?«

Hey, ihr beiden, wie geht's?!

Was hatte ich mir denn dabei gedacht?

»Annabelle, Josh, schön, euch zu sehen.«

Schon besser.

»Wir haben uns ja echt schon lange nicht mehr gesehen, was? Ich lese alles über eure Reisen – Ben und ich haben den *Gourmet Traveller* sogar abonniert.«

Ben und ich haben den Gourmet Traveller *abonniert?*

Ich brauchte dringend professionelle Hilfe.

Duncan saß an seinem Schreibtisch im Studio, einen dicken Stapel Zeitungen fächerförmig vor sich ausgebreitet.

»Ich gehe hin«, teilte ich ihm mit. Wohin, brauchte ich ihm nicht zu erklären. »Harry geht auch und hat mich gebeten, ihn zu begleiten. Und Ben kommt ebenfalls mit.«

Duncan sah mich über den Rand seiner Lesebrille hinweg an und lächelte. »Ich werde auch dort sein. Du hast also ein ganzes Bataillon von Kerlen an deiner Seite, die dich vor den Bösen beschützen werden. Deine ganz persönliche Armee. Vielleicht sollten wir uns Knoblauchketten um den Hals hängen …«

»Lass das, Duncan«, bat ich ihn. »Ich bin ehrlich gesagt ein bisschen nervös.«

Er nickte und wartete, dass ich weitersprach.

»Die Sache ist die: Ich weiß nicht, was ich sagen soll, wenn ich sie sehe … Ich habe nichts zu sagen. Die beiden sind in den letzten acht Jahren einmal um den ganzen Planeten gereist, haben Preise über Preise gewonnen und die Welt gesehen. Und ich saß hier fest.«

»Mit mir.«

»Oh, Duncan, tut mir leid. So war das nicht gemeint.«

»Das weiß ich doch, Tallulah. Aber es stimmt nun mal: Du hattest in letzter Zeit wahnsinnig viel mit mir zu tun. Und mit Barney, all meinen Kindern und meinen Exfrauen. Außerdem sind da noch dein Vater, deine Mutter, deine Freundinnen und Ben, die ohne dich ganz schön aufgeschmissen wären, meine Liebe.«

»Duncan …«

»Unterbrich mich nicht, ich bin gerade in Fahrt. Im Übrigen werde ich bald sterben, falls du es vergessen haben solltest, und Todkranke unterbricht man nicht.« Er lächelte traurig. »Wie ich gerade sagte: Du hast hier festgesessen und dich klaglos in dein Schicksal gefügt, das selbstverständlich darin besteht zu verhindern, dass wir alle verrückt werden oder im Knast landen. Du kümmerst dich um mich, ziehst Gott weiß was aus Barneys Hals, passt auf Stellas Kinder auf, leistest Simone Beistand, wenn sie mal wieder von einer ihrer Lesbenfreundinnen verlassen wurde, hältst das Geschäft deines Vaters am Laufen, bügelst die irren Kleider deiner Mutter, versuchst, Ben leidenschaftlicher zu machen …«

Ich erwiderte sein Lächeln.

»Also, was soll's? Wen interessiert schon, wo Annabelle und Josh überall gewesen sind? Ist doch egal, ob sie durch die Anden gekraxelt oder in irgendeinem dämlichen Boot an der Amalfiküste entlanggesegelt sind. Jeder kann Boot fahren, Lulu, dafür muss man sich bloß ein Ticket kaufen. Wir lassen uns zu Tausenden über die Weltmeere treiben. Aber von deiner Sorte gibt es nicht viele. Du bist diejenige, die am Ufer steht und uns den Weg leuchtet, damit wir heil in den Hafen kommen.« Er schnappte sich eine der Zeitungen und tat so, als würde er darin lesen. »Also scheiß auf sie«, sagte er.

14

Verzaubert« sandte eine Woge der Erregung durch die Kunstwelt: Frank Andrews' Rückkehr nach einer beinahe siebenjährigen Auszeit, und das auch noch mit einer großen Ausstellung, veranlasste Kritiker wie Sammler, ihn mit offenen Armen – und, Gerüchten zufolge, gut gefüllten Portemonnaies – wieder in ihrer Mitte aufzunehmen.

Nur wenige Tage, nachdem die ersten weißen Umschläge in diversen Briefkästen in der ganzen Stadt aufgetaucht waren, meldeten sich bereits die ersten Stimmen zu Wort, die die sechsunddreißig Gemälde und Zeichnungen, die »Verzaubert« umfasste, als Franks bisher bestes Werk priesen.

Darüber hinaus beschäftigten sie sich mit der Frage, ob Annie wohl den Mumm besitzen würde, sich auf der Ausstellung blicken zu lassen.

Fergus hatte sie vor langer Zeit abserviert, Frank hatte sie nicht wieder zurückgenommen, und Christa, so hieß es, war immer noch stinkwütend auf sie, weil sie einen Keil zwischen ihre beiden Söhne getrieben hatte.

Trotzdem rechnete ich damit, dass Annie auftauchen würde, denn ich war mir ziemlich sicher, dass sie sich eine der Eigenschaften, die ich so an ihr bewundert hatte, all die Jahre bewahrt hatte.

»Es kümmert mich einen Dreck, was die Leute über mich denken, Tallulah«, hallte in mir wider, was sie eines Nachmittags im Haus am Fluss zu mir gesagt hatte. »Und das solltest du genauso halten. Wer wirklich etwas zu sagen hat, interessiert sich nicht für das Geschwätz anderer.«

Frank hatte beschlossen, »Verzaubert« nicht in einer der großen Galerien der Stadt auszustellen, wie zum Beispiel bei Rafferty oder Slater, sondern in unserem Heimatort, im Bloom, dem kleinen Kunstladen seiner guten Freundin Laura Metcalfe.

Die Leute ächzten und stöhnten – das war viel zu weit weg, was dachte sich Frank eigentlich dabei, sie an einem Samstag den ganzen weiten Weg aus der Stadt kommen zu lassen? Aber ich wusste, dass sie trotzdem alle erscheinen würden. Schließlich hofften sie, mehr zu sehen als nur Franks Bilder.

Sie wollten auf keinen Fall das andere Spektakel verpassen, das, in dem Christa, Frank, Fergus, Annie, Josh und Annabelle die Hauptrollen spielten. »Ich könnte zusätzliche Tickets allein dafür verkaufen«, erzählte mir Laura Metcalfe einige Tage vor Beginn der Ausstellung.

Duncan erholte sich gerade in Lingalonga, was mir die Möglichkeit gab, eine Woche vor der Ausstellung noch einmal nach Hause zu fahren, um nach Rose zu sehen. Dabei lief ich Laura vor dem Bloom über den Weg.

Ich kannte Laura, seit ich ein kleines Mädchen gewesen war – Harry hatte sämtliche Klempnerarbeiten in ihrer Galerie erledigt, und Sam und Mattie waren mit ihrem Sohn Brett zur Schule gegangen.

»Tallulah«, begrüßte sie mich lächelnd. »Wie geht es dir, Liebes?«

»Gut, danke, Laura«, antwortete ich. »Wie läuft's bei dir so?«

»Total abgedreht«, stöhnte sie und erzählte, dass ihr Telefon gar nicht mehr stillstand, seit die Einladungen rausgegangen waren. »Es ist echt verrückt«, sagte sie. »Normalerweise muss ich sogar das Lokalblättchen anflehen, damit sie ein paar Zeilen über eine meiner Vernissagen schreiben. Aber diesmal kommen wirklich alle: sämtliche Zeitungen, sogar einige Fernsehsender. Und alle stellen dieselben Fragen: Kommt Christa? Ist Annie eingeladen? Und Fergus? Sie hoffen natürlich auf den großen Kampf.« Sie lachte. »Du weißt schon – Fergus und Frank wälzen sich über den Bürgersteig, während Christa und Annie einander an die Gurgel gehen und versuchen, sich gegenseitig mit ihren Haarnadeln zu erdolchen ...« Dann betonte sie noch, wie dankbar sie war, dass Frank sich für sie statt für Slater oder Rafferty entschieden hatte, obwohl diese, wie sie hinzufügte, deswegen gewaltig angepisst waren. »Aber so ist Frank nun mal, immer für seine Freunde da«, bemerkte sie und ging zurück ins Bloom. »Natürlich habe ich nicht die leiseste Ahnung, wo ich all die Leute unterbringen soll.«

Es gibt ein Foto von Ben und mir an diesem Abend. Irgendeine Zeitung hatte es für ihre Veranstaltungsseiten geschossen, und Rose hatte es ausgeschnitten und in eines ihrer Alben geklebt.

Ben trägt darauf ein weißes Hemd mit olivgrüner Krawatte und eine schwarze Hose. Seine Haare sind raspelkurz, denn er hatte sie sich kurz zuvor radikal abrasieren lassen, weil diese Frisur seiner Meinung nach auf Reisen sehr viel leichter zu handhaben war. Damit sah er deutlich härter aus, als er in Wahrheit war. Wie er mit seinem Arm um meine Taille dasteht, wirkt er fast ein bisschen bedrohlich, auch wenn ich aus heutiger Sicht weiß, dass er nur versucht hat, sich festzuhalten.

Ich stehe in einem Wickelkleid aus dunkelblauem Satin, das Rose für mich genäht hatte, neben ihm. In meinem Haar steckt eine Seidenblume, und meine geröteten Wangen wölben sich zu einem aufgesetzten Lächeln. Ich trage Smokey Eyes und roten Lippenstift, und meine Haare fallen mir offen in großen, weichen Wellen auf die Schultern und umrahmen mein Gesicht, anstatt wie sonst zu einem Pferdeschwanz zusammengebunden zu sein. Ich sehe kein bisschen wie das Mädchen aus, das für gewöhnlich links liegen gelassen wird.

»Du siehst umwerfend aus«, sagte Ben an diesem Abend, als wir uns bei Harry und Rose zurechtmachten, wo wir für diesen Anlass übernachteten.

»Danke. Ich habe bloß keine Ahnung, warum ich das hier überhaupt mache.«

»Ich auch nicht«, gestand er lächelnd. »Aber wenn wir es schon machen, dann lass es uns hinter uns bringen.«

Wir gingen zum Auto. Als wir eingestiegen waren, nahm er meine Hand.

»Du schaffst das, Lulu«, sagte er. »Und zwar mit links.«

Harry wollten wir vor Ort treffen; er arbeitete samstags und war sich nicht sicher gewesen, wann er Feierabend haben würde.

Nachdem wir auf der Hinfahrt an der Galerie vorbeigekommen waren und die Menschenmenge gesehen hatten, die rauchend und schwatzend auf dem Bürgersteig davor stand, beschlossen wir, den Wagen einige Blocks entfernt abzustellen und hinzulaufen. So blieb mir etwas mehr Zeit, in meinem Satinkleid noch einmal ordentlich durchzuatmen.

Als wir schließlich eintrafen, hatte sich bereits eine Schlange gebildet. Geistesgegenwärtig hatte Laura die Kellner schon mal mit Champagner und Bier nach draußen geschickt, um die Wartenden bei Laune zu halten, während sie drinnen umhereilte und zum hundertsten Mal die Bilder umhängte.

Am Rand der Menge stand sich ein zappeliger Haufen Medienvertreter die Beine in den Bauch. Von unserer Position aus konnten Ben und ich sehen, wer alles eintraf und vom Blitzlichtgewitter der anwesenden Fotografen erleuchtet wurde.

Als Erster kam Fergus Andrews. Er schlenderte unbekümmert und mit seiner eigenen Kamera um den Hals die Straße entlang. Mein erster Gedanke war, dass er noch genauso aussah, wie ich ihn in Erinnerung hatte – »Wo geht's denn hier zum Wahi Wahi?« –, doch als er näher kam, erkannte ich, dass das Leben auch an ihm nicht spurlos vorübergegangen war.

Er trug die gleiche Kleidung wie früher: Khakihose und Khakihemd, die mit lauter komplizierten Reißverschluss- und Netztaschen übersät waren – »Der Spinner glaubt wohl, er sei immer noch in der Kalahari«, hörte ich einen der Paparazzi sagen. In seine sonnengegerbte Haut hatten sich jedoch tiefe Furchen gegraben.

Seinem selbstverliebten Gehabe tat das allerdings keinen Abbruch. Als die Fotografen ihre Linsen auf ihn richteten, hob er seine eigene Kamera vors Gesicht und fotografierte sie dabei, wie sie ihn fotografierten, während er die Treppe zur Galerie hinaufging.

Als er oben angekommen war, trat ich einen Schritt

zurück, um ihn vorbeizulassen. In dem Moment fuhr ein Taxi vor, und Duncan stieg aus. »Guten Abend, ein wunderbarer Tag für Frank Andrews, nicht wahr? Oder sind Sie etwa alle meinetwegen hier? Nicht? Wie schade. Also dann, wer ist denn schon alles da? Christa? Nein? Was ist mit Annie? Ist sie gekommen? Ich frage mich, ob sie wohl mit einem großen scharlachroten ›A‹ auf dem Kleid aufkreuzen wird, was meinen Sie?« Dann entdeckte er Laura neben der Tür, eilte mit großen Schritten auf sie zu und flötete: »Lana, was für eine Freude, Sie zu sehen, meine Liebe!«

Einige Minuten später trafen Christa und Annie ein. Sie kamen zusammen, wohl, um Frank zuliebe Einigkeit zu demonstrieren. Zu diesem Zweck hatten sie sich sogar beieinander untergehakt, aber das kaufte ihnen vermutlich niemand ab.

Ich beobachtete sie von meinem Platz in der Warteschlange aus. Für mich sahen sie aus wie zwei Edelsteine: Christa hatte sich in einen smaragdgrünen Kimono gehüllt und ihre weiße Mähne streng nach hinten zu einem Dutt gebunden. Annie neben ihr trug Lagen. »Das ist mein Janis Joplin-Gedächtnislook«, hatte sie früher immer mit einem Lachen bemerkt. An diesem Abend hatte sie sich für einen wilden Mix aus Strumpfhosen und Tuniken, Röcken, Schals und einem piratenähnlichen Mantel mit breitem Gürtel entschieden, alles in unterschiedlichen Lilatönen.

Beide Frauen lächelten für die Kameras, eilten dann aber schnell nach drinnen. Auf die Frage eines Journalisten murmelte Christa bloß: »Das ist Franks großer Abend!« Annie folgte ihr gesittet und ohne ein Wort zu sagen, ganz die pflichtbewusste (wenn auch Ex-)Schwiegertochter. In Wahrheit brauchte sie einfach nur ganz dringend einen Drink, wie ich später herausfand.

Dann kam Frank mit Harry im Schlepptau, der sich an einer blechernen Kuchenbox mit Katzenmotiv festhielt, in der sich Rose' Kuchen befand.

»Frank, Frank, hier drüben, Frank!«

»Links von Ihnen, Frank, bitte gucken Sie hierher!«

»Frank – Gary Clarke von *Insight*, was bedeutet Ihnen dieser Abend?«

»Christa und Annie sind zusammen gekommen, ist das ein Zeichen, dass die Eiszeit vorbei ist?«

»Frank – Pete Taylor vom *Bulletin*, ist es wahr, dass bereits die Hälfte der Werke dort drinnen an die Flintoff-Sammlung verkauft sind?«

»Frank, sehen Sie kurz hier rüber? Verzeihung, Sie da, könnten Sie wohl aus dem Weg gehen?«

»Kein Problem.« Harry trat einige Schritte zurück. Man sah ihm an, wie unangenehm es ihm war, dort zu stehen. Es gefiel ihm gar nicht, dass er aus Versehen in Franks Scheinwerferlicht geraten war.

Frank hob die Hand und brachte die Meute zum Schweigen.

»Vielen Dank Ihnen allen, dass Sie heute hierhergekommen sind. Dies ist ein großer Abend für mich, und ich freue mich, ihn mit meiner gesamten Familie teilen zu können. Also noch einmal: Vielen Dank.« Er nickte und bedeutete Harry, ihm zur Treppe zu folgen.

»Wer ist denn der komische Kauz?«, fragte Gary Clarke von *Insight,* als er an mir vorbeiging.

»Keine Ahnung«, antwortete Pete Taylor vom *Bulletin.* »Irgendwer meinte, er wäre Klempner.«

»Na komm«, sagte Ben zu mir. »Gehen wir rein und suchen deinen Vater.«

Ich nickte und folgte ihm nach drinnen. Zu meiner eigenen Überraschung merkte ich, dass ich gar nicht unbedingt erleichtert war, dass Josh und Annabelle offenbar nicht kommen würden. Vielmehr fühlte ich mich betrogen.

Gott, dachte ich, während ich an Rose' wunderschönem Kleid hinabsah und nach der Blume in meinem Haar tastete, *das alles für nichts und wieder nichts.*

Dann hob ich den Blick und entdeckte Harry, der wie angewurzelt mitten im Raum stand und sich an seiner Kuchenbox festhielt.

»Na, vielleicht war es ja doch nicht ganz umsonst«, murmelte ich lächelnd in mich hinein, als Ben und ich uns einen Weg zu ihm bahnten. Es war eine lange, komplizierte Reise zwischen Armen, Ellbogen und Schultern hindurch, vorbei an einer Frau, die wie eine Hyäne lachte.

»Harry«, rief ich. »Wir haben dich mit den Reportern gesehen. Jetzt hältst du dich wohl für den Größten, was?«

»Hi, Harry«, sagte Ben. »Lust auf ein Bier?«

»Oh ja, Mann«, seufzte Harry und griff nach seinem Portemonnaie.

»Das geht aufs Haus, Harry«, erklärte ich ihm. »Nur so bringen sie die Leute überhaupt dazu, sich so eine Veranstaltung anzutun.«

Ben brach auf, um uns etwas zu trinken zu holen, und Harry und ich lächelten einander an.

»Aufs Haus. Das hätte ich mir vielleicht denken können«, bemerkte er und warf einen Blick auf die Kuchenbox. »Die hätte ich wohl auch nicht mitbringen sollen.«

»Ich nehme sie schon«, beruhigte ich ihn. »Mach dir keine Gedanken.«

Harry lächelte erneut. »Tja, Liebes, du hast es geschafft.«

»Das habe ich.«

»Ich bin froh, dass du gekommen bist, Lulu.«

»Und ich bin froh, dass du da bist.«

»Ich falle hier auf wie ein Schornsteinfeger im Schnee, oder?«

»Du bist schon in Ordnung«, sagte ich.

»Du auch«, erwiderte er.

Als Ben mit den Getränken zurückkam, nahm ich Harry die Box ab und ging auf die Toilette. Ich vergewisserte mich, dass mich niemand beobachtete, dann versenkte ich den Kuchen im Mülleimer. Dabei bekreuzigte ich mich innerlich, weil ich mich auf diese Weise nicht nur gegen meine Mutter, sondern auch noch gegen die Göttin des guten Geschmacks versündigte.

Danach schloss ich mich in einer der Kabinen ein und setzte mich auf den Toilettendeckel, um durchzuatmen.

»Lulu«, ertönte ein heiseres Flüstern auf der anderen Seite der Klotür. Darunter waren die Spitzen zweier weißer Quastenslipper zu sehen.

»Duncan«, zischte ich. »Was machst du hier drin?«

»Lass mich rein«, flüsterte er. Dann schob er mit einem übertrieben mädchenhaften Kichern hinterher: »Ich platze gleich.«

»Raus hier, Duncan, bevor dich noch jemand erwischt.«

»Mach die Tür auf«, beharrte er.

»Nein.«

»Wenn ich mit dir da drinnen bin, ist das Risiko, dass mich jemand sieht, doch wohl sehr viel geringer, als wenn ich hier draußen stehe. Meinst du nicht?«

Ich schloss die Tür auf. »Was willst du?«, flüsterte ich,

als er sich in die Kabine drängte. »Was *machst* du denn da? Duncan, ich werde hier nicht mit dir koksen, falls es das ist, worauf du aus bist.«

»Sei nicht albern, Lulu. Das kostet aktuell sechshundert Dollar die Unze. Nicht, dass ich mir das nicht leisten könnte, aber ich weigere mich, dermaßen überzogene Preise zu bezahlen, nur damit sich irgend so ein kolumbianischer Dealer einen Diamanten im Zahn zulegen kann …«

»Duncan«, ermahnte ich ihn zähneknirschend.

»Was? Ach so, ja, ich bin hergekommen, um unter vier Augen mit dir zu reden. Jetzt rauf auf den Deckel.«

»Was?«

»Stell dich auf den Deckel – hast du nie heimlich auf dem Schulklo geraucht? Ach was, natürlich nicht, du alte Musterschülerin. Du stellst dich auf den Deckel, damit man von außen nur ein Paar Füße sieht. Das wirkt nicht so verdächtig.«

»Als würden wir nicht ohnehin schon verdächtig wirken.«

»Pssst«, zischte er und legte mir die Hand vor den Mund. »Da kommt jemand.«

Wie die Ölgötzen standen wir uns in der engen Kabine gegenüber und hielten uns an den Schultern des jeweils anderen fest. Ich hielt die Luft an, während Duncan eine Reihe von Grimassen schnitt, die er wohl lustig fand.

Als die Frau gegangen war, sagte er: »Also gut, rauf jetzt auf den Deckel.«

»Ich stelle mich nicht auf die Klobrille, Duncan.«

»Wie du meinst«, erwiderte er. »Aber dann gib nicht mir die Schuld, wenn Schwester Scholastika uns erwischt.«

»Duncan, das reicht jetzt … Was willst du?«

»Na ja, ich wollte dir eigentlich bloß sagen, dass Annabelle und Josh gerade gekommen sind. Damit du keinen Schreck kriegst, wenn du gleich da rausgehst – Vorsicht ist die Mutter der Porzellankiste und so.«

Eine kleine Schlinge legte sich um meinen Magen und zog sich zusammen.

»Also, Lulu«, redete Duncan unbeirrt weiter, »ich weiß, dass dieser Abend für dich nicht einfach ist, und ich bin wirklich stolz auf dich, dass du trotzdem gekommen bist.«

»Danke«, flüsterte ich und ergab mich in mein Schicksal, Duncan McAllisters Aufführung von »Monolog auf der Toilette« zu lauschen.

»Ich wollte dir außerdem sagen, dass du absolut atemberaubend aussiehst. Darüber hinaus habe ich Annabelle bereits genauestens unter die Lupe genommen. Ich habe sie zwar noch nie zuvor leibhaftig gesehen, aber ich kann dir versichern, dass sie viel zu dürr ist und noch dazu viel älter aussieht, als sie ist. Letzteres gilt auch für Josh, der sich im Übrigen eindeutig die Zähne hat bleichen lassen, und das nicht mal besonders gut.«

Die Tür zum Waschraum ging wieder auf, und wir warteten mucksmäuschenstill, bis der Neuankömmling verschwand.

»Die Luft ist rein«, verkündete Duncan einige Minuten später. »Jetzt können wir abhauen – du gehst vor, ich komme ein paar Minuten später nach.«

Ich hatte es gerade bis zur Tür geschafft, als er erneut meinen Namen flüsterte.

»Lulu?«

»Ja«, antwortete ich. »Was ist jetzt noch?«

»Ich wollte dir bloß mitteilen, dass ich Barney mitgebracht habe. Er ist hinter dem Haus angebunden, und ich habe ihm gesagt, falls Josh und seine Zähne dir zu nahe treten, erlaube ich ihm, ihn aufzufressen.«

Ich verließ den Waschraum mit der leeren Kuchenbox im Gepäck. Als ein Kellner an mir vorbeilief, drückte ich sie ihm in die Hand.

»Könnten Sie die bitte in der Küche abstellen?«, bat ich ihn. »Ich nehme sie nachher wieder mit.« Dann ging ich zurück zu Ben, der mitten im Gedränge stand.

»Was habt Duncan und du auf der Toilette gemacht?«, erkundigte er sich, eher neugierig als beunruhigt – er kannte meinen Chef nun schon lange genug, um über dessen gelegentliche Abweichungen vom Normalverhalten hinwegzusehen.

»Hast du mitbekommen, dass er mir gefolgt ist?«

»Lulu, alle haben mitbekommen, dass er dir gefolgt ist. Es hat nur gefehlt, dass er sich auf den Boden wirft und hinter dir herrollt.«

Na wunderbar.

»Lulu«, ließ sich Harrys Stimme neben mir vernehmen. »Hier ist jemand, der dir gerne Hallo sagen würde.«

Ich drehte mich um und blickte direkt in Frank Andrews' vertrautes Gesicht. Es war älter, ein bisschen wettergegerbter, stoppelig und an den Schläfen schon ein bisschen grau, doch der zauberhafte Mund verzog sich wie früher zu einem breiten Lächeln.

»Lulu«, sagte er. »Ich habe dich vermisst.«

Er breitete die Arme aus, und ich schmiegte mich an ihn.

Holte tief Luft.

Kaffee, Zigaretten, Terpentin, Rotwein, Farbe.

Ich atmete seinen Duft ein, und auf einmal war alles wieder wie früher. Ich flog durch die grüne Tür, zurück zu dem Haus am plätschernden Fluss, zurück in den Garten der Andrews', wo ich an einem Seil hin- und herschwang, während Frank meine Beine festhielt und sagte: »Schon gut, Lulu, ich hab dich.«

Geborgen.

Ich schloss die Augen und atmete ihn ein, meinen Frank.

Wir standen dicht beieinander.

»Also, Lulu, dein Dad hat mir erzählt, was du all die Jahre so getrieben hast. Du hast dich echt wacker geschlagen«, bemerkte Frank.

»Danke, Frank, aber was soll ich denn dann erst sagen? Deine Bilder sind wunderschön, und es sind so viele Leute gekommen, um mit dir zu feiern – du hast sogar Harry in eine Kunstgalerie bekommen, und das ist nun wirklich alles andere als leicht.«

»Schade, dass Rose nicht kommen konnte«, sagte Frank.

»Ja«, antwortete ich. »Finde ich auch. Sie hat sich dem Ganzen einfach noch nicht gewachsen gefühlt.«

»Ich weiß, Harry hält mich auf dem Laufenden.«

Ich nickte und sah, wie ungeduldige Arme bereits an ihm zu zerren begannen.

»Ich sollte dich nicht so in Beschlag nehmen, Frank. Hier sind noch so viele Leute, die dir gratulieren wollen – aber ich würde mich freuen, mal mit Harry und dir ins Uxbridge Arms zu gehen.«

Er nickte und breitete erneut die Arme aus. Mit dem Mund dicht an meinem Ohr sagte er: »Bevor du gehst, melde dich bei Laura Metcalfe, der Eigentümerin der Galerie. Sie hat etwas für dich, Tallulah die Liebliche.«

Als Frank weiterzog, blieb ich einige Minuten allein zurück. Harry beriet gerade den Kunstkritiker vom *Bulletin* über die Installation einer Grauwasser-Recyclinganlage, und Ben stand, wie ich aus dem Augenwinkel sah, an Lauras provisorischer Bar.

Ich beschloss, mir ein weiteres Glas Champagner zu genehmigen. Vorsorglich suchte ich die Menge nach Josh und Annabelle ab, damit ich rechtzeitig in Deckung gehen konnte, sobald ich sie sah. Dann ging ich zu einem der Tische, auf dem hier und da noch einige der bernsteinfarbenen Kelche standen.

»Wie ich sehe, bist du endlich alt genug, um ganz legal trinken zu dürfen.«

Josh. Er stand direkt hinter mir, sodass seine Stimme mir ungehindert ans Ohr drang.

Ich drehte mich zu ihm um. Anders als Fergus hatten die Jahre Josh offenbar nichts anhaben können. Er sah noch genauso aus wie früher, nur dass sein Haar etwas länger war und er ein bisschen mehr an Substanz gewonnen hatte. Eine männliche Version des Jungen, den ich gekannt hatte.

Ich war diese Begegnung so oft im Kopf durchgegangen: Was ich sagen würde, wie ich mich verhalten würde. Dabei war ich zu dem Schluss gekommen, dass es am besten wäre, so zu tun, als würde ich zufällig einen entfernten Bekannten von früher treffen – »Josh?«, wollte ich mit einem leisen Zweifel in der Stimme sagen, »ich war mir nicht ganz sicher, ob du das bist. Gott, wie lange ist das denn jetzt schon her? Wie *geht* es dir?« Mit Betonung auf »geht«, so wie Simone es immer machte. All diese Bemühungen erwiesen sich nun als vollkommen nutzlos. Sprachlos musste ich erkennen, wie vertraut er mir immer noch war.

Ich weiß nicht, was ich erwartet hatte, aber jedenfalls nicht das: Er klang und sah so sehr aus wie der Josh von früher, dass ich um ein Haar auf ihn zugelaufen wäre und mich in seine Arme geworfen hätte.

Stattdessen sah ich zu, wie er auf mich zukam. Seine Augen weiteten sich ein wenig, seine Lippen verzogen sich zu einem schiefen Lächeln, und seine Hand glitt aus der Tasche seines Cordsakkos, berührte meine Wange und streichelte sie, als gehöre sie immer noch dorthin.

Und ich stand einfach nur da und ließ es geschehen, schien irgendwie an dieser streichelnden Hand festgewachsen zu sein, bis mein Vater kam und mich erlöste.

»Na, sieh mal einer an, wen haben wir denn da?«

»Harry!«, rief Josh. »Wie geht es dir?«

»Gut, danke, Josh … Da wird sich Rose aber freuen, wenn ich ihr das nachher erzähle. Wir alle hier zusammen, und das nach all den Jahren.«

»Ja, ja, das ist wahr«, erwiderte Josh lächelnd. »Ich freue mich, dich mal wieder zu sehen, Harry.«

Ich stand zwischen den beiden Männern, die ich so viele Jahre zusammen beobachtet hatte. Ich hatte liebestrunken am Fuß der Leiter gewartet und ihnen dabei zugesehen, wie sie in ihren schweren Arbeitsstiefeln über unser Dach stapften, um die Regenrinnen zu reinigen, und mir zuriefen, wir sollten schon mal den Kessel aufsetzen. Ich hatte gesehen, wie sie gemeinsam vor dem qualmenden Verbrennungsofen standen und sich das Kinn rieben, während einzelne Teile ihres Gesprächs auf den Rauchkringeln bis zur Veranda herüberwehten. Und ich hatte gesehen, wie Harry sich nach dem Abend, als ich vom Fluss heimkam, von ihm losgesagt hatte.

»Was ist passiert, Liebes?«, hatte er gefragt, als ich zur Tür hereinkam. »Was ist los, du siehst ja furchtbar aus, ich hole deine Mutter.«

Sie hatten mich erst in meinen Schlafanzug und dann mit einer Tasse Tee ins Bett gesteckt. Rose hatte mich getröstet und gestreichelt, und Harry hatte sich von Joshua Keaton abgewandt.

Wie Rose mir später erzählte, hatte Josh ihn kurz vor seiner Abreise mit Annabelle noch einmal aufgesucht. Er war zu Harrys Büro gefahren und hatte dort gewartet, bis Harry rauskam. Harry wechselte ein paar Worte mit ihm, weigerte sich aber, Josh die Hand zu geben.

Als Rose das hörte, war sie ziemlich wütend. Unabhängig davon, was zwischen seiner Tochter und Josh vorgefallen sei, erklärte sie Harry, seien wir beide nun mal noch jung, und wer wisse in diesem Alter denn schon, was er wirklich wolle? Außerdem komme es doch ständig vor, dass sich jemand in den Falschen verliebte. Dann sagte sie noch, dass Josh unreif sei, weil er keinen Vater habe, der ihm als Vorbild hätte dienen können, doch davon wollte Harry nichts wissen. »Ich habe ihm vertraut, dass er auf unsere Tochter achtgibt«, sagte er. »Aber das hat er nicht.«

Und nun standen sie beide hier zusammen. Der zeitliche Abstand und Joshs offensichtliche Freude, ihn zu sehen, schienen Harry besänftigt zu haben. Josh redete eifrig auf ihn ein, ohne dabei auch nur einmal die Hand von meinem Rücken zu nehmen.

»Wie geht es Rose?«, wollte Josh wissen. »Ich hatte gehofft, sie heute hier zu sehen …«

Ich entschuldigte mich und bahnte mir einen Weg durch die Menge nach draußen auf die Straße. Ich wollte nur noch weg, weg von der Galerie, weg von Joshs Hand in meinem Rücken.

Diese Berührung hatte mich vollkommen verwirrt, ohne dass ich hätte sagen können, was mich daran mehr schockierte: die Tatsache, dass er mich nach all den Jahren, nach allem, was vorgefallen war, so beiläufig berührte, oder die Tatsache, dass sie in meinen südlichen Gefilden, wie Simone es bezeichnet hätte, ein sehr viel stärkeres Kribbeln ausgelöst hatte als angemessen.

Ich setzte mich auf die Treppe vor einem Café, das für die Nacht geschlossen hatte, und drückte mir die Handrücken vor die Augen.

»Tallulah.«

Das war es also.

Ich ließ die Hände sinken und sah in ihr Gesicht. Annabelle. Sie war lang und kantig und dünn in ihrem trägerlosen schwarzen Kleid. Das Licht der Cafébeleuchtung ließ sie bleich erscheinen. Um ihren Hals trug sie ein silbernes Band, von dem eine Art Talisman baumelte.

Auch sie sah noch fast genauso aus wie früher, nur älter, selbstsicherer.

Ihre grünen Augen funkelten.

»Ich bin gerade deinem Freund Duncan begegnet«, erzählte sie lächelnd. »In einem Wirbel aus Polyester.« Sie lachte unbeholfen. »Ehrlich gesagt hat er mir gedroht, dir ja nicht zu nahe zu kommen oder dir auch nur ein Haar zu krümmen – muss toll sein, so einen Freund zu haben.«

»Das ist es.« Ich hatte meine Stimme wiedergefunden. Gleichzeitig dachte ich: *Erinnerst du dich denn nicht mehr, Annabelle? Weißt du nicht mehr? Ich trete dir so fest in den Arsch, dass dir die Scheiße zu den Ohren rauskommt.*

Annabelle grinste auf mich herab.

»Rutsch mal«, sagte sie, und mit einem Mal war es, als hätte es die ganzen letzten Jahre nie gegeben. Ich wähnte mich an jenen Tag zurückversetzt, als Annabelle einer aufgeregt herumschwirrenden Schwester Scholastika verkündet hatte: »Ich setze mich einfach hierhin.«

Schulter an Schulter saßen wir auf der Treppe, und es fühlte sich genauso an wie an diesem ersten Tag, als wir uns in der Mittagspause kleine Häppchen aus unserem Leben vorsetzten und auf Zustimmung hofften – »Wenn ich die ›Dichterecke‹ in der *Dolly* nur sehe, könnte ich brotzen«, erklärte Annabelle. »Brotzen?«, fragte ich. »Ja, Tallulah, brotzen. Das ist eine Mischung aus brechen und kotzen.« »Ach so, dann könnte ich auch brotzen.«

Es fühlte sich an, als hätten wir uns seit jenem ersten Tag in Schwester Scholastikas Klasse kein bisschen weiterbewegt. Während mir die Begegnung mit Josh in der Galerie die Sprache verschlagen hatte, konnte ich bei Annabelle gar nicht mehr aufhören zu reden.

Es gab so viel, was ich ihr erzählen wollte, so viel, was ich unbedingt unterbringen wollte. Erst als ich anfing zu reden, merkte ich, wie groß die Lücke war, die sie in meinem Leben hinterlassen hatte, und wie viel mir daran lag, sie zu füllen.

Mit Duncan, Simone und Stella konnte ich über alles reden, aber in Annabelles Gegenwart fühlte ich mich intelligenter, witziger, lebendiger als bei jedem anderen. Wahrscheinlich war es dieses gewisse Etwas in ihrem grünäugigen Blick, dieses Funkeln in den Augenwinkeln. Oder es lag an ihrer Art, den Kopf in den Nacken zu legen und lautstark zu lachen: »Hör auf, hör auf, ich kann nicht mehr, warte, doch, es geht wieder, mach weiter!«

Ich redete und redete. Ich erzählte ihr, wie ich Duncan kennengelernt hatte, wie es Harry und Rose ging – »Rose«, sagte Annabelle, »oh, wie ich Rose vermisst habe.« Ich erzählte ihr von meinem Job beim Radio, von meiner Zeit bei Simone und Beth und davon, wie ich Ben begegnet war. Dabei schien es, als reichten alle Worte der Welt nicht aus, um ihr zu sagen, was ich ihr alles sagen wollte. Abgesehen von der einen Sache, die ich einfach nicht über die Lippen brachte.

Heute weiß ich, dass es die Nervosität war, gepaart mit dem altbekannten Bedürfnis, ihr zu gefallen, die mich schier endlos weiterreden ließ. Irgendwann hatte jedoch auch ich ausgeredet, und zwischen uns breitete sich Stille aus. Schließlich sagte sie leise: »Tallulah.«

Sie drehte sich zu mir um und sah mir in die Augen.

»Ich weiß, es war falsch, was Josh und ich getan haben. Unentschuldbar eigentlich. Ich wünschte, wir hätten dir schon früher gesagt, dass wir dabei waren, uns ineinander zu verlieben. Aber das war nicht leicht, weißt du, weil wir dich nun mal nicht verletzen wollten.«

In diesem Moment hätte ich es ihr sagen müssen.

Ich hätte ihr sagen müssen, dass ich seit jenem Tag am Fluss nie mehr ganz die Alte war. Dass mich diese Sache noch Jahre später gefangen hielt. Ich hätte ihr sagen müssen, wie wütend ich war und dass es teilweise immer noch in mir brodelte.

Ich hätte ihr sagen müssen, dass ich es zum Brotzen fand, sie zusammen zu sehen.

Ich hätte ihr sagen müssen, dass sie mir das Herz gebrochen hatten.

Ich wünschte, ich hätte es getan.

Ich wünschte, ich hätte es getan, doch ich zögerte. Ich freute mich zu sehr darüber, dass Annabelle Andrews neben mir saß.

Also lächelte ich sie an.

»Ach was, schon okay. Das ist doch ewig her, Annabelle. Wir waren Teenager, und da kommt einem nun mal alles total dramatisch vor, findest du nicht? Ich bin glücklich«, versicherte ich ihr, »wir brauchen da jetzt echt nicht mehr drüber zu reden.«

»Bist du sicher?«, fragte sie. »Ich könnte nämlich versuchen, dir zu erklären, was passiert ist.«

Ich wollte nicht, dass sie mir erklärte, was passiert war. Ich wollte nicht hören, dass sie und Josh gar nicht vorgehabt hatten, sich ineinander zu verlieben. Dass sie sogar versucht hatten, einander nicht zu sehen. Dass sie einander so lange aus dem Weg gegangen waren, bis sie es nicht mehr ausgehalten hatten.

Und wie ich ihnen in die Quere gekommen war.

»Ganz sicher«, antwortete ich. »Absotal.« Die Lüge kam mir so leicht über die Lippen wie Duncan McAllister all die vielen falsch erinnerten Namen, die er im Laufe seines Lebens zusammengetragen hatte.

Als Ben uns einige Stunden später fand, waren wir gerade dabei, uns einen Joint zu teilen. »Wie betrunkene Teenager«, bemerkte er auf der Heimfahrt. Josh, Annabelle und Duncan saßen auf der Rückbank und schliefen, während Barney ausgestreckt auf ihren Knien lag wie eine riesige Wolldecke.

Ben war alles andere als glücklich, als er uns endlich fand. Er hatte den Großteil des Abends an der Bar verbracht, umgeben von Männern, deren Alkoholpegel stetig stieg und die sich einen Spaß daraus machten, unter den Sohlen ihrer Schuhe nachzusehen, ob sie von seiner Firma hergestellt worden waren. Wann immer einer von ihnen das Moreton-Logo entdeckte, brachen sie in lauten Jubel aus.

Gleichzeitig hatte er Duncan im Auge behalten, der im Zentrum des Geschehens immer lauter geworden war und rasend schnell von seiner »Freut mich, dich kennenzulernen, Kumpel«-Phase in einen deutlich angriffslustigeren Modus übergewechselt hatte. Normalerweise war es meine Aufgabe, ihn dann abzulenken. Ben war gerade im Begriff, sich auf die Suche nach mir zu machen, als sich Josh zu ihm gesellte und sich vorstellte.

»Falls du Tallulah und Annabelle suchst«, informierte er Ben erkennbar beschwipst, »die sind draußen.« Josh hob sein Glas. »Auf die gute alte Zeit.«

Ben hasste ihn auf Anhieb. »Für dich vielleicht«, brummte er.

Als er uns schließlich draußen auf der Treppe vor dem Café fand, erhob ich mich mühsam und stellte ihm Annabelle vor. »Ben, ich wollte gerade wieder reinkommen – das ist Annabelle Andrews.«

»Hallo, Annabelle.«

»Hallo, Ben.«

Schweigen machte sich auf dem Treppenabsatz breit.

»Na, das lief ja super, was?«, bemerkte Annabelle fröhlich, woraufhin wir beide – Annabelle und ich – in wildes Gekicher ausbrachen.

Daraufhin drehte Ben sich um und ging zurück zur Galerie. »In fünf Minuten fahre ich, Lulu«, verkündete er. Irgendwo im Nebel meines Marihuanarauschs reifte in mir die Erkenntnis, dass es vielleicht schlau wäre, mit ihm zu gehen.

»Herrgott, Lulu«, sagte er im Wagen. »Ich komme mir vor wie ein verdammter Fahrdienst.«

»Ben, du hast angeboten, sie zu fahren, weil es keine Taxis mehr gab.«

»Nein, Lulu, *du* hast angeboten, dass ich sie fahre.«

Wir fuhren eine Weile schweigend dahin. Im Auto entstand eine spröde Stille, wie sie nur lange Nächte hervorbringen, in denen man es mit der Feierei ein wenig übertrieben hat.

»Ich weiß gar nicht, warum du deswegen so sauer bist. Es ist nicht weit, und außerdem übernachten sie auch noch alle im selben Hotel«, sagte ich schließlich.

»Das ist es nicht, weswegen ich sauer bin, Lulu, und das weißt du auch.«

»Was dann?«

»Muss ich dir das wirklich erklären?«

»Ja, Ben«, antwortete ich erschöpft. »Das musst du.«

»Also gut«, erwiderte er. »Ich bin sauer, weil du mich über zwei Stunden auf der Party hast stehen lassen, um dich draußen mit der Person zu treffen, die dich zutiefst verletzt hat. So hast du es mir zumindest erzählt. Und als ich dich schließlich finde, sitzt ihr beiden zusammen rum, kifft euch wie zwei erbärmliche Junkies die Birne zu und lacht mich aus …«

»Wir haben dich nicht ausgelacht, Ben.«

»Tja, so sah es für mich aber aus.«

Eine Weile kehrte wieder Stille zwischen uns ein, bis mir aufging, dass Ben mich gerade als »Junkie« bezeichnet hatte. Und das, obwohl er mich in den gesamten fünf Jahren, die wir uns nun schon kannten, gerade zum allerersten Mal mit einem Joint gesehen hatte.

Ich fing an zu kichern.

»Worüber lachst du?«

»Über dich«, antwortete ich.

»Mich?«

»Ja, dich.«

»Warum?«

»Weil du mich einen Junkie genannt hast.«

Ben lächelte. »Ich weiß. Als Nächstes erwische ich dich wohl beim Crackdealen.«

Ich streckte die Hand aus und streichelte sein Knie. »Es tut mir leid, Ben. Ich hätte dich nicht einfach allein lassen dürfen.«

»Das sieht dir überhaupt nicht ähnlich, Lulu.«

»Ich weiß«, sagte ich und sah auf meine Hände hinab.

Er hatte recht, es sah mir wirklich nicht ähnlich. Allerdings war ich auch nicht mehr die Frau, die er kannte, und zwar seit dem Moment, als ich Joshua Keatons Hand auf meinem Rücken gespürt hatte.

Im Laufe der Jahre wurde Frank Andrews' Ausstellung im Bloom fast schon zu einer Art Mythos. Bis zum Ende der Nacht klebte neben jedem einzelnen Gemälde und neben sämtlichen Skizzen ein diskreter kleiner roter Punkt. Der Großteil erzielte Rekordsummen.

Noch Monate später kursierten Anekdoten von diesem Abend auf allen möglichen Dinnerpartys. Die Leute prahlten damit, dabei gewesen zu sein, und irgendjemand ging sogar so weit, den grünen Engelstürklopfer von der Eingangstür des Bloom zu stehlen.

»Es gab viel zu viel zu trinken«, fasste Laura Metcalfe die Geschehnisse zehn Jahre später in der Sendung *Sunday Arts* zusammen. »Mein Fehler. Ich habe es mit dem Catering übertrieben, und dazu kam, dass die Leute alle sowieso schon völlig überdreht waren … es war wohl einfach eine dieser Nächte, schätze ich.«

Zwei Frauen prügelten sich buchstäblich um Franks Gemälde »Die zwölf Apostel«. Annie Andrews verließ die Veranstaltung vor aller Augen in Begleitung von Fergus. Maxine Mathers stand irgendwann vor Duncans Hotelzimmer und verlangte, »geMcAllistert« zu werden. Und Harry und ich logen Rose an, indem wir behaupteten, dass sich alle über ihren Kuchen hergemacht hätten.

Als ich am nächsten Morgen aufwachte, stand Franks Geschenk neben dem Bett, ein kleiner Bilderrahmen, hinter dessen Glas die flüchtige Andeutung zweier kleiner Mädchen zu erkennen war.

Ben war bereits zu seiner Laufrunde aufgebrochen, worüber ich zur Abwechslung einmal wirklich dankbar war.

Normalerweise ging mir die Beharrlichkeit, mit der er jeden Morgen laufen ging, gewaltig auf die Nerven. Ich war jedes Mal gereizt, wenn er aus unserem gemeinsamen Bett schlüpfte und im Zimmer herumschlich, um sich anzuziehen, selbst wenn ich mich gerade noch in eindeutiger Absicht an ihn gekuschelt hatte.

An diesem einen Morgen jedoch war ich froh, allein zu sein, denn ich fühlte mich irgendwie seltsam und unruhig. Ich schloss die Augen, blendete den Bilderrahmen neben meinem Bett aus und dachte zurück an Joshs Hand auf meiner Haut.

15

In der Woche nach der Ausstellung eröffnete mir Duncan auf dem Weg zur Arbeit – nachdem er sich mit Maxine Mathers' nächtlichem Abstecher in sein Hotelzimmer gebrüstet hatte: »Sagen wir, ihr Ruf weckt Erwartungen, denen sie in keinster Weise gerecht wird ...« –, dass er seinen Vertrag bei den im kommenden Monat anstehenden Verhandlungen nicht mehr verlängern würde.

»Ich kann einfach nicht mehr, Lulu«, sagte er. »Mein Krebs und ich gehen langsam in die letzte Runde. Ich wollte erst noch dein kleines Klassentreffen abwarten, bevor ich es dir erzähle, aber der Tumor ist zäher als Kimmy bei den Scheidungsverhandlungen. Und wie es aussieht, hat er sich noch ein paar Kumpels zur Verstärkung geholt.«

Wir hielten vor dem Sender und gingen hinein, wobei uns Barney unablässig um die Beine scharwenzelte. Es war so kalt, dass Duncan in unserem kleinen Arbeitszimmer neben dem Studio auf und ab lief, sich die Hände rieb und sie immer wieder anhauchte. Ich konnte nur noch an eines denken: dass ich ihm einen Schal besorgen sollte. Ich sollte ihm einen Schal besorgen, damit sein Hals nicht kalt wurde. Das konnte doch nicht gut für ihn sein, oder?

»Ich besorge dir einen Schal«, verkündete ich.

»Was?«

»Ich besorge dir einen Schal, hier drinnen ist es viel zu kalt für dich.«

»Wo ich bald hingehe, ist es noch viel kälter, Lulu.«

»Duncan, sag so was nicht.«

»Es stimmt aber, Lulu«, erwiderte er und schloss die Jalousien am Bürofenster. »So«, sagte er. »Nun glauben alle, die hier vorbeikommen, wir würden einander um den Verstand vögeln. Kann deinem Ruf nicht schaden.«

»Oder deinem«, antwortete ich lächelnd.

»Mein Ruf hat so etwas gar nicht nötig, Lulu – also, wo war ich? Ach ja, es wird Zeit für meinen Aktionsplan.« Er fing an, ihn zu umreißen. Als Erstes erzählte er mir, dass er sich bereits seit Wochen mit seinen Anwälten traf, um auszuarbeiten, wie sein nicht unerhebliches Vermögen gerecht unter seinen Exfrauen und Kindern verteilt werden sollte. »Das Testament ist wasserdichter als ein Entenarsch«, schloss er fröhlich. »Ich will nicht, dass es zu irgendwelchen Streitigkeiten kommt, wenn ich nicht mehr bin. Also habe ich dafür gesorgt, dass sie alle für die schändliche Schmach, mit mir verheiratet gewesen zu sein, mehr als angemessen entschädigt werden – ganz besonders Karen. Gott, ich war wirklich mies zu ihr …«

»So schlimm war es bestimmt nicht«, warf ich ein.

»Bei unserer Hochzeit habe ich sie Katie genannt, Lulu. Glaub jetzt nicht, du müsstest nett zu mir sein, bloß weil ich bald sterbe«, ermahnte er mich. »Das ist ausgesprochen herablassend.« Er nippte an seinem Kaffee, an dem er sich mit beiden Händen festhielt. »Als Nächstes sollten wir besprechen, was wir den anderen erzählen – bis jetzt wissen nur du, ich und die Ärzte, dass ich eher früher als später vom Antlitz dieser Erde verschwinden werde, und genauso soll es auch bleiben. Niemand darf es wissen, Lulu – weder Kiki noch Kerry-Anne noch Katie …«

»Karen«, korrigierte ich automatisch.

»Was? Richtig. Also, weder Karen noch Kimmy noch die Kinder. Und schon gar nicht die mephistophelischen Bastarde, für die ich arbeite.«

Ich saß auf seinem Schreibtisch, baumelte mit den Beinen und fragte mich, wie das seiner Meinung nach wohl funktionieren sollte.

»Und so machen wir es«, kündigte er an, wobei er weiter durchs Büro tigerte und sich die Hände rieb.

Handschuhe, dachte ich. *Handschuhe.*

»In ein paar Wochen geben wir die Meldung raus, dass ich in Rente gehe. Nach vierzig Jahren möchte ich den Stimmbändern endlich ein wenig Ruhe gönnen und freue mich schon darauf, mehr Zeit mit meiner Familie zu verbringen – das sagen sie alle, egal, ob sie in Rente gehen oder entlassen werden. Wir geben keine Interviews, machen keine Sondersendungen und lassen um Himmels willen bloß niemanden mit Autogrammkarten in meine Nähe – ich mache meine letzte Sendung, dann verschwinden wir. Verstanden?«

Ich nickte.

»Danach ziehe ich mich heimlich, still und leise nach Willow Island zurück, wo ich die verbleibende Zeit zubringen werde. Das habe ich alles schon mit Dr. Stephenson geregelt. Ich suche meine Spezialisten auf, wann immer es nötig ist, und er versorgt mich mit allen Schmerzmitteln, die ich brauche.

Du nimmst dir eine Weile unbezahlten Urlaub, behältst aber dein Gehalt, weil ich dich auf eigene Kosten weiter als meine persönliche Assistentin beschäftigen werde – übrigens müsstest du mir bei Gelegenheit ein bisschen Gras besorgen.«

»Ich soll dir Gras besorgen?«

»Ja«, sagte er ungeduldig. »Gras, Lulu, du weißt schon: Pott, Dope, Hasch, Kraut, Cannabis – angeblich wirkt das wahre Wunder gegen Schmerzen. Ach, jetzt sieh mich nicht so an, als hätte ich dich gebeten, Kokain in deinem Unterhöschen zu schmuggeln! Ehrlich, Lulu, so schwer ist das nicht. Lauf einfach ein bisschen durch die Gänge und frag rum, ob jemand was hat. Das hier ist ein *Radiosender,* klar? Aber schlepp mir bloß nicht irgendwelchen Dreck an – ich will keinen billigen Verschnitt, sondern schönes, ordentliches Cannabis, verstanden?«

»Ja«, antwortete ich. »Ich soll an meinem Arbeitsplatz durch die Flure spazieren und jeden, der mir über den Weg läuft, fragen, ob er etwas Hasch für mich hat.«

»Braves Mädchen«, lobte er mich strahlend. »Jetzt zu den Kindern. Sie dürfen mich auf keinen Fall besuchen, wenn es mit mir bergab geht. Ich will nicht, dass die Kinder mich sehen, es sei denn, ich bin auf den Beinen und fit genug, um zu angeln. Hast du das verstanden?«

Ich verstand.

In den vergangenen Jahren hatte Duncan McAllister mir die Verantwortung für praktisch alle Aspekte seines Lebens übertragen – und jetzt sollte ich auch sein Sterben regeln.

»Will Duncan mehr Geld, Lulu, ist es das, worum es hier geht? Na, dann sag ihm, er kriegt es.«

»Tallulah, ich glaube, Duncan und du seid euch nicht im Klaren, wie wichtig er für diesen Sender ist … wir haben gerade erst sein Namensschild auf dem Parkplatz streichen lassen, Herrgott noch mal.«

»Scheiß drauf, Lulu, soll er sich doch ins Knie ficken. Wenn er meint, hier mit uns Spielchen spielen zu müssen, bitte sehr. Sag ihm, der verdammte Alan Jones hängt in der Warteschleife und übernimmt nur allzu gerne.«

Fragen über Fragen prasselten auf mich ein, von ganz unten in der Senderhierarchie bis ganz nach oben. Zu guter Letzt bestellte mich sogar der Mann ein, der an der allerhöchsten Spitze des Ladens stand und regelmäßig mit einer auf Hochglanz polierten Schuhspitze nach denen trat, die sich auf der Karriereleiter zu nah an ihn herangekämpft hatten.

»Können Sie denn gar nichts machen?«, fragte Jack Abraham, der Eigentümer von OzRadio, der Gerüchten zufolge extra aus London eingeflogen war, um Duncan umzustimmen – allerdings ohne Erfolg, denn Duncan hielt sich vor ihm auf Willow Island versteckt und hatte mir aufgetragen: »Übernimm du das, Lulu.«

Ich schüttelte den Kopf. »Tut mir leid, Mr. Abraham.«

»Nennen Sie mich Jack.«

»Es tut mir leid, Jack, aber ich fürchte, ich kann leider nichts machen.«

»Kann denn sonst niemand irgendetwas unternehmen, Lulu?« Er sah mich mit seinem weltmännischen Blick an.

»Nein, ich glaube nicht.«

»Tja«, sagte er und erhob sich. »Dann lassen wir den Mann wohl besser ziehen.«

An Duncans letztem Arbeitstag lagen die Medienvertreter bereits vor der Sicherheitsschranke auf der

Lauer und warteten darauf, dass sein Wagen aus dem Morgennebel auftauchte. Obwohl die Zeitungen und Radiosender bereits seit Tagen über seinen Abgang berichteten, waren wir dennoch überrascht, wie viele von ihnen gekommen waren. Sie waren wie Partygäste, mit deren Auftauchen niemand gerechnet hatte.

»Fass, Barney«, kommandierte Duncan, bevor er neben der Meute hielt, das Fenster herunterkurbelte, den Ellbogen heraushängen ließ und in die Lichter blinzelte.

»Scheint ja nicht viel los zu sein da draußen, was?«, bemerkte er. »Oder ist jemand gestorben? Bernie Hanson, du alter Schwindler, ich dachte, dein Schwanz wäre das Einzige an dir, das so früh am Morgen schon aufrecht steht …«

Er gab sie alle zum Besten: all seine alten Tricks, Beleidigungen und flotten Sprüche. Als die Sicherheitsschranke schließlich wie der Arm einer Gameshow-Hostess nach oben glitt, trat die Meute zurück, um Duncan McAllister ein letztes Mal hindurchfahren zu lassen. Dann senkten sie die Kameras und Diktiergeräte und fingen an zu klatschen.

»Ach Gott«, seufzte Duncan, während er ihre stehenden Ovationen auf sich wirken ließ. »Wenn ich die Hälfte von diesen Armleuchtern nicht so verabscheuen würde, wäre ich fast ein bisschen gerührt.«

Duncans letzte Sendung brach sämtliche Einschaltrekorde. Doch selbst als es vorbei war, war es noch nicht ganz vorbei.

Während er in aller Stille nach Willow Island übersiedelte, musste ich noch lange, nachdem Barney und er das Gebäude verlassen hatten, im Sender bleiben, um »aufzuräumen« und all die Briefe seiner Zuhörer zu beantworten, die nach wie vor wöchentlich eintrafen. Sein Abgang war eine seltsame Art von Prozession gewesen: ein Mann, sein Hund und reihenweise Gratulanten, die aus ihren Türen lugten, um den beiden zum Abschied die Hände beziehungsweise Pfoten zu schütteln.

Darüber hinaus musste ich natürlich auch all die Anrufe entgegennehmen. Nahezu mühelos reihte ich eine Lüge an die andere, wie Maschen beim Stricken. »Nein, Duncan geht es gut, nach vierzig Jahren im Geschäft gönnt er sich bloß eine wohlverdiente Pause.« »Nein, tut mir leid, zurzeit gibt er leider keine Interviews, er ist zu sehr mit Angeln beschäftigt.« »Vielen Dank für diesen wunderschönen Quilt, den Sie Mr. McAllister zum Abschied genäht haben. Er dankt den Damen aus dem McLean Valley von ganzem Herzen.«

Alle ein bis zwei Tage rief Duncan von seiner Insel an, um mir neue Anweisungen zuzublöken. Irgendwelche Bücher und Zeitungen, die ich ihm bestellen sollte, spezielles Essen, das ich ihm bringen sollte, irgendwelche Leute, die ich für ihn anrufen sollte. Darüber hinaus entwarf er weiterhin ausgefeilte Pläne, um die Wahrheit so lange wie möglich geheim zu halten.

Dazu gehörten auch die heimlichen Fahrten von der Fähre zum Krankenhaus und zurück. Irgendwie war es ihm gelungen, sich einen Eingang abseits der Öffentlichkeit zu erschleichen. Wir fuhren in die Tiefgarage, stiegen in einen Lastenaufzug, der uns in einen Vorratsraum im dritten Stock brachte, den wir dann möglichst unauffällig verließen – wozu Duncan mir jedes Mal mit den Händen »Eins, zwei, drei, los!« signalisierte –, um zu dem Personenaufzug zu gelangen, der uns in Dr. Stephensons Praxis hinaufbrachte.

Ich weiß nicht, wie viele Leute wir damit tatsächlich täuschten und wie lange. Kimmy definitiv nicht.

Duncan und sie waren nicht mehr zusammen. Ihre Ehe war in einer geräuschlosen Scheidung und einer noch geräuschloseren Abfindungsvereinbarung geendet, aber sie blieben weiterhin in Kontakt. Eines Tages donnerte sie in dem roten BMW, den ihr die Scheidung eingebracht hatte, Duncans Einfahrt auf Willow Island hinauf.

Hinterher erzählte mir Duncan, er habe ihr die Tür aufgemacht, und sie habe ihn rundheraus gefragt: »Was soll dieser ganze Schwachsinn, dass du in Rente gehst, Duncan?« Unfähig, ihrem Blick standzuhalten, habe er ihr daraufhin die Wahrheit gestanden.

»Dumm gelaufen, Mac«, lautete ihr Kommentar.

Er erzählte mir auch, dass er sich bei ihr entschuldigt hatte, weil er die Sache zwischen ihnen »verkackt« hatte, woraufhin sie bloß gemeint habe, das sei schon in Ordnung, sie hätten ja durchaus auch Spaß zusammen gehabt, und ob er Lust auf noch etwas mehr Spaß habe.

»Ich bin ja noch nicht tot, habe ich ihr gesagt«, berichtete er strahlend und wirkte ausgesprochen zufrieden mit sich.

16

Kimmy war nicht die Einzige, die Duncans ausgefeilte – und zunehmend ermüdendere – Ablenkungsmanöver durchschaute. Auch andere Leute begannen zu vermuten, dass etwas mit ihm nicht in Ordnung war.

In den Zeitungen tauchten erste Andeutungen auf, er sei gestorben, Leute fragten mich geradeheraus, was ihm fehlte, und einige Monate nach Franks Ausstellung wurde ein Brief durch den Schlitz in unserer Wohnungstür geschoben. Er fiel so sanft auf unseren Teppich, dass ich weder hörte, wie er auf dem Boden aufkam, noch mitbekam, wie sich die Person, die ihn eingeworfen hatte, wieder entfernte.

Liebe Tallulah, stand in ausladenden, leuchtend grünen Schnörkeln auf dem Papier. Weiter hieß es:

> *Tut mir leid, dass dein Freund Duncan so krank ist. Ich fand ihn sehr sympathisch, als ich ihn im Bloom kennengelernt habe – glaube ich. Aber egal: An diesem Abend hat er mir jedenfalls etwas erzählt, über das ich gerne mit dir reden würde. Hier ist unsere Adresse, komm, wann immer du willst. Wir bleiben noch ein paar Monate.*
> *Alles Liebe, Pannebelle Andrews*

»Wann immer du willst« war unterstrichen. Während ich über den Spitznamen aus Kindertagen schmunzelte, mit dem sie in smaragdgrüner Tinte unterzeichnet hatte, verspürte ich auf einmal das – dringende – Bedürfnis, zu ihr zu gehen.

Gleichzeitig erinnerte mich die Farbe der Tinte in Verbindung mit Duncans Namen daran, dass ich ihm immer noch kein Gras besorgt hatte – aber zumindest wusste ich jetzt, wo ich welches bekommen würde. Und hatte bei der Gelegenheit auch gleich eine Ausrede, bei ihnen vorbeizugehen.

Ich las Annabelles Brief erneut, um mir die Adresse einzuprägen, wo sie untergekommen waren. Dabei versuchte ich, nicht über den Plural in ihren Worten nachzudenken – hier ist *unsere* Adresse, *wir* bleiben noch für ein paar Monate –, denn er stand für Annabelle und den Jungen, den sie mir damals gestohlen hatte. Unten am Fluss, der so grün gewesen war wie die Tinte ihres Füllers.

Einige Tage später lief ich die lorbeergesäumte Straße entlang, in der das Stadthaus stand, das Annabelle und Josh in der Stadt »unterhielten«, während sie die Welt bereisten. Das hatte ich in einem Zeitschriftenartikel über sie gelesen: *Das stilbewusste Paar unterhält einen Rückzugsort in der Stadt, in dem die beiden Nomaden* (das hatte Duncan durchgestrichen und durch »Gonaden« ersetzt) *ein Zuhause finden, wenn sie nach Australien zurückkehren.*

Und nun stand ich also vor diesem innerstädtischen Domizil und war so aufgeregt und nervös wie vor einem ersten Date mit beiden zusammen.

Annabelle öffnete die Tür, bevor ich überhaupt auf die Klingel gedrückt hatte. »Ich habe dich bereits erwartet«, erklärte sie. »Um ehrlich zu sein, schon den ganzen Morgen über; Josh hat sich vom Acker gemacht, er meinte, er ertrage es nicht, mich die ganze Zeit herumtigern zu sehen.«

»Oh«, brachte ich heraus, während ich ihr die Stufen zum Wohnzimmer hinauffolgte. Die Wände hingen voller Schwarz-Weiß-Fotos; ich fühlte mich, als stünde ich inmitten eines gigantischen Schachbretts. Ich stellte meine Tasche ab, setzte mich auf eines der Sofas und legte die Hände in den Schoß.

»Du siehst aus, als würdest du vor Schwester Scholastikas Büro sitzen und warten, dass sie dich aufruft«, bemerkte Annabelle mit einem Lächeln.

Ich entspannte mich so weit, dass ich sogar eine Antwort hinbekam: »Eher unwahrscheinlich, wenn man bedenkt, dass ich hier bin, um Drogen zu kaufen. Für Duncan«, ergänzte ich schnell, »nicht für mich.«

Annabelle nickte, wie immer durch nichts zu erschüttern, und fragte, ob ich einen Kaffee oder Tee wollte.

»Tee, bitte«, sagte ich. »Mit Milch und einem Stück Zucker.«

»Immer noch die Alte, was?«, entgegnete sie, wogegen sich etwas in mir aus irgendeinem Grund plötzlich sträubte.

»Nicht ganz«, erwiderte ich, entschlossen, mich von ihr ebenfalls nicht so leicht beeindrucken zu lassen.

Als sie mit dem Tee zurückkam, nahm sie mir gegenüber auf einer gewaltigen, ausladenden Couch Platz und zog die Beine an. Wie sie dasaß, so dünn und kantig, schien sie beinahe in den Polstern abzuschwinden, um einen ihrer alten Ausdrücke zu verwenden.

Sie war wunderschön, ganz egal, was Duncan behauptet hatte. Ihre früher hohlen Wangen waren voll, und sie hatte ihr Haar so schneiden lassen, dass es ihr in einem dichten Pony in die Stirn fiel.

Es passte zu ihr, verdammt noch mal, alles in diesem Stadthaus passte zu ihr.

Die Schachbrettwände waren voll mit Fotos von Josh und Annabelle auf Reisen. Dazwischen hingen Bilder von wild dreinblickenden Männern und Frauen, von denen mich jedoch keines so kalt erwischte wie das, auf dem Annie nackt und keuchend auf dem Boden kauerte.

»Das war bei meiner Geburt«, erklärte Annabelle. »Ich glaube, das hast du noch nie gesehen, oder?«

»Nein, das ist sehr, also, es ist schon ein bisschen direkt, findest du nicht?«

»Direkt? Nein, ich finde es eher beruhigend.«

»Na ja, für mich sieht sie aber nicht sonderlich ruhig aus.«

Annabelle lachte und sagte: »Gott, was habe ich dich vermisst, Tallulah.«

Das ging mir zu schnell. Für so etwas war ich noch nicht bereit. Also schwieg ich und nippte an meinem Tee.

»Dein Freund Duncan meinte, du hättest mich auch vermisst.«

»Was?«

»Duncan. An dem Abend im Bloom hat er sich mir als dein engster Freund vorgestellt und sich anschließend bei mir bedankt, dass ich diesen Posten für ihn freigeräumt hätte.« Sie sah mir dabei unverwandt in die Augen, doch die Worte – die in Wahrheit eher Duncans Worte waren – kamen in einem hastigen Schwall aus ihrem Mund. »Er meinte, obwohl er wirklich sein Bestes gegeben habe, würdest du mich aus Gründen, die er nicht ganz nachvollziehen könne, immer noch vermissen. Und dann sagte er noch, unvorhergesehene

Umstände würden ihn dazu zwingen, den Posten seinerseits in Kürze freizugeben, und dass er bereit wäre, ihn mir wieder zu überlassen – allerdings nur unter bestimmten Voraussetzungen.«

Ich saß da und konnte beinahe Duncans Stimme hören, so sehr klang das alles nach ihm.

»Was für Voraussetzungen?«, fragte ich, sorgfältig bemüht, meine Stimme so ruhig zu halten wie sie ihren Blick.

Doch sie hatte inzwischen die Lider gesenkt. »Er sagte, ich könne wieder deine Freundin sein, sofern ich nicht losziehen und deinen gegenwärtigen Freund unter irgendeinem wackligen Pier vögeln würde.«

Stille machte sich zwischen uns breit.

»Und dann fügte er hinzu«, Annabelle hob den Kopf und legte ihn schräg, »›nicht, dass ich persönlich etwas gegen Wassersport hätte, meine Liebe.‹«

Ich konnte nicht anders, ich musste lachen. Ich lachte über Duncan, über Annabelles beinahe perfekte Imitation von ihm und über mich, die ich in Annabelles und Joshs »Rückzugsort« – das hatte Duncan übrigens auch durchgestrichen und, ziemlich vorhersehbar, durch »Fickzugsort« ersetzt – saß, als wäre ich die Art von Frau, die mit der Art von Leuten verkehrte, die so etwas unterhielten.

Annabelle lachte mit mir. Dann nahm sie mir recht abrupt die Tasse ab und verschwand in der Küche. Kurz darauf kehrte sie mit einem Nachschlag zurück und bat: »Jetzt sag mal, Tallulah, wie geht es Rose? Jedes Mal, wenn ich in Japan einen Kimono gesehen habe, musste ich an sie denken. Ich habe ihr sogar einen gekauft, vor ein paar Jahren schon. Er ist oben, in einer Schachtel. Ich dachte, sie würde ihn vielleicht

›Cherry‹ nennen, wegen der Kirschblüten darauf. Ich zeige ihn dir, wenn du magst«, fügte sie hinzu, ging zur Treppe und rannte sie regelrecht hinauf. In dem Moment wurden mir zwei Dinge klar.

Erstens: Annabelle hatte mich und meine Familie ganz genauso sehr vermisst wie ich sie. Und zweitens: Sie war nervös.

Als wir uns das letzte Mal begegnet waren, hatte ich nicht aufhören können zu reden; jetzt war es Annabelle, die über ihre eigene Zunge stolperte, weil sie die Worte gar nicht schnell genug herausbrachte.

Sie fragte und fragte: Wie ging es Harry? Ging er immer noch der Verstopfung auf den Grund? Und die Zwillinge? Wie alt waren sie inzwischen? »Ich wette, sie sehen total gut aus«, bemerkte sie. »Ich würde sie so gerne mal wiedersehen.« Sie erkundigte sich sogar nach Simone und Stella, und als ich mich verabschiedete, drückte sie mir den Kimono für Rose in die Hand und sagte: »Wir sollten uns bald wieder treffen und weiterquatschen. Außerdem würde ich Ben gerne richtig kennenlernen. Vielleicht könnten wir vier uns ja mal zum Abendessen treffen?«

Ich verspürte ein winziges, köstliches – und kindisches – Gefühl der Macht, denn zur Abwechslung war sie es, die fragte, und ich diejenige, die entschied.

»Vielleicht. Ich kläre das mit Ben. Er ist oft auf Geschäftsreise – in Übersee«, fügte ich überflüssigerweise hinzu und hüllte mich damit in den Glanz einer Frau, die nichts so leicht umhaute. Oder zumindest glaubte ich das.

Vierzehn Tage nach meinem Besuch bei Annabelle ging Ben auf Geschäftsreise nach Malaysia. Zuvor quälten wir vier – Josh, Annabelle, Ben und ich – uns allerdings erst noch durch ein gemeinsames Abendessen in einem nepalesischen Restaurant.

Ben wollte eigentlich gar nicht erst hingehen, aber ich drängte ihn dazu. Vermutlich wollte ich den beiden zeigen, dass ich ein eigenständiges Leben führte und noch dazu mit einem Mann zusammen war, der auf Geschäftsreise nach Malaysia ging und überdies wusste, welchen Wein man zu so einer Gelegenheit mitbrachte.

Ich machte Ben weis, dass es lustig werden würde. Außerdem kannten Josh und Annabelle die Besitzer des Restaurants. »Natürlich tun sie das«, murmelte er in sich hinein, gerade laut genug, dass ich es hörte.

Jedenfalls gingen wir zu guter Letzt hin und nahmen an einem mit Gebetsfahnen geschmückten Tisch Platz. Annabelle und ich saßen nebeneinander auf einer Bank, Josh saß uns gegenüber, und Ben hockte auf einem Stuhl am Ende des Tisches. Josh hatte die Arme auf der Rückenlehne seiner Bank ausgestreckt und fragte Ben genüsslich aus.

»Du bist im Schuhbusiness unterwegs, Ben, oder?«, fragte er gedehnt und nahm einen Schluck von seinem Corona.

Ben nickte. »Ist ein Familiengeschäft. Moreton Shoes …«

»… wir halten Australien am Laufen. Seit 1967«, ergänzte Josh lächelnd und fügte dann hinzu: »Das muss dir ganz schön auf den Sack gehen, Mann.«

Annabelle und ich lachten. Ben nicht. Grimmig stocherte er in seinen Momos. »Ehrlich gesagt erzählen Lulu und ich immer gerne, dass unsere Familien die Grundbedürfnisse unseres Landes abdecken: Meine

Familie hält Australien am Laufen, und ihre geht seiner Verstopfung auf den Grund.«

Ich wäre am liebsten im Boden versunken und hätte ihn gleich mitgenommen. Ich schickte ein Stoßgebet an die Fahnen, dass sie mich so schnell wie möglich von diesem Tisch verschwinden lassen sollten, während Josh erwiderte: »Na, das ist ja ausgesprochen patriotisch von euch, Mann.«

In Gegenwart von Josh und Annabelle wurde mir klar, wie spießig Ben und ich geworden waren, wie farblos wir gegen sie wirkten.

An diesem Abend kam mir alles an Ben einfach nur falsch vor: seine Frisur; sein kariertes Hemd; seine Bluejeans, die zu tief auf seinen Hüften hing; seine hohe Stimme; seine glänzenden Schuhe. Ich fand, er wirkte wie ein Möchtegern, dabei war ich einfach nur zu dumm, um zu erkennen, dass er sich meinetwegen solche Mühe gab. Zu dumm, um ihn genau dafür zu lieben.

Auf der Heimfahrt knurrte ich missgelaunt und zickig: »Weißt du, Ben, nicht ich bin diejenige, die gerne sagt, dass unsere Familien die Grundbedürfnisse des Landes abdecken, sondern du.«

Ben hielt den Blick auf die Straße gerichtet. »Tut mir leid, Lulu«, erwiderte er, ohne mit der Wimper zu zucken. »Ich dachte, das wäre unser gemeinsames Ding.« Als er früh am nächsten Morgen aufbrach, weckte er mich nicht. Es machte mir nichts aus.

Ben war weg, Duncan war mit seiner ersten Frau Kiki und ihrem gemeinsamen Sohn Duncan junior in Lingalonga, Mattie und Sam lernten für ihr Examen, und Rose ging es Harry zufolge so gut wie seit Monaten nicht mehr. Und damit hatte ich auf einmal Zeit.

Diese Zeit verbrachte ich mit Josh und Annabelle.

Annabelle rief an und schlug vor, dass wir drei zusammen Mittagessen gehen könnten. Beim nächsten Mal war es ein Abendessen, dann ein Ausflug in die Berge, und dazwischen zog eine endlose Reihe von Bars und Underground-Kunstgalerien an mir vorbei – lauter Orte, von deren Existenz ich nichts geahnt hatte und die ich im Tageslicht niemals wiedergefunden hätte, und das in meiner Heimatstadt.

Beieinander untergehakt durchstreiften wir die Straßen, durchquerten Seitengassen, die sich wie Atemzüge hoben und senkten, und taumelten in namenlose Bars, in denen alle demonstrativ Schwarz trugen.

Mit ihnen an meiner Seite fühlte ich mich verwegen – ich hörte Josh neben mir lachen und sah Annabelle neben mir in der Toilette eines Nachtklubs stehen. Unsere Blicke trafen sich im Spiegel. »Du siehst umfantastartig aus«, sagte sie lächelnd.

Wir frühstückten gemeinsam in sonnendurchfluteten Cafés. Annabelle versteckte sich hinter ihrer Sonnenbrille und schwieg, Josh tat so, als löse er das teuflisch schwere Kreuzworträtsel, und ich saß da, futterte Zimttoast und hatte das Gefühl dazuzugehören.

Am siebten Abend, an dem wir gemeinsam ausgingen, diesmal auf eine Party bei Freunden von ihnen, wo sich die Leute wie Zierkissen über die gesamte Wohnung verteilten, verkündete Annabelle, dass sie sich nicht ganz wohlfühlte und nach Hause wollte.

Ich weiß noch, dass ich mich halbherzig erhob und anbot: »Ich komme mit dir«, doch sie schüttelte bloß den Kopf.

»Schon gut«, sagte sie. »Bleibt ihr ruhig hier und habt Spaß. Wir sehen uns dann zu Hause, Josh.«

Sie schlüpfte zur Tür hinaus, und Josh und ich machten es uns auf einem der Sofas gemütlich. Neben uns saß eine Frau, die hartnäckig darauf bestand, dass sie ihm irgendwo schon einmal begegnet war. Lange bevor sie es merkte, war mir klar, dass sie ihm damit tierisch auf die Nerven ging.

»Komm mit, Lulu«, sagte er nach einer Weile und stand auf. »Gehen wir.«

Wir fanden kein Taxi, also machten wir uns zu Fuß auf den Weg raus aus der Innenstadt. Wir liefen durch die ärmlicheren Viertel, vorbei an tiefhängenden Telefonleitungen, über die zitternde Opossums huschten.

Zum ersten Mal seit dem Abend, an dem wir uns voneinander verabschiedet hatten, waren wir beide allein. Derselbe weiße Mond wie damals schien auf uns herabzublicken und uns zu beobachten.

Ich konnte unseren Atem hören, unsere Stiefel auf dem Asphalt. Um die Stille zwischen uns zu brechen, sagte ich schließlich: »Das fühlt sich seltsam an, findest du nicht, Josh? Irgendwie seltsam und gleichzeitig vertraut.«

Er lächelte. »Seltsam vertraut, könnte man sagen.«

Ein Müllfahrzeug bog mit lautem Dröhnen um die Ecke. Die orangen Lichter erschreckten mich zu Tode, und ich machte einen Satz zurück auf den Gehweg, genauso wie Josh. Der lange Greifarm des Wagens streckte sich aus, um eine Mülltonne anzuheben. Seine gewaltige Klaue sah aus wie einer dieser Greifer, mit denen man in den Spielhallen nach Stofftieren angelte. Dann rumpelte der Wagen hinaus in die Morgendämmerung, wobei sein dicker Stahlbauch hin- und herschwankte wie der einer schwangeren Frau.

Wir gingen noch einige Schritte weiter, dann blieb

Josh unter einer Straßenlaterne stehen und hob mein Kinn an.

»Damit ich dich besser sehen kann«, sagte er, beugte sich vor und küsste mich.

Irgendwo ganz in der Nähe konnte ich immer noch das Dröhnen des Mülllasters hören, doch ich war längst in einer Erinnerung gefangen, in der sich nichts geändert hatte. In meinem Kopf waren nur noch Traurigkeit und Freude und der altbekannte, köstliche Rausch, den er in mir auslöste.

Als ich am nächsten Tag nach Willow Island fuhr, blieb ich noch lange, nachdem die Fähre abgelegt hatte, im Auto sitzen, schloss die Augen und ließ mich von der Sonne wärmen, die durch die Scheiben drang.

Ich kurbelte den Sitz nach hinten und spürte irgendwo unter mir den beständigen Rhythmus der Schiffsmotoren. So döste ich vor mich hin, bis Walter Prentice' sonnengegerbtes Gesicht an meinem Fenster erschien und mich aufweckte.

»Alles klar bei dir, Lulu?«, fragte er. »Bist du auf dem Weg zu Duncan?«

»Ja, ich wollte mal wieder für ein paar Tage bei ihm vorbeischauen.«

»Dann sieh zu, dass du dir noch einen Kaffee besorgst«, sagte er. »In knapp fünfzehn Minuten sind wir da.«

»Danke«, erwiderte ich, öffnete die Tür und erklomm die schmalen Stufen, die zum Café hinaufführten. Der Stahl der Reling fühlte sich unter meiner Hand ganz rau an.

Ich freute mich darauf, Duncan zu besuchen und das Gefühl von Joshs Kuss loszuwerden. Ich konnte immer noch spüren, wie hart er seine Lippen auf meine gepresst hatte, wie er mit seinen Händen erst mein Gesicht und dann meinen Hals gestreichelt und dabei, da war ich mir sicher, eine Spur auf meiner Haut zurückgelassen hatte, die so deutlich sichtbar sein musste wie ein Bluterguss.

»Möchten Sie noch einen Kaffee? Ich wollte gerade die Maschine ausschalten.«

Ich erkannte, dass ich am Tresen stand, und zwar mit meinen eigenen Fingern auf dem Mund.

»Tut mir leid, ich war gerade ganz woanders. Ja, ich nehme sehr gerne einen Kaffee, wenn die Zeit noch reicht.«

Der Mann hinter dem Tresen lächelte. »Für Kaffee ist immer Zeit – Tallulah, richtig?«

»Ja«, antwortete ich. Dann ging mir auf, dass ich ihn noch nie zuvor hier auf der Fähre gesehen hatte, und ich fragte mich, woher er wohl meinen Namen kannte.

»Will«, stellte er sich vor und reichte mir die Hand. »Eigentlich bin ich ein Freund von Duncan. Ich habe drüben auf Willow ein bisschen was für ihn erledigt. Er meinte, Sie wären auf der Fähre und ich solle die Augen nach Ihnen aufhalten – ich habe gerade erst angefangen, ab und an auch für Walter zu arbeiten.«

»Oh, wie schön«, erwiderte ich, weil ich nicht wusste, was ich sonst darauf sagen sollte. Dann fügte ich unnötigerweise hinzu: »Ich bin auch eine Freundin von Duncan.«

»Tja, Freundin von Duncan, dann mache ich Ihnen jetzt mal einen 1-a-Kaffee, um Ihren Kater ein wenig auszukurieren.«

»Ist das so offensichtlich?«, fragte ich lächelnd.

»Allerdings«, entgegnete er mit einem breiten Grinsen. »Sie schwitzen so, wie es nur verkaterte Frauen tun.«

Sehr charmant, dachte ich und griff zum wiederholten Mal nach einer Serviette, um mir die Nase abzutupfen.

»Also, stammen Sie von der Insel?«, erkundigte ich mich in dem Bemühen, doch noch wie ein normaler Mensch zu erscheinen, während er die Milch für meinen Kaffee aufschäumte.

»Ja und nein«, antwortete er. »Ist eine lange Geschichte. Ich erzähle sie Ihnen bei Gelegenheit.« Er zog die Augenbrauen hoch. »Vielleicht, wenn Sie ein bisschen besser beieinander sind – und nicht so schwitzen.«

Er lächelte, und trotz seiner offensichtlichen Besessenheit mit meiner Transpiration lächelte ich zurück.

Selbst mit meinen blutunterlaufenen Augen konnte ich sehen, dass Will, Freund von Duncan, ein ausgesprochen attraktiver Mann war: groß, mit grau meliertem Haar, dunklen Augen mit Lachfältchen und einem Grübchen im Kinn. Genau die Art von Mann, die eine Frau *tatsächlich* ins Schwitzen bringen konnte, sofern diese daran interessiert war.

Ich war es jedenfalls nicht, mein Leben war auch so schon kompliziert genug. Also bedankte ich mich für den Kaffee, setzte mich an einen Tisch mit Blick aufs Wasser und sah zu, wie Willow Island langsam in Sicht kam. Zum Glück lag nun ein ganzes Meer zwischen Joshs und meinen Lippen.

Irgendwann zwischen dem Anfang des Kusses und seinem Ende war ein Taxi in unsere Straße gebogen und hatte in mir das verzweifelte Bedürfnis geweckt, auf der Stelle einzusteigen.

Ich hatte mich aus Joshs Armen gelöst und angefangen, mit meinen eigenen zu wedeln wie eine Ertrinkende. So als wollte ich die Aufmerksamkeit eines Rettungsschwimmers auf mich lenken und nicht bloß ein Taxi rufen.

Ich winkte nicht, ich ertrank.

Das Taxi hielt, und ich floh.

Als ich in Lingalonga ankam, ging ich gleich ins Gästezimmer und packte meine Tasche aus. Dabei betrachtete ich die vertrauten Angelfotos an den Wänden. Von der Sonne geküsste Kinder lächelten unter leuchtend roten, mit Zinksalbe eingeschmierten Nasen in die Kamera, während die Frauen sie festhielten, damit das Meer sie nicht fortriss.

Die Spannung war von mir abgefallen, kaum dass ich durch die Tür gekommen war. Ich ergab mich der Zeitlosigkeit des Hauses, den von Kinderhand gebastelten Mobiles aus Stöcken und Zweigen, Muscheln und Federn, die über der Tür hingen und an denen immer noch etwas Sand klebte.

Ich nahm den Beutel mit Gras aus meiner Tasche und ging in die Küche, wo Duncan gerade Tee kochte.

»Bitte sehr, du alter Hippie«, sagte ich und warf das Gras auf den Tisch.

»Gut gemacht, Lulu«, erwiderte Duncan lächelnd. »Wo hast du es her?«

»Annabelle.«

Duncan zog die Augenbrauen hoch.

»Um ehrlich zu sein, verbringe ich inzwischen wieder öfter Zeit mit ihr«, berichtete ich. »Mit ihr und Josh.«

Duncans Augenbrauen wanderten noch ein Stückchen weiter nach oben. »Weiß Ben davon?«

»Wovon? Dass du mich zur Drogendealerin gemacht hast?«

»Nein – sei nicht so spitzzüngig, Lulu, das passt nicht zu dir. Weiß Ben, dass die Band wieder auf Tour ist?«

»Nicht so richtig, aber er ist im Moment auch viel unterwegs.«

»Wie praktisch.«

»Halt die Klappe, Duncan. Du bist doch derjenige, der wollte, dass ich damit abschließe.«

»Ja, das wollte ich. Aber wenn ich mir dich so ansehe, bin ich mir nicht ganz sicher, dass es das ist, worauf das Ganze hinausläuft ...« Er stellte den Tee vor mir ab und ließ den Satz zwischen uns in der Luft hängen.

Später lag er auf der Couch, die Hand tief in Barneys Fell vergraben. Ich saß ihm gegenüber und las ihm aus einem seiner Lieblingsbücher vor: *Der Schwimmer* von John Cheever. In letzter Zeit verbrachten wir so immer öfter unsere Zeit, während er sich und seine Stimme ausruhte. Neddy Merrill war gerade im Begriff, in einen der zahlreichen Vorstadtpools zu springen, die er auf seinem Weg nach Hause durchschwimmen wollte, als Duncans Stimme mich unterbrach.

»Ich glaube, du solltest besser hierbleiben, bis Ben zurückkommt«, sagte er. »Damit Barney und ich dich im Auge behalten können.«

Ich las weiter. Ein Teil von mir ärgerte sich über seinen besitzergreifenden Ton, doch ein anderer Teil war erleichtert über seinen Vorschlag.

Ich blieb rund eine Woche bei Duncan auf Willow Island, doch es gab für mich nicht viel zu tun.

Das Stirnabtupfen und Händehalten kam erst später; und noch später die Schmerzen, die nicht mehr zu lindern waren, ganz egal, mit wie vielen Morphinpflastern ich ihn auch beklebte; später kamen auch die durchwachten Nächte, in denen ich versuchte, ihm zu einem ruhigeren Schlaf zu verhelfen. Doch noch war Duncan auf den Beinen.

Die Schmerzen hatten ihn noch nicht bettlägerig gemacht, sondern bloß ein wenig langsamer. Dadurch bekam alles, was wir gemeinsam unternahmen – spazieren gehen, Stöckchen werfen für Barney, Muscheln frisch vom Kutter in der großen silbernen Pfanne dünsten –, etwas Geruhsames. Doch was wir auch taten, länger als eine Stunde hielt Duncan nicht mehr durch, bevor er sich wieder aufs Sofa verzog und ich ihn mit dem Abschiedsquilt der Damen aus dem McLean Valley zudeckte.

Ich verabschiedete mich, als seine zweite Frau, Kerry-Anne, eintraf – mittlerweile hatte er es allen Ks erzählt, nur den Kindern noch nicht. Sie kam alleine, ohne Rhees, und rief bereits von der Tür aus: »Wo steckst du, du alter Bastard?«

»Sie steht immer noch auf mich«, brummte Duncan in seinem Sessel und setzte ein zufriedenes Lächeln auf.

17

Als ich nach Hause kam, putzte ich die Wohnung für Bens Rückkehr, zog frische Bettwäsche auf, wischte Staub, saugte und öffnete die Fenster, um »frische Luft reinzulassen«, wie Rose sagen würde. Auch wenn ich tief in meinem Inneren wusste, dass ich viel eher versuchte, den Gestank meiner Verfehlungen hinauszubekommen.

Ich besorgte Bens Lieblingsessen, stellte ein Sixpack Bier in den Kühlschrank und steckte einige blaue Iris in eine Vase, weil mir irgendjemand mal erzählt hatte, das seien »männliche« Blumen. Dann überkam mich ein weiterer Anfall heftiger Schuldgefühle, und ich griff zum Hörer, um Simone und Stella anzurufen.

Ich wusste, ich hatte sie vernachlässigt. Wieder einmal hatte ich sie zugunsten von Annabelle und Josh aufs Abstellgleis geschoben. Doch als Stella abnahm, sagte sie bloß: »Lulu, wie schön, von dir zu hören. Ich habe neulich erst zu William gesagt« – mit Ende seiner kurzlebigen Karriere als Stand-up-Comedian war Stella dazu übergegangen, Billy »William« zu nennen, um ihm ein wenig von seiner Würde zurückzugeben –, »dass wir dich schon eine Weile nicht mehr zu Gesicht bekommen haben. Die Kinder haben dich vermisst.«

Simone dagegen war deutlich direkter.

»Ach«, sagte sie, als sie meine Stimme hörte, »sind wir zurück aus dem Bermuda-Liebesdreieck, ja?«

Am darauffolgenden Tag trafen wir uns bei Gottardo, bestellten uns getoastete Sandwiches und fettige Pommes zu unseren Kaffees und begannen ein zunächst unverfängliches Gespräch über Simones neuen Produzenten, den sie hasste, Rileys neue Lehrerin, die Stella liebte, und Thomas' Stepptanz-Aufführung, die ich verpasst hatte.

Thomas war Stellas Erstgeborener und mein Patensohn. Bis jetzt war ich bei jedem seiner Auftritte gewesen – außer, wenn ich krank war oder mich um Rose kümmern musste –, und normalerweise hatten Rose oder ich auch immer die Kostüme dafür geschneidert.

»Es tut mir leid, Stella«, entschuldigte ich mich. »Wann war das noch mal?«

»Letzten Freitag«, antwortete sie. »Ich habe dir auch ein paar Nachrichten hinterlassen, aber mach dir keine Gedanken deswegen – Simone ist stattdessen mitgegangen.«

Simone war mitgegangen?

Ich warf ihr einen Blick zu, und sie lächelte mich über den Tisch hinweg an. »Tante Simone«, korrigierte sie Stella. »Die, die ihre Freunde nicht wie eine Schultasche fallen lässt, sobald es Josh und Annabelle in die Stadt verschlägt.«

»Ich habe euch nicht fallen gelassen, Simone«, protestierte ich. »Ich wollte nur einfach etwas Zeit mit ihnen verbringen. Immerhin habe ich sie seit Jahren nicht mehr gesehen …«

»Nein, nicht, seit Annabelle dir ›dein Leben gestohlen hat‹ – ich glaube, so hast du es immer ausgedrückt, wenn du mich deswegen mal wieder vollgeheult hast.«

»Nicht streiten.« Stella legte jeder von uns eine Hand auf die Schulter. »Ich hasse es, wenn ihr euch streitet.«

»Stella«, schnaubte Simone. »Jetzt tu nicht so, als wärst du nicht genauso sauer auf Lulu wie ich. Erzähl ihr lieber, wie traurig Thomas war, weil sie sich nicht hat blicken lassen, anstatt so zu tun, als wäre es dir egal.« Simone sah mir direkt ins Gesicht. »Das war echt mies von dir, Lulu. Und weißt du, was? Ich dachte echt, das hättest du hinter dir gelassen. Dabei benimmst du dich, als wären wir wieder in der Highschool.«

»Tja, genau wie ihr«, fauchte ich zurück. Ich war wütend und verunsichert wegen der abrupten Wendung, die unser Gespräch genommen hatte. »Ihr wart doch schon immer neidisch auf Annabelle.«

»Darum geht es hier doch gar nicht, und das weißt du auch«, entgegnete Simone. »Es geht darum, dass sie nur mit den Fingern zu schnippen brauchen, und schon kommst du gesprungen – du machst dich lächerlich, Lulu. Nur ist es diesmal noch viel schlimmer als damals, denn wir sind nun mal nicht mehr in der Highschool. Wir sind nicht mehr so flexibel, dass wir das alles einfach so mitmachen.«

Stella brach in Tränen aus.

»Genau wie meine Brüste«, sagte sie zu niemand Bestimmtem.

Als Ben nach Hause kam, sah er sich in der Wohnung um, nahm sich ein Bier aus dem Kühlschrank und sagte: »Also hast du mich ja doch vermisst?«

»Ja, habe ich«, erwiderte ich. »Es tut mir leid wegen diesem Abend mit Josh und Annabelle. Ich glaube, ich war ziemlich gemein zu dir.«

Ben nickte. »Mach dir keine Gedanken, Lulu.«

Wir sahen uns gemeinsam das Fußballspiel an. Ben

hatte den Arm um meine Schultern und die Füße auf den Couchtisch gelegt und hielt ein Bier in der Hand.

»Das ist schön«, sagte er.

»Was?«

»Das hier«, antwortete er. »Du und ich.«

Später, als wir schlafen gingen, versuchte ich erneut, mich für mein Verhalten zu entschuldigen, doch er sagte nur: »Ist schon in Ordnung, Lulu. Hör zu, ich bin total erledigt, und bis jetzt hatten wir einen wirklich schönen Abend, also lassen wir es doch einfach gut sein, okay?«

Mit dem Kopf an seiner Brust nickte ich. Dass es noch viel mehr Gründe gab, mich zu entschuldigen, sagte ich ihm nicht.

Weil ich gerade auf dem Wiedergutmachungstrip war, ließ ich Ben ein paar Tage allein, damit er sich von seiner Reise erholen konnte, und fuhr zu Harry und Rose.

Ich war nun schon seit einem Monat nicht mehr bei ihnen gewesen, und obwohl mir Harry berichtet hatte, wie gut es meiner Mutter ging, wollte ich es mit eigenen Augen sehen.

Ich parkte den Wagen vor dem Haus, versetzte Harrys Schild im Vorbeigehen den gewohnten Stups und marschierte dann über den Gartenpfad auf die Haustür zu.

»Rose?«, rief ich. »Rose?«

»Lulu.« Rose kam mir in Madeleines rot-grünen Karos entgegen und streckte die Hände nach mir aus. »Wie schön, dich zu sehen. Dein Vater ist kurz ins Büro gefahren, und auf dem Rückweg bringt er das Abendessen mit.«

»Er bringt das Abendessen mit?«

»Ja.«

»Von einem Imbiss?«

»Ja, ob du es glaubst oder nicht: Das macht man heute so, Lulu.«

Das stimmte, ich kannte viele, die das machten – ich selbst mehrmals pro Woche –, aber Rose? Die standhafte Verfechterin selbst gekochten Essens? »Was gibt es denn?«

»Thailändisch. Ich liebe es.«

»Du liebst thailändisches Essen?«

»Ja, Lulu, ich liebe thailändisches Essen. Warum wiederholst du alles, was ich sage?«

Weil meine Mutter Madeleine trug. Weil meine Mutter thailändisches Essen bestellt und kein bisschen Mehl an den Händen hatte. Weil meine Mutter glücklich aussah.

Die Zwillinge waren mit dem Fußballteam der Uni im Trainingslager, und so war es ungewohnt still. Ohne ihre riesigen, langgliedrigen Körper, mit denen sie jeden Raum ausfüllten, ganz gleich, ob sie auf dem Sofa lümmelten oder mit baumelnden Beinen am Frühstückstisch saßen, wirkte das Haus irgendwie kleiner.

Manchmal, wenn Rose ihre depressiven Phasen hatte, brauchten wir den Lärm der Jungs, um das Haus mit Leben zu füllen. So wie Ehepaare, die nicht mehr miteinander reden, ihre Kinder benutzen, um die Risse zwischen ihnen zu übertünchen.

Doch diesmal war es Rose' Stimme, die durch den Flur drang und den Garten erfüllte, wo sie die Erdbeerpflanzen wässerte und dabei vor sich hinsummte. Das erinnerte mich an eine Geschichte, die mir Harry erzählt hatte, aus der Zeit, als er ihr den Hof gemacht hatte.

Sie waren zu einem abgelegenen Tümpel gefahren, um schwimmen zu gehen. Harry hatte sich geschämt, sich Rose in der Badehose zu zeigen, doch zu seinem grenzenlosen Erstaunen war sie einfach aus ihrem Kleid geschlüpft und hatte ihm lachend zugerufen: »Komm schon, Harry, runter mit den Sachen. Oder hast du Angst, dass die Aale deinen Dingdong fressen?«

Nun, da ich sie im Garten singen hörte, konnte ich mir diese Rose auf einmal vorstellen. Die Rose, die einfach ins Wasser gesprungen war.

Später am Abend saßen Harry und ich im Dunklen auf der Gartenschaukel und schaukelten.

»Sie ist richtig gut drauf, Lulu«, sagte er. »So gut ging es ihr schon lange nicht mehr.«

»Das ist toll, Harry.«

»Ja, das ist es. Dr. Reynolds, das ist der neue Arzt, zu dem wir jetzt gehen, den mag sie. Sie scheint ihm zu vertrauen. Dr. Shaw konnte sie nicht ausstehen, sie hat ihn immer Dr. Shawderhaft genannt.«

»Ich weiß«, erwiderte ich lachend.

»Wie auch immer, wir waren jetzt schon ein paar Mal im Kino, und gestern war sie sogar im Zeitschriftenladen.«

»Ganz allein?«

»Ja, als sie zurückkam, hat sie drauflosgeplappert wie ein Papagei.«

»Hat sie das Auto genommen?«, fragte ich und dachte an Rose' Kombi, der seit einer gefühlten Ewigkeit aufgebockt in der Garage stand.

»Nein, sie ist hingelaufen – eins nach dem anderen, Lulu.«

»Ich weiß, ich freue mich bloß, dass sie endlich wieder ausgeht.« Ich legte meinen Kopf an seine knochige

Schulter. »Tut mir leid, dass ich mich in letzter Zeit rargemacht habe. Ich hatte einfach so viel im Sender zu tun. Duncans Zeug regeln und das alles.«

»Mit ihm geht's abwärts, oder, Lulu?«

»Ja, ziemlich. Krebs, Kehlkopfkrebs – unheilbar.«

»Dann kümmre dich um ihn, Liebes. Wir kommen schon klar, Rose und ich. Ich glaube, sie wird wirklich wieder gesund. Sie liegt mir schon mit allen möglichen Aufgaben in den Ohren, die ich im Haus erledigen soll. Das ist immer ein gutes Zeichen.«

»Das freut mich wahnsinnig.«

»Mich auch, Liebes – willst du schlafen gehen?«

»Ja, ich bin ziemlich müde.«

»Soll ich dich tragen?«

Ich lächelte, als mir die unzähligen Nächte wieder einfielen, in denen ich meine in einen Flanellschlafanzug gehüllten Arme um seinen Hals und meine Beine um seine Hüfte geschlungen hatte, während er seine Finger hinter meinem Rücken verschränkt hatte, um mich festzuhalten, und Rose schimpfte: »Um Himmels willen, Harry, jetzt bring sie schon rein, sie erkältet sich noch.«

»Ich wünschte, das könntest du noch.«

»Ich kann es ja mal versuchen.«

»Untersteh dich, du verrückter Hund. Na komm, gehen wir rein.«

Wir liefen durch den Garten zur Hintertür. Als ich hochsah, entdeckte ich Rose, die uns von ihrem Schlafzimmerfenster aus beobachtete, die Hände tief in Madeleines Taschen vergraben.

18

Schließlich verabschiedete ich mich von meinen Eltern und fuhr zurück in die Stadt. Als ich losfuhr, standen sie in der Einfahrt, Rose in Betty, Harry in seinem Blaumann, und winkten mir nach. Zu Hause angekommen, schloss ich die Wohnungstür auf und warf die Schlüssel auf das Tischchen im Flur.

In dem Korb, in dem wir die Post aufbewahrten, lag ein weißer Umschlag mit Wellenkante und Prägemuster. In einer Ecke prangten zwei Hochzeitsringe, und auf der Vorderseite stand in silberner Schrift mein Name.

Ich griff danach und strich gerade mit den Fingern über die Rundungen der Wellenkante, als Ben ins Zimmer kam.

»Hi«, begrüßte er mich lächelnd. »Und, welches glückliche Paar ist es diesmal?«

»Ich bin mir nicht sicher«, antwortete ich, obwohl ich es mit einem Blick auf die vertraute geschwungene Handschrift gewusst hatte. »Aber ich glaube, es sind Josh und Annabelle.«

Ich öffnete den Umschlag, und eine winzige, perfekte, zartrosa Rosenknospe fiel heraus.

Annabelle und Josh, stand auf der Karte, würden am 27. August um 17 Uhr in der Kirche St. Alban in Juniper Bay heiraten. Anschließend waren die Gäste eingeladen, gemeinsam mit ihnen im Hotel du Laurent zu feiern.

Für diesen Abend hatten sie das gesamte Hotel gemietet, sodass die Einladung auch noch für das feierliche Frühstück am nächsten Morgen galt.

Es lag noch eine kleine handschriftliche Notiz bei, die ich aber nicht vor Ben lesen wollte. Ich wartete damit, bis er endlich die Wohnung verließ, um sich mit ein paar Freunden von der Arbeit auf einen Drink zu treffen. Bis dahin hatte er mich permanent beobachtet. Offensichtlich wollte er sich auf diese Weise vergewissern, dass es mir gut ging, hatte sich aber nicht getraut, mich einfach zu fragen.

Ich lauschte auf das Klicken, mit dem die Haustür ins Schloss fiel. Erst als ich sicher war, dass er wirklich weg war, ging ich in unser Schlafzimmer, legte mich aufs Bett und zog die Nachricht hervor.

Tallulah, hatte Annabelle geschrieben, *ich hoffe, dass du kommst, wir würden uns wirklich freuen, wenn du dabei wärst. Aber wenn du aus welchem Grund auch immer nicht kannst, sollst du wissen, dass wir das voll und ganz nachvollstehen können. Alles erdenklich Liebe, A.*

Ich legte den Brief auf meinen Nachttisch und rollte die winzige Rosenknospe zwischen Daumen und Zeigefinger.

Eigentlich war es total bescheuert, dass ich mich deswegen fühlte, als hätte mir jemand »den Wind aus den Segeln genommen«, wie Rose es formuliert hätte.

Aber genauso fühlte ich mich. Dumm und lächerlich. Ich wandte mein Gesicht ab, vergrub es tief in meinem Kissen und ließ die Scheißrosenknospe fallen.

Was hatte ich mir nur gedacht? Dass Josh Annabelle meinetwegen verlassen würde? Dass Annabelle Josh meinetwegen verlassen würde? Dass sie mich mitnehmen würden, wo auch immer ihre Reise sie als Nächstes hinführte? Dass ihnen klar würde, dass von uns dreien ich diejenige war, die es um jeden Preis zu halten galt?

Nein, aber sie würden sich freuen, wenn ich dabei wäre. Und wenn nicht, könnten sie es voll und ganz nachvollstehen.

Wie ausgesprochen freundzügig von ihnen.

Ich schaltete das Licht aus und schloss die Augen. Einige Stunden später hörte ich, wie Ben nach Hause kam, sich neben mich legte und mir mit seinem Bieratem erklärte, er verstehe, weshalb ich ein wenig »aufgebracht« sei.

»Wir müssen nicht hingehen, Lulu«, sagte er. »Ich bin in dieser Woche ohnehin in Hongkong. Du könntest ja mitkommen, als so eine Art Shoppingtherapie.«

Doch ich hatte mich bereits entschieden.

»Du kannst da nicht hingehen, Lulu«, sagte Stella. »Das macht dich bloß fertig.«

»Herrgott noch mal, Lulu, häng dir doch einfach gleich ein Schild mit der Aufschrift ›Tritt mich‹ um. Dann kannst du dir den Rest sparen«, schlug Simone etwas weniger diplomatisch vor.

»Komm mit mir mit«, versuchte es Ben erneut.

»Du musst hingehen, Lulu«, verkündete Rose entschlossen. »Das gehört sich nun mal so.«

»Ich finde, du solltest machen, was du willst, Liebes«, erklärte Harry.

»Du könntest sie immer noch auf ihrem Junggesellinnenabschied vergiften«, lautete Duncans Beitrag.

In den Wochen vor der Hochzeit hatte ich kaum Zeit, darüber nachzudenken; ich war viel zu sehr damit beschäftigt, Duncan zu beruhigen – der, wenig überraschend, nicht gerade sanft in den ewigen Schlummer hinüberglitt.

Er hatte angefangen, sich seiner Behandlung zu widersetzen. Eine Fortsetzung der Chemotherapie lehnte er mit der Begründung ab, er wolle keine einzige weitere Strähne mehr verlieren – »Das Haar eines Mannes ist gleichbedeutend mit seiner Stärke, Lulu, sieh dir doch nur an, was mit Samson passiert ist.« Stattdessen verlangte er, dass ich auf die Insel kommen solle, verkündete kurz darauf allerdings, dass es ihm alleine besser gehe, nur um mich wenig später doch wieder zurückzubeordern. Dazwischen traf er sich immer wieder mit Andrew Lyons, seinem langjährigen Anwalt, um mit ihm noch einmal sein gesamtes Leben in allen Einzelheiten durchzugehen, und zwar auf derart pedantische Weise, dass der normalerweise unermüdliche Andrew zu guter Letzt reif für einen Erholungsurlaub war.

In der einen Minute war Duncan heiter und gelassen, in der nächsten war er vollkommen außer sich und geriet über simpelste Kleinigkeiten in Panik: »Lulu, ich kann Barneys gestreiften Gummiball nicht finden, wir müssen diesen Ball für ihn finden«, blaffte er eines Tages und schickte mich auf eine mehrstündige Suche an den Strand. Als ich schließlich sonnenverbrannt und mit leeren Händen zurückkehrte, sah er mich bloß an und sagte herablassend: »Was regst du dich so auf, Lulu? Das ist doch nur ein Ball.«

Er verlor immer mehr an Gewicht und war inzwischen dazu übergegangen, seine Jogginghose mit einem

Stück Seil festzubinden, damit sie nicht ständig herunterrutschte; seine Haut war fahl und seine Schritte wackelig; manchmal, wenn er mir die Tür öffnete, wunderte ich mich für einen Moment, wer der alte Mann war, der vor mir stand.

Bei anderen Gelegenheiten wiederum, wenn beispielsweise eine seiner Exfrauen oder ein früherer Kollege zu Besuch kam – ganz besonders, wenn es ein früherer Kollege war –, straffte sich sein schlaffes Kinn, die festgebundenen Jogginghosen wichen einer makellos gebügelten Jeans, seine Haltung wurde aufrechter, und sein Haar verschwand unter einer weißen Kricketmütze. Er setzte ein einladendes Lächeln auf und verwandelte sich ganz in den sonnengebräunten Rentner: kerngesund und stärker als alle Winde, die Lingalonga umtosten.

Festen Schrittes schlenderte er mit seinen Gästen über den Sand, die Arme weit ausgestreckt und das Gesicht zur Sonne gewandt. Wie ein alter Zauberer, der eine letzte große Illusion aus seiner Trickkiste zog.

Wenn die Kinder kamen – was an den meisten Wochenenden der Fall war –, blieb er bis zur letzten Minute im Bett liegen, um sich auszuruhen. Erst in dem Moment, in dem er den Wagen die Einfahrt hinaufkommen hörte, ging er zur Tür, um sie zu begrüßen, sowie sie aus den Autos ihrer Mütter gestürmt kamen: Duncan junior, Rhees, Jasmine und Jarrod, die sich ein Wettrennen lieferten, wer es zuerst ins Haus und das Zimmer mit den Etagenbetten schaffte.

»Meins«, rief Jarrod vom oberen Bett aus.

»Gar nicht wahr, ich war zuerst hier.«

»Das ist unfair, du schläfst immer oben.«

»Da-aaad!«

Sobald das vertraute Geheul ertönte, war Duncan, dicht gefolgt von Barney, zur Stelle und trennte die Streithähne.

Dann fuhren sie wieder. Zurück blieb eine Spur aus Sand, Stöcken und halb gelutschten Bonbons in klebrigem Papier unter den Kissen. Duncan winkte ihnen zum Abschied, und sobald sie weg waren, machte er auf dem Absatz kehrt, ging ins Haus, schloss die Tür hinter sich und fiel in einen mehrstündigen Schlaf.

Den Großteil des folgenden Monats verbrachte ich bei ihm auf der Insel. Ben war unterwegs, und Rose ging es gut, wie mir Harry wieder und wieder versicherte. Also düste ich mit der Fähre hin und her, wobei ich einen Styroporbecher lauwarmen Kaffees nach dem anderen in mich hineinschlürfte. Im Gepäck hatte ich Tüten voller Obst, obwohl ich wusste, dass Duncan nichts davon auch nur anrühren würde. Mir war klar, dass dieses Schiff ein für alle Mal verloren war, so gerne ich es auch in den sicheren Heimathafen gelotst hätte.

Wie ich feststellte, hatte sich Duncan auf Willow ein neues Leben aufgebaut, eines, das nichts mit der Person zu tun hatte, die er auf dem Festland gewesen war. Ständig schien jemand bei ihm reinzuschneien. Mit Will, dem Hilfsarbeiter, den ich auf der Fähre kennengelernt hatte, saß Duncan oft zusammen und brütete über Blaupausen für weiß der Geier was – vermutlich ein Boot. Die Leute vom Postamt überreichten ihm seine Briefe persönlich, und bei Sonnenuntergang fand sich für gewöhnlich eine salzverkrustete Ansammlung von Fischern an seiner Hintertür ein, die auf ein Bier und ein Schwätzchen mit dem Mann mit den Nicht-mehr-ganz-so-geschmeidigen-Platinstimmbändern wartete.

Ich blieb in der Nähe, so lange es ging, und sog Duncan in mich auf.

Rose schneiderte mir ein Kleid für Annabelles Hochzeit.

Sie fühlte sich nicht imstande, selbst hinzugehen, doch sie nähte mir ein knielanges Kleid aus blassrosa Spitze mit Dreiviertelärmeln und Maokragen. Dazu gehörte ein cremefarbener Bolero und eine Blüte aus rosa Spitze, die ich mir entweder ans Kleid oder in die Haare stecken konnte – »Was dir besser gefällt, Schätzchen«, sagte sie. Mehr Mühe hätte sich meine Mutter selbst mit meinem Hochzeitskleid nicht geben können.

Auf dem Weg zur Kirche hörten Harry und ich die meiste Zeit Radio. Als wir schließlich einparkten, drückte er meine Hand und sagte: »Als Nächstes bist du dran, Lulu.«

Mein Vater, der Ahnungslose.

Die Kirche war wunderschön. Irgendwer – Frank, vermutete ich – hatte an jede Bank ein Sträußchen winziger rosafarbener Rosenknospen gebunden und davor Sandelholzkerzen mit einem Kranz aus Efeu aufgestellt.

Ich stand in der Tür, Harrys Hand auf dem Arm, und nahm alles in mich auf.

»Es wird alles gut, das verspreche ich dir, Lulu«, sagte er, als wir eintraten. In dem Moment drehte Josh den Kopf und lächelte mich an.

Ich lächelte zurück, und irgendetwas an diesem Blick versetzte mich aus der Kirche zurück in einen gewissen Eckladen, wo sich meine Brüder wie Fragezeichen um meine Beine wanden, während ein Junge in einem himmelblauen T-Shirt sich das Haar aus der Stirn strich. Dann zog Harry mich am Arm, und wir nahmen zwischen irgendwelchen Leuten Platz, die ich nicht kannte. Eine rotgesichtige Frau mit bauschigem Rock fragte mich, ob ich eine Freundin der Braut oder des Bräutigams sei, und ich antwortete ihr wahrheitsgemäß, dass ich das nicht wisse.

Auf der Empore über uns begann eine Harfe zu spielen, dann trat Christa ein. Auch heute trug sie einen Kimono und dazu einen kompliziert aufgebauten Hut. Hinter ihr folgten Fergus in einem weißen Leinenhemd und Khakihosen und Annie in ihrem Schichtenlook. Auf dem Weg nach vorne schwankte sie leicht. Zu viel Schmuck, zu viel Make-up – zu viel Scotch, tuschelten die Gäste später.

Joshs Mutter Pearl kam schnellen Schrittes herein und huschte auf ihren Platz in der ersten Reihe, ohne irgendjemanden anzusehen. Als sie an uns vorbeikam, wehte mir der intensive, scharfe Geruch der Zigarette entgegen, die sie erst in letzter Sekunde ausgemacht hatte. Ihr Lippenstift war vom Filter ganz verschmiert.

Dann kam Annabelle, an Franks Arm. Frank hatte einen Anzug an, und auf dem Kopf thronte seine Fischermütze.

Die wunderschöne, groß gewachsene Annabelle trug ein bodenlanges aquamarinblaues Vintagekleid mit einem fliederfarbenen Mantel aus schimmerndem Stoff, und in den Händen hielt sie einen Strauß aus Tuberosen und Efeu. Irgendwer – nicht sie selbst, Annabelle hatte sich noch nie etwas aus Make-up gemacht – hatte ihr die Augen geschminkt und ihre Wimpern betont, und ihre Locken fielen dunkel und weich um ihr Gesicht. Für mich war sie so schön wie an dem Tag, als sie sich zum ersten Mal neben mich setzte. Eine von Schwester Scholastikas hinreißendsten Blumen.

Während der Zeremonie hörte ich kaum zu. Ich saß dicht an Harry gedrängt in unserer Bank und zog ein Taschentuch nach dem anderen aus meiner Handtasche, um sie der Frau mit dem roten Gesicht zu reichen, die die ganze Zeit über laut weinte.

Dann gingen wir zu dem Empfang im Hotel, wo ich lächelte und lachte, auf die Ansprachen anstieß und mit aller Welt tanzte. Ich verbrachte Zeit mit den älteren Verwandten und unterhielt mich mit ihnen über die Blumen. Ja, sie waren wunderschön, nicht wahr, und nein, besseres Wetter hätte man sich wirklich nicht wünschen können.

Ich aß das Essen und den Kuchen, ließ mich wieder und wieder fotografieren und mein Glas wieder und wieder mit Champagner auffüllen und sprach nicht ein einziges Mal mit Annabelle oder Josh, weil ich viel zu sehr mit Lächeln beschäftigt war.

Harry verabschiedete sich schon früh; er und Frank übernachteten nicht im Hotel. Harry, weil er nach Hause zu Rose musste, und Frank, weil er weg von der Bar musste.

Also ging ich schließlich allein auf mein Zimmer, ließ mich drinnen rückwärts aufs Bett fallen und schlief in meinen Kleidern und Schuhen ein, bis mich ein Klopfen an der Tür aufweckte.

Ich stand auf und linste durch den Türspion.

Ich öffnete die Tür.

»Josh«, fragte ich, »was ist los? Ist alles in Ordnung?«

Er schwankte ein bisschen, lächelte mich mit seinem schiefen Lächeln an und schloss die Tür hinter sich.

Im nächsten Moment waren seine Hände in meinem

Haar und auf meinem Gesicht, und ich hielt seine Krawatte in meiner Faust. Keiner von uns ließ los, als wir nebeneinander zu Boden sanken. Und es war mir vollkommen egal, dass es Josh war, der nicht hätte hier sein dürfen, und auch, dass Annabelle irgendwo weiter oben auf ihn wartete.

Es war mir egal, denn ich spürte, wie sich seine Haut an meine schmiegte, ich spürte den Druck seiner Zähne und den Atem aus seinem Mund, als er »Tallulah-Lulu« sagte. Ich spürte, wie seine Hände den Pfad wiederfanden, den sie so oft genommen hatten, und irgendwo inmitten all dieses Schmerzes holte ich ihn heim zu mir.

Teil 3

19

Es tut mir wirklich leid, Ben.«

»Das weiß ich, Lulu, aber das ändert nichts daran, was geschehen ist.«

»Ich weiß.«

»Das ist so, keine Ahnung, abgeschmackt oder so.«

Ben und ich standen in unserer bald leeren Wohnung. Die Hochzeit lag rund zwei Wochen zurück, und er war gerade aus Hongkong zurückgekommen.

Nach dem Mittagessen mit Simone und Stella hatte ich mich bei Harry und Rose versteckt. Hin und wieder war ich in unsere Wohnung in der Stadt gefahren, um meine Habseligkeiten einzusammeln, die dort nicht mehr würden bleiben können, wenn Ben von seiner Geschäftsreise zurückkam.

Am liebsten hätte ich mich einfach bis in alle Ewigkeit in meinem alten Zimmer bei Harry und Rose verkrochen, aber mir war klar, dass Ben mehr verdiente als das.

Viel mehr als das; ich schuldete ihm zumindest eine Entschuldigung von Angesicht zu Angesicht, auch wenn ich allein den Gedanken daran kaum ertrug.

Also wartete ich in unserer Wohnung auf ihn. Fast den ganzen Morgen tigerte ich von einem Zimmer ins nächste und ließ dabei den Blick über die Spuren unseres gemeinsamen Lebens schweifen. Der Anblick der Tasse mit der Aufschrift »Beste Freundin der Welt«, die immer noch auf dem Abtropfgitter stand, warf mich beinahe aus der Spur.

Als ich hörte, wie das Taxi vorfuhr, ging ich zum Fenster und beobachtete ihn. Ich erkannte, dass ich nicht die Einzige war, die aus der Spur geraten war. Alles an ihm wirkte verändert: die Art, wie er ging, wie er seinen Koffer aufhob. Er sah auch nicht zum Fenster hoch wie früher, um zu sehen, ob ich da war.

Und nun saßen wir auf der Kante des Bettes, das wir nicht länger miteinander teilten, und ich sah zu, wie er von mir Abschied nahm.

»Ich weiß, es *ist* abgeschmackt und noch dazu so was von dämlich. Und es tut mir leid, Ben, ich kann dir gar nicht sagen, wie leid es mir tut.«

Eine Weile blieben wir reglos sitzen, dann stand er auf und machte sich ans Auspacken.

»Wo sind deine ganzen Sachen?«, fragte er, als er den Schrank öffnete und die leeren Stellen entdeckte.

»Bei Rose und Harry. Ich dachte, du würdest mich vermutlich nicht mehr … hier haben wollen«, antwortete ich und wedelte mit der Hand durchs Schlafzimmer. »Also bin ich fürs Erste mehr oder weniger dort eingezogen.«

Er nickte, setzte sich wieder aufs Bett und stützte den Kopf in die Hände.

Ich rutschte an ihn heran und legte ihm die Hand auf den Rücken, doch ich spürte, wie er vor mir zurückwich.

»Nicht, Lulu«, bat er. Dann fragte er: »Kommst du heute Nacht irgendwo unter?«

Ich nickte und dachte an Simone.

»Gut«, erwiderte er. »Denn du hast recht. Ich will dich hier nicht haben.«

Er stand auf und ging ins Bad. Der Wasserdampf aus der Dusche quoll unter der Tür hervor, während ich auf dem Bett saß und wartete.

Als ich schließlich ging, war das Prasseln des Wassers auf den Fliesen noch immer zu hören.

Irgendwann später würden wir auseinandersortieren, wem was gehörte und wer wem was schuldete – all die Scherben einer zerbrochenen Beziehung –, und noch viel später würden wir einander nur das Beste wünschen. Doch fürs Erste ließ ich ihn allein unter der Duschbrause zurück, wo er sich die Überreste unserer gemeinsamen Zeit abwusch.

Danach sah ich ihn monatelang nicht wieder. Bis sich alles verändert hatte und die Reue, ihn verloren zu haben, im Lichte eines anderen Verlustes verblasste. Eines Verlustes, der mich bis ins Mark traf.

»Lieber Himmel, Lulu«, krächzte Duncan, als er die Tür einen Spaltbreit öffnete. »Komm rein, komm rein. Ist die Pressemeute schon hinter dir her? Es wollen doch bestimmt alle ein Foto der Hochzeitsvöglerin von Juniper Bay, oder?«

»Halt die Klappe, Duncan«, erwiderte ich, »und lass mich rein.«

Das tat er auch. Mir fiel auf, dass er, anders als bei meinem letzten Besuch, regelrecht beschwingt wirkte – offenbar war nichts besser geeignet, Duncan wieder auf die Beine zu bringen, als ein handfester Skandal.

»Du siehst gut aus, Duncan«, bemerkte ich. »Vielleicht sollte ich öfter mal mit einem Bräutigam ins Bett steigen.«

Duncan setzte sich und musterte mich prüfend. »Weißt du, Lulu, als ich sagte, du solltest versuchen, das Loch in dir zu stopfen, dachte ich nicht, dass du das so wörtlich nehmen würdest.«

»Ich weiß«, seufzte ich.

Wir saßen nebeneinander auf der Couch, Barney zu unseren Füßen, und Duncan legte mir den Arm um die Schultern.

»Was ist passiert?«, erkundigte er sich schließlich.

»Ich habe zu viel getrunken.«

»Immer eine gute Verteidigung. Nicht besonders ehrenhaft natürlich, aber in vielen Fällen mehr als angemessen.«

»Und ich wollte es.«

»Aha.«

»Aha?«

»Ja, Lulu, aha. Kurzform für: Jetzt kommen wir also zum Kern der Sache – sprich weiter«, sagte er. »Wenn es dir hilft, halte ich währenddessen deine Hand.«

Also erzählte ich es ihm.

Ich erzählte ihm, was ich gegenüber dem Priester nicht hatte eingestehen können, als er mich fragte: »Und warum haben Sie das getan, mein Kind?« Anstelle einer Antwort hatte ich geschwiegen und im Stillen gebetet. Ich bat um Verzeihung, wer auch immer mir zuhörte; nicht nur für mein offensichtliches Vergehen, sondern auch und insbesondere für die Sünde der Auslassung.

Denn gegenüber dem Priester mit seiner sanften Stimme und seiner warmen Hand auf meiner hatte ich den wahren Grund ausgelassen, weswegen ich mit Joshua Keaton zu Boden gesunken war. Nicht, weil ich ihn liebte. Auch nicht, weil ich, wie Rose vermutet hatte, von den Emotionen des Tages »überwältigt worden« war. Und auch nicht, weil ich, wie Annie mit wildem

Blick im Fernsehen behauptet hatte, »schon immer krankhaft eifersüchtig« auf ihre Familie gewesen war. Keiner dieser Gründe war Duncans Kern der Sache.

Ich hatte es getan, weil ich es satthatte, das Mädchen zu sein, das die anderen sicher in den Hafen lotste.

Ich hatte es satt, diejenige zu sein, die noch in der Schuluniform am Herd stand, das Abendessen für die Familie kochte und nebenher auf Mattie und Sam aufpasste, wenn Rose wieder einen ihrer Doris-Tage hatte. Ich hatte es satt, Harrys Buchhaltung zu machen und Rose' Kleider zu bügeln und dabei so zu tun, als mache es mir nichts aus, dass Tage, Wochen, Jahre verstrichen, ohne dass Josh und Annabelle heimkamen. Und als sie dann endlich heimkamen, so zu tun, als mache mir auch das nichts aus.

Ich hatte es satt, mich um Duncan zu kümmern. Ihm Essen zu kochen, das er nicht anrührte, und ihm zu versichern, dass es nicht schlimm war, wenn Barney sämtliche Klamotten vollhaarte, die ich gerade erst gewaschen hatte. Ich hatte es satt, ständig mit der Fähre hin- und herzugondeln, sodass immer ein Teil meiner Klamotten auf dem Festland war und ein Teil auf See.

Ich hatte es satt, so zu tun, als interessierte ich mich für Bens Arbeit und dafür, ob Keilabsätze im nächsten Sommer in oder out sein würden.

Ich hatte es satt, das Mädchen am Fluss zu sein, das Mädchen auf der Rollschuhbahn, das im Licht eines perfekten Mondes dastand und so stillhielt wie die Sterne, die daneben am Himmel prangten.

Dieses Mädchen wollte ich einfach nicht mehr sein.

Jetzt war es also raus.

»Schockiert dich das?«, fragte ich Duncan.

»Nein«, antwortete er träge, »kein bisschen. Das nicht.«

»Was denn dann?«

»Na ja, ich habe mich bloß gefragt«, erwiderte er, »warum das so lange gedauert hat.« Dann zog er mich etwas dichter an sich und krächzte: »Und nun, meine Liebe, warten wir auf den Fallout.«

Lange brauchten wir nicht zu warten.

Ich hatte zwar den Fernseher ausgeschaltet, bevor ich Zeugin wurde, wie Annie mit ihrem verwüsteten Gesicht Maxine Mathers' honigsüße Fragen über die Hochzeit beantwortete, doch das spielte keine Rolle. Auch nicht, dass mein Name nicht ausgestrahlt worden war.

Sie hatten ein Foto von mir vom Abend der Ausstellung im Bloom gezeigt. Darauf stehe ich in meinem dunkelblauen Satinkleid direkt hinter Josh und Annabelle und strahle. Die beiden blicken direkt in die Kamera, während ich sie mit schräg gelegtem Kopf zu betrachten scheine – »Wie ein Gespenst vor dem Festtagsbraten«, fand Simone. Ich konnte mich nicht daran erinnern, wann das Bild aufgenommen worden war.

Gegen Ende des Interviews wurde ein Stillleben aus Franks »Verzaubert«-Reihe eingeblendet: zwei kleine Mädchen Arm in Arm, von denen es mindestens einem vorherbestimmt war, zur Hochzeitsvöglerin von Juniper Bay zu werden.

Annies Auftritt bei *Today, Tonight and Tomorrow* ging bald in die australische Fernsehgeschichte ein. Er wurde unzählige Male in Shows wie »Die zehn besten Fernsehmomente« oder bei Sondersendungen zu irgendwelchen Jubiläen wiederholt. Meistens zeigten sie Annies berühmt-berüchtigte Aussage: »Ich habe ihn gevögelt«, deren entscheidende Stelle mit einem Piepton überblendet wurde, gefolgt von Maxines fassungslosem Gesichtsausdruck.

Für eine Weile markierte dieses Interview nicht nur meinen, sondern auch Annies Untergang. An diesem Abend war mit ihr ganz offensichtlich etwas nicht in Ordnung gewesen: Betrunken oder high – oder beides – starrte sie in die Kamera, zupfte an ihrem Ohrläppchen, sah in die Ferne und blickte dann mit ihrem katzenhaften Lächeln wieder in die Kamera, als habe sie ein Geheimnis, das außer ihr niemand kannte und auch niemand jemals aufdecken würde.

Arme Annie, dieses Interview hatte nicht nur meinen Ruf ruiniert.

Bei meinem war das nicht so wichtig. Zwar kam es auch Monate danach immer noch vor, dass Leute mein Gesicht sahen und sich fragten, woher sie mich bloß kannten, doch in Sachen fragwürdiger Ruhm lief mir schon bald der »Popo-Politiker« den Rang ab: ein Minister des konservativen Lagers, der auf einem stadtbekannten Schwulentreff in eindeutiger Absicht erwischt worden war. Ich sehe immer noch seine Frau bei der darauffolgenden Pressekonferenz vor mir, wie sie in Perlenkette und Laura-Ashley-Kostüm an seiner Seite steht und sich mit grimmig zusammengepressten Lippen in ihre öffentliche Rolle fügt.

Doch eine Zeit lang wusste ich, wie es sich anfühlte, wenn Fremde im Zug über einen tratschten. Und wie es war, vor den Augen der Menschen, die mich liebten, in Ungnade zu fallen.

»Hallo, könnte ich bitte mit Tallulah de Longland sprechen?«, meldete sich eine Mädchenstimme am Telefon.

»Ich bin Tallulah«, antwortete ich.

»Ich habe Dr. Patrick Stephenson für Sie in der Leitung.«

»Vielen Dank.«

»Hallo, Lulu.«

»Hallo, Dr. Patrick.«

»Lulu, ich komme gerade von Duncan, und er ist in schlechtem Zustand. Wie Sie wissen, weigert er sich, ins Krankenhaus zu gehen. Aber wenn ich ehrlich bin, weiß ich nicht einmal, ob ihm das überhaupt noch etwas nützen würde.«

»Ich verstehe«, sagte ich, auch wenn das nicht der Wahrheit entsprach.

»Es geht mit ihm zu Ende, Lulu«, erklärte Dr. Patrick. »Er hat mir aufgetragen, Sie zu gegebener Zeit zu bitten, einigen Leuten Bescheid zu sagen – er meinte, Sie hätten eine Liste.«

»Ja, die habe ich«, bestätigte ich und dachte an den großen braunen Umschlag, auf dem in der krakeligen Handschrift meines Arbeitgebers »Duncans Todesliste« stand. Darunter prangte ein Totenkopf mit gekreuzten Knochen, dessen Züge ein wissendes, gerissenes Grinsen umspielte.

»Ja, die habe ich«, wiederholte ich. »Ich habe eine Liste, Doktor.«

»Dann wäre es jetzt Zeit, von ihr Gebrauch zu machen«, erwiderte er kurz und bündig.

Als er aufgelegt hatte, starrte ich eine ganze Weile nur dümmlich das Telefon an. Dann rannte ich die Stufen zu meinem Zimmer hinauf und fing an, Klamotten in eine Tasche zu stopfen. Ich riss T-Shirts aus den Schubladen und zerrte an den Kleiderbügeln, doch erst als ich neben meiner überquellenden Tasche auf dem Boden saß und versuchte, den verdammten Reißverschluss zuzuziehen, merkte ich, dass meine Hände zitterten.

Rose kam ins Zimmer, lief auf mich zu und kniete sich neben mich. Sie holte alles wieder aus der Tasche, legte es ordentlich zusammen, ging an meinen Schrank, um Kleider und Schuhe herauszunehmen, und rief unterdessen nach Harry, dass er uns ein Glas Whiskey mit Milch bringen solle.

»Für dich«, sagte sie, »nicht für mich.« Dann fügte sie hinzu: »Du weißt aber schon, dass du keine Unterwäsche eingepackt hast.« Daraufhin fing ich gleichzeitig zu lachen und zu weinen an, während sie zur Tür ging, um Harry den Whiskey abzunehmen.

»Und jetzt«, verkündete sie mit einem Lächeln und reichte mir den Drink, »gehen wir das gemeinsam an.«

Ich reiste am nächsten Tag ab. Im Gepäck hatte ich einen Korb mit warmen Rosinenbrötchen, die Rose für Duncan gebacken hatte, und leichte Kopfschmerzen von Harrys zwei Gläsern Whiskey mit einem Schuss Milch.

»Du weißt, dass er sie nicht essen wird, oder?«, fragte ich.

»Ja«, antwortete sie lächelnd. »Aber er wird sie riechen.«

Ich saß auf der Fähre und dachte an Duncan. Dabei ging mir durch den Kopf, dass Tränen aus Salzwasser bestanden, genau wie das Meer.

Dann fuhr ich die Straße zu seinem Haus hinauf, trat ein, ohne zu klingeln, und fand ihn schlafend in seinem Bett. Seine Hände ruhten unter seinem Kinn, halb zur Faust geballt wie bei einem Kind, und ich schmeckte plötzlich das Meer auf meinen Lippen.

Ich steckte die Bettdecke um ihn herum fest und wiederholte, was Rose zu mir gesagt hatte.

»Und jetzt«, sagte ich zu ihm, »gehen wir das gemeinsam an.«

Wir führten einen Stundenplan ein: Besucher wurden so eingeteilt, dass möglichst viel Zeit dazwischenlag. Für die Exfrauen und Kinder reservierten wir die Stunden, in denen es ihm aller Voraussicht nach am besten gehen würde, und die Nachmittage blieben frei, damit er ein Erholungsschläfchen einlegen konnte. Diese Ruhepausen, schien es mir, als ich eines Tages gegen Abend auf Zehenspitzen in sein Zimmer schlich, wurden von Mal zu Mal länger.

Auch an diesem Abend lag Barney auf seinem üblichen Platz am Fuß des Bettes, wie immer bereit aufzuspringen, sobald der Duft von etwas auch nur entfernt Essbarem seine Nase kitzelte. Duncan schlief derweil tief und fest, nicht wie an manchen Tagen, wenn er im Schlaf das Gesicht verzog und weinte, wirres Zeug schrie und hin und wieder nach seinem Hals griff.

Wenn das geschah, versuchte ich, ihn zu beruhigen, indem ich seine Stirn streichelte und flüsterte: »Schon gut, Duncan, alles ist gut, schlaf jetzt.« Bis er einmal unvermittelt aufwachte, meine Hand beiseiteschlug und ächzte: »Herrgott, Lulu, du hast mich zu Tode erschreckt. Ich dachte, du wärst Oma McAllister und gekommen, um mich zu holen.« Danach ließ ich ihn seine Dämonen alleine bekämpfen.

Eines Sonntags schlich ich spätnachmittags auf Zehenspitzen aus seinem Zimmer, als ich ihn krächzend nach mir rufen hörte.

»Lulu.«

»Ich bin hier.«

»Ich weiß, ich kann hören, wie du hier herumschleichst wie ein verdammtes Gespenst.«

»Tut mir leid.«

»Muss es nicht – sind die Horden endlich abgezogen?«

»Ja.«

»Nur noch wir beide?«, flüsterte er.

»Ja.«

Die Sonne hüllte den Raum in ihre letzten Strahlen.

»Bring mich nach draußen.«

»Bist du sicher?«

Er nickte.

Er stand auf und schlüpfte mühsam in seine Pantoffeln. Ich griff nach seinem Morgenmantel.

»Nicht den«, sagte er. »Keine Altmännerklamotten.«

»Tja, irgendwas musst du dir aber überziehen«, erwiderte ich und holte eine Jacke für ihn aus dem Schrank.

Langsam gingen wir hinaus in den Garten und schritten durch das weiße Holztor in die Dünen, deren Flanken mit Strandgräsern bedeckt waren.

Eine Weile standen wir einfach nur da. Ich wollte gerade anmahnen, dass wir wieder reingehen sollten, raus aus der Kälte, als er nach meinem Arm griff. »Sieh mal«, sagte er, und der Druck seiner Finger auf meiner Haut wurde stärker. »Die Pipis erblühen.«

Duncan hatte mir schon davon erzählt. Wieder und wieder hatte er mir mit leuchtenden Augen geschildert, wie er nicht nur ein-, sondern bereits zweimal Zeuge dieses Augenblicks geworden war: einmal als Kind und ein zweites Mal vor einigen Jahren am Nelson Beach, wo er sich mit seinem alten Angelkameraden Jack Brearly einige Drinks genehmigt hatte.

Er hatte mir auch erzählt, wie die Leute ihn ausgelacht hatten. Sie waren der Meinung, aus ihm und Jack spräche der Rum, und kauften ihnen die Geschichte von diesem seltsamen, stillen Tanz nicht ab, der wie auf ein unsichtbares Kommando hin begann, wenn sämtliche Pipis plötzlich gleichzeitig aus dem Sand hervorbrachen, unter dem sie all die Zeit tief vergraben geschlummert hatten.

Die Muscheln fanden sich über den ganzen Strand verteilt zu kleinen Gruppen zusammen, salzige Klumpen, die sich zusammendrängten wie Männer, die an der Straßenecke ein Schwätzchen hielten. Dann rollten sie gemeinsam, in perfektem, taumelndem Gleichklang ins Meer. Irgendwie schienen sie genau zu wissen, welche Welle sie an ihr Ziel bringen würde.

Duncan nannte es die Blüte oder, in seinen romantischeren Momenten, den Tanz der Muscheln. Nun standen wir da und sahen ihrem merkwürdigen Wasserballett zu, bis sie alle verschwunden waren. Zurück blieben nur kleine Kuhlen im Sand, die anzeigten, von wo sie gekommen waren.

»Bravo«, flüsterte Duncan und machte auf dem Absatz kehrt.

Wir gingen zurück zum Haus, und ich brachte ihn wieder ins Bett. Ich beobachtete, wie er vor sich hindämmerte, und fragte mich, wohin ihn das Morphium wohl versetzen mochte. Ich wusste, dass darunter Orte waren, die für mich unerreichbar waren.

»Lulu.« Der Klang seiner Stimme überraschte mich. »Lulu?«

Ich beugte mich vor, während er mit der flachen Hand auf sein Bett klopfte und »Barney« flüsterte. Als er seinen Namen hörte, sprang der riesige Hund von seinem

Platz am Fuß des Bettes auf und ging neben Duncans Hand, die träge über die Matratze strich, in Stellung.

»Hoch«, krächzte Duncan. »Hoch mit dir, Junge.«

Noch bevor ich sagen konnte: »Ich weiß nicht, ob das so eine gute Idee ist, Duncan«, war Barney bereits mit einer geschmeidigen Bewegung aufs Bett gesprungen und hatte es sich gemütlich gemacht. Den Kopf legte er neben Duncan aufs Kissen wie eine sehr haarige, sehr hässliche alte Frau.

Beim Anblick der beiden dort nebeneinander im Bett fing ich an zu lachen. Doch dann klopfte Duncan auf die andere Seite des Bettes, und mir wurde klar, dass er wollte, dass ich mich dazulegte.

»Also gut«, sagte ich. »Rutsch rüber – aber wenn das in der Zeitung landet: ›Duncan McAllister neben verrückter Hochzeitsvöglerin und Hund tot in seinem Bett aufgefunden‹, werde ich dir das niemals verzeihen.«

Duncan stieß ein langes, tiefes, grollendes Glucksen aus, und Barney und ich kuschelten uns dichter an ihn heran.

»Lulu«, flüsterte er.

»Ja.«

»Dein Atem ist zum Davonlaufen.«

»Halt die Klappe, Duncan, du weißt, dass das Barney ist.«

»Und deine Beine sind erschreckend behaart«, fügte er hinzu. Jedes Wort kostete ihn Mühe. Unter der Decke tastete er nach meiner Hand und schloss seine Finger darum.

»Tja«, sagte er und drehte den Kopf, um mich noch einmal mit seinen Augen anzusehen, die selbst jetzt, da das Feuer in ihnen erlosch, noch funkelten. »Ich wäre ja gerne noch ein bisschen geblieben …«

Duncan erlangte das Bewusstsein nicht mehr wieder. Nach einer fünf lange Tage dauernden Reise in die Nacht, während der zahllose Leute kamen, ihre Lippen auf Duncans Stirn drückten und wieder verschwanden, tanzten die Muscheln ein letztes Mal am Strand, bevor sie zurück ins Meer rollten. Ihr weiches Inneres zuckte und bebte, doch unter ihrer perfekten, unvollkommenen Schale waren sie sicher und geborgen.

20

Hallo, Tallulah.«

»Schön, Sie wiederzusehen, Andrew.«

»Bitte setzen Sie sich. Kann ich Ihnen irgendetwas bringen – Tee, Kaffee, ein Glas Wasser?«

»Nein danke, ich habe gerade erst in dem Café unten einen Kaffee getrunken.«

»Also gut, dann legen wir mal los«, sagte Andrew Lyons und klopfte mit einem Bleistift auf seine Handinnenfläche.

»Ich hätte das auch alles am Telefon mit Ihnen besprechen können, aber ich fand es besser, persönlich mit Ihnen zu reden – zumal wir beide im Laufe der Jahre an diversen kleinen Verwicklungen teilhatten, für die Duncan augenscheinlich eine Vorliebe hatte.«

Ich nickte, denn ich wusste bereits, was jetzt kam; ich wusste es, seit Duncan mir von seiner Erkrankung erzählt und angefangen hatte, gelegentliche Andeutungen über meine Zukunft zu machen. Er hatte mir zu verstehen gegeben, dass ich mir »keine Sorgen zu machen« brauchte, dass für mich »gesorgt« sei; Worte, die mich jedes Mal bis ins Mark erschüttert hatten, wenn er wieder davon anfing.

Ich wollte nicht, dass für mich gesorgt war. Ich wollte nichts von Duncan McAllisters Sachen. Und ich wollte auch nicht hier in den Büroräumen von Ferris & Lyons am Rand eines nur allzu vertrauten Sofas sitzen, während Andrew um mich herumschwirrte wie eine fürsorgliche Fliege im beigefarbenen Anzug.

Alles was ich wollte – so albern, unmöglich, kindisch es auch sein mochte –, war, Duncan zurückzubekommen.

Ich wollte, dass Andrew zu mir sagte: »Das mag Sie jetzt überraschen, Lulu, aber in Wahrheit ist Duncan gar nicht tot. Jetzt gerade, in diesem Moment, erholt er sich auf einer nahezu unbekannten Insel in Melanesien, wo keinerlei Gefahr besteht, dass ihn jemand erkennen könnte. Er hat seinen Tod lediglich geschickt vorgetäuscht, um in Zukunft keine Steuern mehr entrichten zu müssen.«

Seit Duncans Tod hielt ich mich standhaft auf Stufe eins von Elisabeth Kübler-Ross' berühmten fünf Stufen der Trauer: Leugnung. Fieberhaft dachte ich mir eine Reihe unmöglicher Szenarien aus, wo er sich in Wirklichkeit aufhalten konnte, die von Mal zu Mal fantastischer wurden. Dabei dienten sie alle wohl einzig dem Versuch, die schmerzhafte Wahrheit von mir fernzuhalten – dass mein Freund gestorben war.

Doch in Andrews Büro wurde es zunehmend schwieriger, die Täuschung aufrechtzuerhalten, während meine Beine am Ledersofa festklebten, Schweißperlen meinen Nacken herabliefen und Andrew sich anschickte, mir zu verraten, was Duncan mir hinterlassen hatte.

Ich hatte nicht die geringste Ahnung, was es sein würde – der Mann war zu allem imstande gewesen. Obwohl Duncan bereits vor seinem Tod allgemein als wohlhabend galt, wusste doch niemand, wie wohlhabend genau. Selbst Kimmy soll angeblich die Kinnlade heruntergefallen sein, als sie erfuhr, wie groß ihr mehr-als-großzügiges Stück vom McAllister-Kuchen ausfiel.

Andrew entschuldigte sich und ging durch die schwere, holzgetäfelte Tür in den Raum hinüber, den Duncan immer als das »Allerheiligste des Allerheiligen« bezeichnet hatte. Ich blieb zurück, betrachtete die Urkunden an seinen Wänden und wünschte mir, ich hätte ihn doch um ein Glas Wasser gebeten.

An einer der Wände hing ein Foto von Duncan, auf dem er auf demselben Sofa saß wie ich gerade. Um ihn herum turnten Andrews Kinder, sodass er von einer verschwommenen Schar aus Gliedmaßen und lächelnden Mündern voller Zahnlücken umgeben war.

Die Erinnerung an eines unserer letzten Gespräche schoss mir durch den Kopf.

»Lulu«, hatte er eines Morgens zu mir gesagt, während ich dabei war, das Gästezimmer herzurichten. »Glaubst du, dass du eines Tages Kinder haben wirst?«

»Keine Ahnung«, antwortete ich. »Ich hätte gerne welche – aber falls es dir nicht aufgefallen ist: Zurzeit besteht ein signifikanter Mangel an potenziellen Vätern.«

»Na, darüber musst du dir bestimmt keine Sorgen machen, meine Liebe«, erwiderte er und setzte eine seiner rätselhaften »Ich weiß etwas, was du nicht weißt«-Mienen auf, mit denen er einen regelmäßig in den Wahnsinn treiben konnte. »Nein«, kicherte er. »Das sollte ganz sicher kein Problem sein.«

O Gott. Mich durchzuckte ein grauenhafter Gedanke. Vor lauter Panik richtete ich mich so schnell auf dem Sofa auf, dass sich meine schwitzige Haut mit einem schmerzhaften Ratschen vom Leder löste.

Hatte mir Duncan etwa sein Sperma hinterlassen?

Das war ihm durchaus zuzutrauen; ja, je länger ich darüber nachdachte, desto wahrscheinlicher schien es mir. Als Andrew schließlich zurückkehrte, war ich felsenfest davon überzeugt, dass er eine Art vergoldeter Petrischale in den Händen halten würde.

»Bitte entschuldigen Sie, Lulu«, sagte er. »Ich musste eben etwas nachsehen – aber jetzt will ich Sie nicht länger auf die Folter spannen.«

Er hob die Finger an die Lippen und pfiff. Ein scharfer, schriller Ton durchschnitt die Stille.

Dann stieß eine vertraute zottelige Gestalt mit ihrem gewaltigen Schädel die Tür des Allerheiligsten des Allerheiligen auf und kam auf uns zugaloppiert.

Barney.

Duncan hatte mir Barney vererbt.

Andrew reichte mir einen Brief, derweil Barney um unsere Füße herumtollte und seinen riesigen Kopf zwischen unsere Beine zwängte, bevor er sich zu guter Letzt zwischen uns niederließ. Ich öffnete den Brief und las.

Liebe Lulu,
wenn du das hier liest, BIN ICH BEREITS TOT – das wollte ich immer schon mal schreiben. Dramatisch, oder? Wie in einem Agatha-Christie-Roman: In einer wilden, stürmischen Nacht versammeln sich alle im Herrenhaus, um der Verlesung des Testaments des alten Herrn beizuwohnen. Wie auch immer. Wenn du das hier liest, bin ich wirklich bereits tot, und du bist die neue Besitzerin eines meiner größten Schätze: Barney.
Ich weiß, wie schwer es ist, heutzutage eine Wohnung zu finden, wenn man ein Haustier hat, erst recht, wenn es sich dabei möglicherweise um

einen Wolf handeln könnte. Daher habe ich mit Andrews Hilfe ein Arrangement getroffen, um Barney auch in Zukunft ein Heim zu bieten, das seinen Gewohnheiten entspricht.
Aus diesem Grund habe ich Barney sein eigenes Haus auf Willow Island gekauft, ganz in der Nähe von Lingalonga, das ich, wie du vermutlich weißt, den Kindern vererbt habe.
Es ist nichts Besonderes, daher ist es dir bisher vielleicht noch nicht aufgefallen. Bloß eine nette kleine Hütte am Meer, wo Barney genügend Platz zum Herumrennen und genügend Bäume zum Markieren hat.
Leider sind die rückständigen Gesetze unseres Landes nicht in der Lage anzuerkennen, was wir beide längst wissen, nämlich dass Barney in Wahrheit ein menschliches Wesen ist. Daher war ich gezwungen, sein neues Zuhause in deinem Namen zu erwerben.
Jetzt sei deswegen nicht gleich eingeschnappt, Tallulah. Du bist lediglich dem Namen nach und im juristischen Sinn die Eigentümerin. In Wahrheit gehört es Barney, damit er dort glücklich und zufrieden bis ans Ende seiner Tage fressen kann. Währenddessen darfst du ihn selbstverständlich gerne besuchen oder, was vermutlich der Fall sein wird, dort wohnen – so lange du willst oder so lange du brauchst, um glücklich zu werden.
Ich weiß, dass du nicht glücklich bist, Tallulah. Mein größter Wunsch ist es daher, dass du, indem du dich um Barneys neues Zuhause kümmerst, auf Willow Zuflucht vor dem Sturm findest, der dich umtost.

Sei nicht sauer auf mich – ich ertrage es nicht, wenn du sauer auf mich bist. Außerdem kann ich mich nicht mehr wehren, das wäre also mehr als unsportlich von dir.
Dein Freund,
Duncan
PS: Ich frage mich, wo ich wohl gerade bin, du nicht? Ich hoffe ja, es ist Hawaii.

»Also«, erkundigte sich Andrew. »Was halten Sie davon?«

Ich sah auf. In dem Moment, als mein Blick auf Barney fiel, dessen Leine schlaff am Boden lag, ohne dass eine gewisse vertraute Hand sie am anderen Ende festhielt, war es um mich geschehen.

Duncan lag nicht schaukelnd in einer Hängematte unter Kokospalmen. Er verschwand auch nicht in einem Speedboat in die Dunkelheit der Nacht, an dessen Steuer eine Frau in einem weißen Bikini und mit einem Anglermesser zwischen den Zähnen stand.

Duncan war tot, das wurde mir in dem Moment bewusst, als ich sein einsames, reiterloses Pferd sah.

»Ich weiß es nicht«, antwortete ich. »Ich weiß nicht, was ich davon halten soll. Ich wollte doch gar nichts von ihm.«

»Das wusste er, Lulu«, erwiderte Andrew. »Deshalb hat er es Ihnen geschenkt.«

»Was für ein Haus ist es denn?«, fragte Simone aufgeregt und ungeduldig. Sie war völlig überdreht von den drei Tassen Kaffee, die sie in der halben Stunde in sich hineingekippt hatte, seit wir in dem Café gegenüber ihrem Arbeitsplatz saßen.

»Weiß ich nicht, ich habe es ja noch nicht gesehen.«

»Gott, ich wünschte, jemand würde mir ein Haus schenken«, seufzte sie.

»Tja, ich wünschte, er hätte es nicht getan.«

»Sei nicht albern, Lulu. Außerdem hast du doch erzählt, dass er es Barney geschenkt hat, und nicht dir.«

Wir sahen beide Barney an, der gerade damit beschäftigt war, Stellas Schuhe mit seiner großen, schlabbrigen Zunge rhythmisch abzuschlecken.

»Was wirst du jetzt machen?«, erkundigte sich Simone, während sie Barney mit dem linken Fuß von ihrem rechten Schuh wegschob. »Hast du vor, dort einzuziehen?«

»Keine Ahnung. Ich dachte, ich sehe es mir erst mal an und verbringe vielleicht ein bisschen Zeit dort. Im Moment kann ich sonst ja sowieso nirgends hin ...«

»Du weißt, du kannst immer bei mir wohnen, Lulu. Aber du solltest zumindest einmal hinfahren – sieh es dir an und überleg dir dann, was du damit anfangen willst. Wir mit?«, fragte Simone. In letzter Zeit hatte sie so viel um die Ohren, dass sie dazu übergegangen war, auf, wie sie es nannte, »überflüssige« Wörter zu verzichten.

»Nein, ich glaube, das sollten Barney und ich alleine machen. Aber danke.«

»Willst.«

»Hör auf damit, Simone. Es heißt: Wie du willst. *Wie du* willst.«

»Und trotzdem wusstest du, was ich meine, oder?«

»Ich nicht«, warf Stella ein. »Wie auch immer, zurück zu dieser Haussache. Wann wolltest du denn hinfahren?«

»Dieses Wochenende.«

»Dann bringen wir dich aber wenigstens zur Fähre«, bot Simone an.

»Nein danke«, lehnte ich ab. »Das habe ich bereits eine Million Mal gemacht, ich komme schon klar.«

»Wann können wir vorbeikommen und es uns ansehen?«, beharrte sie.

»Weiß ich noch nicht«, antwortete ich. »Ich rufe euch an, sobald ich mich eingerichtet habe.«

»Hier«, sagte Stella und holte ein kleines goldenes Medaillon aus ihrer gigantischen grünen Tasche, die sie immer mit sich herumtrug. »Nimm das mit.«

Ich betrachtete die glänzende, runde Plakette in meiner Hand und stellte fest, dass es sich um den heiligen Christophorus handelte, den Schutzheiligen der Reisenden.

»Verdammt noch mal, Stella«, schimpfte Simone. »Wer trägt denn bitte Heiligenbildchen mit sich rum? Wen hast du noch alles da drin?«

»Ähm, mal sehen«, murmelte Stella und wühlte in dem grünen Schlund herum. »Theresa, glaube ich, Judas Thaddäus und Florian.«

»Florian?«, schnaubte Simone. »Wofür ist der denn zuständig? Der Schutzheilige der Frisöre?«

»Nein, Kaminkehrer«, entgegnete Stella spitz.

»Na, dann hat er hier in der Gegend ja echt viel zu tun.«

»Hör jetzt auf, Simone«, sagte ich. »Danke für das Medaillon, Stella, ich stecke es in meinen Rucksack.«

»Oh, Herr Himmel«, stöhnte Simone.

»Es heißt Herr im Himmel, Simone, Herr *im* Himmel«, seufzte Stella.

Alle Welt schien mich unbedingt auf meine erste Fahrt zu Barneys neuem Zuhause begleiten zu wollen, selbst Rose, die ich ein paar Tage vor meiner Abreise besuchte.

»Ich komme mit dir, Lulu«, sagte sie entschlossen.

»Rose, das ist wirklich nicht nötig, ich schaffe das schon.«

»Ich weiß, dass es nicht nötig ist«, erwiderte sie. »Aber ich komme trotzdem mit.«

»Aber das musst du meinetwegen echt nicht tun.«

»Aber meinetwegen.«

Harry sah uns zu und genoss eindeutig jede Minute dieses Wettstreits zwischen seiner Frau und seiner Tochter, wer von uns der größere Sturkopf war. Rose schlug sich wacker.

»Rose«, sagte ich. »Du kannst später nachkommen. Das ist eine ganz schöne Strecke; wir steigen nicht einfach ins Auto und, schwupps, sind wir da.«

Wäre es allerdings so gewesen, hätte zum ersten Mal seit langer Zeit nicht ich hinter dem Steuer gesessen, sondern Rose. Harry hatte mir erzählt, dass er vor einigen Wochen auf Rose' ausdrücklichen Wunsch hin ihren Kombi aus der Garage gerollt, ihn gewaschen und von oben bis unten durchgecheckt hatte und anschließend einige Runden damit um den Block gefahren war. Dann hatte Rose sich hinters Steuer gesetzt und den Wagen angelassen und war schließlich in Alexis und mit einem neuen Hut auf dem Kopf davongebraust.

Seitdem war sie jeden Tag ein Stückchen weiter gefahren. Bis sie entdeckt hatten, dass ihr Führerschein abgelaufen war. Um einen neuen zu bekommen, hatte sie die ganze Prüfung noch mal ablegen müssen. Doch jetzt steckte er in ihrem Portemonnaie, wie sie mir stolz gezeigt hatte. »Ist das zu fassen, Lulu? Ich sehe gar nicht mal so schlecht aus für mein Alter, findest du nicht?«

»Du siehst toll aus«, hatte ich geantwortet, und dann hatten wir eine Weile nur dagesessen und die Miniatur-Rose betrachtet, die uns unter der Plastikfolie entgegenlächelte.

Ich freute mich wahnsinnig für sie – und für Harry, der endlich seine lachende Rose wiederhatte, das Mädchen, das aus seinem Kleid schlüpfte und in Wassertümpel sprang. Nur dass sie jetzt mit einem Hut auf dem Kopf in ihrem Wagen davonbrauste und mit Abendessen von der Imbissbude zurückkehrte. »Einfach so«, staunte Harry.

Doch ich hatte auch gelernt, dieser Rose in voller Blüte zu misstrauen. Ich hatte sie schon früher so gesehen und wusste, wie schnell ihre Schultern auch wieder herabsinken konnten. Wie Blütenblätter, die zu Boden schwebten. Wenn sie so war wie jetzt, versuchte sie immer, so schnell wie möglich wieder ihren Platz in der Familie einzunehmen, voller Ungeduld, die entstandenen Risse zu kitten. Nun wollte sie also mit mir nach Willow fahren, aber ich war noch nicht bereit dafür. Ich war noch nicht bereit für sie.

»Rose«, sagte ich. »Nächstes Mal nehme ich dich mit, versprochen; lass mich nur erst einmal alleine hinfahren.«

»Also schön«, antwortete Rose. »Aber ich backe dir ein paar Butterkekse.«

21

Diesmal nahm ich nicht die Fähre nach Willow.

Stattdessen nutzte ich das nagelneue »Kurzfahrer«-Angebot, das Walter Prentice' ehemalige Aushilfskraft ins Leben gerufen hatte. Der Typ, der mir mal ins Gesicht gesagt hatte, ich würde schwitzen.

»Um ehrlich zu sein, war das Duncans Idee«, erzählte er mir, als ich anrief, um die Überfahrt zu buchen. »Er meinte, Willow bräuchte dringend eine Verbindung für Leute, die sich nicht erst groß damit rumschlagen wollen, ihr Auto vollzuladen. Oder die nur für ein, zwei Tage rüberfahren.«

Oder, dachte ich bei mir, für Leute, die so viel Ballast mit sich herumschleppen, dass sie kein zusätzliches Gepäck mehr brauchen.

»Wie auch immer«, verkündete der Mann am anderen Ende der Leitung. »Mein Name ist Will Barton, und es wäre mir eine Freude, Barney und Sie rüberzubringen, wann immer Ihnen danach ist.« Dann fügte er hinzu: »Duncan sagte, ich solle gut auf Sie beide achtgeben.«

»Ach ja?«, fragte ich. Einerseits ärgerte ich mich mal wieder über Duncan, andererseits fand ich es irgendwie tröstlich, dass er sich offenbar noch vom Grab aus in mein Leben einmischte.

»Jepp«, antwortete er. »Ich habe außerdem noch einen Bootsbaubetrieb und einen Hausmeisterservice auf Willow, deswegen meinte Duncan, ich solle Sie ein bisschen im Auge behalten.«

Das ging mir nun doch etwas zu weit. Ich legte auf und sagte laut ins Nichts: »Duncan, ich bin kein dreijähriges Mädchen auf einem Kindergartenausflug, klar?« Dann fing ich an, meine Sachen, die ich mit nach Willow nehmen wollte, in einen Rucksack zu stopfen.

Ich fragte mich, wie vielen Leuten Duncan wohl noch aufgetragen hatte, mich »ein bisschen im Auge zu behalten«. Als ich Simone und Stella später davon erzählte, lehnte Simone sich jedoch lediglich zurück und bemerkte: »Na ja, ganz unrecht hatte Duncan da ja vielleicht nicht, Lulu. Ich meine, sieh dir doch nur mal an, was passiert, wenn man dich alleine lässt.«

Stella hatte darauf bestanden, mich zum Anleger zu bringen, wo Walters Fähre und nun auch Wills deutlich kleineres Boot die Passagiere nach Willow aufnahmen. Als Walter mich sah, hob er die Hand, und ich winkte zurück. In diesem Moment wünschte ich mir, ich hätte doch das Auto genommen, und sei es nur, um sein ledriges Gesicht an meinem Fenster zu sehen, wenn er ankündigte: »Moin, moin, Lulu. Wir kriegen 'n bisschen Wind aus Nordost, aber der passt uns ganz gut in 'n Kram.«

»Der Kerl sieht aus wie ein angebissener Pekannusskuchen«, hatte Duncan jedes Mal gesagt, sobald Walter davongegangen war.

Duncan.

Bis zu dem Moment, als ich Walter Prentice sah, hatte ich kein bisschen darüber nachgedacht, wie schwer diese Fahrt nach Willow sein würde. Inmitten all der Leute, die mich über das Haus ausgefragt hatten, war mir völlig entgangen, dass dies meine erste Reise nach

Willow werden würde, ohne dass Duncan neben mir saß oder am Tor von Lingalonga auf mich wartete. Es fühlte sich falsch an, so als hätte ich keinen Grund, dort zu sein.

Ich stellte meinen Rucksack ab und kniete mich neben Barney. Seine schokoladenbraunen Augen gaben mir Halt, bis er bellend auf Will Barton zurannte, der gerade mit seinem Boot angefahren kam.

»Hey, Barney, alter Junge«, rief er. »Schön, dich zu sehen, Kumpel.« Er navigierte das Boot ans Ufer, dann schaltete er den Motor ab und zog die Jolle auf den nassen Sand.

»Hey, Tallulah«, sagte er. »Freut mich, Sie zu sehen. Soll ich Ihnen den Rucksack abnehmen?«

»Nein, danke, ich bin daran gewöhnt«, antwortete ich, während ich mir insgeheim wünschte, ich hätte auf Simones Rat gehört und ihn mit ein paar Aufnähern versehen: »Damit es aussieht, als wärst du ein bisschen rumgekommen, Tallulah.«

Barney war bereits mit einem Satz an Bord gehüpft und hatte sich der Länge nach ausgestreckt. Ich folgte ihm, allerdings auf eine sehr viel ungraziösere Weise. Um ein Haar hätte der Rucksack mich umgerissen, als ich ihn schwungvoll aufsetzte.

Keine Ahnung, warum ich mir für meine Fahrt nach Willow einen Trekkingrucksack zugelegt hatte; irgendwie kam mir das einfach passender vor als ein Koffer – »irgendwie ›inselmäßiger‹«, hatte Stella mir zugestimmt, während Simone nur einen Blick darauf geworfen und dann bemerkt hatte: »Das ist ja so *Lonely Planet.*«

Nun, da Will den Motor anließ und wir aufs Wasser hinausfuhren, sodass die kleinen Wellen in einem beständigen Rhythmus gegen den Bug klatschten, wünschte ich mir, ich hätte sie mitgenommen.

Ich war seltsam nervös, und die Enge des Raumes, den wir uns an Bord teilten, half auch nicht gerade. Irgendwie hatte ich das Gefühl, mich mit ihm unterhalten zu müssen, nur wollte mir partout kein geeignetes Thema einfallen.

Will Barton sprang in die Bresche, indem er anfing, mir von dem Haus zu erzählen, das Duncan mir gekauft hatte.

Der Vorbesitzer, berichtete Will, war ein Kerl namens Terry Danvers gewesen, ein großmäuliger, klein gewachsener Mann, der vorgehabt hatte, es in einen Freizeitklub zu verwandeln, die Willow-Island-Wassersportvereinigung.

»Etwas umständlich, der Name«, bemerkte ich.

»Ja«, erwiderte Will grinsend. »Er hat versucht, ihn abzukürzen, aber WIWSV hat sich leider auch nicht durchgesetzt.«

Terry hatte einige Monate damit zugebracht, das Haus auf Vordermann zu bringen, erzählte Will weiter. Doch dann hatte er sich eines Tages einfach aus dem Staub gemacht. Er war in einem seiner eigenen Kanus losgepaddelt und hatte seitdem nie wieder einen Fuß auf die Insel gesetzt.

Einige Jahre später war er auf dem Festland wieder aufgetaucht. Zurück blieben ein gewaltiger Schuldenberg, dessen sich seine Mutter zu guter Letzt annahm, und ein verlassenes Klubhaus, in dem die Inseljugend Lagerfeuer machte und erste Küsse austauschte.

Seitdem stand es leer, kaum mehr als die Schale eines Hauses, das nach und nach von Kängurubäumen zugewuchert wurde, während sich in den Ecken der

Sand auftürmte. Als Duncan es kaufte, erklärten ihn die Leute für verrückt.

Will lächelte. »Das hat ihn aber kein bisschen interessiert. Er meinte bloß, es hätte einen exzellenten Knochenbau.«

Duncan hatte Will gebeten, sich um die Renovierung zu kümmern und die Bauunternehmer und Geschäftsleute zu überwachen. Nachdem alles frisch gestrichen und neu verkabelt war, nachdem die Abwasserleitungen »versorgt« und die riesigen klaffenden Löcher in den Wänden durch Fenster ersetzt worden waren, hatte Will erkannt, dass Duncan recht gehabt hatte. Das Haus besaß einen guten Knochenbau.

»Wo wir gerade beim Thema Knochen sind«, fuhr Will fort. Sein letzter Job für Duncan habe darin bestanden, die neue Tiefkühltruhe mit einem Vorrat für Barney vollzuladen. »Da sind jetzt so viele drin, das dürfte Ihnen für Jahre reichen«, erklärte Will. »Im Falle eines Atomkrieges würde ich mich dann übrigens bei Ihnen einnisten.«

Ich lächelte. Dann übergab ich mich über den Rand des Bootes in das klare Wasser der Bucht.

»Tut mir leid«, entschuldigte ich mich mit hochrotem Kopf, als ich fertig war. »Normalerweise macht mir die Überfahrt nichts aus, aber ich glaube, ich bin ein bisschen nervös.«

Nervös und völlig aufgelöst über Duncans Geschenk. Wie viel Arbeit er investiert hatte, damit es Barney und mir gut gehen würde! Und wie sehr ich mir wünschte, er würde neben mir sitzen, die Finger tief in Barneys Fell vergraben.

»Ich vermisse Duncan«, platzte es aus mir heraus, als Will Barton mir eine Flasche mit kaltem Wasser reichte, die er von einem Regalbrett in Griffweite genommen hatte. »Diesen dummen alten Mistkerl.«

»Sie kommen schon zurecht«, antwortete er.

Hastig nahm ich einen Schluck und sah zu Barney hinunter – der mich von seinem Platz unter meinem Sitz aus vorwurfsvoll anblickte.

»Ach, hör doch auf«, sagte ich zu ihm. »Als hättest du nicht schon weitaus Schlimmeres angestellt.« Will Barton stieß ein bellendes Gelächter aus.

»Duncan hat mir erzählt, dass Sie witzig sind«, bemerkte er.

O Gott, dachte ich, *was hat er ihm wohl sonst noch alles erzählt?*

Dann kamen die vertrauten Umrisse von Willow Island in Sicht – zuerst ein paar vereinzelte Känguru-bäume, zwischen deren Ästen kurz darauf eine kleine, felsige Bucht auftauchte, und schließlich der lange hölzerne Anlegesteg, über den Besucher ihr Gepäck an Land schleppten.

»Wunderschön, nicht wahr?«, sagte Will. »Ich kann von dieser Insel einfach nicht genug bekommen.«

»Mmm-hmmm«, stimmte ich ihm mit der Wasserflasche an den Lippen zu. Für mein Gefühl hatte ich während dieser Überfahrt schon viel zu viel von mir preisgegeben, da konnte ich Atem, der nach Erbrochenem roch, nicht auch noch gebrauchen.

Will schaltete in den Leerlauf, stellte den Motor ab und warf ein Tau um die Klampe. Dann wuchtete er sich meinen Rucksack auf die Schulter und trat auf den Steg.

Barney war bereits von Bord gesprungen und rannte nun am Ufer auf und ab, bevor er über einen sandigen Pfad davonlief und verschwand.

»Barney!«, rief ich ihm nach. »Hierher, komm zurück!«

»Er kommt schon zurecht«, sagte Will. Einen Moment lang fragte ich mich, ob das seine Antwort auf alles war.

Er stellte meinen Rucksack auf dem altmodischen hölzernen Gepäckwagen ab und lief damit bis zum Ende des Docks.

»Ich bringe Sie noch bis zum Haus, wenn Sie wollen«, bot er an. »Es ist nicht sehr weit.«

»Nein, vielen Dank. Ab hier komme ich alleine klar, ich habe ja eine Karte«, erwiderte ich und zog den Zettel aus der Tasche, den Andrew Lyons mir gegeben hatte. Dann entdeckte ich Barney in der Ferne und fügte hinzu: »Außerdem sieht es aus, als wüsste mein Wolf, wo es langgeht.«

»Okay«, antwortete Will. »Aber vielleicht schaue ich nachher noch mal bei Ihnen vorbei, um zu sehen, ob auch alles in Ordnung ist.«

»Prima, danke«, sagte ich. Meine Stimme klang plötzlich seltsam hoch und gar nicht mehr nach mir. »Bis später dann, Will.«

Ein kurzer Gedanke schoss mir durch den Kopf: *Das ist das erste Mal, dass ich ihn beim Namen genannt habe.*

Während ich den Pfad entlanglief, hatte ich das Gefühl, als ruhten sämtliche Augen der Insel auf mir. Einige davon lugten ganz sicher hinter den verräterisch zuckenden Spitzengardinen hervor.

Will hatte mir erzählt, dass Duncan sich den Inselbewohnern gegenüber ungewöhnlich verschlossen gegeben hatte, was seine Pläne mit dem ehemaligen Hauptquartier der WIWSV anbetraf.

Infolgedessen war die Frage, wer wohl dort einziehen würde, zu einem beliebten Ratespiel auf der Insel geworden – manche Bewohner tippten auf eine von Duncans Exfrauen, andere auf eine Geliebte. Eine der ausgefalleneren Theorien besagte, dass es sich um Duncans wenig bekannten, fürchterlich entstellten Bruder handelte, der auf die Insel geschickt wurde, um dort den grausamen Blicken und neugierigen Augen zu entkommen.

»Das haben Sie doch wohl nicht etwa geglaubt, oder?«, fragte ich Will.

»Nein«, antwortete er. »Ich habe das geglaubt, was Duncan mir erzählt hat.«

»Und das war?«

»Dass er es für Sie gekauft hat, weil Sie seine beste Freundin waren«, erwiderte Will. »Und außerdem Barneys Patentante.«

Inzwischen hatten Barney und ich die Infotafel erreicht, die auf der Karte eingezeichnet war.

Willow Island, stand auf der Tafel, war offiziell unter dem Namen Casuarina Island bekannt. Der Name stammte von den Kängurubäumen oder Schachtelhalmblättrigen Kasuarinen, mit denen die Dünen übersät waren. In den frühen 1950er Jahren hatte sich unter den Einheimischen jedoch der Name Willow Island durchgesetzt, da die Bäume durch den starken Wind, dem sie Tag für Tag ausgesetzt waren, mit der Zeit so krumm gebeugt wuchsen, dass sie auf den ersten Blick wie Trauerweiden aussahen. Nichtsdestotrotz, versicherte das Schild den Besuchern in fröhlichem Tonfall, sei Willow Island kein Ort der Trauer. Vielmehr gelte es, die Stärke der Kasuarinen zu feiern, die den Winden, die sie umtosten, eisern standhielten.

Verdammt noch mal, Duncan, dachte ich. *Wie viele Botschaften kann ein einzelner Mann eigentlich noch aus seinem Grab senden?*

Die Insel, verriet das Schild, war dreiundsechzig Kilometer lang und siebenundfünfzig Kilometer breit. Derzeit lebten dort 376 Einwohner – die Zahl war mit Kreide geschrieben, damit sie bei Bedarf schnell abgeändert werden konnte –, an den Wochenenden und in den Ferien waren es jedoch deutlich mehr.

Ich griff nach dem Kreidestummel, um die Zahl in 377 – oder besser 378, wenn ich Barney mitzählte – zu ändern, legte ihn dann aber unverrichteter Dinge wieder zurück.

Nur nichts überstürzen, Tallulah, ermahnte ich mich selbst und packte Barneys Leine.

Ich ließ mir von ihm den Weg zeigen. Er trabte jetzt ruhig vor mir her, statt wie vorher aufgeregt in den Büschen herumzuwühlen oder weit vorauszugaloppieren. Ich folgte ihm, duckte mich unter Ästen hindurch, lauschte den Wippflötern, die sich irgendwo darin verbargen, atmete die klare, feuchte Luft ein und betrachtete die lange, gewundene Spur, die eine Schlange vor mir im sandigen Boden hinterlassen hatte.

Mit einer Hand hielt ich meinen Hut fest, damit der Wind ihn nicht fortblies, und stapfte immer weiter hinter Barney her, bis ich schließlich vor der hohen, sich windenden Steinmauer stehen blieb, zu der er mich geführt hatte.

Avalon Road – ehemalige Heimstatt der WIWSV und Barneys und mein neues Zuhause.

Barney schob das Holztor mit seinem patronenförmigen Kopf auf und rannte auf ein weißes Haus zu, das am anderen Ende des Pfades kauerte. Wie ein betrunkenes Schiff lehnte es sich leicht nach links. Ich begann ebenfalls zu rennen. Der Rucksack hüpfte auf meinen Schultern auf und ab, während ich auf das Haus mit den drei Dachvorsprüngen zulief, die aussahen wie Segel im Wind.

Barney hatte inzwischen die unverschlossene Eingangstür aufgeschoben, sich auf den grauen Schieferfliesen niedergelassen und erwartete mich bereits, als ich keuchend hinter ihm über die Schwelle trat. Ich zog die Schuhe aus, damit ich die Kühle der Fliesen spüren konnte, und wanderte barfuß durch das Haus und seine weiß getünchten Zimmer.

Die Räume waren weitläufig und luftig, mit Holzrahmen an den Fenstern und rauen Betonböden. Es gab eine Küche mit Giebeldach und eine lange Tafel, groß genug, dass ein Dutzend Leute daran Platz fand – »Jetzt müssten wir hier nur noch ein Dutzend Leute kennen, Barney«, bemerkte ich. Die Schränke waren bereits mit den wichtigsten Gebrauchsgegenständen ausgestattet.

Ich machte mir eine Tasse Tee, wofür ich eine Weile in den ungewohnten Schubladen und Schränken herumkramen musste, bis ich Tassen und Zucker fand. Als ich sie endlich aufgestöbert hatte, verspürte ich ein geradezu lächerliches Triumphgefühl.

Mit der Tasse Tee in Händen fühlte ich mich deutlich wohler. Ich tappte die drei Steinstufen ins Wohnzimmer hinab, wo zwei riesige, dick gepolsterte Sofas vor einem Bücherregal standen, das sich über eine ganze Wand erstreckte und gerammelt voll mit Büchern war.

Ich strich mit dem Finger über die Buchrücken. Als mir aufging, dass es Duncans waren, breitete sich ein Lächeln auf meinem Gesicht aus. Duncan hatte Bücher geliebt und immer gewollt, dass es allen anderen auch so ging.

Ich ließ den Blick über seine Lieblingsbände schweifen. Vor meinem inneren Auge sah ich, wie er seine Nase tief in ihren Seiten vergrub, bevor er aufsah und zu mir sagte: »Manchmal, Lulu, kann ich ihnen gar nicht nah genug sein.«

Barney stupste mich ungeduldig an. Er wollte weiter, wollte mich nach oben führen, um mir die Schlafzimmer zu zeigen – ich zählte ganze sechs. Die würde ich nie im Leben alle vollkriegen.

Dann stiegen wir eine steile, enge Treppe hinauf, die in ein weiteres Schlafzimmer führte. Der Dachboden war zu einem Loft ausgebaut worden, das Barney nun für uns in Beschlag nahm, indem er seine üblichen drei Runden drehte, bevor er sich auf den Bettvorleger plumpsen ließ, den er als seine künftige Schlafstatt auserkoren hatte.

»Ich weiß nicht, Barney«, gab ich zu bedenken. »Die Treppe könnte ein Problem für dich werden.«

Er sah mit wässrigen Augen zu mir auf, schnaubte etwas Ekliges aus und schlief gleich darauf ein.

Tja, dachte ich, so viel also zu dem sündhaft teuren Snoozy-Paws-Hundekorb, den ich extra für ihn hatte anfertigen lassen und den ganzen Weg in sein neues Zuhause geschleppt hatte.

Ich legte mich auf das Bett, das sich anfühlte wie das gesamte Haus darunter – groß, weiß, ausladend –, und lauschte den Geräuschen meines neuen Heims: Barneys Schnarchen, dem Knarren der Kängurubäume vor dem Fenster, dem Donnern des Ozeans und – dem Klopfen an der Tür. Ich schoss senkrecht in die Höhe.

Barney rappelte sich auf, raste in Windeseile die

Treppen hinab und schnüffelte an dem Spalt unter der Tür.

»Wer ist da?«, rief ich.

»Julia Bendon, Ihre Nachbarin.«

Ich öffnete die Tür und sah mich einer Bohnenstange von Frau gegenüber, die einen Teller mit warmem Essen in Händen hielt, den sie mit einem Geschirrtuch abgedeckt hatte.

»Hallo«, sagte sie und streckte ihn mir entgegen. »Ich wollte Ihnen dieses Abendessen vorbeibringen, um Sie auf der Insel willkommen zu heißen. Und um ein bisschen herumzuschnüffeln, versteht sich.«

Ich lachte und nahm den Teller entgegen, geradezu absurd glücklich darüber, jemanden kennenzulernen, der hier auf der Insel ganz in meiner Nähe wohnte.

»Na ja«, antwortete ich. »Zumindest sind Sie ehrlich.«

»Nicht immer«, erwiderte Julia Bendon.

Später, als unsere Freundschaft längst so robust war wie die Mahlzeit, die sie mir an jenem ersten Abend vorbeigebracht hatte, erzählte mir Julia, dass sie mich bei meiner Ankunft vom Fenster aus beobachtet hatte.

»Es ist normalerweise nicht meine Art, hinter dem Vorhang zu stehen und anderen Leuten hinterherzuspionieren«, betonte sie. »Aber Duncan hat so ein verdammtes Geheimnis um dich gemacht, dass ich einfach nicht anders konnte!«

Sie gestand auch, dass sie bei meinem Anblick ein bisschen enttäuscht gewesen sei.

»Weil ich keinen Buckel hatte, meinst du?«, fragte ich nach.

»Nicht mal ein leichtes Hinken«, erwiderte sie. »Boris« – Julias Ehemann – »hat die ganze Zeit versucht, mich vom Fenster wegzuholen. ›Lass das arme Mädel in Ruhe‹, sagte er. ›Gib ihr doch wenigstens eine Chance, erst mal anzukommen.‹«

»Und was hast du gesagt?«

»Ich sagte, ich würde dir eine Stunde geben und dann würde ich dir etwas zum Abendessen vorbeibringen.«

Bei der Erinnerung daran mussten wir beide lachen. In Wahrheit verlief dieser erste Nachmittag deutlich unbehaglicher. Ich feuerte eine höfliche Frage nach der anderen auf sie ab, als befänden wir uns bei einem Vorstellungsgespräch: »Und wie heißt Ihr Ehemann, Julia?«

»Boris.« – *Boris?* – »Und arbeiten Sie beide hier auf der Insel?«

»Nicht mehr, wir sind beide in Rente. Davor waren wir auf dem Festland im Einzelhandel tätig.«

Julia dagegen legte bemerkenswerte Zurückhaltung an den Tag und stellte nur wenige Fragen zu meiner Person. Später allerdings gestand sie mir auch, dass sie Will an diesem Nachmittag am Strand abgefangen hatte, um ihn über mich auszuquetschen.

Er hatte allerdings nur gesagt, ich schiene »ganz nett« zu sein. Eine typische Männerantwort, konstatierte Julia seufzend. »So unaufmerksam«, schnaubte sie.

Doch Will sah deutlich mehr, als Julia glaubte.

Wie ich später herausfand, wusste er alles über mich, einschließlich der Tatsache, dass ich, obwohl ich mit bloß einem Rucksack auf der Insel eingetroffen war, jede Menge Ballast mit mir herumschleppte.

Na ja, wenigstens ein kleines bisschen davon hatte ich bereits auf der Überfahrt buchstäblich dem Wasser übergeben.

In meinen ersten Wochen auf Willow passierte nicht viel. Ich erkundete die Insel mit Barney, las Duncans Bücher und lernte einige der Leute kennen, die hier lebten.

Da ich etwas Geld zusammengespart hatte, brauchte ich mir fürs Erste keine Gedanken um einen neuen Job zu machen. Ich wusste zwar, dass diese Trägheit nicht von Dauer sein konnte, aber bis dahin genoss ich es, zwischen den Salzwassertümpeln in der Lonergan's Bay spazieren zu gehen, am Spanish Bay für Barney ein Stöckchen nach dem anderen zu werfen und einfach die Seele baumeln zu lassen.

Julia wurde schnell zu einer guten Freundin und betätigte sich außerdem als meine persönliche Inselführerin. Wenn die größte Hitze des Tages nachließ, erklommen wir oft den steilen Pfad hinauf zu Racey O'Learys Felsen, und manchmal brachte Julia ein Tuch mit, um die Kupferplakette zu polieren, die langsam Grünspan ansetzte.

Darauf stand, dass im Jahre 1902 ein gewisser Douglas O'Leary den ganzen Weg hier hinaufgerannt war, um ein Feuer zu entfachen, das möglichen Überlebenden der Brereton Venturer, die vor Willows Küste untergegangen war, den Weg weisen sollte. Als er wieder unten ankam, hatten die Leute Douglas bereits in »Racey« umgetauft, und eine Legende war geboren.

Damals war Racey O'Leary gerade einmal zehn Jahre alt gewesen. Julia saß gerne auf seinem Felsen und stellte sich vor, wie er sich vor all den Jahren einen Weg durchs Gebüsch gebahnt hatte: Wie die Zweige der Pfefferbäume ihm das Gesicht zerkratzten, während er die Äste, die er in aller Eile zusammengesammelt hatte, durch das dürre Gras zerrte. Wie er sein großes Feuer entzündete und immer weiter anfachte, bis es lichterloh brannte, bevor er mit rußgeschwärztem Gesicht daneben zusammenbrach und sein winziger Brustkorb vor Erschöpfung bebte.

»Wie geht es dir, Racey?«, fragte sie jedes Mal. »Ich bin's, Julia. Ich bin auf dem Weg zum Aussichtspunkt und wollte nur kurz anhalten, um dir Respekt zu zollen.«

Ich verzichtete darauf, ihren Respektbekundungen etwas hinzuzufügen, und hörte Julia einfach nur zu. Sie fand, es sei wichtig, den Menschen zu zeigen, dass man noch an sie dachte, selbst wenn sie schon lange von uns gegangen waren. Racey hatte die Ziellinie im Alter von fünfundachtzig Jahren überschritten. Bis dahin war er, wie die Plakette stolz verkündete, fast jeden Tag hier hinaufgelaufen.

Nein, fand Julia, nur weil jemand nicht länger unter uns weilte, bedeutete das nicht, dass man seine Spuren nicht immer noch sehen konnte.

So wie die von Duncan.

Ich dachte unablässig an ihn – und an Josh und Annabelle, die irgendwo in Übersee unterwegs waren und versuchten, ihre Ehe nach ihrem Fehlstart wieder in die richtige Bahn zu lenken.

So hatte Harry es jedenfalls beschrieben. Als wären wir drei Schwimmer auf dem Startblock und eine von uns wäre versehentlich ins Wasser gefallen.

Meine Wangen glühten nach wie vor jedes Mal, wenn ich an sie dachte, und in meinem Hals bildete sich ein fester, kleiner Kloß der Beklemmung. Doch Duncan hatte gewusst, was er tat, als er mich nach Willow geschickt hatte. Denn damit waren die beiden mir die meiste Zeit aus den Augen und aus dem Sinn – »wie die Leute in Tasmanien«, hörte ich seine dröhnende Stimme.

Wenn ich doch einmal bewusst einen Gedanken an sie verschwendete, dann meistens, um ihnen alles Gute zu wünschen. Ich hoffte wirklich, dass ich keinen bleibenden Schaden angerichtet hatte. Ohne seinen Atem auf meiner Haut oder seine Stimme in meinem Ohr – kurz: ohne seine ablenkende *Nähe* – konnte ich mit sehr viel klarerem Kopf über Josh nachdenken. Dabei wurde mir klar, dass er zu Annabelle gehörte; ich hatte inzwischen eingesehen, dass die beiden viel besser zueinander passten, als Josh und ich es jemals getan hatten.

Ich hätte ihm niemals genügen können – selbst Annabelle in ihrer ganzen strahlenden Erscheinung hatte Mühe, ihn in ihrem Lichtkegel zu halten.

»Er ist ein Vagabund«, hatte Duncan mir eines Tages in Lingalonga erklärt, gleich nachdem er die recht überraschende Information, dass Josh ihn dort besucht hatte, auf mich losgelassen hatte.

»Was? Josh war hier? Warum war Josh hier?«, fragte ich mit immer höher werdender Stimme.

»Weil ich ihn eingeladen habe«, antwortete er mit nervenaufreibender Gelassenheit.

Zu der Zeit ging es Duncan noch relativ gut. Er tappte durch die Küche, kochte Tee, holte Kekse aus dem Schrank und sagte: »Ich konnte sehen, wohin die Reise ging, und wollte mich mal ein bisschen mit ihm unterhalten, so von Mann zu Mann.«

Joshs Besuch, den keiner von beiden mir gegenüber auch nur mit einem Wort erwähnt hatte, fand kurz nach der Ausstellung im Bloom statt. In dem Moment, als er ihn zum ersten Mal gesehen hatte, habe er gewusst, dass der Kerl nur Ärger bringen würde, behauptete Duncan. Weswegen er beschlossen habe, »mal ein Wörtchen mit ihm zu reden«.

»Nicht schon wieder diese Zahngeschichte«, flehte ich.

Duncan ignorierte mich und fuhr ungerührt fort, mir zu schildern, wie er Josh »auf eine Runde Angeln« nach Willow eingeladen hatte.

»Hab ihn voll um den Finger gewickelt«, sagte er und grinste selbstzufrieden.

Bei Joshs Ankunft hatten sie sich ein Bier genehmigt und waren dann zum Strand runtergegangen, um ihre Angeln auszuwerfen.

»Wenn du einen Mann zum Reden bringen willst«, erklärte Duncan, »hältst du am besten die Klappe. Also habe ich genau das getan.«

Wie Duncan erzählte, war Josh irgendwie angespannt gewesen und hatte die Stille nicht lange ausgehalten. Auf seine Frage, weswegen Duncan ihn nun wirklich eingeladen habe, hatte Duncan daraufhin geantwortet: »Jedenfalls nicht, um deine Angelkünste zu verbessern, Mann.« Dann habe er ihn gewarnt. »Ich habe ihm gesagt, dass ich alles über ihn weiß – sein Alter ist abgehauen, seine Mutter hängt mehr an ihren Kippen als an ihm und kriegt kaum mit, ob er gerade kommt oder geht ...«

Ich wand mich innerlich. Das alles hatte ich Duncan ganz sicher nicht erzählt, damit er es später in »Duncan McAllister – Monolog an einem windigen Strand« zum Besten geben konnte.

»Die Sache ist die, Lulu: Wenn du so aufwächst, wirst du zwangsläufig zum Vagabunden, jemandem, der durch die Maschen im Leben anderer Leute schlüpft.

Du fährst mit deinem Fahrrad durch die Gegend, während du permanent nach einer Möglichkeit suchst, das verdammte Ding irgendwo abzustellen und bei jemandem unterzukommen.« Duncan warf mir einen bedeutungsvollen Blick zu. »Jemandem wie dir, Tallulah, mit deiner Bilderbuchfamilie. Alle sitzen gemeinsam um den Tisch und lassen sich einen von Rose' Braten schmecken, Harry zischt ein Bier und verteilt die Soße, und Mattie und Sam treten sich unterm Tisch gegenseitig vors Schienbein.« Er seufzte. »Wenn Josh schlau gewesen wäre, wäre er für immer dort geblieben und vielleicht sogar glücklich geworden. Aber das ist er nicht – und weißt du auch, warum?«

»Warum?«, fragte ich mechanisch und verdrehte die Augen.

»Weil, Lulu – ich sage dir jetzt, was ich Josh gesagt habe: Männer wie wir können es einfach nicht auf sich beruhen lassen, weil wir tief in unserem Innersten schlichtweg nicht glauben können, dass Mädchen wie du Kerle wie uns tatsächlich wollen. Wir wissen, dass wir nicht gut genug sind, dass wir noch nie gut genug waren. Mein Alter ist auch abgehauen, erinnerst du dich? Er hat sich vom Acker gemacht, als ich zwölf war. Er ist einfach mit einer Tasche in der Hand zur Tür raus, und als ich ihn gebeten habe: ›Geh nicht, Dad‹, meinte er bloß: ›Hier gibt es nichts, wofür es sich zu bleiben lohnt.‹«

Duncan zuckte mit den Schultern.

»Es gibt nur eine Gelegenheit, bei der Männer wie wir das Gefühl haben, gut genug zu sein: Wenn wir endlich mit einer Frau im Bett gelandet sind, von der wir nie im Leben geglaubt hätten, dass sie sich auf uns einlässt. Wir sind Schürzenjäger, Lulu. Keine besonders ehrenhafte Beschäftigung und auch nicht besonders schlau.« Seine Mundwinkel kräuselten sich leicht. »Ich habe Josh gesagt: ›Ich habe vier Ehen hinter mir, was bedeutet, dass ich vier tolle Frauen enttäuscht habe, die das nicht verdient haben. Meine Kinder rennen hier von einem Ende des Strandes zum anderen, und an manchen Tagen weiß ich nicht mehr, welches zu welcher Frau gehört …‹« Duncan seufzte erneut. »Ich habe ihm gesagt, dass das eine miese Nummer ist und er es endlich aufgeben soll. Dass er dich aufgeben soll oder Annabelle oder euch beide, bevor er irgendetwas anstellt, nur um zu sehen, ob er es kann.«

»Meine Fresse, Duncan«, sagte ich erstaunt. »Das hast du ihm alles gesagt?«

»Habe ich«, erwiderte er lächelnd. »Schuldig im Sinne der Anklage.«

Und nun war er von uns gegangen, allerdings nicht, ohne wieder einmal recht behalten zu haben.

Josh und ich hatten nie über seinen Ausflug nach Willow Island gesprochen; irgendwie war es mir gelungen, das Thema aus meinem Kopf zu verbannen, nachdem Duncan mir davon erzählt hatte. Und Josh, tja, wer wusste schon, was Josh darüber gedacht hatte.

Es hatte ihn jedenfalls nicht aufgehalten.

So oft, wie ich an Josh, Annabelle und Duncan dachte, hatte ich manchmal das Gefühl, als würde ich mir das ehemalige Hauptquartier der WIWSV mit drei Geistern teilen – was vielleicht nicht die gesündeste Konstellation war, wie mir nach ein paar Wochen klar wurde.

Also griff ich zum Hörer und lud Harry und Rose ein, um die ganze Vergangenheit mal wieder mit etwas mehr Gegenwart zu durchmischen.

»Deine Mum wird begeistert sein, Lulu«, bedankte sich Harry. »Sie platzt schier vor Ungeduld, endlich dein neues Zuhause zu sehen, weißt du. Und Sam und Mattie würden auch gerne mal vorbeikommen. Sie meinten neulich erst, sie hätten dich seit ihrer Rückkehr aus Canberra noch nicht zu Gesicht bekommen.«

Ich legte auf und betrachtete den gigantischen Esstisch, froh, dass sich nun zumindest ein Teil der Plätze füllen würde. Dann machte ich mich daran, das Haus vorzubereiten. Ich schüttelte Kissen auf und öffnete Fenster, richtete die Gästezimmer her und legte Vorräte an, um dem gewaltigen Appetit meiner Brüder etwas entgegenzusetzen zu haben.

Sie kamen an einem Sonntagmorgen an und blieben ganze drei Wochen, die scheinbar übergangslos ineinanderflossen. Tage wurden zu Nächten wurden zu Tagen.

So viel Zeit hatte ich das letzte Mal mit meinen Brüdern verbracht, als sie noch kleine Jungs gewesen waren; inzwischen waren sie junge Männer, die früh aufstanden, um zusammen mit Will die Krebsreusen einzuholen und den Fang anschließend an den örtlichen Fischhändler zu verkaufen. Für gewöhnlich kehrten sie zurück, wenn Harry, Rose und ich uns gerade zum Mittagessen setzten, und füllten den Raum mit ihren Geschichten und ihrem Gelächter, während sie mit Geschirrtüchern nacheinander schlugen. Mich nannten sie wieder bei den Spitznamen, die sie mir als Kinder verpasst hatten.

Will beobachtete das alles amüsiert und warf mir bloß hin und wieder mit hochgezogener Augenbraue einen Blick zu, wenn einer von ihnen rief: »Jetzt komm schon, Pullu-Lulu«, oder sie Geschichten aus meiner

Teenagerzeit zum Besten gaben: »Wisst ihr noch, wie sie versucht hat, sich selbst Ohrlöcher zu stechen?« – »Oh, so viel Blut, so viel Blut«, kreischte Mattie und rannte in gespieltem Entsetzen durchs Zimmer.

Während ihres Besuchs schien Will noch öfter vorbeizukommen als sonst. Er fuhr mit den Jungs im Boot raus oder zeigte Harry, was sie alles an der WIWSV gemacht hatten. Harry hatte endlich einmal wieder eine Gelegenheit gefunden, sich über verstopfte Abflüsse und Röhrensiphons zu unterhalten, und war Rose zufolge so glücklich wie ein Schwein im Schlamm.

Mattie und Sam hatten sich dagegen entschieden, die Familientradition, anderer Leute Verstopfung auf den Grund zu gehen, fortzuführen. Doch falls Harry enttäuscht war, den Firmennamen nicht um »und Söhne« erweitern zu können, so zeigte er es zumindest nicht. Er war stolz, dass seine beiden Jungs an die Uni gingen und ein Physiotherapiestudium absolvierten, und gab vor jedem, der bereit war, ihm zuzuhören, damit an, dass sie beide in der Lage waren, seinen Rücken wieder in Ordnung zu bringen, der von all den Jahren, die er über irgendwelche Abflüsse gebeugt verbracht hatte, ziemlich im Eimer war.

Trotzdem liebte er es, hin und wieder ein wenig zu fachsimpeln, ganz besonders mit jemandem wie Will, der sich, wie Harry sagte, »ein bisschen mit allem« auskannte.

»Ich hoffe, mein Vater belagert dich nicht allzu sehr«, sagte ich eines Morgens zu Will, nachdem Harry ihm seine Ideen, wie man den Bootsschuppen wieder herrichten könnte, unterbreitet hatte.

»Nee«, erwiderte Will lachend. »Ich habe ihn gern um mich, er ist ein netter Kerl.«

Dann streckte er die Hand aus und legte sie an meine Wange.

»Und es gibt mir die Möglichkeit, mich ein bisschen öfter in deiner Nähe aufzuhalten.«

Für einen kurzen Moment trafen sich unsere Blicke, und mein Magen schlug einen kleinen Purzelbaum, doch gleich darauf trat ich einen Schritt zurück und entzog mich seiner Berührung.

Um ehrlich zu sein, war mir schon bei unserer ersten Begegnung aufgefallen, dass Will Barton ein ausgesprochen attraktiver Mann war. Das war so offensichtlich wie die Tatsache, dass die Sonne jeden Morgen aufging. Allerdings war ich nicht in der Verfassung, über eine wie auch immer geartete Beziehung überhaupt nur nachzudenken.

Ich war noch nicht bereit dafür. Ich verdiente es nicht. Also trat ich zurück und ging über Will und seine Worte hinweg.

Dank dem lärmenden Durcheinander, das Mattie und Sam verursachten, war es ein Leichtes, die ganze Begebenheit im Laufe der folgenden Tage zu vergessen. Ich fand es toll, meine Brüder um mich zu haben. Meine plötzlich so erwachsenen, lauten, geschäftigen Brüder.

Denn sosehr ich Willow Island auch liebte – es gab Tage, an denen mir die Nachmittage endlos leer vorkamen, und Nächte, in denen ich wach lag und zuhörte, wie die Kängurubäume an mein Fenster klopften, während ich die Finger tief in Barneys Fell vergrub.

Nun schienen die riesigen Körper und ungewohnt tiefen Stimmen meiner Brüder sämtliche Räume zu füllen. Sie saßen da und aßen, zupften an ihren Gitarren oder spielten ihrer Schwester Streiche – indem sie zum Beispiel gammelige Krebsschalen in meinem Wäschekorb versteckten, wie ich am Tag nach ihrer Rückfahrt entdeckte.

Nachdem Harry mich ermahnt hatte, mich an all dem Essen, das Rose in meinem Tiefkühler deponiert hatte, nicht allzu dick und rund zu futtern – woraufhin Rose vorgab, zutiefst getroffen zu sein –, sah ich am Morgen ihrer Abreise zu, wie Will sie in die Bucht hinausschipperte. Als sie außer Sicht waren, drehte ich mich um und ging nach Hause zurück. Barney lief dicht neben mir, sodass ich das Gewicht seines Körpers an meinen Beinen spürte. Den ganzen Weg zurück schmiegte er sich so eng an mich, dass sein Kopf immer wieder gegen meine Knie stieß, und als wir zur Tür hineinkamen und ich mich aufs Sofa setzte, legte er sich schnaufend neben mich.

Ich lehnte mich zurück und ließ die Stille auf mich wirken: kein Harry, der auf den gurgelnden Rohren der WIWSV herumhämmerte, kein Mattie und kein Sam, die mit Boris und Will im Vorgarten Rugby spielten, und auch keine Rose.

Keine Rose, die in Lauren singend in der Küche stand und ausrollte, schnippelte, schnitt und rührte und mir schließlich zum allerersten Mal von uns beiden erzählte.

Harry und die Jungs waren mit Will im Boot rausgefahren, sodass wir den ganzen Nachmittag für uns hatten. Rose hatte gerade zwei Ladungen Lasagne vorbereitet – eine für uns, eine für Julia und Boris –, und während sie abkühlten, schlug sie vor: »Lass uns eine Runde spazieren gehen, Lulu. Der Tag ist viel zu schön, um nur drinnen zu sitzen.«

Das war auch mein Gedanke gewesen, doch tief in

meinem Inneren konnte ich die Erinnerung an meine Kindheit nicht abschütteln. Damals hatte ich tagein, tagaus bei ihr in der Küche gesessen und ihr zugesehen, ohne dass ich es gewagt hätte, ihr vorzuschlagen, mal ein bisschen rauszugehen, ganz gleich, wohin. Deswegen hatte ich sie auch jetzt nicht gefragt, ob sie Lust auf einen Spaziergang hatte, obwohl sie im Laufe ihres Besuchs fast alle ihre Kleider bereits einmal angehabt hatte – und obwohl ich, ohne in ihren Koffer zu sehen, wusste, dass es während dieses Urlaubs keine Doris-Tage geben würde.

»Dann mal los«, erwiderte ich lächelnd und pfiff nach Barney.

Und so spazierten wir beide, meine Mutter und ich, am Wasser entlang bis raus zu Pipers Point und wieder zurück.

Dann blieb Rose stehen, blickte aufs Meer hinaus, legte ihren Arm um mich und fing an zu sprechen.

»Als ich ungefähr sechzehn war, Lulu, überfiel mich auf einmal so eine Panik«, erzählte sie, die Augen weiter aufs Meer gerichtet. »Ich weiß nicht, warum. Es fühlte sich an, als würde irgendetwas gleich hinter meinem Herzen sitzen und dagegenklopfen. Als würde etwas von innen heraus auf mich einhämmern. Eine ganze Zeit lang konnte ich es verbergen, aber es ging einfach nicht weg. Das Klopfen wurde lauter und lauter, und als ich neunzehn war, kam ich deswegen zum ersten Mal ins Krankenhaus. Danach ging es monatelang hin und her: rein ins Krankenhaus, raus aus dem Krankenhaus, rein und raus. Während einer der Phasen, wo ich mal wieder draußen war, habe ich deinen Vater kennengelernt.«

Wir setzten uns wieder in Bewegung, doch sie hielt

den Arm immer noch um mich gelegt und sah weiter auf die tanzenden Wellen hinaus.

»Ich habe ihm erzählt, wie es um mich steht, Lulu, ich habe ihm gesagt, dass ich eine zu große Bürde bin, doch er meinte bloß: ›Das nehme ich auf mich, Rose.‹ Und das hat er.

In den Jahren danach ging es auf und ab, aber ich hatte Harry an meiner Seite, und das war ein großes Glück. Und dann wurde ich mit dir schwanger.«

Sie drehte sich zu mir um und nahm meine Hände.

»Es tut mir leid, Lulu«, sagte sie, »aber ich war dafür nicht geeignet. Ich war für dich nicht geeignet, und das vom Tag deiner Geburt an. All die anderen Mütter hielten sich an ihren Babys fest, als hinge ihr Leben davon ab. An dem Tag, an dem ich mit dir nach Hause durfte, wollte ich irgendetwas aus meiner Tasche holen, aber ich hatte gerade dich auf dem Arm. In dem Moment kam eine Schwester vorbei, und ich hab dich ihr hingestreckt und gesagt: ›Hier, können Sie das mal kurz halten?‹« Sie machte eine kurze Pause, ehe sie weitersprach. »Ich fühlte mich furchtbar, weil ich dich ›das‹ genannt hatte, auch wenn die Schwester bloß lachte und meinte: ›Keine Sorge, Mrs. de Longland, das ist nur der Schlafmangel.‹ Aber ich wusste, dass das nicht der Grund war. Schließlich sind wir mit dir nach Hause gefahren, und Harry hat dich hineingetragen, während ich in die Küche gegangen bin, um Tee zu kochen.«

Rose schüttelte den Kopf. »Ich habe Jahre in dieser verdammten Küche verbracht«, seufzte sie. »Wenn ich aus dem Fenster schaute, sah ich, wie dein Vater und du im Garten spieltet. Ich sah, wie er dich hochwarf, und wäre am liebsten rausgerannt und hätte ihn beiseitegeschubst, damit ich diejenige sein konnte, die dich auffängt. Aber ich konnte es nicht. Ich konnte bloß in dieser Küche stehen und versuchen, mich in dein Herz zu backen.«

Ich lächelte, als ich mich an die vielen Pakete mit selbst aufgehendem Mehl der Marke Taylor auf der Arbeitsfläche in unserer Küche erinnerte, deren Slogan Generationen von Hausfrauen im ganzen Land kannten: »Backen Sie sich in die Herzen Ihrer Liebsten.«

»Ach, Rose«, sagte ich. Inzwischen mussten wir beide darüber schmunzeln, wie absurd es war, dass sie versucht hatte, diesen Slogan auf Teufel komm raus zu befolgen – dessen Erfinder hatten vermutlich nicht die leiseste Ahnung, wie wörtlich zumindest eine Frau ihn genommen hatte.

»Und dann«, fuhr Rose fort, »dann kamen die Zwillinge.«

Auch daran konnte ich mich noch erinnern. An meine beiden quäkenden, quengelnden Brüder, die meiner Mutter auch noch das letzte bisschen abverlangten, was sie zu geben hatte. Schließlich war sie zurück in ihre Küche gehuscht und dort geblieben. So lange, bis Harry und ich erkannt hatten, dass es an uns war, die Jungs großzuziehen.

»Du warst wundervoll zu ihnen, Lulu. Du hast alles getan, was ich hätte tun sollen. Die Leute meinten immer, was für eine wunderbare kleine Mutter du wärst, weißt du noch?«

Ich nickte. »Ich habe es gehasst, wenn sie das zu mir sagten.«

»Ich auch«, gestand Rose. »Denn du warst keine kleine Mutter, Lulu, du warst meine Tochter, und ich habe dich im Stich gelassen.«

»Nein, das hast du nicht«, setzte ich an, doch sie schüttelte den Kopf.

»Doch, das habe ich. Ich wollte es nicht, absolut nicht, aber ich habe dich im Stich gelassen.«

Wir gingen weiter, schweigend diesmal, und bahnten uns einen Weg über die glatten grauen Felsen, die dort, wo die Küste einen Bogen machte, verstreut herumlagen.

Wir liefen auf das Ende der Landzunge zu, als sie sich bei mir unterhakte.

»Was ich dir eigentlich sagen wollte, Tallulah – und das hätte ich dir wahrscheinlich schon vor Jahren sagen sollen –, ist Folgendes: Die ganze Zeit, jedes Mal, wenn du zu Harry gelaufen bist, weil du dir wehgetan hattest, jedes Mal, wenn er dich aufgefangen hat und nicht ich, habe ich dich geliebt. Es war zwar nur aus der Ferne, Tallulah«, fuhr sie fort und nahm mein Gesicht in ihre Hände. »Aber ich habe dich geliebt, mit jedem einzelnen Atemzug habe ich dich geliebt.«

Ein lautes Klopfen holte mich abrupt vom Strandspaziergang mit meiner Mutter zurück und führte mich zur Hintertür, wo Julia stand und fragte, ob ich zum Abendessen zu ihnen kommen wollte.

»Ich dachte, du fühlst dich vielleicht ein bisschen einsam ohne deine Familie«, erklärte sie.

Nein, versicherte ich ihr, mir gehe es gut. Und sie brauchte auch nicht zu kochen, denn Rose hatte jeder von uns eine Lasagne dagelassen, an der wir uns mühelos mehrere Tage wärmen konnten.

Abgesehen davon hatte ich in den folgenden Wochen kaum Gelegenheit, mich allein zu fühlen, geschweige denn einsam. Wie Duncan immer gesagt hatte: Man weiß nie, wie viele Freunde man hat, bis man in ein Haus am Strand zieht. »Kein Mensch ist eine Insel, Lulu«, hatte er mir eingeschärft. »Schon gar nicht, wenn er auf einer wohnt.«

22

Die Tage nach der Abreise meiner Familie verbrachte ich größtenteils damit, die Hinterlassenschaften meiner Brüder aufzusammeln, die wie Treibgut im ganzen Haus verstreut lagen – eine Socke hier, eine CD dort und unter dem Bett ein paar Boxershorts –, als nach ungefähr einer Woche plötzlich Barneys Stakkatogebell, mit dem er für gewöhnlich Besuch ankündigte, durch die Dachsparren in mein Schlafzimmer drang.

Ich ging ans Fenster und sah, wie eine Gestalt die Avalon Road entlanglief. Beim Anblick ihrer gemessenen Schritte erkannte ich sofort, wer gekommen war, um mir einen Besuch abzustatten.

Ben.

Barney stürmte zur Haustür hinaus und raste auf ihn zu wie eine haarige Bowlingkugel auf einen Satz Pins. Der Aufprall ließ Ben in die Knie gehen. Ben lachte und schlang die Arme um Barneys Hals. Der Wind trug seine Stimme bis zu mir herauf.

»Barney, alter Junge«, sagte er. »Ach Kumpel, wie schön, dich zu sehen.«

Ihn zu sehen war seltsam, irgendwie vertraut und ungewohnt zugleich. Ich fühlte mich hin- und hergerissen: Einerseits wäre ich irrsinnig gern ebenfalls die Treppen hinuntergerannt und hätte mich ihm in die Arme geworfen, andererseits wollte ich mich am liebsten hinter den Vorhängen verstecken und so tun, als sei ich nicht zu Hause.

Das letzte Mal hatte ich ihn bei Duncans Beerdigung gesehen. Die Begegnung war kurz und merkwürdig gewesen: Wir hatten uns unbeholfen umarmt, und er war gleich nach dem Gottesdienst gegangen. Davor hatten wir uns einige Male getroffen, um die häuslichen Überreste unseres Zusammenlebens aufzuteilen – »Willst du das Ikea-Weinregal?« –, bevor ich ihm zu guter Letzt meine Schlüssel zu unserer ehemaligen Wohnung übergeben hatte.

»Es tut mir so leid«, hatte ich – wieder einmal – gesagt, als ich sie ihm aushändigte.

»Ich weiß«, hatte er geantwortet und sie entgegengenommen.

Seitdem hatte ich gelegentlich von Simone und Stella etwas über ihn gehört. Von Letzterer bekam ich die recht überraschende Information, dass sie ihn hin und wieder in der Kirche sah. Da er während unserer gemeinsamen Zeit nie zur Messe gegangen war, nahm ich an, dass er auch jetzt nur hinging, um Gott auf Knien dafür zu danken, dass ich nicht mehr Teil seines Lebens war.

»Wie sah er aus?«, fragte ich Stella eines Tages, als sie von einer erneuten Sichtung berichtete.

»Fromm«, antwortete Simone an ihrer Stelle.

Ben war allem Anschein nach über mich hinweg, aber das änderte nichts daran, dass ich ihm und unserer gemeinsamen Zeit ab und zu noch hinterhertrauerte. Manchmal dachte ich an unsere Wohnung, an die siebenundzwanzig Stufen bis zur Tür, an Bens Fahrrad im Flur oder die Zeitung, die morgens ausgebreitet auf dem Küchentisch lag, und ertappte mich dabei, dass ich mich nach dieser Normalität zurücksehnte. Obwohl ich tief in meinem Innersten wusste, dass er wahrscheinlich nicht der Richtige für mich war, war er doch ein guter Mensch, und es kam vor, dass ich mich fragte, ob das nicht vielleicht gereicht hätte.

Und jetzt war er auf einmal hier. Da ich nicht für immer hinter dem Vorhang stehen konnte, rannte ich die Treppen hinunter und riss die Tür auf.

»Ben«, rief ich. »Was für eine schöne Überraschung!«

Er lächelte und strich sich das Haar – das gewachsen war, wie ich feststellte, und ihm wirklich gut stand – hinter die Ohren, wie immer, wenn er nervös war. Dann drückte er mir ein Päckchen in die Hände.

»Hier«, sagte er. »Das ist für dich.«

Und dann erzählte er mir, dass er heiraten würde.

Monica Golliana trug Schuhgröße neununddreißig, hatte dunkelbraune Locken, die sie meistens zu einem Zopf zusammenband, damit sie ihr nicht ins Gesicht fielen, und war gläubige Katholikin (aha, das erklärte die ganze Kirchensache). Ursprünglich stammte sie aus Neapel, war jedoch bereits als Kind mit ihrer Familie nach Australien ausgewandert, wo ihre Eltern einen kleinen Schuhimport gegründet hatten, der mittlerweile zu einem Konzern herangewachsen war, der »voll im Kommen« lag.

Das alles erzählte mir Ben, nachdem er noch auf der Türschwelle mit seinen Neuigkeiten herausgeplatzt war und wir es uns mit einem Glas Wein im Wohnzimmer gemütlich gemacht hatten. Barney lag glücklich und zufrieden zwischen uns.

Ich freute mich, das zu hören – und zwar alles –, denn sobald er einmal damit aufgehört hatte, sich dafür zu entschuldigen, wie abrupt er mir seine Neuigkeiten überbracht hatte, konnte er über nichts anderes mehr reden als über sie. Er hatte Monica Golliana sechs Monate nach unserer Trennung kennengelernt, und im Gegensatz zu mir machte es ihr überhaupt nichts aus, wenn er Sachen sagte wie »voll im Kommen«.

»Hast du ein Foto?«, fragte ich, und er zog eins aus seinem Portemonnaie – Monica Gollianas dunkelbraune Locken, die sie meistens zu einem Zopf zusammenband, damit sie ihr nicht ins Gesicht fielen, wehten im Wind, während sie auf dem Balkon stand, der einmal mein Balkon gewesen war, und in die Ferne blickte.

»Sie sieht toll aus, Ben«, sagte ich. Und wie toll, verdammt.

»Danke«, antwortete er und fügte hinzu: »Du solltest dein Geschenk aufmachen.« Dann erlitt er einen weiteren vorzeitigen Erklärungserguss und verkündete: »Es sind die Schuhe aus der Herbstkollektion vor ein paar Jahren, die du so mochtest. Weißt du noch? Die mit den Schleifen, die deiner Meinung nach so aussahen wie die auf einer Pralinenschachtel?«

Das wusste ich in der Tat noch, und ich war unangemessen gerührt, dass er es ebenfalls noch wusste – Ben, der nicht der Richtige für mich war, für den ich nicht die Richtige war; Ben, der kein bisschen leidenschaftlich war, aber sehr, sehr nett.

»Also«, erkundigte er sich, als ich sie anprobiert hatte. »Wer ist denn dieser Scherzkeks, der mich rübergebracht hat?«

»Meinst du Will?«, fragte ich nach.

»Ja, so ein großer, bulliger Typ. Weiß echt eine Menge über Taue.«

»Ihm gehört die Fußgängerfähre zwischen Willow

und dem Festland, und hier auf der Insel ist er so ein bisschen Mädchen für alles«, antwortete ich.

»Schon ein kleiner Macho, oder?«, fragte Ben.

»Ist mir gar nicht aufgefallen«, erwiderte ich. »Eigentlich ist er ein echt netter Kerl.«

»Mhm«, machte Ben. »Ich konnte ihm ansehen, dass er liebend gern gewusst hätte, woher ich dich kenne – ich habe es ihm aber nicht verraten, er ging mir mit dieser ganzen Taunummer gewaltig auf die Nerven.«

»Ben, ihr wart auf einem *Boot*«, stöhnte ich.

»Ich weiß«, sagte er. »Aber du weißt doch, wie sehr mich solche Typen verunsichern. Mit all diesem ›Oh, ich bin Will, und ich repariere Motoren und fahre Angler raus aufs Meer.‹ Und dagegen ich: ›Oh, hi, ich bin Ben, und ich verkaufe Schuhe.‹«

Wir lachten. Dann fragte er: »Und, triffst du dich mit diesem supermaskulinen Will-Typen?«

»Nein«, antwortete ich. »Ich treffe mich nicht mit diesem ›supermaskulinen Will-Typen‹. Aber er ist ein guter Freund geworden, seit ich hier wohne, und er war ein guter Freund von Duncan.«

Barney spitzte die Ohren, wie immer, wenn Duncans Name fiel.

»Was ist mit Josh?«, erkundigte sich Ben leise. »Hast du was von ihm gehört? Oder von ihnen?«

»Nein.«

Er nickte. Nach einer Weile sagte er: »Ich habe damit abgeschlossen, Lulu. Du weißt schon, mit allem, was passiert ist.«

»Das ist gut«, antwortete ich mit einem Kloß im Hals.

»Und du?«

»Nein«, gestand ich.

»Ich würde ihm trotzdem immer noch gerne die Fresse polieren.«

»Echt?«

»Ja. Ich meine, er spaziert einfach zur Tür rein und macht alles kaputt, und dann lässt er dich allein den ganzen Dreck wegräumen.«

»Ich habe ihm die Tür aufgemacht, Ben«, stellte ich klar.

Ben nickte wieder, dann erhob er sich. »Ich sollte jetzt gehen, Lulu«, sagte er.

Ich brachte ihn zur Tür und danach noch bis runter zum Steg, von wo aus ich sehen konnte, wie Wills Boot langsam auf uns zutuckerte, um Ben abzuholen.

»Sei nicht zu hart zu dir, Lulu«, sagte Ben und küsste mich auf die Wange. »Und dieser supermaskuline Will-Typ scheint, ehrlich gesagt, ein wirklich netter Kerl zu sein.«

Ein kleines bisschen weinte ich, als ich zusah, wie er davonfuhr: Ben Moreton, der Australien weiterhin am Laufen hielt und nun ein für alle Mal aus meinem Leben verschwand.

23

Kimmy McAllister, geborene Varagos, war von allen Exfrauen Duncans die, die ich am liebsten mochte.

Da sie die jüngste und letzte in der Reihe war, glaubten die meisten, sie hätte Duncan bloß des Geldes wegen geheiratet. Sie nannten ihn einen alten Narren und noch weitaus Schlimmeres. Zweifelsohne hatte Duncans Wohlstand einen Teil des Reizes ausgemacht – als ein Reporter sie scherzhaft nach ihrer Lieblingslektüre gefragt hatte, hatte sie geantwortet: »Die Liste der reichsten Männer des Landes« –, doch in Wahrheit war Kimmy sehr viel klüger, als die Leute ihr zutrauten. Zudem hatte es vom Augenblick ihrer ersten Begegnung an zwischen Duncan und ihr heftig gefunkt.

Damals hatte Kimmy für eine Kosmetikfirma im Kaufhaus gearbeitet. Ihre Aufgabe bestand darin, Passanten mit Parfüm zu besprühen und dabei zu fragen: »Kennen Sie schon unseren neuen Duft, ›Detour‹? Versuchen Sie es: Dieser kleine ›Umweg‹ könnte Ihr Leben verändern.«

Wie Duncan später auf ihrer Hochzeit erzählte, war er einer dieser Passanten gewesen. Er war stehen geblieben und hatte zugesehen, wie sie einen Kunden nach dem anderen einsprühte, bevor er auf sie zugegangen war und sie gefragt hatte: »›Detour‹? Wie albern. Komm, ich zeige dir einen ›Umweg‹, der sich wirklich lohnt.«

Daraufhin waren sie in seine Wohnung gefahren und zwei Tage später frisch verlobt wieder herausgekommen.

»Wir dachten einfach: ›Was soll's?‹«, erzählte mir Kimmy eines Tages im Studio. »Und meine Mutter fand, dass er einen ausgezeichneten Übungsehemann für mich abgeben würde.«

Doch hinter Kimmys Spötteleien verbarg sich eine tiefe Zuneigung zu Duncan. Ihr zufolge war er ein liebevoller, witziger und großzügiger Ehemann – und ihr vom ersten Tag an untreu.

»Wen interessiert's?«, bemerkte sie achselzuckend. »Ich bin ja auch nicht gerade Mutter Teresa. Aber ich liebe ihn«, fügte sie hinzu. »Ich wette, sie wären alle überrascht, das zu hören.«

Duncans Tod hatte sie im Alter von fünfundzwanzig Jahren zu einer wohlhabenden Frau gemacht. Wie jede von Duncans Exfrauen verhielt sie sich gegenüber dem Mann, der sie in der Parfümabteilung aufgegabelt hatte, vollkommen loyal. Sie verweigerte sämtliche Interviews und lehnte es auch ab, ein Enthüllungsbuch über ihr Eheleben zu schreiben.

»Ich habe einfach behauptet, ich könnte nicht schreiben«, berichtete sie lachend.

Kimmy verstand sich auch hervorragend mit Duncans Kindern, weshalb Kiki, Kerry-Anne und Karen sie gelegentlich bei ihr abgaben. Das war auch der Grund, weswegen sie mich eines Nachmittags auf Willow anrief, als ich gerade auf dem Weg zur Tür war, um mit Barney eine Runde zu drehen.

»Hallo?«

»Hi, Lulu, hier ist Kimmy.«

»Kimmy! Schön, dich zu hören, wie geht es dir?«

»Gut, wirklich gut – ich bin stinkreich.«

»Das habe ich gehört.«

»Wie geht es unserem alten Barney? Frisst er sich immer noch durch halb Australien?«

»Ihm geht's gut – du weißt ja, Kimmy: Wenn du ihn mal besuchen willst, bist du hier jederzeit willkommen.«

»Nein danke, Lulu, ich kann mir nichts Schlimmeres vorstellen, als auf einer beschissenen Insel festzusitzen – nichts für ungut. Wie ist denn das Haus?«

»Großartig, wirklich wundervoll – ich hoffe, es macht dir nichts aus, dass Duncan es mir vermacht hat …«, setzte ich an. Angesichts der Größe von Duncans Geschenk fühlte ich mich immer noch unwohl. Doch Kimmy unterbrach mich sofort.

»Das ist mir vollkommen schnuppe … Sag mal, gibt es da drüben irgendwelche umwerfenden Kerle?«

»Nein.«

»Na, dann komme ich ganz bestimmt nicht rüber. Aber kann ich dir Duncan junior vorbeischicken?«

»Duncan junior?«

»Ja, er ist von zu Hause abgehauen und wohnt jetzt seit zwei Wochen bei mir.«

»Warum?«

»Keine Ahnung, wahrscheinlich steht er auf mich. Worauf ich hinauswill, Lulu: Er ist hier, geht nicht mehr zur Schule und macht auch sonst nichts, als den ganzen Tag im Haus rumzugammeln und mir auf die Möpse zu starren.«

Duncan junior war der Älteste der McAllister-Kinder. Während Kimmy weiterredete, sah ich ihn vor mir, wie er auf Duncans Beerdigung dagestanden hatte: mit verkniffenem Gesicht, die Arme um die schmaleren Schultern von Rhees, Jasmine und Jarrod gelegt.

Er musste inzwischen auch schon sechzehn sein, wurde mir klar. Demnach war Rhees ungefähr vierzehn und die Zwillinge acht, vielleicht sogar schon neun. Kimmy zufolge gingen sie alle auf unterschiedliche Weise mit dem Tod ihres Vaters um – und Duncan junior nicht besonders gut.

»Er sagt, er sei jetzt ein Emo«, berichtete sie.

»Ein was?«

»Ein Emo, Lulu. So was habt ihr bei euch auf Chestnut Island wohl nicht.«

»Willow Island.«

»Meinetwegen. Ein Emo ist jedenfalls jemand, der hauptsächlich Schwarz trägt, nicht in die Sonne geht, permanent scheiße gelaunt ist und sich die verdammt noch mal grauenhafteste Musik reinzieht, die ich in meinem ganzen Leben gehört habe. Er treibt mich echt noch in den Wahnsinn. Ich glaube, er braucht dringend mal ein bisschen frische Luft, und vielleicht hilft es ihm ja auch, Barney wiederzusehen. Was sagst du, Lulu? Kann er vorbeikommen und zur Abwechslung mal eine Weile deine Möpse anstarren?«

»Nach deinen dürften die wohl eine gewisse Enttäuschung darstellen.«

»Ich weiß«, stimmte Kimmy mir zu. »Das geht den meisten so.«

»Auf mit dir, Barney«, sagte ich zwei Wochen nach Kimmys Anruf. »Wir bekommen Besuch.«

Ich lief die Avalon Road entlang, vorbei an Julias Haus und über den sandigen Pfad in Richtung Luggage Point. Kaum hatte ich das Tor geöffnet, grub Barney seine Nase in den Sand. Er zitterte regelrecht vor Begeisterung, als er eine Duftspur aufnahm und ihr so schnell hinterherwetzte, dass seine Hinterbeine verzweifelt darum kämpften, mit dem Rest seines Körpers Schritt zu halten.

Duncan junior kam also nach Willow – ausgesprochen widerwillig, wie Kimmy mir erzählt hatte.

»Er will nicht rüberfahren«, sagte sie. »Er meint, das sei vollkommen sinnlos. Er kann die Sonne nicht ausstehen, und schwimmen will er auch nicht.«

»Na super«, erwiderte ich. »Warum kommt er denn dann überhaupt?«

»Er sagt, er hätte nichts dagegen, dich wiederzusehen.«

»Aha«, machte ich und fragte mich, warum.

Wir standen uns eigentlich nicht besonders nahe, obwohl ich Duncans ältesten Sohn schon irgendwie lieb gewonnen hatte – außerdem hatte er mein vollstes Mitgefühl, weil er den Namen seines Vaters tragen musste.

Als ich Duncan einmal danach fragte, schnaubte der bloß: »War nicht meine Idee. Kiki wollte das so. Die Frau hatte gerade sechsunddreißig Stunden Schmerzen der allerübelsten Sorte durchlitten – zumindest soweit ich es je miterleben musste –, da hätte ich mich ihr offen gestanden nicht einmal dann in den Weg gestellt, wenn sie ihn Vlad den Pfähler hätte nennen wollen.«

Bei der Erinnerung an Duncan lächelte ich.

Am Pier angekommen, der sich von Luggage Point bis runter ans Wasser erstreckte, setzte ich mich und ließ die Beine über den Rand baumeln. Während ich wartete, versuchte ich, diese neue Version von Duncan junior, die die Sonne hasste und nicht schwimmen wollte, mit dem Jungen zu vereinbaren, den ich kannte.

Ich sah ihn vor mir, in Lingalonga: Einen großen, mageren Jungen mit dem kantigen Körper eines Surfers, der scheinbar den ganzen Sommer in ein und denselben Schwimmshorts durchs Haus gelaufen war – rein und raus, zum Meer und zurück, und jedes Mal war hinter ihm das Fliegengitter krachend ins Schloss gefallen.

Am Horizont tauchte vom Festland her ein Boot auf, nicht mehr als ein winziger grauer Punkt. Der Wind und die Gischt verwischten die Umrisse und trübten mir die Sicht, bis es nahe genug herangekommen war, dass ich Wills Silhouette im Heck ausmachen konnte. Vorne im Bug kauerte vornübergebeugt eine zerzauste, kleine schwarze Krähe, der der Wind irgendetwas ins Gesicht zu blasen schien.

Will hob die Hand, als er mich sah. Die schwarze Gestalt im Bug zeigte keinerlei Regung und blieb auf ihrem Platz hocken, bis das Boot anlegte und Will mir das Tau zuwarf.

»Duncan«, rief ich der fremden schwarzen Kreatur zu. »Ich freue mich so, dass du kommst.«

Das Gesicht sah zu mir auf, ohne die Spur eines Lächelns oder eines sonstigen Zeichens des Wiedererkennens, und für einen Moment war ich unsicher, was ich zu dieser neuen Version des Jungen, den ich mal gekannt hatte, sagen sollte.

»Er kann dich nicht hören«, rief Will mir zu. »Er hat einen von diesen Walkman-Dingern in den Ohren, schon seit ich ihn abgeholt habe.«

»Ah ja«, sagte ich, als Duncan von Bord schlurfte. Der ausgefranste Saum seines langen schwarzen Mantels trieb im Wasser hinter ihm her. »Danke, dass du ihn abgeholt hast, Will. Ab hier übernehme ich.«

»Bist du sicher?«

»Mhmm. Duncan ist ein alter Freund von mir, nicht wahr, Kumpel?«

Doch Duncan war bereits losgegangen. Sein dicker Wollmantel flatterte im Wind.

»Besser du als ich«, bemerkte Will mit einem Grinsen.

»Das ist dann also dein Zimmer«, sagte ich. Duncan lag auf dem Bett und nickte stumm. »Ich habe dir auch frische Handtücher hingelegt, falls du schwimmen gehen willst.«

»Die brauche ich nicht.«

Seine Worte überraschten mich. Nicht, weil es seit seiner Ankunft das erste Mal war, dass er überhaupt etwas sagte, sondern wegen des tiefen Baritons, der aus seinem Mund kam. Selbst durch den albernen Mantel konnte ich erkennen, dass er dünn war, zu dünn. So wie er da zusammengerollt auf dem Bett lag, sah er trotz der männlichen Stimme aus wie höchstens sechs.

Wie ein Sechsjähriger im Mantel seines Vaters.

»Was meinst du«, fragte ich. »Möchtest du, dass Barney heute bei dir schläft?«

Das Abendessen rührte er nicht an. Er behauptete, er sei nicht hungrig, flüchtete bei der erstbesten Gelegenheit zurück in sein Zimmer, schloss die Tür und ließ mich verunsichert draußen stehen, wo ich den Vater verfluchte, der ebendiesen Sohn in die Welt gesetzt hatte.

»Was nun, Duncan senior?«, fragte ich ins Nichts. »Was um alles auf der Welt soll ich deiner Meinung nach jetzt machen?«

Später am Abend hörte ich auf einmal ein hektisches

Kratzen auf der Treppe. Gleich darauf rannte Barney zur Tür, dicht gefolgt von einer gebeugten Gestalt, dem Sinnbild der orientierungslosen Jugend.

»Er will wahrscheinlich raus«, erklärte ich, »um sein Geschäft zu machen.«

Duncan junior nickte, als ich die Tür öffnete.

»Möchtest du irgendwas?«, fragte ich probeweise. »Ich wollte gerade heiße Schokolade machen.« Wollte ich nicht – ich wusste nicht mal, ob ich welche im Haus hatte. Aber aus irgendeinem Grund schien es mir angesichts des heulenden Winds und der donnernden See sowie des traurigen Jungen, der weiß wie ein Gespenst dastand und aus dem Fenster sah, das richtige Getränk für diesen Anlass.

Er nickte wieder.

»Gut«, sagte ich.

Ich stellte den Topf auf den Herd, sah zu, wie die Milch langsam zu blubbern begann, nahm sie von der Platte und goss sie in zwei große Tassen. Dann rührte ich die Schokolade unter und trug die beiden Tassen ins Wohnzimmer, gespannt, ob Duncan junior mir folgen würde.

Es war eine stürmische Nacht. Der Wind fegte durch die Dünen, und die Zweige der Kängurubäume peitschten gegen die Dachrinne. »Nichts für schwache Nerven«, hätte Duncan senior dazu gesagt.

Sein Sohn kam ins Wohnzimmer und setzte sich neben mich.

Ich reichte ihm seine Tasse und hörte die scheppernden Klänge, die aus seinen Ohrstöpseln kamen. Wenn ich an diesem Abend mit dem Jungen redete, würde er mich nicht mal hören. Ich nippte an meiner Schokolade und beschloss, dass mir das nichts ausmachte. Ich war keine sechzehn mehr, ich wusste nicht, was es hieß, einen berühmten Vater zu haben und dessen Namen mit sich herumzutragen. Ich wusste nicht, wie es sich anfühlte, diesen Vater zu verlieren, wusste nicht, wie es war, die eigene Mutter gleichzeitig zu lieben und zu hassen und währenddessen in eine meiner Stiefmütter verknallt zu sein. Ich wusste nicht, wie es sich anfühlte, sich den einen Tag die Sonne auf den Pelz scheinen zu lassen und sich am nächsten von ihr abzuwenden.

Ich war kein sechzehnjähriger Junge.

Ich hatte keine Ahnung.

Also trank ich meine heiße Schokolade.

Einige Tage später waren wir beide schon früh auf den Beinen. Wir saßen einander am Esstisch gegenüber, dessen gigantische Ausmaße eine ebenso große Distanz zwischen uns schufen wie die scheppernden Klänge, die nach wie vor aus DJs Ohren kamen. (Ich war dazu übergegangen, ihn DJ zu nennen; so war es weniger verwirrend, wenn ich mal wieder seinen Vater verfluchte.)

Es reichte.

Ich bedeutete ihm, die Ohrstöpsel rauszunehmen, holte tief Luft und legte los.

»Die Sache ist die«, sagte ich. »Ich freue mich, dass du hier bist, und du kannst gerne bleiben, solange du willst. Aber dafür musst du ab und zu mit mir reden, denn im Moment habe ich das Gefühl, als würde ich mit einem Gespenst zusammenleben. Hin und wieder ist das völlig okay, aber nicht die ganze Zeit.«

Er nickte.

»Außerdem«, fuhr ich fort, »möchte ich dich bitten,

mir gelegentlich ein bisschen zur Hand zu gehen – nicht viel« – ich lächelte, als ich sah, wie er das Gesicht verzog –, »eigentlich nur mit Barney. Es wäre toll, wenn du morgens mit ihm rausgehen würdest.«

Ein weiteres Nicken.

»Gut.« Ich zeigte auf seine Ohrstöpsel. »Jetzt kannst du sie wieder reinmachen, wenn du willst.«

Während DJs Aufenthalt blieb ich stets mit Kiki in Kontakt – und mit Kimmy, Kerry-Anne und Karen, die mich alle anriefen, um sich zu erkundigen, wie es ihm ging.

»Ganz okay, glaube ich«, versicherte ich ihnen. »Allerdings weiß ich ehrlich gesagt nicht so genau, was ich mit ihm anfangen soll.«

Aber ich hatte so eine Idee, wer mir da vielleicht weiterhelfen konnte.

»Hallo?«, rief Will. »Bist du da, Lulu?«

»Ich bin hier, Will, hinten im Garten.«

Will öffnete die Vordertür und lief durchs Haus. Garantiert bemerkte er dabei die zahlreichen Hinweise auf DJs Anwesenheit, die überall verstreut lagen.

»Teenagerhinterlassenschaften«, kommentierte er lächelnd, als er sich zu mir ans Gartentor stellte. »Also«, erkundigte er sich. »Wie läuft's?«

»Prima«, erwiderte ich. »Auch wenn ich mein halbes Leben damit verbringe, hier am Zaun zu stehen und zu warten, dass er nach Hause kommt. Und sobald ich ihn entdecke, renne ich schnell ins Haus, damit er davon nichts mitbekommt.«

»Trägt er immer noch den Mantel des Todes?«

»Jepp.«

»Irgendwelche Fortschritte?«

»Ein paar. Er hat angefangen, ab und zu mit mir zu reden.«

»Das ist doch mal ein gutes Zeichen.«

»Aber es reicht nicht, Will. Ich bin gar nicht in der Lage, mich um ihn zu kümmern. Es macht mir nichts aus, dass er hier ist, um ehrlich zu sein, freue ich mich sogar darüber. Aber ich habe keine Ahnung, ob das für ihn eigentlich so gut ist. Ich bin nicht genug für ihn, ich bin nun mal nicht sein Vater. Ich bin ja nicht mal ein Kerl.« Ich sah ihm bedeutungsvoll in die Augen. »Aber du bist einer«, fügte ich hinzu.

»O Gott«, stöhnte Will am nächsten Morgen, als wir zusammen neben den Krebsreusen standen und zusahen, wie DJ auf uns zuschlurfte. »Trägt er etwa Mascara?«

»Einfach nur winken«, entgegnete ich, hob die Hand und rief: »Ahoi, Matrose.«

»Ahoi, Matrose?«, äffte Will mich nach. »Ist das dein Ernst?«

»Ich sagte ja, dass ich Hilfe brauche«, antwortete ich und lächelte DJ an, der inzwischen unsicher neben den Reusen herumstand.

»Hey, Kumpel«, begrüßte ihn Will. »Bereit, ein paar Krebse zu fangen?«

DJ nickte und hob den Saum seines Mantels an, um ins Boot zu steigen.

Will hob die Hand. »Tut mir leid, Kumpel, aber der Mantel bleibt hier.«

DJ starrte ihn an.

»Der ist zu schwer«, erklärte Will. »Das bringt das Boot aus dem Gleichgewicht.«

Ich hatte nicht die geringste Ahnung, ob das stimmte

oder nicht; ich wusste bloß, dass DJ, nachdem er den Mantel tatsächlich abgelegt hatte, so aussah, als sei er in seinem ganzen sechzehnjährigen Leben noch nie so erleichtert gewesen.

Das offene Meer im Rücken schipperten sie auf der Suche nach Sandkrabben den Fluss hinunter. Gemeinsam bestückten sie die Reusen mit Ködern aus Makrelenstücken und hielten nach schroff abfallenden Uferklippen Ausschau, wo sie sie aussetzen konnten. Wie Will mir später berichtete, überraschte DJ ihn mit seinen flinken Händen und seinen Kenntnissen in der »feinen Kunst des Krebsfangs«, wie Will es nannte.

»Wer hat dir das beigebracht, Kumpel?«, fragte er ihn.

»Mein Dad.«

»Tja, der wusste offensichtlich, was er da tat.«

»Ja, manchmal.«

»Ich habe ihn gekannt«, erzählte Will. »Wir haben das Haus zusammen renoviert.«

DJ nickte.

»Wie auch immer, er war ein feiner Kerl.«

»Ja.«

Will drückte ihm ein T-Shirt in die Hand und sagte: »Lulu bringt mich um, wenn ich dich rot wie ein Hummer zu Hause abliefere.«

DJ lächelte – »Als würde die Sonne rauskommen«, beschrieb Will es später – und wandte ein, dass ich keiner Fliege etwas zuleide tun würde.

Das glaubst du, dachte ich, als ich das hörte.

Will und ich saßen auf der Veranda. DJ war auf sein Zimmer gegangen, und Will erzählte mir von den Ereignissen des Tages, darunter auch der Moment, in dem er

DJ überredet hatte, sich in die grünen Arme des Flusses zu werfen.

Es war brüllend heiß, und Will sprang als Erster ins Wasser. Er zog die Beine an und legte eine klassische Arschbombe hin, weil er ganz genau wusste, dass es auf der ganzen Welt keinen sechzehnjährigen Jungen gab, der dieser Verlockung widerstehen konnte.

»Komm schon, Kumpel«, rief Will ihm lachend zu. »Spring rein, Mann, trau dich.«

DJ zögerte den Bruchteil einer Sekunde, dann stand er auf, breitete die Arme aus und tauchte zu Wills erneuter Überraschung mit einem perfekten Schwalbensprung ins Wasser.

Er blieb lange unten, so lange, dass Will bereits langsam unruhig wurde, bevor er wieder an die Oberfläche schoss.

»Ich dachte schon, du bist auf dem Weg nach China«, bemerkte Will, doch DJ tauchte gleich wieder unter. Er hörte aufs Wasser, und nur aufs Wasser.

Von diesem Tag an waren die beiden praktisch unzertrennlich. DJ verließ gleich morgens das Haus, um Will bei seinen Bootstouren zu begleiten oder ihm in seinem Schuppen zur Hand zu gehen und dort mit ihm »supermaskuline Sachen« zu machen, wie Ben wohl gesagt hätte.

Manchmal gesellte ich mich zu ihnen. Dann lieferten wir uns auf Pappstücken wilde Rennen die riesige Sanddüne von Bramble Bay hinunter, an deren Fuß Barney stand und wie verrückt zu uns hinaufbellte. Und an Nachmittagen, an denen es zu heiß für irgendetwas war, lagen wir zusammen in der Gegend rum und faulenzten.

DJ blieb noch weitere drei Wochen, bis seine Mutter es nicht mehr aushielt und ihn holen kam.

Ich hatte Kiki immer gemocht; ich bewunderte, wie sie die endlose Reihe von Mrs. McAllisters, die auf sie folgten, hinnahm, ohne ein böses Wort zu verlieren. Bei Duncans und Kimmys standesamtlicher Trauung war sie sogar Trauzeugin gewesen; in einem neuen Hosenanzug und mit einem resignierten Lächeln auf den Lippen.

Ich bewunderte auch, dass sie ihren Sohn so viel Zeit mit seinem Vater verbringen ließ, wie er wollte, und dass sie ebendiesem Sohn nun erlaubt hatte, eine Weile bei mir zu wohnen.

»Das ist überhaupt kein Problem, Lulu«, hatte sie am Telefon gesagt, als wir vor DJs Ankunft miteinander telefoniert hatten. »Sieh nur zu, dass du ihn lange genug aus diesem Mantel rauskriegst, um das verdammte Ding mal zu waschen.«

Inzwischen war ein Monat vergangen, seit er hier angekommen war, und der Mantel hing an einem Haken hinter der Tür zur Waschküche, wo er für mein Empfinden noch deprimierender aussah als vorher. Damals hatte er wenigstens noch einen Besitzer gehabt, an den er sich hatte klammern können.

Ich legte ihn zusammen und steckte ihn in eine Tüte, damit DJ ihn mitnehmen konnte, wenn er nach Hause fuhr. Ich ging die Treppe hoch in sein Zimmer und fand ihn auf dem Bett vor, wo Barney es sich auf seinen Füßen bequem gemacht hatte.

»Also, morgen kommt deine Mum. Ist es okay für dich, wieder nach Hause zu fahren?«

»Ich würde lieber hierbleiben.«

»Tja, du bist jederzeit willkommen, mein Lieber. Du

kannst deine Mum ja fragen, ob du im September wieder herkommen kannst, wenn du Ferien hast.«

»Cool.«

»Cool«, sagte auch ich und setzte mich zu ihm aufs Bett. »Hier ist dein Mantel.«

»Den brauche ich nicht.«

»Also gut, dann bewahre ich ihn für dich auf.«

»Wirf ihn weg, Lulu.«

»Bist du sicher?«

»Ja. Ich glaube, ich war sowieso nie ein richtiger Emo.«

»Nein, vielleicht nicht.«

»Die Musik finde ich aber immer noch gut.«

»Na, das ist doch schon mal was, JD«, erwiderte ich. Ich versuchte, seinen neuen Namen so lockerleicht über die Lippen zu bringen, als sei er mir bereits in Fleisch und Blut übergegangen.

Dabei war es erst letzte Nacht dazu gekommen.

Wir hatten es uns zur Gewohnheit gemacht, zusammen zu Abend zu essen, wenn er wie so oft von einem langen Tag mit Will zurückkehrte. Nach dem Essen drehten wir noch eine gemeinsame Abendrunde mit Barney, und als wir zurückkamen, machten wir es uns auf den Sofas im Wohnzimmer gemütlich und lasen in einträchtigem Schweigen, das nur gelegentlich unterbrochen wurde, wenn Barney im Traum schnüffelte und grunzte.

Hin und wieder warf ich dabei einen verstohlenen Blick auf Duncans Sohn und stellte mit Freude fest, dass die blassen, eingefallenen Wangen von Tag zu Tag ein bisschen voller wurden. Seine Arme und Beine waren wieder braun gebrannt, die Schultern entspannt und mit einer Hand kraulte er Barney träge am Kopf.

Ich hoffte, dass sein Aufenthalt hier das, was auch immer ihn belastet und hergebracht hatte, wenigstens ein bisschen abgemildert hatte.

Wir hatten kein einziges Mal darüber geredet, weswegen er eigentlich hier war, und ich hatte auch nicht die geringste Absicht, das Thema zur Sprache zu bringen, doch an jenem vorletzten Abend fing er von selbst davon an.

»Lulu?«

»Mmm-hmmm?«

»Danke, dass ich hier sein durfte.«

»Gern geschehen.«

»Mein Dad hat mir gesagt, ich solle herkommen.«

Ich setzte mich auf und sah ihn an.

»Er hat gesagt, wenn ich nach seinem Tod irgendwelche Probleme haben sollte, soll ich mich an dich wenden.«

»Verstehe. Na, dann freut es mich, dass du das getan hast.«

»Er meinte, du seist sehr beruhigend.«

»Oh, also, das – bin ich das?«

»Ja, allerdings.«

»Gut.«

»Weil du nicht die ganze Zeit nachbohrst, weißt du?«

Ich lächelte. »Das liegt daran, dass ich nicht deine Mutter bin. Es ist die Aufgabe einer Mutter nachzubohren.«

»Meine Mum hört einfach nicht damit auf.«

»Weil sie dich liebt.«

»Ich weiß.«

Wir wandten uns wieder unseren Büchern zu, aber eine Minute später fing er erneut an zu reden.

»Ich vermisse meinen Dad.«

»Ich weiß.«

»Ich wünschte, es wäre nie passiert.«

»Ich auch.«

Und dann platzte es aus ihm heraus. In einer wilden Mischung aus Worten, Rotz und Tränen erzählte er mir von einem Mädchen an seiner Schule, Marlena, die ebenfalls Emo war und ihn, offensichtlich ohne die Ironie daran zu bemerken, abserviert hatte, weil er ihr »zu deprimierend« war.

Währenddessen wischte er sich die Nase immer wieder an seinem T-Shirt ab, und ich bemühte mich krampfhaft, so zu tun, als mache mir das nichts aus. Später weichte ich es allerdings mehrere Stunden in Sagrotan ein. Jedenfalls erzählte er mir, dass Duncan ihn über seinen bevorstehenden Tod informiert hatte, indem er beiläufig verkündet hatte, Duncan könne das »junior« in seinem Namen endlich ablegen, weil es den »senior« schon bald nicht mehr geben würde.

Und dann gestand er mir, wie gerne er genau das tun wollte: den Namen ändern, den er schon immer gehasst hatte.

»Das wollte ich schon ewig«, sagte er. »Aber obwohl Dad es mir erlaubt hat, finde ich irgendwie, es wäre falsch, das zu tun. Jetzt wo er tot ist, weißt du?«

»Das geht bestimmt in Ordnung«, versicherte ich ihm. »Weißt du denn schon, wie du stattdessen gerne heißen würdest?«

»Ich hatte gedacht, vielleicht Raoul.«

»Raoul?«

»Als ich noch ein Emo war.«

»Ach so«, sagte ich. Ich gab mir größte Mühe, nicht zu lachen, doch vergebens.

Zu meiner großen Erleichterung stellte ich jedoch fest, dass der zukünftige Raoul ebenfalls lachte.

»Ganz schön dämlich«, gestand er grinsend ein.

»Na ja, was hältst du denn davon, wenn ich dich – DJ nenne?«, schlug ich vor. »Das klingt doch ziemlich cool und passt irgendwie auch zu dir, findest du nicht?«

»Nee.«

»Warum nicht?«

»Das klingt so Möchtegern. Am Ende glauben noch alle, ich wäre so ein Turntablerocker.«

»Ach so«, sagte ich, auch wenn ich nicht die leiseste Ahnung hatte, was ein Turntablerocker war.

»Aber JD fände ich nicht schlecht.«

»JD?«

»Ja, für Just Duncan. Einfach nur Duncan.«

Einfach nur Duncan fuhr am nächsten Tag mit seiner Mutter zurück. Kiki berichtete, dass seine Schule bereit war, ihm Sonderferien zu genehmigen, sodass er das Schuljahr normal beenden konnte, wenn er wollte.

Er war ganz sicher schlau genug, um den Rückstand aufzuholen, aber seine Mutter war der Meinung, dass er die Schule wohl eher per Fernunterricht von zu Hause aus beenden würde, um dann im folgenden Jahr wie geplant an die Uni zu gehen.

Dann fügte sie noch hinzu: »Er sagt, ich soll ihn ab sofort JD nennen.«

»Na ja, immer noch besser als Raoul«, entgegnete ich und klopfte ihr aufmunternd auf die Schulter.

In der Woche nach JDs Abreise kam Will, um nach mir zu sehen.

»Er fehlt mir«, gestand er. »Auch wenn ich das nie im Leben gedacht hätte, als ich ihn damals in seinem Vampiroutfit eingesammelt habe.«

»Ich vermisse ihn auch«, erwiderte ich. »Aber er kommt ja wieder.«

»Ich weiß«, antwortete Will. »Ich habe ihm gesagt, dass er jederzeit zurückkommen und mit mir arbeiten kann.«

»Danke, Will«, sagte ich. »Es war wirklich lieb von dir, dass du ihn unter deine Fittiche genommen hast. Ich weiß ehrlich nicht, was ich sonst mit ihm hätte machen sollen.«

»Kein Problem, am Ende war er mir eine große Hilfe.« Er lehnte sich an die Tür, einen Arm gegen den Rahmen gestützt, während sein Oberkörper locker die obere Hälfte ausfüllte.

Ich hatte Kimmy gegenüber behauptet, es gebe keine umwerfenden Kerle auf der Insel, aber da hatte ich sie eiskalt angelogen. Will Barton war umwerfend, jeder einzelne salzverkrustete Zentimeter an ihm. Während ich so dastand und ihn ansah, wie er sich gegen meine Tür lehnte, wurde mir klar, dass ich seine Hände auf meinem Körper wollte.

Will fing meinen Blick auf und machte eine Bewegung auf mich zu, doch ich drehte mich unbeholfen weg.

Ich war die letzte Frau auf Erden, die einen Mann in ihrem Leben verdiente, und einen anständigen schon gleich gar nicht.

24

Nachdem JD abgereist war und ich seinen Mantel feierlich in der Mülltonne versenkt hatte, fühlte sich das Haus wieder still und ruhig an. So als hätten die Fenster alle tief ausgeatmet.

Ich wischte einmal kurz durch, stellte die Wäsche an, schnappte mir ein Buch aus dem Regal und machte mich auf den Weg zur Veranda auf der Rückseite des Hauses.

»Na, wie gefällt dir die Ruhe?«, fragte ich Barney, der es sich auf der Treppe gemütlich gemacht hatte, mit einem Lächeln. Ich hatte es kaum ausgesprochen, da klingelte drinnen das Telefon.

Es war Simone, die offenbar immer noch ihre Stenosprache verwendete. »Lulu«, meldete sie sich. »Geht's?« Seit ich nach Willow gezogen war, hatte ich weder sie noch Stella gesehen, aber ich telefonierte mindestens einmal die Woche mit ihnen und hatte fest vor, sie einzuladen, sobald ich mich vom letzten Schwung Besucher erholt hatte.

»Gut«, antwortete ich. »Und wie geht es dir?«

»Prima«, sagte sie. »Aber Stella nicht.«

»Warum, was ist los?«, fragte ich, plötzlich beklommen. Stella war der einzige Mensch in meinem Leben, um den ich mir bisher nie Sorgen hatte machen müssen.

»Das kriegst du schon raus, wenn sie da ist.«

»Sie kommt her?«

»Wir beide kommen. Dein Lover Will bringt uns um fünf rüber.«

»Heute?« Ich überging ihre Bemerkung über Will, denn gerade war ich viel mehr um Stella besorgt.

»Hab ich doch gerade gesagt, oder?«

Ich biss mir auf die Zunge. »Okay, ich mache die Betten fertig.«

»Gut«, erwiderte sie kurz angebunden. »Ich bleibe nur heute Nacht, ich habe morgen ein Meeting mit dem Vorsitzenden Sexisten des Senders. Aber Stella bleibt vielleicht etwas länger, sie macht gerade eine Krise durch.«

»Was für eine Krise?«, wollte ich wissen.

»Tja, wie sich herausgestellt hat, braucht Sankt Billy möglicherweise sein eigenes Heiligenbildchen, das er anbeten kann.«

»Was soll das heißen?«

»Keine Ahnung, Lulu. Gibt es einen Schutzheiligen für totale Mistkerle?«

»Also eine Ehekrise?«, fragte ich, bemüht, ihre Hinweise zu einem schlüssigen Bild zusammenzusetzen.

»Ja, aber es ist noch viel schlimmer.«

»Inwiefern?«

»Ich glaube, sie steckt in einer Glaubenskrise.«

Dann legte sie auf und ließ mich ratlos zurück. Eilig machte ich mich daran, ihre Zimmer herzurichten.

Stella gab ich das schönste Zimmer, von dessen Fenster aus man einen tollen Blick auf das südliche Ende von Spanish Beach hatte. Und die hübscheste Bettwäsche bekam sie auch: weiße Baumwolllaken und eine Tagesdecke mit Lochstickmuster.

Dann ging ich in den Garten, um ein paar Hibiskusblüten für sie zu pflücken.

Das war ihre Lieblingsblume. Manchmal war sie mit einer Blüte hinter dem Ohr zur Schule gekommen, bis die Nonnen sie gezwungen hatten, sie abzunehmen: »Wir befinden uns nicht in einem Gemälde von Gauguin, Miss Kelly.« Ich stellte die Blumen in eine Vase neben ihrem Bett, dann öffnete ich die Fenster und ging hinunter ins Wohnzimmer, um ein Buch für sie aus dem Regal zu holen.

Normalerweise war Stella abends zu müde, um zu lesen, aber sie liebte Bücher, und wenn Billy ins Bett ging, lag sie oft noch mit dem aufgeschlagenen Buch in der Hand da und schlief.

Stella und Billy.

Billy und Stella.

Wenn es stimmte, was Simone am Telefon angedeutet hatte, würde Stella am Boden zerstört sein.

Ich schnappte mir ein paar Bücher und rannte zurück nach oben, um sie neben ihr Bett zu legen.

Ich würde alles unternehmen, damit es ihr wieder besser ging.

Bei Sonnenuntergang standen die beiden auf meiner Türschwelle. Simone sah aus, als würde sie sich unwohl fühlen in ihrer Haut, Stella dagegen wirkte *stinkwütend.*

»Tja, hier sind wir also.« Simone lächelte verkrampft. »Thelma und Louise.«

»Wenn das irgend so ein Lesbenwitz sein soll, Simone«, fauchte Stella, »finde ich ihn nicht besonders lustig.«

Während Simone hinter ihrem Rücken die Augen verdrehte, legte ich Stella den Arm um die Hüfte und versuchte, sie in die Küche zu manövrieren, um ihr eine

Tasse Tee oder ein Glas Wein anzubieten. Oder, wie Simone später vorschlug, eine Ladung Valium in Pferdegröße.

»Lasst uns erst mal etwas trinken«, sagte ich, »und dann zeige ich euch das Haus.«

»Bitte zeig mir einfach nur mein Zimmer, Lulu«, bat Stella tonlos.

»Oh.« Das brachte mich aus dem Konzept. »Ich dachte, wir machen vielleicht eine schnelle Führung und gehen dann noch ein bisschen am Strand spazieren, bevor wir zu Abend essen.«

»Nein danke«, erwiderte Stella. »Ich will einfach nur ins Bett.«

»Aber du hast doch noch gar nichts gegessen«, protestierte ich. »Ich habe dein Lieblingsessen gekocht: Beef Stroganoff mit Petersilienkartoffeln.« Hatte ich wirklich, auch wenn das bedeutet hatte, dass ich Will anflehen musste, noch mal schnell ans Festland zu fahren, um entsprechende Vorräte zu besorgen.

»Nein danke«, wiederholte Stella. »Ich will wirklich einfach nur ins Bett.«

»Na gut, sollen wir dann jetzt noch schnell was essen? Dann vergessen wir das mit dem Spaziergang …«

»Lass gut sein, Lulu«, mischte sich Simone ein. »Sie will allein sein. Ich denke, das ist ziemlich.«

»Offensichtlich?«, fragte ich entnervt. »Sprich es doch einfach aus, Simone.«

Stella seufzte. »Hört auf, und zwar alle beide. Ich gehe jetzt ins Bett.« Dann stieg sie die Treppe hinauf. Schnell lief ich ihr hinterher und öffnete die Tür zu ihrem Zimmer.

»Das ist deins«, sagte ich.

Sie nickte und schlug mir die Tür vor der Nase zu.

Unten machten Simone und ich uns noch vor dem Abendessen über meine beste Flasche Rotwein her. Wir saßen draußen im Garten und tranken, während sie mich über die beträchtliche Schieflage in der Ehe der McNamaras in Kenntnis setzte.

Ihr Name war Nadine, hatte Stella Simone auf der Herfahrt erzählt. Sie war Maklerin in der Immobilienvermittlung, für die auch Billy arbeitete. Ihm zufolge hatte es nichts bedeutet, allerdings hatte er auf ihre beharrlichen Nachfragen hin eingeräumt, dass es gleich mehrere Male nichts bedeutet hatte. Zwischen Besichtigungsterminen.

Und ich hatte recht: Sie war wütend. Was ich auf der Türschwelle aufgefangen hatte, war ein brodelnder Zorn, der selbst Simone ein wenig aus der Fassung gebracht hatte – »Im Ernst, Lulu, die Frau steht kurz vor der Eruption.«

Billy hatte die Affäre eines Morgens nach der Messe gebeichtet, wo all die kleinen McNamaras – so sauber glänzend wie frisch geprägte Münzen – wie immer einträchtig in ihrer Bank gesessen hatten, während Billy mit dem Kollektebeutel durch die Reihen ging.

»Was für ein Heuchler!«, hatte Stella gezischt, als sie Simone davon erzählte. »Was für ein beschissener – ja, Simone, ich habe ›beschissen‹ gesagt – was für ein beschissener Heuchler. All die Jahre hat er immer behauptet, wir wären ein Team, Team McNamara hat er uns genannt. Und dann zieht er los und spielt für eine andere Mannschaft.«

Billy hatte geweint, berichtete sie. Er hatte geheult wie ein Schlosshund und ihr versprochen, dass es aus war, dass Nadine die Firma aus eigenem Willen verlassen hatte, nachdem Billy ihr gesagt hatte, dass es so nicht weitergehen könne. Er hatte Stella versprochen, dass so etwas nie wieder passieren würde. Die ganze Sache, schwor er, habe ihm nur gezeigt, wie wichtig ihm Stella war, wie viel ihre Familie ihm bedeutete und wie dumm er gewesen war, das alles aufs Spiel zu setzen.

Zurzeit war er mit den Kindern bei seiner Mutter. Stella hatte persönlich bei der anderen Mrs. McNamara angerufen, um Bescheid zu sagen, dass sie ihn vorbeischicken würde – und sie hatte auch nicht verschwiegen, warum.

An der Stelle hatte Simone hörbar geschluckt. »Du hast es Mary Josephine erzählt?«, hatte sie geächzt, denn sie konnte sich noch genauso gut wie ich an Billys respekteinflößende und streng katholische Mutter erinnern.

»Ja, habe ich«, hatte Stella trotzig erwidert. »Ich hoffe, sie *kreuzigt* ihn.«

»Hat sie vor, ihn zu verlassen?«, fragte ich Simone.

»Keine Ahnung«, antwortete sie. »Aber ich glaube, um das herauszufinden, ist sie hier.«

Simone reiste am nächsten Morgen ab, und ich stellte fest, dass ich zum zweiten Mal innerhalb von zwei Monaten mit einem Geist zusammenwohnte. Stella schlich von Zimmer zu Zimmer, ohne einen erkennbaren Abdruck in den Räumen zu hinterlassen. Und essen wollte sie auch nichts. »Es tut mir leid, Lulu«, sagte sie. »Ich habe einfach keinen Hunger.« Also räumte ich den Teller wieder weg und wartete darauf, dass das Telefon klingelte.

Billy rief unzählige Male an. Sein Tonfall wechselte von Anruf zu Anruf: Von freundlich und nervös bis fordernd und verzweifelt war alles dabei. Doch Stella weigerte sich, ans Telefon zu gehen. Sie schüttelte bloß wortlos den Kopf oder glitt aus dem Zimmer.

»Sieh mal, Billy«, sagte ich dann. »Ich glaube, sie braucht einfach noch ein bisschen Zeit. Ich verspreche, ich versuche, sie zu überreden, dass sie dich zurückruft, sobald ich kann.«

»Ich muss mit ihr reden, Lulu.«

»Ich weiß.«

»Wann kommt sie nach Hause?«

Ich hatte keine Ahnung.

Ungefähr eine Woche nach Stellas Ankunft kam Will zum Abendessen vorbei. Ich hatte ihn eingeladen, weil ich dringend Ablenkung brauchte. Und noch aus anderen Gründen, auf die ich aber gar nicht erst näher eingehen wollte, wie zum Beispiel dem, dass es mir fehlte, Will um mich zu haben, seit JD weg war.

Er brachte eine Flasche Wein mit, und zu meiner Überraschung sagte Stella Ja, als er ihr ein Glas anbot. Sie leerte es schnell und bat gleich um das nächste. Um Stella betrunken zu machen, bedurfte es nicht viel. Da sie außerdem seit Tagen kaum etwas gegessen hatte, hätte ich eigentlich ahnen müssen, worauf das hinauslief.

Nach dem Essen, als sie bereits bei ihrem dritten Glas Wein angelangt war, fing Stella an, mit ihrem Haar zu spielen. Dann rückte sie näher an Will heran und fragte: »Jetzt mal im Ernst: Sehe ich aus, als hätte ich fünf Kinder? Die habe ich nämlich – fünf Stück, ist das zu glauben?«

»Nein, wirklich nicht«, antwortete Will lächelnd. »Du siehst fantastisch aus, Stella.«

»Ja, nicht wahr?«, stimmte Stella zu. Dann zog sie

ihr T-Shirt hoch und ergänzte: »Guckt euch nur mal diesen Bauch an.«

Wir guckten ihn uns an.

»Sehr beeindruckend«, lobte Will und zog sanft die Hand zurück, als Stella versuchte, sie zu ihrem Nabel zu führen. »Also dann, ich denke, ich sollte mich wohl mal auf die Socken machen.«

»Nein, geh nicht«, protestierte Stella, während sie sich die Flasche schnappte und den letzten Rest Wein in ihr Glas leerte. Sie kicherte, als ein Teil danebenging. »Wir haben noch mehr Wein, oder, Lulu? Die Party geht doch gerade erst los.«

Insgeheim schämte ich mich für sie. Stella hat noch nie in ihrem ganzen Leben gesagt: »Die Party geht gerade erst los«, und sie wusste offenbar auch nicht, dass *niemand* sagte: »Die Party geht gerade erst los.« Sie war eindeutig zerbombt, wie Duncan gesagt hätte – angeblich ein irischer Ausdruck für absolut hackedicht.

Inzwischen stand sie hinter Wills Stuhl und flüsterte ihm etwas ins Ohr.

Er stand auf und legte ihr die Hände auf die Schultern, damit sie nicht umfiel. »Ich würde liebend gerne einen kleinen Strandspaziergang machen«, versicherte er. »Aber ich muss jetzt wirklich nach Hause. Bei mir geht es morgens immer schon sehr früh los.«

Er nahm seine Jacke und küsste uns beide auf die Wange. »Gute Nacht, Mädels. Ich habe mich sehr gefreut, dich kennenzulernen, Stella, und das mit dem Spaziergang holen wir morgen nach«, sagte er, duckte sich unter der Tür hindurch und ließ mich mit meiner zerbombten Freundin zurück, die zusah, wie er davonging, und wissen wollte: »Ist der schwul, oder was?«, bevor sie langsam neben mir zu Boden glitt.

Am nächsten Morgen hielt ich mit einer Hand Stellas Haare fest, während sie ihren Magen unter einem ohnehin schon kränkelnden Azaleenstrauch – dessen Überlebenschancen damit endgültig gegen null sanken – entleerte. Mit der anderen hielt ich Barney im Zaum.

»Weg da, Barney«, befahl ich und versuchte, seine feuchte Nase wegzustoßen. »Das ist selbst für deine Verhältnisse wirklich abstoßend.«

Aufgewacht war ich mit dem wimmernden Gesang der Brachvögel im Ohr, die in den Kängurubäumen vor meinem Fenster nisteten. Und dem etwas weniger erfreulichen Wimmern von Stella, die vornübergebeugt in meinem Garten stand.

»Ich habe versucht, den Mann zu verführen, oder?«, fragte sie mich niedergeschlagen, als in ihrem bedauernswerten Magen nichts mehr übrig war, was sie hätte von sich geben können. »Diesen Will?«

»Nein«, antwortete ich. »Du hast ihn bloß eingeladen, mit dir am Strand spazieren zu gehen. Man kann also wirklich nicht sagen, dass du dich auf ihn gestürzt hättest; das verruchte Spitzennachthemd ist brav im Koffer geblieben.«

»Ich habe ja noch nicht mal ein verruchtes Spitzennachthemd«, erwiderte sie und klang nun sogar noch deprimierter.

»Das hat niemand«, beschwichtigte ich und legte ihr einen nassen Waschlappen auf die Stirn. »Außer vielleicht Kimmy.«

Voll wie zehn Russen gewesen zu sein erwies sich als ausgesprochen heilsam für Stella – sobald sie einmal fertig damit war, sich zu übergeben. An diesem Abend kam sie aus ihrem Zimmer, in dem sie den ganzen Tag über geschlafen hatte, verdrückte einen riesigen Teller Nudeln und fragte, ob ich Lust auf einen Strandspaziergang hätte.

Ich pfiff nach Barney, und dann gingen wir hinten durchs Gartentor nach draußen und schlenderten barfuß durchs Wasser. Barney lief mit großen, gewichtigen Schritten vor uns her, wie immer, wenn er todmüde war, aber auf keinen Fall etwas verpassen wollte.

»Kriegst du hier draußen keine Angst, Lulu?«, fragte Stella und grub ihre Zehen in den Sand. »So ganz allein?«

»Nein, ich habe ja immer noch Barney.«

»Aber glaubst du, er würde im Ernstfall wirklich auf jemanden losgehen?«

»Keine Ahnung. Allerdings braucht er das auch gar nicht, sein Atem reicht vollkommen aus.«

Wir sahen ihm eine Weile dabei zu, wie er an einer toten Qualle herumbuddelte, die im Sand lag. Stella beugte sich vor, hob eine stachelige grüne Frucht auf und rollte sie zwischen ihren Fingern hin und her.

»Ich weiß nicht, ob ich alleine hier leben könnte. Das ist so ziemlich das erste Mal seit meiner Hochzeit, dass ich allein geschlafen habe«, sagte sie, während sie ihren Fund einer genaueren Betrachtung unterzog.

»Soll das ein Witz sein?«

»Nein. Bei unserer Hochzeit haben Billy und ich einen Pakt geschlossen, dass wir niemals eine Nacht getrennt voneinander verbringen würden, außer es wäre absolut unvermeidbar. Albern, oder?«

Ich ließ mir die Vorstellung durch den Kopf gehen wie auch die Tatsache, dass sie zum ersten Mal seit ihrer Ankunft den Namen ihres abtrünnigen Ehemanns ausgesprochen hatte.

»Na ja, für mich wäre das nichts, aber Billy und du, ihr seid anders.«

»Nein, sind wir nicht, Lulu«, widersprach sie, und ich konnte die Traurigkeit in jedem einzelnen Wort spüren.

Eine Welle rollte heran und zupfte an meinem Rocksaum.

»Doch, das seid ihr, Stella«, sagte ich. »Ich weiß, dass es da anscheinend so eine Art Ausrutscher gab …«

»Ach, so nennst du das also? Einen Ausrutscher?«

Ihr anklagender Tonfall war kaum zu überhören, doch ich schaffte es, nicht mit der Wimper zu zucken. Es entbehrte durchaus nicht einer gewissen Ironie, dass ausgerechnet ich versuchte, meine Freundin durch die trüben Gewässer des Ehebruchs zu lotsen.

»Was? Nein, das war nur so dahergesagt – sieh mal, Stella, ich weiß, dass du dich gerade zutiefst verletzt und verwirrt fühlst und dass du dir nicht sicher bist, ob du Billy zurücknehmen sollst oder nicht.«

»Oh, ich nehme ihn wieder zurück.«

»Ach ja?«, fragte ich überrascht. Die ganze Zeit, die sie scheinbar ziellos durch mein Haus geschlichen war, hatte es nicht den geringsten Hinweis darauf gegeben, dass sie sich so entscheiden würde.

»Natürlich nehme ich ihn zurück, Lulu. Bei Mary Josephine warten fünf Kinder, die glauben, ihre Mutter sei mitten im Schuljahr einfach so in Urlaub gefahren. Dazu kommen zwei Paar Großeltern, die die Kleinen vergöttern und es nicht ertragen könnten, wenn wir uns trennen würden. Außerdem habe ich keinen Job, keine Ausbildung, kein Geld, weiß nicht, wohin, und darüber hinaus wartet das gesamte Weihnachtsfeierkomitee der Grundschule darauf, dass ich zurückkomme und ihnen zeige, wie man Pappmaschee-Engel macht.«

»Und die Mädels aus dem Komitee solltest du lieber nicht hängen lassen«, erwiderte ich lächelnd. »Wie ich höre, können die ganz schön gemein werden.«

»Nein«, stimmte sie mir mit einem zaghaften Lächeln zu. »Das sollte ich wirklich nicht.« Sie stieß einen Seufzer aus, der sich genauso schwer anfühlte wie die schwülwarme Nacht, die sich auf uns herabsenkte, und wandte sich zurück zum Haus.

»Also hast du beschlossen, Billy zu verzeihen?«

»Ich bin nicht wütend auf Billy, Lulu. Ich bin wütend auf Gott.«

»Verstehe«, log ich.

»Ich glaube, über diesen ganzen Levitenkram bin ich mittlerweile hinaus …«

»Levitenkram?«

»Du hast in Schwester Monikas Bibelstunde echt nie zugehört, oder? Außer mir hat das wohl keiner …«, seufzte sie. »Du weißt schon, Levitikus, das dritte Buch Mose: ›Ein Mann, der mit der Frau seines Nächsten die Ehe bricht, wird mit dem Tod bestraft, der Ehebrecher samt der Ehebrecherin.‹«

»Das kommt mir ein bisschen hart vor. Hättest du sie nicht einfach zwingen können, eine von Billys alten Stand-up-Nummern über sich ergehen zu lassen?«

Sie lachte, und das machte mich so glücklich, dass es fast schon lächerlich war. Ich hatte Stellas Lachen immer geliebt: kleine, klimpernde Töne, die sich langsam die Tonleiter hinaufarbeiteten – Simone sagte immer, sie würde am liebsten eins einfangen und behalten.

»Hör zu, Lulu. Ich kann Billy vergeben, denn Billy ist ein Mann, und deren Fleisch ist schwach.« Sie warf mir einen warnenden Blick zu. »Aber das mit Gott ist eine andere Sache.«

Wir waren wieder am Gartentor angelangt. Barney marschierte schnurstracks ins Haus und hoch in sein Bett, ohne sich auch nur einmal nach uns umzusehen. Stella und ich dagegen setzten uns ins Gras. Dann legten wir uns hin und beobachteten den Widerschein der Blitze, die wie fahle Bänder über den Himmel zuckten.

»Ich bin wütend auf Gott«, fing sie an, »denn als wir aufgewachsen sind, haben du und Simone und all die anderen Mädchen Popstarbildchen gesammelt. Und ich? Ich habe Heiligenkärtchen gesammelt – Heiligenkärtchen, Lulu, klar? Während ihr euch an den Wochenenden am Strand getroffen habt, bin ich in die Kirche gegangen; als alle anderen in die Ferien gefahren sind, war ich im Little-Mountain-Bibelcamp. Und weißt du, wie da unser Freizeitprogramm aussah?«

»Nein.«

»Wir haben Wandteppiche getuftet, Lulu. Eine ganze Woche lang.«

Ich tätschelte ihr sanft den Arm, um ihr mein tiefstes Mitgefühl auszudrücken, ohne zugeben zu müssen, dass ich nicht die leiseste Ahnung hatte, was Tuften war.

»Während ihr an den Wochenenden in Klamottenläden oder Cafés oder Kinos gejobbt habt, habe ich Freiwilligendienst geleistet. Und als wir mit der Schule fertig waren und jeder, den ich kannte, erst mal eine Weltreise unternommen hat oder an die Uni gegangen ist oder irgendeinen abgefahrenen Job gefunden hat, habe ich mit achtzehn geheiratet. Als ich zum Altar ging, war ich vermutlich die letzte Jungfrau, die jemals einen Abschluss summa cum laude an St. Rita hingelegt hat – und glaub ja nicht, ich wüsste nicht, dass Annabelle mich immer Virginia Intactica genannt hat.«

Ich nickte und versuchte, nicht über den Spitznamen zu lächeln, den Annabelle Stella verpasst hatte. Oder besser: gleich gar nicht an Annabelle zu denken.

»Also«, fuhr Stella fort. »Ich habe mein Eheversprechen gehalten und bin hingegangen und war fruchtbar und habe mich gemehret. Und zwar nicht nur einmal, sondern gleich fünfmal. Ich kümmere mich nach wie vor jeden Sonntag um die Blumen in der Kirche, ich gehe jeden Abend auf die Knie und danke dem Herrn für das Glück, das er mir beschert hat. Und ich weiß, dass das alles ganz allein meine Entscheidung war.

Aber man sollte doch wohl *annehmen*«, bei dem Wort stach sie mit dem Zeigefinger in die Luft, »man sollte doch wohl annehmen, dass ich dafür zumindest irgendeine Art von *Bonuspunkten* erhalten würde, oder nicht? Oder wenigstens so etwas wie ein anerkennendes Nicken von Ihm da oben«, sie deutete mit dem Kinn in Richtung Himmel. »Irgendeine Anerkennung dafür, dass ich mein ganzes Leben lang Seine ergebene Dienerin war – aber was kriege ich, Lulu? Was kriege ich?«

Ich wusste, dass sie keine Antwort erwartete, deshalb verhielt ich mich ruhig und blieb schweigend in der von fahlen Blitzen erleuchteten Dunkelheit liegen.

»Leute wie mein Ehemann ziehen los und vögeln eine zweiundzwanzigjährige Immobilienmaklerin, aber das macht gar nichts, weil er trotzdem noch fünf wunderschöne Kinder hat, die ihn vergöttern, und eine dämliche Ehefrau, die ihn zurücknimmt, weil sie ihn liebt. Und Leute wie du, Lulu, ziehen los und schlafen mit dem Mann ihrer besten Freundin, und das in deren Hochzeitsnacht, deren *Hochzeits*nacht, und was passiert? Du kriegst ein verdammtes Strandhaus.«

Diesmal zuckte ich doch mit der Wimper.

»Deshalb«, sagte sie, stand auf und klopfte sich den Sand von den Jeans, »glaube ich, mit Gott bin ich ein für alle Mal fertig.« Genau wie Barney zuvor lief sie zum Haus, ohne sich noch einmal umzudrehen.

Ich lag auf dem Rasen und spürte, wie die Feuchtigkeit in meine Windjacke kroch. Doch ich konnte mich nicht rühren, ich war vollkommen geplättet von dem Redeschwall, der sich über mich ergossen hatte. Die ganze Scham, die ich verspürt hatte, legte sich auf meine Brust wie eine Wolke aus flügelschlagenden schwarzen Insekten. Sie hatte recht, ich verdiente das hier nicht. Nichts davon.

Von der See her zog ein Regenschauer herauf, daher stand ich schließlich auf und folgte Stella in mein unrechtmäßig erworbenes Haus. So schrecklich ich mich auch fühlte – ich wusste, dass sie sich noch viel schlimmer fühlen würde. Das Wichtigste jedoch war, so sagte ich mir, dass sie inmitten ihrer Tirade zugegeben hatte, dass sie Billy immer noch liebte. Damit konnten wir arbeiten. Was sie von mir – und Gott – hielt, konnte warten.

»Oh, Lulu«, rief sie dann auch prompt und brach in Tränen aus, kaum dass ich ihr Zimmer betreten hatte. »Ich weiß nicht, was ich da rede. Ich bin nur so verletzt, und gerade läuft absolut alles falsch, und ich glaube, dass ich einfach bloß total übermüdet bin, du weißt schon, mit all den Kindern und jetzt auch noch der Sache mit Billy …«

»Schhh«, beruhigte ich sie und kletterte zu ihr ins Bett. »Ist schon gut, ich bin nicht sauer auf dich.«

»Ehrlich?«, fragte sie.

»Ehrlich«, antwortete ich. »Ich weiß, dass das, was ich getan habe, falsch war, Stella. Und ich versuche, das alles irgendwie aufzuarbeiten, so gut ich kann. Aber bis dahin möchte ich dir etwas erzählen, was Duncan kurz vor seinem Tod zu mir gesagt hat.«

Sie nickte.

»Ich weiß nicht, ob dir das hilft, aber ihm schien es jedenfalls zu helfen«, fing ich an und reichte ihr eines von Rose' bestickten Taschentüchern.

»Okay.«

»Er hat mir erzählt, dass er nicht sicher war, an wen oder was genau er glaubte. Aber er wusste, dass er an etwas glaubte; dass er gläubig war. Seiner Meinung nach war es das, was wir auch über das ärgste Geschrei hinweg noch hören können.«

Stella lächelte.

»Dann sagte er, er habe Lust auf Hühnchen.«

Der Glöckchenklang ihres Lachens erfüllte den Raum.

»Exfreunde, abgehauene Teenager, vom Glauben abgefallene Katholikinnen – Mannomann, seit du hierhergezogen bist, ist auf Willow Island richtig was los, Lulu«, bemerkte Will, während er eine Garnele pulte und Barney die Schale hinwarf.

»Jetzt ermuntere ihn nicht auch noch, Will«, tadelte ich ihn. »Das ist widerlich.«

»Nicht so widerlich wie die tote Fledermaus, die er gestern fressen wollte.«

»Auch wieder wahr«, gab ich mich geschlagen. In einträchtigem Schweigen sahen wir zu, wie Barney auf dem Kopf des toten Schalentiers herumkaute.

Stella war einige Tage zuvor abgereist. Als Will kam, um sie abzuholen, war sie knallrot angelaufen.

»Hey, Stella«, begrüßte er sie lächelnd. »Hattest du einen schönen Aufenthalt?«

»Ja, vielen Dank, William«, antwortete sie. »Ganz vorzüglich.«

William? Ganz vorzüglich?

»Ich wusste gar nicht, dass wir neuerdings auf Brideshead wohnen«, flüsterte ich ihr ins Ohr, als ich ihr einen Abschiedskuss auf die Wange drückte.

»Halt die Klappe«, wisperte sie.

»Es muss heißen: ›Halten Sie die Klappe, gnädige Frau‹«, erwiderte ich.

Dann ging sie. Will trug ihre Taschen den ganzen Weg die Avalon Road entlang. Sie kehrte zurück zu Billy, ihren fünf Kindern und dem Weihnachtsfeierkomitee. Ich konnte nur beten, dass sie alle wussten, wie glücklich sie sich schätzen konnten, sie zu haben.

»Und jetzt?«, erkundigte sich Will. »Wer kommt als Nächstes?«

»Hoffentlich erst mal keiner. Ich bin vollkommen erledigt.«

Will war vorbeigekommen, um sich mit mir das Kricketmatch anzusehen, und hatte zu diesem Anlass ein Sixpack und eine Ladung Garnelen mitgebracht. Ich fand es schön, so mit ihm dazusitzen, Barney zwischen uns eingekuschelt, und das Spiel zu gucken.

»So ist es perfekt«, verkündete Will vom Sofa aus. »Es ist ein wunderschöner Tag, ich habe Bier und Garnelen, im Fernsehen läuft Cricket, Barney versucht nicht, meine Schuhe zu fressen, und du bist auch da.«

Er schenkte mir ein winziges, schiefes Lächeln, das besagte: »Da hast du es, Lulu. Jetzt nimm es.«

Wärme breitete sich in meinem Körper aus, als hätte ich soeben ein Glas ausgezeichneten Whiskeys geleert.

Das ging so einfach nicht.

»Vielen Dank«, erwiderte ich keusch und feierte mein eigenes Wiedersehen mit Brideshead.

25

Eines Nachmittags saßen Julia und ich zusammen auf Racey O'Learys Felsen und hielten Ausschau nach den Walen, die manchmal an der Insel vorbeizogen, als wir auf Duncans Beerdigung zu sprechen kamen.

»Ich habe dich dort gesehen. Damals wusste ich natürlich noch nicht, wer du warst, aber zwischen all den Leuten bist du mir aufgefallen«, erzählte Julia, den Blick weiter aufs Meer gerichtet. »Lustig, oder? Und jetzt sind wir Freundinnen.«

»Ehrlich?«, fragte ich. »Also, ich muss gestehen, dass du mir nicht besonders aufgefallen bist, Julia. Aber die ganzen Willower, die gekommen sind, habe ich schon bemerkt.«

Um ehrlich zu sein, waren sie auch schwer zu übersehen gewesen. Den Einwohnern von Willow Island waren drei Bänke zugewiesen worden, und so wie sie an ihren Sitzen geklebt hatten, hatten sie gewirkt wie Mollusken, die sich aus Versehen unter all den glitzernden Fischen aus Duncans Leben – Politiker, Filmstars, Journalisten und glamouröse Exfrauen – verirrt hatten.

Es war eine feierliche Zeremonie gewesen. Obwohl James Clivedon, Duncans erster Produzent und ältester Freund, einen durchaus beschwingten Nachruf hielt, lag doch ein Mantel aus unterschwelliger Traurigkeit über dem gesamten Morgen, dessen Last am deutlichsten an den zusammengesunkenen Schultern von Duncans Kindern zu erkennen war.

Der Leichenschmaus dagegen war genauso, wie Duncan ihn sich gewünscht hätte: eine Party, die sich bis in die frühen Morgenstunden erstreckte und zum Ende hin immer ausschweifendere Züge annahm. Unter anderem steuerte Kimmy eine seltsam berührende Darbietung von »Islands in the Stream« bei, bei der sie einen leeren Barhocker ansang.

»Hast du Will dort gesehen?«, fragte Julia, die immer noch aufs Meer hinaussah.

»Nein, ich habe Will dort nicht gesehen, Julia«, antwortete ich lächelnd.

»Aber er war da«, sagte sie und fügte hinzu: »Duncan hat ihn wahnsinnig gern gehabt, weißt du. Er hat ihn immer als Lendenschmelzer bezeichnet.«

»Als was? O Gott«, stöhnte ich, dann brachen wir beide in Gelächter aus.

»Er meinte, Will wäre genau die Sorte Mann, auf die er stehen würde, wenn er schwul wäre. Jemand mit ordentlich Mark in den Knochen, nicht so ein Weichei, dessen Lebensinhalt darin besteht zu wissen, wie man Foccaccia richtig ausspricht.«

Wir lachten erneut. Als die Sonne langsam hinter Crook's Rock unterging, machten wir uns auf den Rückweg. An meinem Briefkasten trennten sich unsere Wege.

»Ich gehe mal besser zu Boris zurück«, sagte Julia, »und mache ihm was zum Abendessen – man sieht es ihm nicht unbedingt an, aber, Junge, zu seiner Zeit war auch er ein echter Lendenschmelzer.«

Ich winkte ihr zum Abschied. Bevor ich zum Haus zurücklief, warf ich noch einen Blick in den Briefkasten. Hier auf Willow bekam ich nicht oft Post, aber an diesem Tag lagen einige Kataloge und ein Brief darin. Ich erkannte die Handschrift sofort; sie hätte mir nicht vertrauter sein können.

Der Brief war von Duncan.

Ich sah mich um, warf erst einen Blick die Avalon Road hinunter und drehte mich dann ruckartig zum Haus um, weil ich beinahe erwartete, ihn dort in der Tür stehen zu sehen und zu hören, wie er mich fragte: »Was ist los, Lulu? Du siehst aus, als hättest du ein Gespenst gesehen.«

Hatte ich auch: Ich hielt es in Händen.

Wie war der Brief nur hierhergekommen? So etwas einzufädeln war typisch Duncan. Aber wen hatte er überredet, ihn einzuwerfen? Ich drehte den Brief um, um mir die Vorderseite genauer anzusehen, und stellte mit einem kurzen Schaudern fest, dass keine Marke darauf klebte. Jemand hatte ihn persönlich zugestellt.

Ich rannte ins Haus und in die Bibliothek, wo ich mich aufs Sofa setzte und den Brief öffnete.

Liebe Lulu,
wie geht es dir, meine Liebe? Mir geht es gut, nur ein bisschen kalt ist mir.
Und, hast du dich schon eingelebt? Was sagst du zu Barneys neuem Zuhause? Wundervoll, nicht wahr? So viele Fragen – wirklich verdrießlich, dass ich die Antworten darauf nicht erfahren werde. Außer natürlich, ich schwebe in den Ecken des WIWSV herum und lauere in deinem Rücken wie Patrick Swayze bei der Töpferscheibe. Du solltest übrigens wirklich anfangen zu töpfern, genau so

etwas machen doch junge Frauen, die auf eine Insel ziehen, oder nicht?
Womit wir beim eigentlichen Kern des vorliegenden Schriftstückes wären – was wirst du jetzt tun?
Es ist sicher ausgesprochen angenehm, auf Willow herumzuwandern und Muschelschalen und hin und wieder auch einen schiffbrüchigen Seemann aufzulesen – wie geht es übrigens Will Barton? –, aber du bist jetzt schon drei Monate hier, und so langsam dürfte sich der Zeitpunkt nähern, an dem du entscheiden musst, ob du aufs Festland zurückkehrst oder auf Willow Island deine Pfründe absteckst und eine dieser schrulligen Einwohner wirst, von denen sie in all diesen vorzüglichen lokalgeschichtlichen Werken schreiben:
Einen Besuch ist auch der Sitz der Willow-Island-Wassersportvereinigung wert, wo einst Tallulah de Longland lebte, die berüchtigte Hochzeitsvöglerin von Juniper Bay. Tallulah war eine allseits beliebte, wenn auch ein wenig exzentrische Einwohnerin von Willow Island, die ihre Tage mit der Herstellung von Hibiskusmarmelade verbrachte, wobei sie nichts als einen Hochzeitsschleier trug. Sie starb im Alter von siebenundsechzig Jahren und wurde Gerüchten zufolge von ihrem Hund Barney – der früher dem für seine Virilität berühmten Duncan McAllister gehört hatte – aufgefressen.
Wie auch immer, meine Liebe. Solltest du dich entscheiden zu bleiben, findest du sicher eine nützliche Beschäftigung.
Bis dahin genieße Barneys neues Zuhause – ich hoffe sehr, dass es für euch beide nicht zu groß ist.

So viele leere Schlafzimmer und dazu der riesige Küchentisch mit all den leeren Stühlen, auf denen doch bloß ihr beide sitzt.
Ach, na ja, ich glaube, du findest schon einen Weg, sie vollzukriegen.
Von deinem alten Freund an seine liebste Freundin,
Duncan
PS: Wie hat dir die Beerdigung gefallen? Findest du, Verdis »Requiem« war ein bisschen zu dick aufgetragen? Kimmy wollte ja »Let's Get It On«, aber das hat Kerry-Anne nicht zugelassen.

Oben im Briefkopf war der Schriftzug *Aus dem Büro von Duncan McAllister* eingeprägt – eine Eitelkeit, über die er sich stets amüsiert hatte.

»Ich liebe es«, sagte er. »Das klingt so, als wäre ich Kapitän auf einem Schiff. Ich frage mich, ob ich mir für jedes Zimmer eigenes Briefpapier zulegen sollte – ›Aus dem Badezimmer von Duncan McAllister‹, ›Aus der Garage von Duncan McAllister‹, ›Aus dem ungemachten Bett von Duncan McAllister‹.«

»Wie wäre es mit ›Aus der irren Gedankenwelt von Duncan McAllister‹?«, hatte ich eines Tages vorgeschlagen. Die Erinnerung an seine hochgezogenen Augenbrauen brachte mich zum Lächeln.

Mein Blick fiel wieder auf das Papier, auf Duncans säuberliche, gestochene Handschrift, die so gar nicht zu dem Mann passen wollte, der seinen Stift mit abgebissenen Nägeln an den Fingern geführt hatte.

Ein Mann sollte eine ordentliche Handschrift haben, hatte er oft gesagt. Seiner Meinung nach bewies das, dass einem die Angelegenheit wichtig genug war, dass man sich Zeit nahm, jeden Buchstaben sauber zu ziehen, und darauf achtete, genügend Raum zwischen den einzelnen Wörtern zu lassen, damit der Leser sie leicht überfliegen konnte, egal, wie harsch sie auch sein mochten – ganz besonders, wenn sie harsch waren, betonte er.

Ich strich mit dem Finger über die einzelnen Zeilen und versuchte, ihn darin aufzuspüren.

»An das Büro von Duncan McAllister«, sagte ich ins Nichts. »Was soll das heißen? Wer soll sich deiner Meinung nach zu mir an meinen Tisch setzen?«

Ich wusste, es steckte mehr dahinter – bei Duncan steckte immer mehr dahinter. Die Antwort folgte am nächsten Tag, in Form einer weiteren persönlich zugestellten himmlischen Botschaft meines früheren Arbeitgebers. Diesmal stand im Briefkopf: *Aus der irren Gedankenwelt von Duncan McAllister.*

Liebe Lulu,
bitte entschuldige, dass ich deinen Witz geklaut habe, aber ich war recht angetan davon. Außerdem wissen wir beide, dass ich seit Jahren die Witze anderer Leute stehle.
Die Wahrheit ist, dass mein Verstand nie schärfer war als heute. Während ich hier liege und auf das Ende meiner Tage zugehe, verspüre ich daher das dringende Bedürfnis, mit anderen zu teilen, was ich in den achtundsechzig Jahren gelernt habe, die ich ohne einen wie auch immer gearteten Befähigungsnachweis auf dieser Erde zubringen durfte.
Keine Sorge, das wird jetzt keine von diesen grauenhaften »Ich wünschte, ich hätte öfter getanzt«-Vorträgen. Um ehrlich zu sein, wünschte

ich, ich hätte weniger getanzt, und da bin ich ganz sicher nicht der Einzige.
Ich habe in meinem Leben viele Freundschaften geschlossen, Lulu, und mir mindestens genauso viele Feinde gemacht. Ich habe die falschen Frauen geliebt und die richtigen. Und dabei habe ich es irgendwie geschafft, jede Einzelne von ihnen in irgendeiner Form zu verletzen. Mit einer Ausnahme: dir.
Du bist die einzige große Liebe meines Lebens, die ich nicht versaut habe – ich habe dich, so hoffe ich, niemals wirklich enttäuscht oder zu lange warten lassen oder dir unvorstellbare Lügen erzählt.
Wir waren immer ehrlich zueinander, nicht wahr? Also dann.
Wenn ich ehrlich bin, war es nicht dein stärkster Moment, als du mit Joshua Keaton in seiner Hochzeitsnacht ins Bett gestiegen bist.
Ich weiß, dass du damit zum Teil gegen dein ewiges Gutmenschentum aufbegehren wolltest. Dass es die Manifestation eines lange unterdrückten Wunsches war, einmal im Leben eins von den bösen Mädchen zu sein.
Aber gleichzeitig war es wirklich gemein, und das sieht dir überhaupt nicht ähnlich. Du bist kein böses Mädchen, Lulu, und du wirst auch nie eins sein.
Und damit kommen wir also endlich zum eigentlichen Kern dieses Briefes.
Was ich in all den Jahren, die mir beschieden waren, gelernt habe, ist, dass es nichts bringt, sich gegen das zu wehren, was wir sind, Lulu. Wir können es nicht ablegen – jedes Mal, wenn ich das

versucht habe, endete die Nummer mit Tränen, heimlichen Taxifahrten zurück nach Hause und hin und wieder einer Nacht im Gefängnis.
Ich zum Beispiel stehe an der Grenze zum Alkoholiker, lege fragwürdige Hygienegewohnheiten an den Tag und bin außerdem ein Besserwisser, ein notorischer Lügner, gelegentlicher Drogenkonsument und beneide heimlich andere Leute um ihr Leben. Darüber hinaus bin ich mediengeil, pflege einen grauenhaften Kleidungsstil und gehe regelmäßig fremd. Ich bin ein Mann, der nie im Leben hätte heiraten dürfen und es allen Warnzeichen zum Trotz nicht bloß einmal, sondern gleich viermal getan hat. Denn die Wahrheit ist eben auch, dass ich der Aussicht auf ein Happy End nicht widerstehen kann.
So bin ich nun einmal, Lulu. Und ich kann es genauso wenig ändern, wie du die Tatsache ändern kannst, dass du ein fast schon unnatürlich anständiger Mensch bist. Jemand, der anderen die Hand hält und selbst bei den fürchterlichsten Personen noch an das Gute im Menschen glaubt. Ich weiß, du findest, dass dich das zu einer unfassbaren Langweilerin macht, deswegen möchte ich eiligst hinzufügen, dass du außerdem lustig bist, einen Verstand so scharf wie ein Springmesser hast und wirklich ganz, ganz zauberhaft bist.
So, nachdem wir also geklärt hätten, wer du bist, stellt sich nun die Frage: Was machen wir mit dir, nun, da du dich nicht mehr tagein, tagaus um mich kümmern kannst?
Tja, ich hätte da so eine Idee. Eine ziemlich gute sogar, wie ich finde. Hier kommt sie.

Willow Island bietet jede Menge Sehenswürdigkeiten, aber keine vernünftige Unterkunft für Leute, die sich daran erfreuen wollen. Barneys Zuhause ist groß und schön und schreit geradezu nach Leuten, die mal ordentlich Leben in die Bude bringen. Rose' Kuchen, Brote und Kekse liegen unangerührt in ihren Schachteln, die sich mittlerweile in ihrer Küche stapeln. Bei ihrem Backpensum braucht sie also dringend einen Ort, wo sie sie alle abladen kann. Harry verdient regelmäßigen Urlaub. Und du verdienst ein Leben, das dir gefällt.

Kurz gesagt: Meine Idee ist es, die Willow-Island-Wassersportvereinigung in eine Frühstückspension umzuwandeln. Ein »Bed & Breakfast«, wie es, glaube ich, unter Freunden der Blümchenvorhänge heißt.

Du wärst die ideale Wirtin – du bist so gutmütig, dass es dir fast schon zu den Ohren rauskommt, und außerdem charmant, gut organisiert, effizient, pünktlich, nicht allzu neugierig und läufst zudem auch nicht gerade Gefahr, deine Gäste mit langatmigen Geschichten zu Tode zu langweiligen – ach, ich wünschte, ich wäre noch am Leben, denn dann könnte ich diesen Part übernehmen.

Die Leute würden sich genüsslich über Rose' Kuchen hermachen, Harry könnte nach Herzenslust heimwerken, Mattie und Sam könnten in den Ferien vorbeikommen, und für all die Schnorrer, die früher oder später unter Garantie bei dir auf der Matte stehen werden, wäre dann leider kein Platz mehr frei. Worauf ich hinauswill, Lulu: Du hast schon immer für andere gesorgt,

warum solltest du dich also nicht wenigstens dafür bezahlen lassen?
Das ist jedenfalls mein Vorschlag, mach damit, was du willst.
Bis dahin sende ich Barney all meine Liebe. Und dir natürlich auch. Ich hoffe, mein Brief hat dich nicht zu hart getroffen – ich habe mich bemüht, genügend Abstand zwischen den harschesten Worten zu lassen. Falls dich meine Botschaften aus dem Jenseits mitgenommen haben sollten: Keine Sorge, das hier ist mein letzter Brief.
Und damit kommen wir jetzt also zu dem Teil mit den berühmten letzten Worten.
Ich wünschte, mir würde jetzt etwas unfassbar Kluges einfallen, aber mir kommt bloß etwas in den Sinn, was meine Mutter immer zu mir gesagt hat. Sie war die geborene Gärtnerin, Lulu, und ihre Taschen waren immer voller zerdrückter Blüten, Blätter, Samen oder kleiner Zweige – man konnte die Hand nicht in ihre Tasche stecken, ohne darin irgendetwas zu finden. Sie sagte dann: »Ich weiß, es ist albern, Liebling, aber ich habe immer gerne ein Stück von meinem Garten bei mir, wo ich auch hingehe.«
Als sie starb, ging ich in ihren Garten und sammelte alles mögliche Grünzeug ein, das ich dann zum Bestatter mitnahm. Dort steckte ich ihr heimlich ihren Garten in die Tasche.
Ich hatte nie einen grünen Daumen, daher gibt es auch keinen Garten, den ich mitnehmen könnte. Aber ich habe eine Hand, die ich festhalten kann, und einen Ort, an dem ich meinen müden Kopf zur Ruhe betten kann. Wenn ich Angst habe –

und das habe ich manchmal, Lulu –, denke ich an dich. Ich denke an all die wunderbaren Jahre, die wir miteinander hatten, und ich staune, ich staune wirklich sehr darüber, dass ich, Duncan Rowan Slattery (frag nicht) McAllister, lange und anscheinend auch anständig genug gelebt habe, um solch eine Freundin finden zu dürfen.
Ich brauche kein Foto und auch keine Haarlocke von dir, die ich mitnehmen kann. Wenn meine Zeit gekommen ist – und sie kommt bald, Lulu, ich spüre sie seit geraumer Zeit in meinem Nacken –, habe ich vor, die Augen zu schließen und nur an dich zu denken.
Du bist der Garten in meiner Tasche.
Danke,
Duncan McAllister

26

Also, ich finde, das ist eine wundervolle Idee, Lulu, ganz ehrlich.«

»Ich weiß nicht so recht, Julia. Ich habe so etwas noch nie gemacht.«

»Das ist kein Grund, es nicht zu machen.«

»Nein, wahrscheinlich nicht. Ich finde die Vorstellung bloß gerade ziemlich überwältigend.«

»Na, irgendwas musst du ja machen.«

»Muss ich?«

»Natürlich«, sagte Julia. Sie knetete den Teig auf ihrer Arbeitsfläche und ließ den Klumpen dann mit einem entschlossenen Plumps fallen. »Du kannst dich nicht dein ganzes Leben in deiner Höhle verkriechen. Früher oder später wirst du herauskommen und dich den wilden Tieren stellen müssen.«

In mir regte sich eine Erinnerung; wo hatte ich so etwas Ähnliches schon mal gehört?

»Julia?«

»Mm-hmm?«

»Hast du zufällig eine Ahnung, wie Duncans Briefe in meinen Briefkasten gekommen sind?«

Ein paar Tage, nachdem ich Duncans letzten Brief erhalten hatte – das alles war natürlich Teil eines ausgefeilten Plans gewesen, den Duncan vor seinem Tod in die Wege geleitet hatte, indem er Julia verpflichtet hatte, die Briefe einzuwerfen, nachdem ich eine angemessene Zeit auf Willow verbracht hatte; als großes Finale hatte er vermutlich Wills und meine Hochzeit unter den Kängurubäumen vorgesehen, aber die hätte wohl unter keinem guten Stern gestanden –, beschloss ich, Harry und Rose einen Besuch abzustatten.

Ich wollte mit ihnen über Duncans Vorschlag sprechen und dann noch kurz bei Andrew vorbeischauen, bevor ich nach Willow zurückkehrte.

Will brachte mich aufs Festland rüber. Angesichts meines Gepäcks zog er überrascht die Augenbrauen hoch.

»Mir war nicht klar, dass du zurück in die große Stadt ziehst.«

»Sehr witzig.«

»Wie lang hast du vor zu bleiben?«

»Ein paar Tage.«

»Wo ist Barney?«

»Bei Julia und schmollt.«

Will lachte. »Ich werde ihm während deiner Abwesenheit mal einen Besuch abstatten und ihm ein bisschen gammeligen Fisch vorbeibringen.«

Er lud meine Taschen aufs Boot, dann streckte er die Hand aus, um mir an Bord zu helfen. Ich mochte das Gefühl seiner Finger auf meinen, mochte es, Wills langem Körper dabei zuzusehen, wie er auf dem Boot herumging, an der Benzinpumpe hantierte, den Motor ein wenig drosselte. Er war schnell und geschmeidig und schien sich auf dem Meer sehr viel mehr zu Hause zu fühlen als an Land. Am meisten mochte ich aber, wie er sich neben mich setzte, als wir Fahrt aufgenommen hatten, und mich mit seinem Faulpelzgrinsen anlächelte.

Ich erwiderte sein Lächeln, bevor mir einfiel, dass ich ihn besser nicht »ermutigen« sollte, wie Schwester Scholastika gesagt hätte.

»Du wirst mir fehlen«, sagte er, aber ich tat so, als hätte der peitschende Wind seine Worte aufs Meer hinausgeweht.

Harry saß auf der Gartenschaukel, eine Tasse Tee in der einen Hand und das Programm der Pferderennbahn in der anderen, das er mit zusammengekniffenen Augen zu entziffern versuchte.

Ich beobachtete ihn durchs Fenster und erzählte derweil Rose, die gerade Wäsche zusammenlegte, von der möglichen Umwandlung meines Inselhauses. Während sie mir zuhörte, arbeiteten sich ihre flinken Hände durch den Wäschehaufen und verwandelten ihn geschickt in einen ordentlichen Stapel.

»Nun, Lulu«, sagte sie, »ich finde, das klingt wundervoll, und ich bin mir sicher, dass du genau die Richtige dafür bist.« Sie lächelte. »Komm, wir erzählen es deinem Vater, mal sehen, was er dazu meint.«

Wir gingen hinaus in den Garten. Als Harry mich sah, legte er sein Programmheft beiseite und streckte die Arme aus.

»Lulu, gerade habe ich mir ein Pferd namens Island Girl angesehen – und schon bist du da«, sagte er, die Augen immer noch zusammenkneifend.

»Setz deine Brille auf, Harry«, mahnte Rose.

»Ich kann sie nicht finden.«

»Sie liegt neben dir auf dem Tisch.«

Er grinste. »In der Tat.«

»Mit jedem Jahr wird dein Vater eitler«, erklärte mir Rose.

»Eitler oder älter?«

»Eitler, und das weißt du auch. Wer außer mir sollte dich mit deiner Brille schon sehen?«

Harry klopfte auf den Sitz neben sich.

»Niemand außer dir, mein Röschen, aber du bist die Einzige, die zählt.«

Sie setzte sich zu ihm. »Lulu hat eine Idee, Harry. Sie denkt darüber nach, das Haus in eine Frühstückspension umzuwandeln. Na ja, eigentlich war das Duncans Idee, aber sie denkt darüber nach, es wirklich zu machen.« Als bekäme sie sie gar nicht schnell genug heraus, stolperte sie regelrecht über die Worte. »Julia würde ihr mit der Bettwäsche und dem ganzen Kram zur Hand gehen, du weißt schon. Und Will könnte mit den Gästen zum Angeln rausfahren und die alten Kanus und Kayaks im Schuppen vermieten.«

»Und was würdest du machen, Lulu?«, fragte Harry.

»Nun, sie wäre einfach Lulu«, antwortete Rose, so überzeugt von meinen Fähigkeiten wie eh und je. Dann redete sie hastig weiter. »Du wärst für die ganzen Klempnerarbeiten zuständig und müsstest die zusätzlichen Badezimmer einrichten. Und ich soll Kuchen und Kekse beisteuern und vielleicht auch ab und zu etwas kochen.«

»Was hältst du davon?«, fragte Harry Rose, obwohl er die Antwort längst kannte.

»Na ja, ich würde gerne mithelfen. Lulu meinte, am besten wäre es wahrscheinlich, wenn ich unter der Woche hier vorkoche und wir dann am Wochenende rüberfahren – nicht jedes Wochenende –, damit ich ihr ein paar Vorräte vorbeibringe.«

Harry saß da und lächelte, während seine Rose vor lauter Begeisterung über ihre eigenen Worte stolperte.

»Lulu sagt, ich müsse mir noch einen Namen für meine Produktpalette ausdenken, Harry – *meine Produktpalette*.«

»Schick, schick«, erwiderte er und grinste mich an.

»Das ist aber alles noch in der Planungsphase«, rief ich ihnen ins Gedächtnis. »Es ist noch nichts in Stein gemeißelt oder so.«

»Willst du es denn machen, Liebes?«, fragte Harry.

»Ich bin mir nicht sicher; ich glaube schon. Ich glaube, ich würde es gerne versuchen.«

»So kenne ich mein Mädchen.«

In meiner ersten Nacht zurück in Juniper lag ich auf meinem Bett und las Magazine über Inneneinrichtung, um Anregungen für meine Frühstückspension zu sammeln. Bisher schien sich die Auswahl allerdings größtenteils auf Weidenkörbe zu beschränken. Gleichzeitig lauschte ich mit einem Ohr den entfernten Klängen der Titelmelodie von Michael Parkinson, die von unten aus dem Fernseher in mein Zimmer drangen.

»Kann ich reinkommen, Liebes?«, fragte Harry und schob den Kopf durch die Tür. Seine Hände steckten in den Taschen seines olivgrünen Morgenmantels, seine Füße in seinen karierten Pantoffeln.

»Harry«, sagte ich. »In dem Outfit bist du schon ins Bett gegangen, als ich sieben war.«

»Ich weiß«, antwortete er, setzte sich auf mein Bett und streckte die Füße aus, um die ausgetretenen Schuhe zu inspizieren, die sie umschlossen. »Quadratisch, praktisch, gut.«

Ich lächelte.

»Also«, fing er an. »Ich dachte, ich gebe dir mal ein Update.«

Ich nickte und warf einen Blick zur Tür.

»Sie ist vollkommen in ihre Sendung vertieft.«

»Also …«

»Alles ist gut, Lulu. Ich weiß, wir haben alle unsere Probleme mit den Medikamenten und deine Mutter am allermeisten. Aber Dr. Reynolds hat angefangen, die Menge ganz langsam zu reduzieren, von Monat zu Monat. Er schätzt, dass sie sie Ende des Jahres vielleicht sogar ganz absetzen kann.«

»Was denkst du?«

»Ach, dasselbe wie immer, Liebes. Ich denke, ich werde sie im Auge behalten und gucken, was passiert.«

»Was sagt er zu der Sache mit den Kleidern?«

»Er findet das großartig. Seiner Meinung nach sollten wir alle Klamotten tragen, die uns glücklich machen.«

»Das klingt doch gut«, sagte ich. Dr. Shaw hatte uns aufgetragen, die Mädchen alle wegzuwerfen, wenn Rose mal nicht hinsah. »Der Schock könnte sie mit einem Ruck in die Realität zurückholen«, hatte er gesagt, woraufhin Harry leichenblass geworden war.

»Er hat ihr außerdem Akupunktur verschrieben. Ich persönlich sehe zwar nicht ganz den Sinn darin, sich mit Nadeln stechen zu lassen, aber Rose meint, es würde wirklich etwas bringen.«

Ich betrachtete meinen Vater. Jedes Mal, wenn ich ihn sah, waren die Falten in seinem Gesicht wieder ein bisschen tiefer und die Haare an seinen Schläfen ein bisschen grauer geworden.

»Ihr geht es wirklich gut, und das unverändert«, sagte er. »Wir hatten jetzt schon seit Monaten keinen Doris-Tag mehr, und sie geht immer öfter aus dem Haus.«

»Also«, fragte ich, »auf einer Skala von eins bis zehn?«

Unsere Blicke trafen sich. Das war unser Code für Rose' mentale Verfassung. Eins bedeutete optimal, zehn stand für den Tag, über den wir niemals sprachen.

»Ungefähr drei«, antwortete Harry und sah mir einen Moment tief in die Augen. »Mach dir keine Sorgen, Liebes.«

Er lächelte, als er mein Zimmer verließ, und zog die Tür hinter sich zu. Ich blieb zurück und musste an diesen einen Tag denken, der sich wie jetzt, da ich auf meinem Bett aus Kindertagen lag, immer mal wieder ungebeten in mein Bewusstsein drängte.

Annabelle hatte mich bis zu unserem Gartentor gebracht, »um dir Gesellschaft zu leisten«, und sich dann verabschiedet. Sie musste nach Hause zu ihrem Dudelsackunterricht – das war Annies Idee gewesen und hielt natürlich nicht lange vor. (Annabelle nahm ungefähr drei Stunden, dann schenkte sie ihren Dudelsack einem »armen Schotten« auf der Straße, der, wie sich herausstellte, genauso schottisch war wie wir und das Instrument in einem Pfandhaus versetzte.)

Ich holte die Post aus dem Briefkasten und öffnete die Buntglastür zu unserem Haus, die wie immer unverschlossen war.

»Mum, ich bin zu Hause. Mu-um, Mum, ich bin zu Hause«, sang ich wie gewöhnlich. Aber ich wusste sofort, dass etwas nicht stimmte. Die Stille des Hauses drückte wie ein Gewicht auf mich herab.

Die Briefe fielen aus meinen Händen und flatterten zu Boden, als ich zur Küchentür rannte, deren Spalt mit einem Geschirrtuch verstopft war. Ich schob die Tür auf, und mir wurde ganz schwummrig, als ich durch die giftige Luft zum Backofen rannte und mit Händen, die mir nicht mehr zu gehören schienen, an den Knöpfen drehte. Dann öffnete ich mit einem Ruck das Schiebefenster und lief zu meiner Mutter, die bewusstlos auf dem Boden lag. Ich legte meine knochigen, vierzehn Jahre alten Arme um sie und schleifte sie aus der Küche ins Wohnzimmer, dann rannte ich zum Telefon, um einen Rettungswagen zu rufen.

Während ich neben ihr saß und wartete, lauschte ich so angestrengt auf einen Atemzug von ihr, dass es sich anfühlte, als würde ich selbst die Luft anhalten. Erst als die Sanitäter zur Tür hereinkamen, konnte ich aufatmen. Dann rannte ich auf die Straße und zu der Bushaltestelle, an der Mattie und Sam immer ausstiegen, und legte mich auf die Lauer. Als sie ankamen, fing ich sie ab und brachte sie auf direktem Wege zu Mrs. Delaney, die bereits unschlüssig in ihrem Vorgarten herumstand. Sie schwankte irgendwo zwischen Neugier und Mitgefühl, wollte einerseits helfen und hielt es andererseits kaum aus, nicht zu wissen, was passiert war.

»Mum ist hingefallen und hat sich ein bisschen wehgetan. Ich muss im Haus bleiben, falls der Arzt anruft, aber ihr beide geht besser rüber zu den Delaneys. Die haben Kuchen für euch.« Sie waren viel zu jung und zu hungrig, um meine Logik zu hinterfragen.

Ich ging zurück ins Haus und rief Harry an, dann machte ich mich methodisch ans Aufräumen. Ich stellte die Stühle wieder auf, die ich umgeworfen hatte, spülte die Teller, fegte das Mehl auf und sprühte die Küche mit Raumspray, Duftrichtung Bergnebel, ein. Laut der

Aufschrift auf der Dose entfernte es »garantiert selbst hartnäckigste Gerüche«.

Nur diesen einen Geruch natürlich nicht, der sich noch lange danach auf meiner Haut hielt.

Dieser Tag war eine Zehn.

Ich blieb eine Woche in Juniper und besprach meine Ideen für die Frühstückspension mit Harry und Rose. Dabei schwankte ich nach wie vor: Mal beschloss ich, die Sache auf jeden Fall durchzuziehen, dann wieder wollte ich am liebsten alles hinschmeißen und in mein altes Leben zurückkehren.

Doch bevor ich eine endgültige Entscheidung treffen konnte, gab es noch etwas anderes, das ich tun musste. Bevor ich mich auf den Weg in die Zukunft machte, galt es erst einen Teil meiner Vergangenheit geradezurücken.

Nachdem ich mich von Harry und Rose verabschiedet hatte, setzte ich den Wagen aus der Einfahrt und fuhr die Straße entlang, bis ich an eine vertraute Kreuzung kam – links ging es über die Laurel Terrace zurück zu meinem Haus, rechts über die Beddington Street zu dem von Annabelle.

Frank wohnte nach wie vor im Haus am Fluss, und er verdiente eine Entschuldigung.

Ich hatte die Hochzeit seiner Tochter ruiniert. Ich war schuld daran, dass sie gleich wieder die Flucht ergriffen hatte, nachdem sie gerade erst in den Schoß der Familie zurückgekehrt war. Und nicht zuletzt hatte er meinetwegen Tausende von Dollars für eine Hochzeit ausgegeben, an die sich keiner erinnern wollte, und für Fotos des glücklichen Brautpaars, die keiner sehen wollte.

Natürlich hatte ich sie die ganze Zeit schon um Verzeihung bitten wollen: Frank, Annie, Annabelle, alle. Aber im entscheidenden Moment hatte ich immer gekniffen. Es war sehr viel einfacher gewesen, mich auf einer Insel, die kaum jemand je besuchte, hinter den Kängurubäumen zu verstecken, die rund um mein Haus Wache standen.

So machte ich es schon mein ganzes Leben, schoss es mir durch den Kopf. Wenn es hart auf hart kam, verkroch ich mich. Damals nach der Schule hatte ich mich bei Harry und Rose verkrochen, und nun verkroch ich mich auf Willow.

Tja, wenn ich wirklich vorhatte, dort schon bald für das Wohl der Inselbesucher zu sorgen, war es vermutlich höchste Zeit, dass ich anfing, mich um mein eigenes zu kümmern. Was hatte ich früher immer zu Mattie und Sam gesagt, wenn ich versuchte, ein Pflaster von ihren asphaltgeküssten Knien zu lösen, während sie sich wie Korkenzieher wanden, um meinen Armen zu entkommen?

»Stillhalten«, hatte ich gesagt. »Wenn ich es langsam mache, tut es nur noch mehr weh. Wenn ich es mit einem Ruck abreiße, merkst du fast nichts davon, versprochen.«

Ich bog in Annabelles Straße.

»Reiß das Pflaster runter, Lulu«, feuerte ich mich selbst an.

Ich parkte ein ganzes Stück vom Haus entfernt. Vor Nervosität drehte sich mir fast der Magen um.

Während ich auf das Haus zuging, wartete ich auf den Moment, in dem das weiße Gleißen des Bürgersteigs dem Schatten des Pfauenstrauchs aus Annabelles Garten weichen würde, dessen Zweige so weit über den Zaun hingen, dass sie den Asphalt streichelten. Seine Laubkrone war hier und da mit roten Blüten gesprenkelt, und ich blieb kurz stehen, um einige Male tief durchzuatmen. Dann ließ ich mich von seinen kühlen Fingern ergreifen und in den Garten führen.

»Ich lebe in einem Dschungel«, flüsterte Annabelle, als ich durchs Tor trat. Die beiden Wasserspeier grinsten mich mit moosig grünen Zähnen an.

»Guten Morgen, Lulu. Annabelle«, hörte ich Rose' Stimme, als ich unter ihnen hindurchging und mich auf den Weg zur Treppe machte. Auf den Stufen saßen zwei kleine Mädchen, steckten die Köpfe zusammen und schrieben etwas in ein Buch. Als sie mich sahen, schlugen sie es wortlos zu, richteten sich auf ihren blassen Beinen auf und verschwanden im Inneren des Hauses.

Grüne Ranken umrahmten die Türen, ragten in die Fenster hinein und wieder hinaus und wanden sich bis hinauf aufs Dach. Es schien, als wolle der Blauregen das Haus einreißen und unter sich begraben. Vor der Haustür blieb ich stehen. Sie war geschlossen, aber ich wusste, dass es nur eines kleinen Stoßes bedurfte, um sie zu öffnen. Der Blauregen hätte bloß eine seiner Ranken auszustrecken brauchen, um mich hineinzuziehen.

Ich legte eine Hand an die Tür, schob sie auf und rief: »Frank, bist du da?«

»In der Küche, Lulu«, kam seine Antwort, als sei es das Normalste der Welt, dass ich in seinem Haus stand, wo sich alles und nichts verändert hatte.

»Tallulah«, sagte er. »Wie schön, dich zu sehen.«

Frank saß an seinem Tisch, der mit Zeitungen und

Farbtöpfen, Schleifenresten und Heftklammern, Notizblöcken und Kaffeetassen übersät war. Dazwischen stand ein Krug mit Wasser, in dem einige Frangipaniblüten steckten, aus deren Stielen Milchsaft sickerte. »Es heißt immer, man soll die Schnittstellen abflämmen oder so, damit sie nicht tropfen«, erklärte Frank. »Aber ich sehe irgendwie keinen Sinn darin.«

»Nein«, stimmte ich ihm zu und dachte daran, dass genau dieses anhaltende Unverständnis eines der Dinge war, die ich an ihm immer gemocht hatte.

»Ich freue mich so sehr, dass du gekommen bist.«

»Ach ja?«, fragte ich. »Ich war mir nämlich nicht sicher, ob ich herkommen sollte. Um ehrlich zu sein, würde ich es dir nicht übel nehmen, wenn sich deine Freude, mich zu sehen, eher in Grenzen hielte. Wegen dem« – reiß das verdammte Ding endlich ab, Lulu –, »was ich auf der Hochzeit getan habe. Das war unentschuldbar, Frank, und ich bin gekommen, um dich deswegen um Verzeihung zu bitten.«

»Brauchst du nicht.«

»Brauche ich nicht? Frank, ich habe etwas wirklich Schreckliches getan, und es tut mir unwahrscheinlich leid. Es war gedankenlos, boshaft und falsch« – nun, da das Pflaster einmal ab war, gab es kein Halten mehr –, »und ich glaube, ich kann nicht länger in diesem Haus bleiben und dir ins Gesicht sehen, Frank, dir und deinen wunderschönen, milchigen Frangipaniblüten im Krug.« Ich begann zu weinen – dicke Tränen kullerten über meine Wangen, meine Nase fing sturzbachartig an zu laufen, und ich wurde von heftigen Schluchzern durchgeschüttelt.

Frank reichte mir ein Taschentuch.

»Schnäuzen«, befahl er, während er meine Hände zu

meiner Nase dirigierte. »Schnäuz dich, als gäbe es kein Morgen mehr, Lulu.«

Er zündete den Gasherd an, setzte den Wasserkessel auf, streute einige Blätter in die blaue Emaillekanne und stellte zwei große Tassen auf den Tisch.

»Setz dich und trink einen Tee«, sagte er lächelnd. »Es gibt kaum etwas auf der Welt, das sich nicht mit einer Tasse Tee lösen ließe.«

Also setzte ich mich. Und fing gleich wieder mit meinen Entschuldigungen an.

»Schluss jetzt, Tallulah«, unterbrach mich Frank. »Ich freue mich, dich zu sehen. Ich freue mich, dass du hier bei mir in meinem Haus bist, meinen Tee trinkst und meinen Taschentüchern den Garaus machst.«

»Hör auf, so nett zu mir zu sein, Frank«, bat ich. »Ich ertrage das nicht.«

Er schenkte uns Tee ein und reichte mir meine Tasse.

»Lulu«, sagte er. »Du brauchst mir nichts zu erklären. So wie ich dir auch keine Rechenschaft für das Verhalten meiner Tochter schulde. Dasselbe habe ich deinem Vater gesagt, als er mit mir über all das reden wollte.«

»Ach ja? Das wusste ich gar nicht.«

»Doch, das wollte er – daraufhin habe ich ihn gefragt, ob er sich noch erinnern kann, was König Edward bei seiner Abdankung gesagt hat.«

»Was hat Harry gesagt?«

»Er meinte: ›Herrje, Frank, so alt bin ich nun auch wieder nicht.‹«

Ich lachte, und Frank lachte mit mir.

»Wie auch immer. Niemand konnte verstehen, warum König Edward alles hinwarf, immerhin die Herrschaft über ein ganzes Weltreich, und das alles einer Frau zuliebe, deren Aussehen wohl selbst der wohlgesinnteste Betrachter bestenfalls als ›interessant‹ beschrieben hätte. Doch er bemerkte bloß: ›Das Herz begehrt, was das Herz begehrt.‹

Aber gut«, fuhr er fort und nippte an seinem Tee, »genug davon. Wie gesagt: Ich freue mich, dich zu sehen, Lulu. Außerdem kann es sein, dass du gerade noch rechtzeitig gekommen bist.«

»Was soll das heißen?«

»Sie wollen unser Baumhaus abreißen.«

Der Brief war bereits vor einigen Wochen eingegangen, berichtete Frank und erzählte mir, wie bestürzt er gewesen war, als er ihn zwischen all dem Krimskrams auf dem Küchentisch gefunden hatte.

Er hatte zwischen ein paar Kugelschreiberkritzeleien gesteckt – eine davon zeigte Harry mit seinem Lieferwagen und war Frank zufolge ziemlich gut gelungen –, und nun blieben Frank nur noch rund drei Wochen, einen Antrag auf Baugenehmigung bei der Stadtverwaltung von Moreton einzureichen, von dem er genau wusste, dass er ohnehin keinerlei Aussicht auf Erfolg hatte.

»Lies selbst, Lulu«, sagte er. »Dann siehst du, ob ich recht habe.«

Ich überflog die Seiten. Keinerlei Aussicht auf Erfolg war noch gewaltig untertrieben. Aufgrund seiner Größe und Ausstattung, hieß es in dem Schreiben, gelte das Baumhaus als »Erweiterungsbau«, und der sei von der Stadtverwaltung nicht genehmigt worden. Darüber hinaus habe ein gewisser Mr. K. Munroe bei seiner Besichtigung des »Erweiterungsbaus« am 7. September Verstöße gegen die Paragrafen 34, 36 A, 36 B, 42 und 78 der städtischen Bauvorschriften festgestellt, die zur Einsicht im Anhang beigefügt seien.

Wobei das letzten Endes auch überflüssig war, da es in dem Schreiben weiter hieß, »der Baum, in dem der Erweiterungsbau errichtet wurde« – »Baumhaus«, murrte ich, »sagt doch einfach ›Baumhaus‹« –, befinde sich außerhalb von Franks Grundstück. Daher stehe das Gebäude tatsächlich auf städtischem Grund und Boden, was bedeutete, dass wir am Arsch waren, wie Harry gesagt hätte.

Ich hatte in Rechtsangelegenheiten nicht die geringste Erfahrung, und von städtischen Zusatzverordnungen verstand ich schon gleich gar nichts. Außerdem schwirrte mir von diesem Brief bereits der Kopf. Nichtsdestotrotz griff ich beherzt nach dem erstbesten Strohhalm.

»Frank«, wollte ich wissen, »hast du diesem Munroe-Typen eigentlich die Erlaubnis gegeben, dein Grundstück zu betreten?«

Frank antwortete, er sei sich anfangs sicher gewesen, dass er ihm keinen Zutritt gewährt habe – doch vor ein paar Tagen sei es ihm wieder eingefallen. Vor rund einem Monat war ein Typ bei ihm aufgetaucht und hatte gefragt, ob er sich ein wenig im Garten umsehen dürfe. Frank saß gerade in seinem Atelier und arbeitete an einem Porträt von Annie – normalerweise sei er kein großer Fan von Porträts, warf er ein, aber an diesem arbeitete er schon eine halbe Ewigkeit. Vorlage war ein Polaroidfoto, das vor Jahren entstanden war, als Polaroidkameras gerade frisch auf dem Markt waren und auf Partys alle nur noch herumstanden und darauf warteten, dass die Kamera ein weiteres Bild ausspuckte. Annie hatte diese Kameras gehasst, erzählte Frank – der fröhlich immer weiter vom Kurs abkam –, denn sie war der Meinung gewesen, solche

Instantschnappschüsse seien vollkommen unnatürlich. »Annie bevorzugte einen etwas gemächlicheren Kennlernprozess«, erklärte er und lachte. Trotzdem hatte er eine ganze Reihe von Fotos aufbewahrt. Unter anderem eines von Annie, das ausgerechnet bei einer Fondueparty entstanden war. An diesem Bild hatte er gerade gearbeitet, als der Typ den Kopf zur Tür hereingesteckt und gefragt hatte, ob er sich ein wenig umsehen dürfe. Frank hatte Ja gesagt und ihn ungeduldig weggewinkt – es kam immer mal wieder vor, dass jemand in sein Haus spazierte oder in seinem Garten auftauchte. »Irgendwelche Esoterikspinner, die glauben, sie könnten hier auf dem Grundstück ein paar Feen aufstöbern«, sagte er.

»Hast du deswegen denn schon irgendetwas unternommen?«, versuchte ich, ihn wieder zum eigentlichen Problem zurückzulotsen, das draußen in seinem Garten in einem Mangobaum thronte.

»Nein, ich habe den Brief einfach beiseitegelegt und gehofft, dass irgendjemand kommt, der eine Idee hat, was man da machen kann – und hier bist du schon, Tallulah.« Kaum hatte er das gesagt, spürte ich, wie die Ranken durchs Fenster krochen und mich in die Vergangenheit zurückrissen.

»Ich würde es gerne sehen«, bat ich. »Das Baumhaus.«

»Nach dir, Tallulah die Liebliche«, antwortete Frank und stand auf.

Wir liefen durch den Garten, bis wir zu dem Baum kamen. Nacheinander erklommen wir die Leiter und zogen uns schließlich an dem Seil auf die Veranda hinauf. Mit eingezogenen Köpfen traten wir durch die Tür, über der der hineingefräste Mond und die Sterne tanzten. Frank fragte: »Erinnerst du dich noch, Lulu?«

Ich sog alles in mich auf.

»Ja«, antwortete ich und beschloss, dass ich Frank Andrews nicht noch mal enttäuschen würde. Einmal war mehr als genug.

»Gib mir den Brief, Frank«, sagte ich. »Ich kenne da vielleicht jemanden, der uns helfen kann.«

27

Auf dem Rückweg nach Willow schaute ich noch kurz bei Andrew vorbei. Schnell wurde deutlich, dass er Feuer und Flamme für Duncans Idee war: Er hatte bereits eine Aufstellung aller Kosten und Budgets gemacht und detailliert jeden einzelnen Schritt aufgelistet, wie wir würden vorgehen müssen. Während ich ihm so zuhörte, merkte ich, wie viel Spaß ihm das alles gemacht haben musste.

Einige Wochen später rief Andrew mich an und berichtete, dass er ein paar erste Pläne für meine Pension erstellt hatte und sich gerne mit Julia, Will und mir treffen würde, um einige Punkte zu besprechen. Seit ich von Harry und Rose zurückgekehrt war, hatten wir uns bereits zweimal zusammengesetzt, und so langsam bekam ich das Gefühl, dass Andrew gerne nach Willow rausfuhr. Kaum auf der Fähre angelangt, lockerte er seine Krawatte und verwickelte Walter Prentice und seine Jungs in Gespräche über den Gezeitenplan. Es bestand kein Zweifel: Irgendetwas an diesen Overalls weckte in jedem Mann, den ich kannte, das Bedürfnis, seine sauberen Fingernägel in seinen Hosentaschen verstecken zu wollen.

Ich saß am Esstisch und wartete, als Barney mit den Ohren zuckte und zur Hintertür hinausschoss. Daran erkannte ich, dass einer meiner Gäste auf dem Weg zu mir war.

Will.

Julia hätte Barney freudig an der Tür begrüßt und Andrew hätte er ein paar Mal halbherzig abgeschleckt. Doch Will bekam das volle Programm. Ich lächelte, als ich mir vorstellte, wie Will über den Pfad schlenderte, bis er Barney erblickte, der in voller Fahrt auf ihn zugerast kam; wie er die Hände hob, um Barney daran zu hindern, an ihm hochzuspringen, und wie Barney seine Pfoten gegen Wills Brust stemmte und mit seinem lautstarken Begrüßungsgebell Wills Ohren zum Klingeln brachte.

Aber eigentlich konnte man es Barney nicht verdenken, dass er so über den Mann herfiel.

Manchmal hätte ich es ja am liebsten selbst getan.

Dumm nur, dass Will Barton ein guter Kerl war, ein anständiger Kerl, ein verdammt feiner Kerl, um genau zu sein. Und damit eine sehr viel bessere Frau als mich verdiente.

Ich hätte Will Barton nicht einmal angerührt, wenn er der letzte heiratsfähige Mann auf ganz Willow gewesen wäre – na ja, genau genommen war er das sogar, wenn man Paddy Stuart aus dem Kegelklub nicht mitzählte. (Und Paddy war in seinen Fünfzigern, lebte noch bei seiner Mutter und versuchte, den längsten Sandwurm der Welt zu fangen, um damit ins *Guinnessbuch der Weltrekorde* zu kommen, daher zählte er wohl wirklich nicht.)

Ich sah aus dem Fenster und beobachtete, wie Barney Will stolz zu meiner Haustür führte. Er trottete direkt vor ihm her und drehte alle paar Meter den Kopf, um sich zu vergewissern, dass Will noch da war. Sobald er festgestellt hatte, dass der ihm brav folgte, drehte er den Kopf wieder nach vorn und trabte noch ein bisschen stolzgeschwellter daher.

»Na, sieh mal, wen das Pferd da angeschleppt hat«, bemerkte ich, als sie sich der Küchentür näherten.

»Lulu«, flehte Will, während er versuchte, Barney von sich wegzuschieben – der mittlerweile seinen Kopf zwischen Wills Beine geklemmt hatte und von dort triumphierend zu mir aufsah –, »ruf den Hund zurück!«

»Kann ich nicht«, antwortete ich und ging zum Geschirrschrank, um einen Wasserkrug herauszuholen. »Ich glaube, er ist in dich verliebt.«

»Tja, wenigstens einer von euch«, erwiderte Will, schlüpfte durch die Tür und schaffte es geschickt, sie einen Sekundenbruchteil vor Barney zu schließen, der nichtsdestotrotz wild entschlossen versuchte, seinen Patronenschädel hindurchzuzwängen.

»Also dann«, sagte Will, verschränkte die Hände hinter dem Rücken und lehnte sich an die Tür. »Noch ein Meeting.«

»Ja«, antwortete ich, ohne auf sein »wenigstens einer von euch« einzugehen. »Andrew hat eine gewisse Schwäche dafür.«

»Das habe ich gemerkt.«

»Macht es dir was aus?«

»Was?«

»Deswegen ständig herkommen zu müssen.«

Will senkte den Kopf und sagte etwas zum Boden.

»Wie bitte?«

»Ich sagte, es macht mir nie etwas aus herzukommen. Nicht, wenn das bedeutet, dass ich dich sehen kann.«

»Oh.«

»Oh?«

Will lehnte den Kopf gegen den Türrahmen und verschränkte die Arme vor der Brust.

Natürlich hatte ich diesen Moment kommen sehen,

er hatte schon in so vielen anderen Momenten zwischen uns in der Luft gelegen. Trotzdem traf mich dieses »Oh?« und alles, was darin mitschwang, völlig unvorbereitet.

Was sollte ich nur machen? Was sollte ich nur sagen, während er da an meiner Tür lehnte und dieses winzige Wort zwischen uns größer und größer wurde?

»Will, ich – hör mal, die anderen können jede Minute eintreffen, deswegen ist das wahrscheinlich gerade kein guter Zeitpunkt. Aber ich glaube, das mit dir und mir, also, falls du darauf aus bist … falls es das ist, was ich glaube, worauf du hinauswillst … also, ich glaube, das wäre keine gute Idee.«

»Weil du die Hochzeitsvöglerin von Juniper Bay bist?«

Ich ließ den Glaskrug fallen. Ich öffnete einfach die Hände und ließ ihn los. In Zeitlupe fiel er zu Boden, und wir beide standen da und sahen zu, wie er auf den Fliesen zerbarst. Auf den unebenen Kanten zersplitterte das Glas in tausend Teile.

Noch lange, nachdem er zu Boden gekracht war, standen wir einfach nur da und sahen ihn an, während ich dachte, wenn es einen Moment gab, in dem ich am liebsten auf der Stelle abgeschwunden wäre, dann war es dieser.

Duncan, dieser verdammte, verdammte, verdammte Duncan.

»Hat er dir das erzählt?«

»Nein.«

»Doch, das hat er.«

»Ja, okay, das hat er. Aber erst, nachdem ich ihm versichert hatte, dass ich die ganze Geschichte sowieso schon kannte.«

Ich ging zum Schrank, nahm den Besen heraus und fing an, die Glasscherben aufzukehren. Methodisch schob ich die Borsten über den Boden, während Will neben mir stand und versuchte, mir den Besen aus den Händen zu winden.

»Ich glaube, das waren jetzt wirklich alle, Lulu.«

Aus irgendeinem Grund konnte ich den Besen einfach nicht loslassen. Und so standen wir da, den Besen zwischen uns, und hielten uns daran fest, als hinge unser Leben davon ab.

Will lächelte.

»Lass den Besen los, Lulu.«

»Nein.«

»Ich sagte, lass den Besen los!«

»Nein – lass du doch los.«

»Nein – du lässt los.«

Wir fingen an zu lachen, Will und ich, als uns klar wurde, wie bescheuert wir uns aufführten. Als Julia zur Hintertür hereinkam, lachten wir immer noch.

»Ich habe Barney abgeschüttelt«, verkündete sie. »Er ist ziemlich eingeschnappt.« Sie sah uns beide an. Wir hielten immer noch den Besen fest. »Gab es einen Unfall?«, fragte sie.

»Mir ist ein Krug runtergefallen«, antwortete ich, und ihr Blick wanderte zu dem fein säuberlich zusammengekehrten Haufen Glasscherben.

»Das kann ich sehen – war er etwas Besonderes?«

Ich sah Will Barton an, den ich nicht verdiente.

»Nicht wirklich«, sagte ich und ging davon.

Das Meeting verlief zäh und schleppend. Julia musterte mich die ganze Zeit mit einem riesigen Fragezeichen im Gesicht, und Andrew wiederholte immer wieder: »Wir müssen uns jetzt wirklich mal auf die Sache konzentrieren, Leute.« Als Andrew und Julia endlich gegangen waren, schlenderte ich in den Garten und setzte mich neben Will. Gemeinsam beobachteten wir die Fischtrawler, die draußen auf dem Meer auf Beutezug gingen. Es war kühl und windstill, von den Kängurubäumen war nicht das leiseste Rascheln zu hören, und irgendwie schien allein die Tatsache, dass die beiden anderen gegangen waren, den Abstand zwischen uns zu verringern.

»Tut mir leid, dass dir dein Krug zerbrochen ist«, sagte Will schließlich.

»Schon okay.«

»Ich hätte das nicht sagen sollen, Lulu. Das mit dieser Hochzeitssache.«

»Warum nicht? Es stimmt doch.«

»Nein.«

»Doch, Will, es stimmt. Du kennst nicht mal die Hälfte der Geschichte, du weißt nicht, was ich getan habe.«

»Das muss ich aber auch nicht, oder?«

»Doch, das musst du. Zumindest, wenn du vorhast …« Ich sah hinaus zu den Trawlern und betrachtete ihre stachligen schwarzen Silhouetten. »Na ja, falls du jemals vorhattest, etwas mit mir anzufangen.«

»Das nehme ich auf mich, Lulu«, antwortete er, und ich musste daran denken, dass Harry vor langer Zeit dasselbe zu Rose gesagt hatte.

An diesem Abend erzählte mir Will, wie er nach Willow gekommen war. Seine Schwester und er waren hier aufgewachsen, bis ihre Eltern beschlossen hatten, aufs Festland zu ziehen, um die Kinder auf eine »anständige« Schule zu schicken. Er hatte es dort gehasst, in jeder einzelnen Minute. Trotzig hatte er darauf bestanden, weiter barfuß zu laufen, hatte jedoch feststellen müssen, dass Asphalt und Glasscherben etwas anderes waren als der lose, körnige Sand auf der Insel.

»Ich war ein hoffnungsloser Fall, Lulu«, sagte er. »Ich bin einfach nicht klargekommen.«

Seine Eltern dagegen hatten sich schnell eingelebt – sie wohnten immer noch »dort drüben« und leiteten eine kleine Jobvermittlungsagentur für das Gastronomiegewerbe – und auch seine Schwester Judy war auf dem Festland geblieben und hatte dort eine Praxis für Heilmassage eröffnet. Sie kam ab und an nach Willow, um einige der Insulaner wieder einzurenken, deren Rücken im Laufe der Zeit so krumm geworden waren wie die Kängurubäume, die jahrein, jahraus den Stürmen trotzten.

Will hatte sogar ein paar Semester studiert. Er hatte einen »halbherzigen Versuch unternommen, einen Abschluss in Meeresbiologie zu machen«, und nebenher auch einige ebenso halbherzige Versuche, eine Beziehung zu führen. Kandidatinnen hatte es genug gegeben, was auch kein Wunder war, wenn man Will so ansah. Mit einer von ihnen hätte es durchaus etwas Ernsteres werden können, doch letzten Endes hatte auch das nicht funktioniert. Er hatte sie einige Male nach Willow mitgenommen, doch obwohl sie sich redlich bemüht hatte, war ihnen beiden bald klar geworden, dass es nirgendwo hinführen würde, außer voneinander weg. Er konnte sich noch erinnern, wie sie steifbeinig über sein Boot getaumelt war, mit einem starren Lächeln, das wohl in erster Linie dem starken Wind geschuldet war.

»Wie hieß sie?«, wollte ich wissen.

»Melissa«, antwortete er. »Sie ist jetzt mit einem

Zahnarzt verheiratet – drei Kinder, alle mit 1-a-Gebiss.«

Danach hatte er sich eine Weile treiben lassen. Er hatte im Büro seiner Eltern gearbeitet, dann für eine Firma für Schiffsdesign und schließlich in einer Kneipe. Und dort war er auch Duncan McAllister begegnet.

»Ich wusste natürlich, wer er war«, sagte Will. »Ehrlich gesagt, war das damals kaum zu vermeiden. Ich kannte ihn allerdings auch von Willow. Ein paar Jahre zuvor hatte er das Haus dort gekauft, und an den Wochenenden war ich ihm ein paar Mal über den Weg gelaufen.«

Duncan war betrunken gewesen, und zwar auf die Weise, die seine schlechteste Seite zum Vorschein brachte. Er war dann unausstehlich, schwitzte wie ein Schwein und warf den Kellnerinnen anzügliche Blicke zu, während er in großem Umfang Joyce zitierte und sich gleichzeitig über die verblüfften Trinker um ihn herum lustig machte, sofern diese nicht mit offenem Mund dasaßen und staunend seinen Worten lauschten. Diesen Duncan kannte ich nur allzu gut. Ich konnte ihn nicht ausstehen, wenn er so war und all diese fürchterlichen Dinge sagte. Am nächsten Morgen kam er dann immer kleinlaut ins Studio geschlichen und sagte: »Sieh mich nicht an, Lulu, ich gehe heute in Sack und Asche.«

In einer dieser Nächte war Will Duncan also begegnet. Er erkannte in ihm einen Inselnachbarn, der eindeutig gewaltig Schlagseite bekommen hatte, und rief ihm daraufhin ein Taxi. Dann ging er mit ihm nach draußen an die frische Luft, um dort auf das Taxi zu warten. »Ich kenne dich«, stellte Duncan mit zusammengekniffenen Augen fest. »Du kommst von Willow, oder? Was machst du hier in dieser Jauchegrube von Stadt? Reiß dich los«, an dieser Stelle richtete sich Duncan auf, um Will in die Augen blicken zu können, »und wirf dich zurück ins Meer, wo du hingehörst.«

Schließlich kam das Taxi, Will bugsierte Duncan hinein, und am nächsten Tag rief Duncan in der Kneipe an und verlangte, den Barkeeper zu sprechen, der in der Nacht davor Schicht gehabt hatte.

»Hallo«, hauchte Duncan in den Hörer. »Sind Sie der junge Mann, der mich letzte Nacht in mein Taxi befördert hat?«

»Ja«, antwortete Will. »Sind Sie gut nach Hause gekommen?«

»Nach Hause?«, erwiderte Duncan. »Oh, ich bin nicht nach Hause gefahren, Jungchen. Ich bin – na ja, das gehört jetzt nicht hierher. Ich wollte mich nur für Ihre Hilfe bedanken und würde Sie im Gegenzug gerne auf einen Drink einladen – wie heißen Sie?«

»Will Barton – und das geht schon in Ordnung, Mr. McAllister. Sie brauchen mir nichts auszugeben.«

»Duncan.«

»Also gut, dann also danke, Duncan, aber das ist wirklich nicht nötig.«

»Ich bestehe darauf. Wann machen Sie heute Schluss?«

»Um sechs.«

»Dann sehen wir uns dann.«

Er kam pünktlich, spendierte Will ein Bier, trank jedoch selbst ausschließlich Limonade und bat ihn aus tiefstem Herzen um Verzeihung, falls er in der vergangenen Nacht irgendjemandem zu nahe getreten sein sollte.

»Das macht wirklich nichts«, versicherte Will, überrascht, dass ein derart mächtiger Mann so erschüttert über sein eigenes Fehlverhalten war.

»Doch, das macht es«, widersprach Duncan. »Das war ganz schlechter Stil. Aber genug von mir – jetzt erzählen Sie mir, warum Sie hier sind und nicht irgendwo auf einem Boot herumturnen.«

Und so redeten sie na gut, Will redete, und Duncan hörte zu. Am Ende ihres Gesprächs hörte Will sich zustimmen, dass er in der Tat interessiert war, Walter Prentice auf seiner Fähre zur Hand zu gehen, ja. Und auch, dass er handwerklich einigermaßen geschickt war und Duncan vermutlich bei der Renovierung der Willow-Island-Wassersportvereinigung würde helfen können, die, wie Duncan betonte, einen ausgesprochen guten Knochenbau hatte.

»Und so«, schloss Will, »bin ich hier gelandet – größtenteils wegen Duncan McAllister, schätze ich.«

»Und ich bin ausschließlich seinetwegen hier.«

Über uns regte sich eine leichte Brise. Neben mir verlagerte Will sein Gewicht.

»Glaubst du, für ihn sind wir bloß so was wie Marionetten, Lulu? Glaubst du, dass er irgendwo dort oben auf einer Wolke sitzt, mit einem dieser komischen Holzkreuzdinger in der Hand, und sich einen Ast lacht, während er an unseren Fäden zieht?«

Ich dachte an Duncan und sein manisches Grinsen und nickte.

»Das ist sehr gut möglich«, antwortete ich und lächelte.

Will legte einen Arm um meine Schultern. »Ich glaube, er wollte, dass wir zusammenkommen, Lulu.«

»Das glaube ich auch«, flüsterte ich.

»Also«, fragte er und zog mich an sich, »was denkst du?«

Ich dachte, dass dies womöglich eine von Duncans besseren Ideen war. Ich dachte, dass es mir gefiel, wie sich Wills Arm um meine Schultern anfühlte und dass ich dort wie angegossen hineinpasste. Ich dachte, ich sollte einfach aufstehen, seine Hand nehmen und ihn zurück ins Haus führen.

Dann dachte ich noch einmal etwas gründlicher nach und schüttelte seinen Arm ab.

»Ich denke, nur weil man sich etwas wünscht, heißt das noch nicht, dass es richtig ist«, sagte ich. »Und glaub mir, Will, ich weiß das.«

Will seufzte, dann erzählte er mir, was er sich wünschte.

Er fand diese Meetings mit Andrew und Julia zunehmend unangenehmer, vor allem, seit Andrew dazu übergegangen war, ihn als meinen »Geschäftspartner« zu bezeichnen. Von Duncans Idee, dass Will die Gäste zum Angeln rausfahren könnte, war nicht mehr viel übrig geblieben; Andrew zufolge war er jetzt »Wassersportdirektor«, zuständig für Angel-, Kajak-, Kanu- und Segelausflüge, sollte die Gäste außerdem in all diesen Fähigkeiten unterweisen und ganz nebenbei den Bootsschuppen und die darin gelagerten Geräte instand halten.

Aber Will hatte keine Lust, mein »Wassersportdirektor« zu sein.

Stattdessen erzählte er mir, wie er manchmal spätabends in seinem Boot saß, seine Angel an der tiefsten Stelle der Flussbiegung auswarf und dabei durch die Bäume zu meinem Haus sah. Und wie es ihn dann alle Überwindung kostete, nicht einfach ins Wasser zu springen, ans Ufer zu schwimmen und zwischen den Bäumen hindurch zu meiner Tür zu laufen.

»Das ist es, was ich mir wünsche, Lulu de Longland«, sagte er, den Blick auf die Trawler gerichtet. Er stand auf. »Nicht besonders geschäftstüchtig, oder?«

Mir war nie aufgefallen, dass man mein Haus vom Fluss aus sehen konnte. Nur die oberste Spitze, meinte Will. Wenn das stimmte, dachte ich, funktionierte es andersrum ja vielleicht auch.

Nachdem Will an diesem Abend schließlich gegangen war, lief ich zu meinem Fenster, um nachzusehen. Doch so fest ich mein Gesicht auch gegen das Glas drückte: Ich konnte den Fluss nicht erkennen. Die Bäume waren im Weg.

Wills Worte hatten mich aufgewühlt. Obwohl ich nichts darauf erwidert hatte, wusste ich, dass ich früher oder später explodieren würde, wenn ich nicht bald meine eigenen Worte fand. Vor lauter Frust würde ich verdammt noch mal platzen.

Duncan hatte mir mal erzählt, dass er am liebsten auf diese Weise abtreten würde. »Es gibt Leute, Lulu«, hatte er erklärt, die blutunterlaufenen Augen vor Staunen weit aufgerissen, »es gibt Leute, die ganz echt von innen heraus in Flammen aufgehen. In der einen Minute trinken sie seelenruhig ihr Bierchen und in der nächsten« – hier hatte er mit den Fingern geschnippt und ein Geräusch wie von einer Explosion gemacht – »fragen alle an der Bar: ›Wo ist Lionel? Er war doch gerade noch da.‹ Und das ist er auch, bloß liegt er jetzt qualmend unten auf dem Teppich, wie eine weggeworfene Zigarette.« An dieser Stelle hatte Duncan einen tiefen Zug von seiner eigenen Zigarette genommen und ergänzt: »Scheißfabelhaft, das.«

Doch ich verriet Will nicht, dass ich so empfand. Ich war nicht nach Willow gekommen, um eine neue Liebe zu finden, die ich im Übrigen gar nicht verdiente. Abgesehen davon wusste doch wohl jeder, dass man Berufliches und Privates auf keinen Fall vermischen sollte.

Die Stirn immer noch ans Fenster gelehnt, schloss ich die Augen – falls Will tatsächlich Wassersportdirektor von Barneys Bed & Breakfast werden sollte, würde sich unsere Beziehung rein aufs Geschäftliche beschränken. An privates Vergnügen wäre dann nicht mal mehr zu denken.

Verdammt.

28

Hallo, Lulu«, meldete sich Andrews Stimme.

»Hi, Andrew.«

»Also, ich habe mir diesen Brief über Frank Andrews und sein Baumhaus mal angesehen, aber wie es scheint, ist die Sache ziemlich wasserdicht – es tut mir leid, aber ich bin nicht besonders optimistisch, dass ich euch da helfen kann.«

»Bist du sicher? Hast du ihn dir wirklich gründlich durchgelesen?«

»Lulu.«

»Tut mir leid, Andrew. Natürlich hast du das. Was kann ich denn jetzt noch machen?«

»Wenn du einverstanden bist, gebe ich die Angelegenheit an eine Kollegin von mir weiter, Linda Mayberry. Ihr Büro ist auf solche Fälle spezialisiert, und sie ist wirklich gut, allerdings auch nicht gerade billig.«

»Spielt keine Rolle«, erwiderte ich automatisch.

»Wirklich nicht billig, Lulu. Als ich das letzte Mal mit ihr zu tun hatte, waren wir bei rund zweihundert Dollar die Stunde.«

»Spielt keine Rolle«, wiederholte ich, auch wenn meine Ersparnisse in einem erschreckenden Tempo dahinschmolzen.

»Ich melde mich wieder bei dir, wenn ich etwas von ihr gehört habe. Ich werde Linda explizit darauf hinweisen, dass wir nicht mehr viel Zeit haben, aber das sollte kein Problem sein. Sie brennt für ihren Job, und ich werde ihr sagen, sie soll noch mal ordentlich Zunder drauflegen. Wie läuft es denn mit dem B&B?«

»Gut«, antwortete ich. »Will hat alle Kanus neu gestrichen, Julia hat die Bettwäsche und Handtücher für die verschiedenen Schlafzimmer organisiert, die Maurer reparieren gerade die Decke im Badezimmer im Erdgeschoss, und die erste Nacht ist bereits ausgebucht.«

»Wie ist denn das passiert? Bis zur Eröffnung sind es noch Wochen, und wir haben noch gar nicht angefangen, Werbung dafür zu machen.«

»Das sind alles Insulaner«, sagte ich. »Die wollen die Gelegenheit nutzen, mal ein bisschen herumzuschnüffeln.«

»Na, solange sie dafür bezahlen«, antwortete er. »Denk dran: kein Rabatt für Einheimische.«

»Ja, Andrew, das hattest du bereits gesagt. Aber jetzt noch mal kurz zurück zu Frank. Glaubst du, deine Freundin schafft es, ein paar Schlupflöcher zu finden, mit denen wir arbeiten können? Es scheint fast so, denn sonst würdest du dir gar nicht erst die Mühe machen, sie zu fragen, oder?«

»Lulu«, seufzte Andrew. »Kümmre du dich darum, Barneys Bed & Breakfast in die Gänge zu bekommen, dann kümmre ich mich darum, den Abriss von Franks Baumhaus zu verhindern.«

»Danke«, sagte ich.

»Bedank dich nicht, Lulu, mach einfach nur weiter, womit du gerade beschäftigt bist.«

Ich legte auf und wollte mich gerade daranmachen, die alte Abstellkammer zu entrümpeln, als es an der Tür klingelte.

»Überraschung!«, rief Stella strahlend, als ich die Haustür öffnete und mich Simone und ihr gegenübersah.

»Flipp jetzt nicht aus«, sagte Simone. »Wir sind gekommen, um dir zu helfen. Dein Lover Will hat uns hergebracht.«

»Er ist nicht mein Lover«, erwiderte ich.

»Tja, dann musst du wohl verrückt sein«, bemerkte Simone. »Auf der Herfahrt hat er selbst Sankt Stella hier ordentlich auf Touren gebracht, nicht wahr, Stell?«

Stella überging Simones Bemerkung und verkündete: »Wir sind jedenfalls gekommen, um dir zu helfen. Wir können nur ein paar Tage bleiben, aber deine Mum hat uns erzählt, dass die Bettwäsche und das Geschirr eingetroffen sind, daher dachten wir, wir könnten vielleicht helfen, die Zimmer für dich herzurichten und die Schränke einzuräumen.«

»Du weißt schon, Socken stricken für unsere Jungs an der Front und so Zeug«, ergänzte Simone. »Dürfen wir reinkommen?«

Sie ließen nicht zu, dass ich ihnen einen Tee kochte, sondern machten sich schnurstracks ans Werk – Stella räumte die restlichen Schränke ein, zu denen ich bisher noch nicht gekommen war, und Simone half Will dabei, den alten Geräteschuppen auszumisten. Sie arbeiteten den ganzen Tag hindurch und legten nur eine kurze Mittagspause ein, bevor wir uns abends gemeinsam auf den Rasen plumpsen ließen und zusahen, wie der Tag langsam in die Nacht überging.

»Herr im Himmel, bin ich erledigt.« Simone reckte und streckte sich ausgiebig.

»Du sollst nicht ›Herr im Himmel‹ sagen«, wies Stella sie zurecht.

»Also schön«, erwiderte Simone. »Scheiße noch mal, bin ich erledigt – so besser?«

Ich kicherte und genoss den endlosen Schlagabtausch zwischen meinen beiden langjährigsten Freundinnen, das ewige Hin und Her der beiden.

»Übrigens«, verkündete Simone und setzte sich auf. »Ich habe das Angebot bekommen, die Wochenendnachrichten zu übernehmen, wenn ich Lust habe.«

»Das hast du mir gar nicht erzählt, Simone!«, protestierte Stella.

»Ich habe es ja selbst gerade erst erfahren. Abgesehen davon gibt es eine Menge, was ich dir nicht erzähle, Stella.«

Das stimmte. In Simones Welt gab es eine Reihe von Themen – ihr Sexualleben, ihre gelegentlichen Abstecher in das Reich der illegalen Drogen, die Tatsache, dass sie zahlendes Mitglied bei GALA war, dem Verband schwuler und lesbischer Atheisten –, mit denen sie Stella lieber erst gar nicht konfrontieren wollte, und das vollkommen zu Recht, wie ich fand.

Außerdem teilte Stella auch nicht unbedingt alles mit Simone, wie zum Beispiel die Tatsache, dass sie wieder schwanger war.

Ich wusste immer, wenn Stella in anderen Umständen war. Ihre Miene strahlte dann jedes Mal eine noch heiterere Gelassenheit aus als sowieso schon.

Wir gingen alle drei früh schlafen, denn wir waren von der Arbeit des Tages vollkommen erschöpft. Vorher setzte ich mich noch zu Stella aufs Bett und fragte: »Die wievielte Woche, Stella?«

»Zwölfte. Verrate es aber nicht Simone.«

»Mache ich nicht. Du hättest heute aber nicht so hart arbeiten dürfen.«

»Habe ich nicht. Du hast mir ja die ganzen leichten Aufgaben gegeben.«

»Und, geht es dir gut? Wie fühlst du dich damit?«

»Wie immer: dankbar.«

Ich lächelte.

»Wirklich, Lulu. Ich weiß, heutzutage scheinen sechs Kinder gewaltig viel zu sein. Und das sind sie auch, aber das macht mir nichts aus. Weißt du, ich denke einfach nur: ›Schön, noch eins mehr, das wir alle liebhaben können.‹«

»Du kannst dich wirklich glücklich schätzen.«

Sie nickte. »Woran hast du es gemerkt?«

»Bei dir läuft wieder diese ganze ›Mutter Gottes‹-Nummer ab.«

Sie setzte sich auf und stopfte sich das Kissen in den Rücken. »Ich wünschte, ihr würdet auch ein Baby bekommen, Lulu – du und Simone.«

»Zusammen? So liberal kenne ich dich ja gar nicht, Stella.«

»Sehr witzig. Aber ich fände es wirklich schön, wenn du irgendwann ein Kind bekommen würdest. Und Simone auch – ich glaube, sie wäre eine tolle Mutter.«

»Ach ja?«

»Ich bin in letzter Zeit sehr viel offener geworden, Lulu. Seit Billy mit diesem Mädchen aus dem Büro Sex hatte. Du weißt schon: ›Warum siehst du den Splitter im Auge deines Bruders, aber den Balken in deinem Auge bemerkst du nicht?‹«

»Was?«

»Matthäus sieben, Vers drei«, antwortete sie. »Allerdings fand ich schon immer, man würde doch wohl merken, wenn man mit einem riesigen Stück Holz im Auge rumläuft, oder?«

Ich lachte und reichte ihr das Wasserglas von ihrem Nachttisch.

»Trink das«, sagte ich. »Hier war es heute ziemlich heiß, und ich möchte nicht, dass du dehydrierst. Außerdem musst du mir versprechen, es morgen ein bisschen langsamer angehen zu lassen.«

Sie nickte. »Ach ja, wenn es ein Mädchen wird, überlege ich, sie Simone zu nennen.«

»Stella«, rief ich, »das ist ja lieb von dir.«

Das war es wirklich, vor allem wenn man bedachte, wie Simone jedes Mal, wenn Stella verkündete, dass sie schwanger war, erschauderte, als habe sie ein ganzes Stachelschwein verschluckt, und dabei irgendwas von »Papst«, »Karnickel« und »Vasektomie« in sich hineinbrummte.

»Wie man's nimmt«, erwiderte Stella. »Wenn ich das Baby nach ihr benenne, muss sie wohl oder übel zur Taufe kommen. Ich freue mich schon auf den Anblick, wie ihr der Rauch aus den Ohren kommt, sobald sie die Kirche betritt.«

»Oh, du bist ja so was von böse, Stella McNamara!«, sagte ich.

»Ich weiß«, antwortete sie glücklich und ließ sich grinsend in ihre Kissen sinken.

Danach klopfte ich an Simones Tür.

»Komm rein, wenn du Ellen DeGeneres bist«, rief sie.

»Die Nummer wird langsam alt, Simone«, bemerkte ich, während ich mich in dem Sessel in der Zimmerecke niederließ. »Das sagst du jetzt auch schon seit Jahren.«

»Ich weiß«, seufzte sie. »Aber es gibt einfach keine interessanten Lesben in Machtpositionen mehr.«

»Und was ist mit dir?«, fragte ich.

»Mmm, okay – und vielleicht noch Maxine Mathers.«

»Maxine Mathers ist keine Lesbe, Simone.«

»Bist du sicher? Ich dachte, sie hätte mir letzte Woche auf der Abschiedsfeier für Larry Hay von Kanal Neun eindeutige Signale geschickt.«

»Larry geht in Rente?«

»Ja, und du wärst auch auf seiner Party gewesen, wenn du nicht so beschäftigt wärst, hier einen auf Robinson Crusoe zu machen und Kokostorten zu backen.«

Ich schüttelte den Kopf. »Wie auch immer, Maxine Mathers ist jedenfalls definitiv keine Lesbe.«

»Woher weißt du das?«

Ich erzählte ihr, was Duncan mir gebeichtet hatte. Er war nie die Art von Gentleman gewesen, die genoss und schwieg – eines seiner hässlichsten Laster. Stattdessen hatte er mir lang und breit geschildert, wie Maxine in der Nacht nach Franks Ausstellung vor seinem Hotelzimmer aufgetaucht war.

»Ist nicht dein Ernst!«, rief Simone, hocherfreut, derartigen Klatsch über ihre Erzfeindin zu hören. Angesichts der Art und Weise, wie Maxine Annie damals mit honigsüßer Stimme vor dem gesamten Land nach Strich und Faden auseinandergenommen hatte, war ich zugegebenermaßen mindestens ebenso erfreut, die Geschichte weiterzutratschen.

»Mmm-hmm«, machte ich und nickte. »Sie haben die ganze Nacht miteinander verbracht.«

»Was hat Duncan dazu gesagt?«

»Er meinte, sie sei ihrem Ruf in keinster Weise gerecht geworden.« Daraufhin musste Simone so heftig lachen, dass ihr das Wasser, das sie gerade getrunken hatte, zur Nase herauskam.

Barney und ich liefen durch die Dünen hinter dem Haus und sahen zu, wie die Geisterkrabben aus ihren Gruben kamen, die wie Schlaglöcher über den Strand verteilt waren. Ihre Stielaugen waren stur aufs Wasser gerichtet. Will hatte mir erzählt, dass diese abendlichen Sprints ins Meer einem Zweck dienten.

»Sie machen das, um zu atmen«, hatte er erklärt. »Sie brauchen das Wasser auf ihren Kiemen, um genügend Sauerstoff zu bekommen. Den speichern sie dann, sodass sie sich im Winter für ganze sechs Monate in ihre Panzer zurückziehen können, ohne einmal Luft holen zu müssen.«

Seit er mir das erzählt hatte, liebte ich es, ihnen dabei zuzusehen, wie sie ins Meer liefen und Atem schöpften.

Die Abenddämmerung war meine Lieblingszeit auf Willow, und der Strand hinter den Dünen, die an meinen Gartenzaun grenzten, war mein Lieblingsort. Es gab nichts Schöneres als diesen stillen Übergang zwischen Tag und Nacht.

Barney und ich hatten uns den Nachmittag freigenommen und uns jeder für sich auf einem der Sofas im Wohnzimmer ausgestreckt. Ich, um zu lesen, und Barney, um zu träumen. Was auch immer sein Kopf dabei für Bilder erzeugte: Im Schlaf hoben sich seine schwarzen gummiartigen Mundwinkel.

Simone und Stella waren wieder abgereist, doch schon in ein paar Tagen würden Harry, Rose, Mattie und Sam eintreffen. An der Pinnwand im Büro hingen Listen mit Gegenständen, die noch zu besorgen waren, Handwerkern, mit denen ich mich auseinandersetzen musste, und Bestandsaufnahmen, die es noch zu machen galt. Kurzerhand hatte ich beschlossen, dass

Barney und ich nichts davon tun würden. Stattdessen lagen wir auf unseren Sofas, bis es endlich etwas abkühlte und im Bücherregal die Schatten zu tanzen begannen.

Widerstrebend erhob ich mich, streckte mich und rief: »Na los, Barney, alter Junge, die Party ist vorbei.«

Er rappelte sich mühsam auf. Kurz schwankte er, als seine Beine die schwere Last seines Körpers auffingen, dann sah er zu mir auf. Seine Lippen waren immer noch zurückgezogen, aber ich fand, er sah aus, als würde er lächeln.

Wir waren über eine Stunde durch die Dünen gelaufen, als ich nach Barney pfiff und mich zum Gehen wandte. Er kam herbeigetrottet, doch als er zu mir aufgeschlossen hatte, spitzte er auf einmal die Ohren, stieß ein tiefes Knurren aus und drängte sich an mich.

»Was ist los, Barney?«, fragte ich. »Alles in Ordnung, Kumpel?«

Er musterte mich eindringlich, sah mit seinen großen schokoladenbraunen Augen für einen winzigen Moment genau in meine, dann verdrehte er sie und kippte um.

»Barney!«

Ich ließ mich neben ihm auf die Knie fallen und hielt mein Gesicht dicht vor seinen Mund. Mir wurde ganz schwindelig, als ich seinen Atem roch – teils wegen des unwahrscheinlichen Gestanks, teils vor Erleichterung, dass er noch atmete. Doch er bewegte sich nicht und reagierte auch nicht, als ich seinen Namen rief.

»Warte hier, Kumpel«, sagte ich. »Bitte warte einfach.«

Ich rannte zurück zum Haus und sah, dass Will am Zaun lehnte. Als ich ihm schilderte, was passiert war, nickte er und riet mir, Miranda Tate anzurufen, eine pensionierte Tierärztin, die auf Willow lebte. Er würde derweil zu Barney laufen und bei ihm auf uns warten.

»Die Nummer hängt an deinem Kühlschrank«, rief er mir nach, als wir aneinander vorbeirannten – ich zum Haus und er in Richtung Strand.

Ich wählte Mirandas Nummer und versuchte, ruhig zu bleiben, während ich ihre Fragen beantwortete.

Atmete er noch? Ja, ich glaubte schon. Konnte es ein Anfall sein? Nein, sagte ich, er war einfach umgefallen.

Ich solle ihn kühl halten und versuchen, ihm etwas Wasser einzuflößen, trug sie mir auf. Sie wollte so schnell wie möglich kommen; bis dahin sollten wir ihm einfach nur etwas Wasser geben und warten.

Ich füllte Wasser in eine leere Milchtüte und rannte zurück in die Dünen, wo Barney kerzengerade dasaß. Will hatte ihm einen Arm um den Rücken gelegt.

»Du hast uns einen Riesenschreck eingejagt, Kumpel«, sagte Will gerade zu ihm, während Barney bloß mit starrem, leerem Blick vor sich hinstierte. »Sieh mal, da ist Lulu, und sie hat dir Wasser mitgebracht.«

Später, als wir ihn nach Hause gebracht und in das Nest gesteckt hatten, das ich ihm hergerichtet hatte, traf auch Miranda ein.

»Normalerweise mache ich so spät am Abend keine Hausbesuche mehr«, sagte sie und lächelte. »Aber Barney ist ein Sonderfall.«

Er war in Ohnmacht gefallen, erklärte Miranda, vielleicht wegen der Hitze, vielleicht aus Erschöpfung. »Synkope«, sagte sie und dass das bei Hunden in Barneys Alter und Größe öfter vorkam. Wahrscheinlich nichts Ernstes, aber für alle Fälle sollte ich ihn doch noch mal auf dem Festland durchchecken lassen, denn dort konnten sie ein MRT machen und seinen Blutdruck messen.

»Lulus vielleicht auch gleich«, warf Will mit einem Blick auf mich ein.

Jetzt lagen wir zu beiden Seiten des luxuriösen Snoozy-Paws-Hundebetts, das ich Barney gekauft hatte, bevor wir nach Willow gezogen waren, und in dem er selbstverständlich noch kein einziges Mal geschlafen hatte.

Um uns herum wurde es immer dunkler und ruhiger, bis Will schließlich fragte: »Hast du vor, die ganze Nacht hierzubleiben?«

Ich nickte.

»Dann bleibe ich bei dir – falls noch mal irgendwas passiert.«

Ich nickte wieder.

»Das wird wie Campingurlaub.«

Ich lächelte. »Ein bisschen.«

»Mit einem großen, dicken Bären zwischen uns.«

Ich holte uns Kissen und Decken, und dann machten wir es uns für die Nacht gemütlich. Unsere Hände trafen sich auf Barneys Brust, die sich unter ihnen hob und senkte.

Am Tag nach Barneys Zusammenbruch fand ich Will im Bootsschuppen. Der Schuppen war blitzblank, die frisch gestrichenen Kanus stapelten sich in ihren Ständern wie die Schichten einer Torte – und mittendrin hockte Will im Schneidersitz auf dem Boden und versuchte, eine widerspenstige Angelschnur zu entwirren.

»Hallo«, begrüßte ich ihn. »Sieht kompliziert aus.«

»Geht so«, erwiderte Will lächelnd. »Man braucht bloß eine Engelsgeduld. Wie geht es unserem Jungen?«

»Heute Morgen hat er versucht, den Schirmständer zu fressen, von daher nehme ich an, dass er sich wieder berappelt hat.«

»Er hat uns einen ziemlichen Schrecken eingejagt, was?«

»Allerdings«, stimmte ich zu und musste wieder daran denken, wie seine schokoladenbraunen Augen ins Nichts gekippt waren. »Ich wollte mich jedenfalls für deine Hilfe bedanken, Will, du warst wirklich toll.«

»Keine Ursache.«

»Ich habe ganz vergessen, dich zu fragen, was du eigentlich wolltest, als ich wie eine Irre durchs Gartentor gerannt kam. Ging es ums Bed & Breakfast? Oder wolltest du mir bloß einen Besuch abstatten?«

»Beides.«

Ich wartete.

»Lulu«, sagte er und legte die verknotete Leine beiseite. »Ich habe darüber nachgedacht, was Andrew und du hier mit mir vorhabt, und ich habe wirklich große Lust darauf. Aber ich denke, bevor ich irgendetwas zusage, sollten wir vielleicht erst einmal klären, was da nicht zwischen uns läuft.«

Ich lächelte angesichts seiner Wortwahl.

»Also«, fuhr er fort. »Ich wollte dir sagen, wenn ich tatsächlich an Bord komme und euer Wassersportkapitän oder was auch immer werde, können wir es meinetwegen gerne dabei belassen.«

Mein Herz setzte einen winzigen Schlag lang aus, und meine Schultern sackten kaum merklich herab.

»Ich kann das verstehen, Lulu, absolut – du hast gerade jede Menge um die Ohren, unter anderem damit, diesen Laden zum Laufen zu bringen. Deswegen wollte ich dir sagen, dass ich nicht vorhabe, mitten in der

Nacht aus dem Boot zu springen und deine Fußmatte vollzutropfen.«

»Na, Gott sei Dank«, brachte ich mit Mühe und Not zustande. »Dann brauche ich mir zumindest schon mal keine Sorgen zu machen, dass du dir da draußen den Tod holst.«

Lachend stand er auf und kam zu mir.

»Schon okay, Lulu«, sagte er. »Wir brauchen nicht gleich hineinzuspringen. Lass uns einfach nur ein bisschen Wasser treten.«

Ich nickte und wandte mich zum Gehen.

»Fürs Erste«, hörte ich seine Stimme hinter mir.

Als ich wieder ins Haus kam, lag Barney in seinem Bett unter der Treppe und kaute nachdenklich auf seiner Pfote herum.

»Wie geht es dir, Barney, alter Junge? Wie geht es meinem kleinen Barneroni?«, säuselte ich, packte ihn an den albernen Schlappohren und drückte mein Gesicht an seine Schnauze.

»Also, jetzt wird es echt kitschig«, vernahm ich Julias Stimme von der Türschwelle. »Ich hoffe, es stört dich nicht, dass ich hier so reinplatze. Ich habe gerufen, aber du hast nicht geantwortet, also bin ich einfach deinem Gegurre gefolgt.«

Sie stellte das Tablett ab, das sie mitgebracht hatte, und kniete sich neben Barney.

»Hallo, wie geht es meinem kleinen Kämpfer? Wie geht es meinem großen, tapferen Jungen? Julia hat dir Kekse mitgebracht, ja, das hat sie. Kekse für ihren großen, tapferen Kämpfer.«

»Wer ist jetzt hier kitschig?«, fragte ich.

Julia lächelte. »Ich bin seine Tante, ich darf das.«

»Möchtest du einen Tee?«

»Ja, danke. Einen Tee für mich und ein paar Kekse für dich, Barney. Deine Lieblingssorte, Apfel-Zimtplätzchen, extra für dich gebacken.«

Ich verdrehte die Augen und lief in die Küche, wohin sie mir einen Moment später folgte und sich mit verschränkten Armen vor mir aufbaute.

»Also, was läuft da zwischen dir und Will Barton?«

»Wie bitte?«

»Raus damit«, sagte sie. Mir fiel auf, dass einige Strähnen ihres langen grauen Haars aus der Schildpattspange entkommen waren, mit der sie es an ihrem Hinterkopf festgesteckt hatte.

»Nichts.«

»Nichts? Das sieht mir aber nicht nach nichts aus. So, wie ihr euch in unseren Meetings aufführt, habe ich eher das Gefühl, als würde ich mir eine von diesen David-Attenborough-Dokus über Paarungsverhalten angucken.«

»Julia!«

»Doch, so ist es nun mal. Ich habe zu Boris gesagt, es ist, als würde man zwei wilden Luchsen dabei zusehen, wie sie umeinander herumschleichen.«

»Gar nicht wahr«, erwiderte ich. »Wir sind kein bisschen wie Luchse. Und wir springen auch nicht Hals über Kopf irgendwo rein – wir treten einfach bloß Wasser.«

Sie schüttelte den Kopf und ging wieder hinaus zu Barney, um ihm seine Zimtplätzchen zu bringen. Daher hörte sie auch nicht, wie ich hinzufügte: »Fürs Erste.«

Bevor Julia sich verabschiedete, überreichte sie mir noch einen Knochen für Barney, den Lyle und Denise von der Poststelle ihr mitgegeben hatten. Die Buschtrommeln hatten die Neuigkeiten über Barneys Zusammenbruch offenbar schon über die Insel verbreitet, bevor er überhaupt auf dem Boden aufgetroffen war. Dann ging sie. Kaum war sie weg, klingelte das Telefon.

»Guten Morgen, Barneys Bed & Breakfast, was kann ich für Sie tun?«, sagte ich brav mein Sprüchlein auf, auch wenn ich mir dabei ziemlich albern vorkam. Es war Andrews Idee gewesen, dass ich schon mal üben sollte, mich am Telefon so zu melden, also hatte ich angefangen, an meiner Frühstückspensionseigentümerinnenstimme zu arbeiten. Mein Ziel war ein professioneller und gleichzeitig warmer Tonfall, irgendwo zwischen seriöser Nachrichtensprecherin und liebenswürdiger Fernsehköchin.

»Tallulah, hier spricht Linda Mayberry. Andrew Lyons hat mir Ihre Nummer gegeben.«

»Oh, hi, Linda, danke für Ihren Anruf.«

»Sie brauchen sich nicht zu bedanken«, erwiderte sie knapp. »Es gibt nicht viel, was ich für Ihren Freund tun kann, so leid es mir tut – ich bin eine große Bewunderin von Frank Andrews' Kunst.«

»Verstehe«, stotterte ich. Damit hatte ich nicht gerechnet. Wie mir klar wurde, hatte ich erwartet, dass sie anrufen und verkünden würde: »Die Sache ist geregelt.« Schließlich hatte Andrew sie darum gebeten. »Und was genau heißt ›nicht viel‹?«

»Wirklich nicht viel. Ich bin die Argumentation der Stadtverwaltung Punkt für Punkt durchgegangen, habe mich vor Ort auf dem Grundstück umgesehen und die Vermessungsgrenzen überprüft, und ich habe sogar versucht herauszufinden, ob nicht zumindest sechs der Punkte hinfällig werden würden, wenn wir das Baumhaus als Kunstwerk statt als Gebäude deklarieren. Doch leider befindet es sich nun mal außerhalb der Grundstückgrenze und unterliegt damit vier Klauseln, die diese Neudeklaration unmöglich machen. Aus dem Grund müssen Sie sich wohl auf eine längere Auseinandersetzung gefasst machen.«

»Verstehe.«

»Vermutlich eher nicht, daher habe ich Ihnen ein umfassendes Gutachten erstellt, das Sie Mr. Andrews zeigen können – wenn er die Sache danach immer noch durchziehen will, wäre es mir selbstverständlich eine Freude, ihn in dieser Angelegenheit zu vertreten.«

»Nein«, sagte ich, »ich glaube, auf den ganzen Rummel hat er keine Lust – er hasst Rummel –, aber überlassen Sie das mir. Ich treffe mich heute ohnehin mit ihm, dann kann ich das alles mit ihm durchsprechen.«

»Na ja, er hat noch knapp zwei Wochen, um Einspruch einzulegen.«

»Alles klar«, antwortete ich. »Zwei Wochen – vielen Dank.«

»Tallulah«, ergänzte sie, »ich würde Ihnen unbedingt raten, Ihren Einspruch möglichst lang, schwer verständlich und randvoll mit juristischem Fachjargon zu formulieren. Mit Letzterem kann ich Ihnen aushelfen, und zwar honorarfrei. Dadurch könnten wir uns noch etwas Zeit erkaufen, die ich gerne nutzen würde, um weiter nach möglichen Schlupflöchern zu graben.«

Andrew hatte recht gehabt, Linda Mayberry brannte wirklich für ihren Job.

Zwei Wochen. Die Chancen standen nicht besonders gut, dass Frank das in dieser kurzen Zeit hinbekommen würde. Aber immerhin kam er an diesem Nachmittag mit meiner Familie nach Willow, sodass wir zumindest darüber reden konnten.

Ich freute mich wahnsinnig, dass Frank meine Einladung angenommen hatte, und hatte den Großteil des Vormittags damit verbracht, den perfekten Frangipanizweig für ihn zu finden, den ich anschließend bewusst nicht abflämmte.

Am späten Nachmittag kamen sie an. »Wir sind da, Lulu«, rief Harry, dessen Stimme es irgendwie schaffte, durch Barneys Gebell zu dringen.

»Hi, Puh-puh«, sangen meine Brüder im Chor. Falls das überhaupt möglich war, schienen sie seit ihrem letzten Besuch sogar noch größer geworden zu sein.

»Oh, Lulu, du hast ja wahre Wunder vollbracht.« Lächelnd stand Rose in Phoebe vor der Tür.

»Lulu – es ist wirklich herrlich. Könnte man sich glatt dran gewöhnen.« Frank stand in seinem Unterhemd und den schlabbrigen Shorts – ich hätte schwören können, dass die an seinen Beinen festgewachsen waren – da und ließ sein Künstlerauge über die WIWSV schweifen.

Während der nächsten Tage erbebte das Haus wieder einmal unter dem Lärm meiner Familie, in den sich die Stimmen der Willower mischten. Rose unterhielt sich mit Julia, die wie aus der Pistole geschossen herbeigeeilt war, kaum dass sie sie auf der Straße gehört hatte. Frank, Harry und Boris durchstreiften sämtliche Zimmer, die Hände nachdenklich ans Kinn gelegt. Frank rutschte auf Knien herum und streichelte den Schieferboden, Harry kletterte die Leiter hoch, um nach den Abflussrohren zu sehen. Unterdessen rasten Will und meine Brüder von einem Schuppen zum nächsten, und das allem Anschein nach den ganzen Tag lang.

Ich wanderte zwischen den Gesprächen hin und her und sah zu, wie sich alle um den gewaltigen Esstisch versammelten. Wie Duncan gehofft hatte, war er bald bis auf den letzten Platz besetzt.

Eines Spätnachmittags stand ich gerade im Flur des ersten Stocks und hängte einige Bilder um, als ich hörte, wie sich Rose und Julia im dritten Schlafzimmer unterhielten.

»Was für ein schönes Kleid, Rose.«

»Danke. Es ist zwar schon alt, aber immer noch gut in Schuss, wie man so schön sagt.«

»So wie wir.«

»Richtig, Julia, genau wie wir.«

Sie waren gerade dabei, die Vorhänge aufzuhängen, die Julia vorbeigebracht hatte. Rose bewunderte die Art und Weise, wie der Stoff fiel, und Julia gestand, dass eigentlich Boris den Großteil der Arbeit gemacht hatte.

»Er will nicht, dass es jemand weiß«, sagte Julia, »aber er kann hervorragend nähen.«

»Im Ernst? Meinst du, er könnte mir ein paar neue Kleider schneidern? In den Läden finde ich nichts, was mir gefällt, aber mir fehlt die Geduld, mir wieder selbst welche zu nähen.«

»Ich kann ihn ja mal fragen. Obwohl ich deine Kleider wirklich ganz bezaubernd finde, Rose. Zumindest die, die ich bisher gesehen habe.«

»Tja, wahrscheinlich hast du schon alle gesehen. Ich trage seit Jahren Variationen der immer selben Kleider. Und so langsam wird es Zeit für eine Rundumerneuerung.«

Ich spitzte die Ohren. Hatte Rose wirklich vor, die Truppe um neue Mitglieder zu erweitern?

Wenn ja, war das ganz und gar wunderstaunlich.

»Ich frage ihn mal«, versprach Julia. »Ich glaube, er würde sich freuen. Weißt du, bevor wir uns kennengelernt haben, hatte er sogar einen eigenen Laden in Melbourne.«

»Einen Kleiderladen?«

»Mmm-hmm, nur mit seinen eigenen Entwürfen.«

»Was ist passiert?«

»Soweit er mir erzählt hat, hat er nie genug Kleider verkauft, um Geld zu verdienen, und sein Vater konnte den Laden nicht ausstehen. Letzten Endes hat er, glaube ich, einfach aufgegeben.«

»Wie hieß das Geschäft?«

»The House of Boris.«

Ich liebte meine Mutter dafür, dass sie nicht lachte.

»Also«, sagte ich später zu Rose, »wie ich höre, ist das House of Boris bald wieder im Geschäft.«

»Da hat wohl jemand gelauscht, was?«

»Okay, ja, ich habe euch belauscht.«

Rose lächelte. »Na ja, ich dachte mir, wenn ich doch bald Geschäftsfrau bin, sollte ich auch anfangen, mich wie eine zu kleiden.«

»In dem Fall sage ich Boris, er soll schon mal die Schulterpolster rausholen.«

Wir deckten gerade den Tisch fürs Abendessen, und ich wusste, dass ich das nächste Mal, wenn alle Plätze besetzt wären, bereits in lauter fremde Gesichter blicken würde. Nicht Fremde – Gäste, korrigierte ich mich streng. Gäste, die kommen und die morschen alten Knochen der WIWSV genauso lieben würden wie ich.

An diesem Abend betrachtete ich sie noch einmal alle: Sam, der irgendwelche Leute nachahmte und damit alle zum Lachen brachte; Rose, deren leuchtende Wangen ihrem Namen alle Ehre machten; Will, der sich mit Frank unterhielt und dabei die ganze Zeit einen

Stift hinterm Ohr hatte; Julia, die sich wie eine Katze an Boris schmiegte – und mir wurde klar, dass ich knopflos glücklich war.

Das war einer von Duncans Sprüchen gewesen. Mir ging durch den Kopf, dass von all den Gästen, die an diesem Abend nicht unter uns waren, Duncan mit Abstand die größte Lücke hinterließ.

Duncan zufolge stand »knopflos glücklich« für einen Moment, in dem alles ganz genauso war, wie es sein sollte. »Auf der Arbeit läuft alles wie geschmiert, und niemand von den Mistkerlen dort schafft es, dir auf die Nerven zu gehen. Dann fährst du nach Hause, und der Verkehr benimmt sich zur Abwechslung mal nicht wie eine beschissene verstopfte Arterie. Beim Abendessen sitzt dir gegenüber genau der Mensch, den du dort sehen willst, und das Essen ist gut und der Wein noch besser. Dann genehmigst du dir eine Zigarre und greifst nach unten, um den obersten Knopf deiner Jeans aufzumachen und ein bisschen Platz zu schaffen.

Das«, hörte ich Duncan sagen, »genau das ist es. Das bedeutet knopflos glücklich.«

Und so fühlte ich mich an diesem Abend, als ich in die Gesichter der Leute blickte, die sich um meinen Tisch versammelt hatten.

Es war das erste Mal seit langer, langer Zeit.

Früh am nächsten Morgen fand ich Frank draußen im Garten, wo er mit Barney Ball spielte. Nun endlich kam ich dazu, ihm zu erzählen, wie Linda Mayberry die Überlebenschancen des Baumhauses einschätzte.

»Oh«, sagte er. »Das sind ja keine guten Nachrichten. Da hätte ich mich wohl ein bisschen früher drum kümmern sollen.«

»Ein bisschen Zeit haben wir ja noch. Die nächsten Tage muss ich hierbleiben, aber danach könnte ich zu dir kommen. Dann schreiben wir zusammen den Einspruch, und ich werfe ihn auf dem Rückweg gleich bei der Stadtverwaltung ein.«

»Meinst du denn, das bringt noch was?«

»Ich denke, wenn wir das Schreiben richtig lang und superkompliziert machen, könnten wir zumindest etwas Zeit schinden«, fasste ich Lindas Worte zusammen.

»So kenne ich mein Mädchen«, sagte er. Angesichts der Tatsache, dass sein eigentliches Mädchen meilenweit weg war, und zwar meinetwegen, fand ich das ausgesprochen großzügig von ihm.

»Lulu?«

»Ja?«

»Ich fände es schön, wenn du Annie mal auf die Insel einladen würdest.«

»Ach, na ja, ich weiß nicht, Frank. Ich weiß nicht, ob sie überhaupt kommen würde. Ich stehe wohl nicht gerade auf der Liste der Menschen, die sie am liebsten mag.«

»Da irrst du dich«, antwortete er.

»Das bezweifle ich. Ich kann mir beim besten Willen nicht vorstellen, wie ich da draufgekommen sein sollte«, erwiderte ich. Ich musste wieder an jenen Abend denken, als Annie mir mit ihren Waschbäraugen und den dunkelrot verschmierten Lippen aus dem Fernseher entgegengeblickt hatte.

»Du bist aber drauf, Lulu – ich glaube, es ist eher so, dass du dich nicht mehr erinnerst.«

»Woran?«

»An Annie – an ihre guten Seiten.«

Als ich an diesem Nachmittag mit Barney am Strand

spazieren ging, dachte ich an Annie und versuchte, mich zu erinnern. Annie, die in dem großen Haus ein- und auszugehen schien wie eine Art exotischer Mitbewohner, die es mit Lärm füllte, wenn sie da war, und mit Stille, wenn sie fehlte. Annie, die nie daran dachte, Annabelle bei ihren Hausaufgaben zu helfen oder ihre Schuluniform herzurichten. Annie, deren Unterschrift Annabelle und ich im Laufe der Jahre so perfekt nachahmen konnten, dass wir sämtliche Formulare von der Schule abzeichnen konnten, die zu unterschreiben Annie mal wieder vergessen hatte. Nur so konnte Annabelle an den Schulausflügen teilnehmen. Die Brotdose, die sie dabeihatte, hatte wie immer meine Mutter für sie gefüllt.

Annie, die abgehauen war, einfach »durchgebrannt«, wie die anderen Mütter an der Schule teils schockiert und ausnahmslos fasziniert tuschelten. Annie, die ihrer Tochter Postkarten schickte, auf denen kein einziges Mal stand: »Du fehlst mir«, denn das tat sie nicht.

Aber.

An wie vielen Doris-Tagen und -Nächten hatte ich unter ihrem Dach geschlafen, hatte Annie das Feldbett rausgeholt und es neben Annabelles Bett aufgebaut? Wie oft hatte ich die Mütze meiner Schuluniform so tief ins Gesicht gezogen, dass nicht einmal mehr meine Augen zu sehen waren, bis Annie sie nach hinten gezogen und gesagt hatte: »Schon besser. Hab niemals Angst, dein Gesicht zu zeigen, Lulu«? Wie oft war Annie, ohne zu fragen, einfach für mich da gewesen, wenn meine eigene Mutter es nicht konnte?

Erschrocken erkannte ich, dass Annie Andrews auf ihre Art genauso sehr eine Mutter für mich gewesen war wie Rose für Annabelle. Keine der beiden Frauen entsprach dem klassischen Rollenbild einer Mutter, und doch sprangen beide in die Bresche, wann immer es nötig war, und füllten die Lücken, die die jeweils andere hinterlassen hatte.

Als die Sonne langsam in die Bucht tauchte, fiel es mir wieder ein.

29

Wir gingen alle gemeinsam zum Boot hinunter. Boris und Julia standen bereits dort und warteten darauf, sich zu verabschieden. Boris drückte meiner Mutter eine Mappe in die Hand – Entwürfe vom House of Boris, nahm ich an –, und ich fragte mich, ob meine Mutter ihren neuen Kleidern wohl auch Namen geben würde. Wenn ja, wünschte ich mir, dass sie eines davon Lily taufen würde.

Sam und Mattie rannten ins Wasser, wobei sie wie zwei zu groß geratene Hundewelpen jaulten. Rose' vergebliche Ermahnungen, sich wie Erwachsene zu benehmen und ihre Klamotten nicht nass zu machen, überhörten sie schlichtweg. Harry gesellte sich zu mir ans Ufer und hielt Ausschau nach Will.

»Also dann, Liebes«, sagte er. »Danke für die schöne Zeit. Ruf mich an, wenn du irgendetwas brauchst – die Warmwasseranlage ist ein ziemliches Mistding, aber ich glaube, ich habe sie einigermaßen hingekriegt. Rose kommt ja in ein paar Wochen schon wieder her. Wenn du willst, kann ich sie begleiten und noch mal nachsehen, ob alles funktioniert.«

»Ich war ohnehin davon ausgegangen, dass du sie begleiten würdest, Harry.«

»Nein«, antwortete er, während er zusah, wie Rose sich von den Jungs anstecken ließ und den Rock raffte, um ihnen zu folgen. Laurens Saum trudelte hinter ihr durchs Wasser. »Sie meinte, sie würde gerne alleine herfahren.«

»Wie geht es dir damit?«

Er sah mich an und kratzte die Stoppeln an seinem Kinn. »So wie damals an deinem ersten Schultag.«

»Und wie hast du dich da gefühlt?«

»Am liebsten wäre ich umgedreht und hätte dich mit zur Arbeit genommen, wo ich dich immer im Auge gehabt hätte.«

Ich hakte mich bei ihm unter. »Ich passe schon auf sie auf.«

»Ich weiß, Liebes. Ich dachte, ich nehme mir vielleicht selbst ein paar Tage frei und gehe solange zelten.«

»Zelten?«

»Früher habe ich das oft gemacht, an den Wochenenden oder in den Ferien. Als ich noch ein junger Hüpfer war.«

Ich warf ihm einen Blick zu: Harry, der früher oft gezeltet hatte. Der vermutlich noch viele andere Dinge gemacht hatte, bevor er Rose über den Weg gelaufen war, mit ihr eine Familie gegründet hatte und nebenbei anderer Leute Verstopfung auf den Grund gegangen war. Harry, der sich so lange um seine Frau gekümmert hatte, dass er nun, da sie ihn nicht mehr brauchte, nichts so recht mit sich anzufangen wusste.

»Hast du denn ein Zelt?«

»Irgendwo im Schuppen, glaube ich – ist aber nur für einen alleine.«

Dann ging Harry los, um sich zu den anderen weiter unten am Strand zu gesellen, und mir ging durch den Kopf, dass es unwahrscheinlich lange her war, dass er genau das gewesen war.

Nur einer alleine.

Rose rief mich am selben Abend noch an, um mir mitzuteilen, dass sie alle heil zu Hause angekommen waren.

»Wir hatten eine wirklich tolle Zeit, Lulu; ich hoffe, wir waren dir nicht zu viel.«

»Nein«, versicherte ich ihr. »Ihr wart mir eine große Hilfe. Ich wünschte, ihr hättet noch länger bleiben können.«

»Na ja, ich komme ja bald wieder, um mit dir die Küche einzurichten und Boris ein paar Stoffe vorbeizubringen.«

Ich kicherte, als ich mir vorstellte, wie Boris in seinem Hinterzimmer saß, sich über die Nähmaschine beugte und heimlich Kleider für Rose nähte, während er gleichzeitig hoffte, dass Deano und Mick aus dem Kegelklub ihn nicht erwischen würden.

»Wirst du ihnen Namen geben?«

»Den Kleidern? Ich glaube schon; ich will nicht, dass sie sich ausgeschlossen fühlen.«

»Weißt du schon, welche?«

»Ich dachte, vielleicht Romy und Charlotte. Und eins sollte ich wohl auch Julia nennen …«

»Ich dachte an Lily.«

»Lily?«

Ich wollte gerne, dass meine Mutter eine Lily hatte – Lily wie die Lilie, weil ich es mochte, wie diese Blumen ihr Innerstes für sich behielten. Sie wickelten ihre Blütenblätter fest um ihren Stiel und gaben ihre glockenförmige Schönheit erst preis, wenn sie voll und ganz dazu bereit waren.

»Ich finde, das würde zu dir passen«, sagte ich.

»Also gut, Schätzchen«, antwortete sie. »Ich verspreche, dass ich eine von ihnen Lily nennen werde.«

Lächelnd legte ich den Hörer auf.

Die folgenden Tage verbrachte ich fast ausschließlich damit, mit der Stadtverwaltung zu telefonieren. Ich klärte ab, ob ich auch wirklich alle notwendigen Kriterien erfüllte, um Barneys Bed & Breakfast zu eröffnen, und regelte Einzelheiten wie Notausgänge und Evakuierungsmaßnahmen, die Maximalbelegung und sämtliche Grundvoraussetzungen, um »Essen im öffentlichen Raum« servieren zu dürfen. Rose' Plätzchen behielt ich dabei wohlweislich für mich – ich hatte keine Lust, wegen ein paar Pfauenaugen weitere zweihundert Formulare auszufüllen.

Nichts da, beschloss ich und ließ mich neben Barney aufs Sofa plumpsen. Dann waren Rose' Plätzchen eben Schmuggelware, die illegal vom Festland eingeführt und im Schutz der Dunkelheit an nervös umherblickende Gäste ausgeteilt werden musste.

30

Ich war erschöpft, so müde, dass ich nicht einmal mehr den Versuch unternahm, Barney wegzuschieben, der es sich mit seinem ganzen Gewicht auf meinen Füßen gemütlich gemacht hatte. Ich lag einfach nur da, blätterte in einem von Duncans Büchern und sah zu, wie der Text vor meinen Augen auf- und niedertanzte, als plötzlich das Telefon klingelte.

»Geh du ran, Barney, na los, du faules Stück«, sagte ich und wackelte unter ihm mit den Zehen.

Er grunzte.

»Hast recht, wir lassen es einfach klingeln.«

Ich hörte meine eigene piepsige, übertrieben herzliche Stimme auf dem Anrufbeantworter.

»Hallo, Sie sind verbunden mit Barneys Bed & Breakfast«, quiekte ich. »Bitte hinterlassen Sie Ihren Namen und Ihre Nummer, und wir rufen Sie schnellstmöglich zurück.«

Andrew hatte vorgeschlagen, dass ich sagen sollte: »Und unser Empfangsbüro ruft Sie schnellstmöglich zurück«, aber das hatte ich rundheraus verweigert. »Wir sind doch nicht das verdammte Hilton«, war meine Argumentation gewesen.

Die Stimme meines Vaters meldete sich zu Wort. »Hier spricht Harry de Longland mit einer Nachricht für Lulu de Longland ...«

Ich schob Barney beiseite, sprang auf und nahm den

Hörer ab. »Harry, wie kommt es, dass du mitten während *Parky* anrufst?«

Harry, Rose und Michael Parkinson hatten jeden Samstagabend ein Dreierdate – Rose liebte *Parky*. Sie sagte immer, sein Gesicht sei so zerklüftet, dass man sich davon abseilen könne.

»Harry?«

Er antwortete nicht.

Barney sprang vom Sofa und drängte sich an mich.

»Harry?«

Er machte ein Geräusch in den Hörer.

»Auf einer Skala von eins bis zehn?«

Meine Mutter rauschte an mir vorbei.

»Harry, auf einer Skala von eins bis zehn?«

Sie hob die mehligen Hände an ihr Gesicht.

»Harry«, wiederholte ich, »auf einer Skala von eins bis zehn?«

Ihr Kuss war wie ein Schmetterlingsflügel an meinem Ohr.

»Zehn, Liebes.«

Sie glitt durch die Küchentür. Und verschwand.

Rose.

In dem Moment sah ich sie draußen vor meinem Fenster, barfuß.

Ich sah, wie der Wind Grace' Rock bauschte, als sie auf die Dünen zuging, und rannte ihr nach. Barney folgte mir wie ein Schatten.

Sie ging schnurstracks aufs Wasser zu, und sie wusste, dass ich hinter ihr war, denn sie wandte jedes Mal den Kopf, wenn ich ihren Namen rief.

Ich rannte und rannte, bis ich endlich zu ihr aufschloss. Das Wasser war kein bisschen kalt. Es war warm, und die Muscheln begannen zu tanzen.

Sie taumelten zurück ins Meer, und sie folgte ihnen. Grace' Rock wurde ganz nass.

Ich schrie die Pipis an, dass sie doch die Schritte gar nicht kannte, dass sie doch gerade erst angefangen hatte zu tanzen.

Dann drehte Rose sich um, beugte sich vor und drückte ihre Lippen auf meine.

»So etwas wie Ferne gibt es nicht«, flüsterte sie.

Grace und Alexis und Betty und Phoebe und Greta und Madeleine und Lauren und Kitty und Audrey und Constance legten einander die Arme um die Hüften, lächelten mir zu und verneigten sich lange und tief.

Rose.

Mama.

31

Etwas Weiches, Warmes schmiegte sich um meinen Nacken, und ich spürte eine Hand in meinem Kreuz, die sich schnell auf und ab bewegte, so als versuche jemand, ein Feuer zu entfachen.

»Na komm, Lulu« – es war Julia, in ihrem Morgenmantel –, »wir müssen jetzt wirklich reingehen.«

Ich nickte und fragte mich, was sie hier draußen machte. *Sie sollte zu Hause sein,* dachte ich, *bei Boris, und ihm mit den Kleidern für Rose helfen.*

»Das ist der Schock«, sagte jemand mit leiser Stimme. Ich wollte ihnen sagen, dass sie weggehen sollten, aber meine eigene Stimme war irgendwo tief im Sand versunken und hatte sich dort an einem kühlen, dunklen Ort eingerollt, wo sie in meiner Vorstellung die nächsten sechs Monate die Luft anhalten würde.

»Wir müssen sie nach drinnen bringen.«

»Hör auf so zu reden, als könne sie dich nicht hören.«

»Wer hat sie gefunden?«

»Lyle Wilkins – er hat von seinem Haus aus Barney bellen gehört.«

Will setzte sich neben mich.

»Lulu«, sagte er. »Ich nehme dich jetzt hoch, in Ordnung? Ich lege einfach nur die Arme um dich und hebe dich hoch, genau so.«

Ich spürte, wie er sich zu mir herüberbeugte, meine Arme anhob und sie um seinen Hals legte.

»Du musst nichts machen«, sagte er. »Du musst dich nur festhalten.«

Ich nickte, immer noch stumm.

»Süße«, sagte Simone, die neben Stella am Anlegesteg stand.

»Lulu«, seufzte Stella, und ich sah, dass sie weinte.

»Hör auf damit, Stella«, hörte ich Simone zischen, als sie meine Taschen in den Kofferraum luden.

»Ich kann nicht«, erwiderte Stella. »Ich kann einfach nicht.«

»Das macht nichts«, versicherte ich ihnen, während ich aus dem Fenster ins Nichts starrte. So verharrte ich den ganzen Weg bis zu Harry.

Nach links in die Swan Terrace, nach rechts in die Plantation Street, vorbei an der Bushaltestelle und einigen rothaarigen Mädchen, die an ihren Eis-am-Stiel lutschten und mein Gesicht im Fenster musterten. Eine von ihnen streckte mir die Zunge raus wie eine lila Eidechse in der Sonne. Halbherzig streckte ich ihr ebenfalls die Zunge raus. Vorbei an Mrs. Delaneys Rollos, die gegen die Sonne anzublinzeln schienen. Simone und Stella saßen vorne, Barney und ich hinten. Sein Kopf lag in meinem Schoß, und meine Hände umschlossen sein Halsband.

Ich wartete und hielt Ausschau nach dem Schild.

Klempnerbetrieb de Longland – Wir gehen Ihrer Verstopfung auf den Grund.

»Wir bringen dich noch ins Haus«, bot Simone an, als sie in die Einfahrt bog.

»Nein, danke.«

»Lulu«, sagte sie. »Ich denke, du solltest uns dich begleiten lassen.«

»Schon okay«, versicherte ich und stieg aus dem Wagen. »Ich kenne den Weg.«

Ich wartete, bis ich sicher sein konnte, dass sie weg waren, bevor ich den Pfad zum Haus nahm. »Harry«, rief ich und ging direkt nach hinten in den Garten, denn ich wusste, dass ich ihn dort finden würde.

»Hallo, Liebes«, sagte Harry von der Gartenschaukel und sah mich mit alten, verwunderten Augen an. »Bist du gut hergekommen?«

Ich schmiegte mich an ihn, so eng es nur ging, und gemeinsam schaukelten wir vor und zurück.

Es war ein Unfall.

Ein simpler Unfall. Es gab niemanden, dem man die Schuld geben konnte, niemanden, der Blut an den Händen hatte. Am allerwenigsten Rose, die in Greta hinter dem Steuer ihres Kombis gesessen hatte und auf dem Weg gewesen war, Abendessen zu holen. Der andere Fahrer hatte sich verfahren und war kurz abgelenkt gewesen. Rose hatte versucht, ihm auszuweichen, doch zu spät: Sie war gegen einen Pfosten geknallt, und gleich darauf war alles vorbei.

»Sie hat sicher nichts gespürt«, erklärte die Polizistin Harry, Mattie, Sam und mir. Sie saß uns gegenüber auf der Couch und aß Rose' Plätzchen. »Bei solchen Unfällen, wenn alles so schnell geht, finde ich es immer ausgesprochen tröstlich zu wissen, dass die betreffende Person nichts mehr davon spürt – dafür geht es viel zu schnell, verstehen Sie?«, fuhr sie fort.

Harry und ich sahen erst einander an und dann die Frau, die ganz eindeutig nichts verstand, weil sie Rose nämlich nicht kannte und daher nicht wusste, dass Rose immer alles spürte.

Später am Abend ging ich zu Mattie und Sam, um ihnen Gute Nacht zu sagen. Barney tappte wie ein Schatten hinter mir her.

Sie lagen ausgestreckt auf ihren Kinderbetten, die ihnen natürlich längst viel zu klein waren.

»Ich gehe jetzt schlafen«, sagte ich. »Braucht ihr noch irgendwas?«

»Kann Barney bei uns bleiben?«, fragte Mattie.

»Aber klar – hoch, Barney«, kommandierte ich und klopfte auf Matties Bett.

Ich setzte mich an Sams Fußende, und er legte mir die Füße auf den Schoß.

In diesem Zimmer mit seiner verbleichenden Raketentapete und den Leuchtsternen, die noch immer an der Decke klebten, taumelten wir zurück in die Vergangenheit.

So viele Nächte hatte ich auf diesen Betten gesessen, zusammen mit den beiden und Zac McCain und seinem gewaltigen Gehirn. Ich hatte ihnen Geschichten erzählt, bis Mattie seinen Quilt unters Kinn zog und Sam sich mit angewinkelten Knien einrollte. Dann hatte ich leise das Licht ausgeschaltet und sie mit ihren Träumen allein gelassen.

Obwohl die beiden mittlerweile mehr Männer als Jungs waren, fing ich wieder an, ihnen Geschichten zu erzählen, Erwachsenenversionen von Zac McCains Abenteuern. Ich erzählte ihnen von meinen Plänen für die WIWSV, dass ich es schön fände, wenn sie Will in den Semesterferien helfen würden. Sie konnten die Wassersportgeräte reparieren und streichen und wenn genügend Gäste kamen, vielleicht sogar einige der Flussfahrten übernehmen.

Ich redete bis spät in die Nacht hinein, bis Mattie

seinen Quilt unters Kinn zog, der für seine langen Beine zu kurz geworden war, sodass seine Füße unten heraushingen. Ich redete, bis Sam die Knie anwinkelte und sich einrollte und ich hörte, wie ihrer beider Atem in der Dunkelheit immer schwerer wurde, bis Matties Grunzer Sams tiefe Schnaufer übertönten.

Ich stand auf, um die Lampen auszuschalten, und Barney hob den Kopf.

»Bleib«, befahl ich ihm, und er ließ den Kopf wieder sinken. Auf seinem Rücken lag eines von Matties Beinen.

Dann ging ich runter, um nach Harry zu sehen.

»Die Jungs schlafen jetzt.«

»Danke, Lulu.«

»Schon gut.«

»Es tut mir leid, Liebes, irgendwie bin ich ihnen gerade keine große Hilfe.«

Harry saß da in seinem Morgenmantel, die Lesebrille in der Tasche.

»So verlierst du sie noch, weißt du«, sagte ich unwillkürlich, mit der Stimme meiner Mutter.

Rose hatte immer versucht, die Löcher in den Taschen des Morgenmantels zu flicken, doch Harry hatte es ihr nie erlaubt. Er hatte bloß die Finger hindurchgesteckt und gesagt: »Lass es, ich mag sie so, wie sie sind.«

Harry steckte die Finger durch die Löcher und winkte mir damit zu.

»Hallo, mein Röschen«, sagte er, und ich wusste, dass mein Vater vollkommen neben sich stand.

Ich winkte trotzdem zurück.

»Haben Sie schon irgendwelche Vorkehrungen getroffen?«, erkundigte sich Pater Duffy am nächsten Tag.

Harry guckte aus dem Fenster, daher antwortete ich für uns beide.

»Nein, wir waren bloß zu Hause, mit Mattie und Sam.«

Pater Duffy nickte und sah Harry an. »Es ist nicht leicht«, sagte er. »Es ist niemals leicht, deswegen bin ich gekommen, um Ihnen meine Hilfe anzubieten, falls Sie sie benötigen.«

Rose hatte Joe Duffy immer gemocht, erinnerte ich mich. Sie sagte, er lache gerne, und es kümmere ihn auch nicht, wenn man hin und wieder nicht mitlachte.

»Die brauchen wir wirklich«, gestand ich. »Wir haben nicht die geringste Ahnung, was wir tun sollen.«

»Ich schon«, erwiderte Pater Duffy. »Rose hat es mir gesagt.«

Rose' Asche wurde in der Nähe des Sees verstreut, in den sie einst nackt und wunderbar hineingesprungen war und anschließend Harry aufgefordert hatte, es ihr nachzutun.

»Aber das ist so weit weg«, hatte Harry zunächst geklagt. »Es kommt mir nicht richtig vor, dass sie nicht in unserer Nähe ist.«

Doch Rose hatte genaue Anweisungen hinterlassen, wo sie bestattet werden wollte, wen sie tragen wollte – Alexis, die Aufsehen erregte, wo immer sie auch hinging – und was sie hören wollte: »Keine Balladen«, hatte sie entschlossen aufgeschrieben und dahinter in Großbuchstaben: »AUF KEINEN FALL IRGENDWELCHE ORGELMUSIK!«

Also nahmen wir Abschied von Rose, in der Kirche des kleinen Städtchens, in dem sie unter den wachsamen

Augen der beiden Schwestern Audrey und Constance aufgewachsen war.

»Was glaubst du, warum wollte deine Mum, dass der Gottesdienst hier stattfindet?«, fragte Simone hinterher. »Und nicht in St. Rita?«

Ich war mir nicht ganz sicher, aber ich erzählte ihr, was ich dachte: dass Rose die Erde an dem Ort verlassen wollte, an dem sie sich auf ihr zum ersten Mal sicher gefühlt hatte.

Der Leichenschmaus fand im Saal neben der Kirche statt. Es gab Tee, und jeder steuerte »eine Kleinigkeit« bei, größtenteils Kekse und Häppchen nach Rose' Rezepten, wie mir auffiel. Doch nichts davon schmeckte so wie bei ihr.

Als sich auch der letzte Gast verabschiedet hatte – Mrs. Delaney, in einem leuchtend gelben Kleid: »Ich habe deine Mutter geliebt, Lulu, sie war so mutig« –, gingen Harry und ich langsam zurück zu seinem Lieferwagen. Harry schlurfte und kam kaum von der Stelle. Er hasste es, Rose zurücklassen zu müssen. Schließlich stiegen wir ein, und Harry ließ den Motor an, wobei sein Blick zum Rückspiegel huschte.

Ich lehnte mich aus meinem Sitz zu ihm herüber.

»So etwas wie Ferne gibt es nicht«, sagte ich.

Ich weinte nicht um Rose.

Es gab so viel zu tun, so viele Anrufe zu beantworten und Briefe zu schreiben, so viele Leute, denen es zu danken galt, so viele Abendessen, die gekocht werden mussten, und so viele Worte, die gefunden werden mussten, um Leuten, denen die Frage schon auf der Zunge lag, zu versichern, dass es wirklich nur ein Unfall gewesen war.

Ich wartete, bis alle gegangen waren, bis keine Lasagne mehr auf unserer Türschwelle auftauchte, keine Briefe mehr zu schreiben und keine Anrufe mehr zu tätigen waren. Dann ging ich in die Küche meiner Mutter.

»Also dann, Rose«, sagte ich. »Backen wir uns in die Herzen unserer Liebsten.«

Ich fand eines von Rose' frühen Rezeptbüchern im Regal und schlug es auf der Arbeitsfläche vor mir auf. *Einfacher Butterkuchen* stand dort in Rose' großer, kindlicher Handschrift – perfekt, ich hatte nicht vor, mich an irgendetwas Kompliziertem zu versuchen.

Ofen auf 180 Grad vorheizen.
250 g Butter, 1 Tasse Zucker, 2 TL Vanilleextrakt in einer Schüssel schaumig aufschlagen.
Nacheinander drei Eier, zweieinhalb Tassen selbst aufgehendes Mehl und 150 ml Milch zugeben und vorsichtig unterrühren.

Mit Rose' Stimme im Ohr fing ich an, die Zutaten zusammenzumischen, und spürte dabei ihre Hand auf meiner, mit der ich den Holzlöffel hielt.

»Pass auf, dass du dich nicht zu Tode rührst«, mahnte sie.

Im letzten Augenblick kam mir die Idee, noch ein paar Rosinen hinzuzufügen. »Nicht so knauserig«, hörte ich sie sagen, also warf ich noch eine Handvoll hinein, bevor ich die Mischung in eine der angeschlagenen alten Backformen füllte, die wegzuwerfen sie sich immer geweigert hatte. Ich lachte leise, als ich daran dachte, wie Harry versucht hatte, sie für einen neuen Satz Backformen zu gewinnen. »Es gibt jetzt welche mit Teflon, mein Röschen«, hatte er argumentiert. »Daran bleibt nichts kleben.« Rose hatte vom Küchentisch aufgesehen, auf dem sie gerade Pastetenteig ausrollte. »Wofür soll das gut sein?«, hatte sie lächelnd gefragt.

Ich schob den Kuchen in den Ofen, dann setzte ich mich an den Tisch meiner Mutter und wartete darauf, dass er aufging. Als er fertig war, als ich das Holzstäbchen hineingesteckt hatte und es ohne Teigspuren wieder herausgekommen war, wie sie es mir beigebracht hatte, und sich die Küche mit dem süßen Aroma von Rose' letztem Kuchen füllte, nahm ich ihn heraus und stürzte ihn auf ein Kuchengitter, wobei ich sorgfältig darauf achtete, ihn nicht zu zerbrechen.

Ich setzte mich wieder hin und betrachtete ihn eine Weile.

Dann weinte ich um meine Mutter.

»Lulu.«

Ich sah auf und erblickte zu meiner vollkommenen Überraschung Annie Andrews, die in der Küchentür stand.

»Lulu«, wiederholte sie. Annies Stimme war so leise, Annie selbst so still, dass ich gar nicht gehört hatte, wie sie angeklopft hatte. Nicht einmal ihre klimpernden Ketten und Armbänder hatten sie diesmal angekündigt.

»Ich habe dir etwas mitgebracht«, sagte sie und kam auf mich zu, um mir ein Buch zu geben.

Ich starrte es an. Ich hatte es sofort erkannt und wusste, dass ich das letzte Mal, als ich es berührt hatte, dabei gewesen war, es hoch oben in einem Baumhaus zu verstecken, wo die Hände ihrer Tochter es hätten finden sollen.

Wie Annie mir erzählte, hatte Annabelle es all die Jahre bei sich gehabt. Sie hatte es mitgenommen, wohin auch immer sie und Josh gereist waren. Wenn es an Orte ging, wo die Feuchtigkeit es hätte beschädigen können, schlug sie es vorher in Plastikfolie ein, und wenn sie mit dem Flugzeug unterwegs waren, steckte sie es grundsätzlich ins Handgepäck. In Thailand, berichtete Annie, hatte sie sich einmal ein lautstarkes Wortgefecht mit einem Flughafenbediensteten geliefert, weil dieser behauptet hatte, die erfundenen Wörter seien eindeutig eine Art Geheimcode, und es daraufhin konfiszieren wollte.

Jetzt hatte sie es mir zurückgeschickt.

»Es ist heute eingetroffen, Lulu«, sagte Annie. »Ich bin gekommen, um es dir vorbeizubringen. Annabelle meinte, es sei ausgesprochen wichtig, dass du es bekommst.«

Sie beugte sich herab, gab mir einen Kuss und hüllte mich ganz in Sandelholzduft ein, bevor sie mir das Buch auf den Schoß legte. Ein gestreiftes Lesezeichen markierte die Seite, die ich aufschlagen sollte.

»Ich finde selbst hinaus«, sagte Annie. »Ich übernachte im alten Haus – bei Frank –, falls du mich brauchst.«

Ich hörte, wie das Gartentor mit einem Klicken ins Schloss fiel und kurz darauf Annies Wagen auf der Straße ansprang, der sie in ihre Vergangenheit zurückbrachte, während ich auf meine eigene hinabstarrte.

Als ich das Buch auf der Seite aufschlug, die Annabelle markiert hatte, erblickte ich meine eigene Handschrift, große, blumige Buchstaben.

Notastrophe, hatte ich geschrieben: *Notfall / Katastrophe – eine Situation, die so fürchterträglich ist, dass die Gegenseite unverzüglich herbeieilen muss.*

Daneben hatte Annabelle in ihrer eigenen, geschwungenen Handschrift notiert: *Bin schon unterwegs.*

Annabelle.

Schon unterwegs.

32

Ich sah ihre Silhouetten durch das Buntglas der Eingangstür.

Josh und Annabelle.

Ich hatte nicht mit beiden gerechnet, schließlich hatte Annabelle *Bin schon unterwegs* geschrieben und nicht *Sind schon unterwegs*. Doch als ich die Treppe hinunterlief, um ihnen aufzumachen, wusste ich, dass es das Richtige war: Wir drei sollten das zusammen machen.

Uns verabschieden.

Von Rose natürlich, aber auch von den Initialen unter ihrem Esstisch, die nun schon viel zu lange miteinander verschlungen waren.

»Tallulah«, sagte Annabelle, als ich die Tür öffnete. »Das mit Rose tut uns so leid.« Halb ging ich auf sie zu, halb ließ ich mich in ihre Arme fallen.

Dann schlang Josh seine Arme um uns beide, und so seltsam das zweifelsohne auch war, fühlte es sich doch kein bisschen seltsam an.

»Ist es noch zu früh, um zu sagen: ›Wie in guten alten Zeiten‹?«, fragte er.

»Josh«, schimpfte Annabelle und löste sich aus seiner Umarmung. »Ich kann nicht glauben, dass du ausgerechnet jetzt so was sagst – tut mir wirklich leid, Tallulah, er ist ein Idiot.«

Aber ich lachte. Wahrscheinlich war ich gerade mehr

als nur ein bisschen hysterisch, aber es war auch alles ein bisschen viel auf einmal: unser Wiedersehen; dass Josh genau das ausgesprochen hatte, was zwischen uns in der Luft hing; Rose' Tod; Duncans Tod; dass ich auf eine Insel gezogen war, nur um meinem eigenen Spiegelbild zu entkommen, und all die anderen Dinge, die geschehen waren, seit wir das letzte Mal unsere Handtücher unter ein und demselben Sommerhimmel ausgebreitet hatten.

»Tut mir leid«, sagte ich und biss mir auf die Lippe. »Ich weiß nicht, warum ich lache, eigentlich ist das gar nicht lustig.«

Annabelle sah mich mit ihren katzengrünen Augen an.

»Na ja, ein bisschen vielleicht schon«, antwortete sie lächelnd. »Du weißt schon, auf absotal unangemessene Weise.«

Ich erwiderte ihr Lächeln und dachte, dass es auf der ganzen Welt noch immer niemanden gab, der mich so verstand wie Annabelle Andrews.

Wir gingen ins Haus und setzten uns mit einer Kanne Tee an Rose' Esstisch – Josh und Annabelle hielten währenddessen die ganze Zeit Händchen, wie ich erfreut feststellte.

Wir sprachen lange über Rose, ihre Kuchen, ihre Kleider, ihre Sonntagsbraten – »Legendär«, seufzte Josh – und wie sehr wir alle sie trotz ihrer unkonventionellen Art geliebt hatten. Oder vielleicht auch gerade deswegen.

»Sie war toll«, sagte Annabelle.

»Die Beste«, ergänzte Josh, und in der Stille, die darauf folgte, überlegte ich, was meine Mutter jetzt, in diesem Moment, wohl von mir würde hören wollen.

Runter mit dem Pflaster, Lulu.

»Es tut mir leid, Annabelle«, fing ich an, und obwohl ich diese Worte so viele Male geübt hatte, kamen sie mir so natürlich über die Lippen, als spräche ich sie zum allerersten Mal aus. Vielleicht lag das daran, dass ich sie endlich zu dem Menschen sagte, für den sie bestimmt waren. »Es tut mir wirklich leid, was ich dir auf deiner Hochzeit angetan habe. Ich hasse mich jeden Tag dafür und würde alles tun, um es ungeschehen zu machen.«

»Ich auch«, erwiderte Annabelle ruhig. »Aber du bist nicht die Einzige, die sich entschuldigen muss. Ich habe genau dasselbe getan. Ich könnte jetzt natürlich behaupten, dass wir noch Kinder waren und es deswegen nicht so schlimm war, aber das stimmt nicht.« Sie sah mir tief in die Augen. »Ich weiß, dass es genauso schlimm war, Tallulah.«

Ich fing an zu weinen, weil ihre Worte mich endlich von dem Mädchen am Fluss erlösten.

Josh stand auf, legte die Hände auf die Rückenlehne seines Stuhls und ließ ihn kippeln.

»Tja, derjenige, der sich hier offensichtlich von allen am meisten entschuldigen sollte, bin ja wohl ich«, setzte er an. »Ich bin ein …« Das Kippeln hörte auf, während er nach dem passenden Wort suchte.

»Schwachkopf?«, schlug Annabelle vor, als Josh weiter vor sich hinbrütete.

»Ich bin ein, na ja, man könnte es vielleicht Vagabund nennen«, sagte er schließlich. Ungläubig starrte ich ihn an. »Es gibt Menschen«, fuhr er fort, »die, während sie durchs Leben gehen, ständig auf der Suche nach einem Platz sind, wo sie ihr Fahrrad abstellen können. Und wenn sie ihn dann finden, sind sie regelrecht, na ja, erstaunt, wenn man so will, dass jemand ihnen erlaubt, es dort abzustellen. Versteht ihr?«

»Josh«, unterbrach Annabelle ihn. »Ich habe nicht die geringste Ahnung, wovon du da sprichst.«

Ich schon. Ich konnte sehen, wie der Geist von Duncan McAllister durch Rose' Küche spukte.

»Schon okay, Josh«, sagte ich. »Noch Tee, die Herrschaften?«

Später, als sie ins Haus am Fluss zurückgekehrt waren, lag ich in meinem Bett und dachte über uns drei nach. »Das Betrüger-Dreieck« hatte Annabelle uns genannt, als wir den Tee durch Wein und die Tränen – größtenteils die von Josh, der weiterhin über sein Fahrrad schwadronierte – durch Gelächter ersetzt hatten.

Die meisten Leute, dachte ich, fänden uns wahrscheinlich seltsam und irritierend.

»Wie kann sie nur?«, würden sie über Annabelle sagen, die weiter mit Josh verheiratet blieb, über mich, die Hochzeitsvöglerin von Juniper Bay, und über uns drei, die wir uns irgendwie durch die Nacht mogelten und an deren Ende, als der Himmel schon wieder hell wurde, einmal mehr als Freunde hervortraten.

Aber manche Leute, die, die selbst eine große erste Liebe erlebt hatten, die würden es verstehen – und ich hatte gleich zwei. Sie waren beide meine ersten Lieben gewesen, doch in dieser Nacht ließ ich sie los. Mir war endlich klar geworden, dass die erste Liebe, so groß sie vielleicht auch gewesen sein mochte, nicht unbedingt auch die wahre Liebe war.

»Lulu«, rief Will vor dem Haus. »Ich bin da.«

Ich rannte die Treppe hinunter zur Tür.

»Tut mir leid«, entschuldigte ich mich beim Aufmachen. »Die Klingel ist kaputt.«

Ich hatte ihn am Tag nach Annabelles und Joshs Besuch angerufen und gebeten, nach Juniper zu kommen, um über meine Pläne für das Bed & Breakfast zu reden. In Wahrheit wollte ich mit ihm über seine Pläne reden, die hoffentlich auch mich beinhalten würden.

Wir standen da und grinsten einander an, während Barney zwischen uns vor Begeisterung fast durchdrehte.

»Wie du siehst, hat er dich vermisst«, sagte ich zu Will Barton, dem umwerfenden, liebenswerten Will Barton, der endlich hier war und mich mit seinem Faulenzerlächeln anlächelte. »Und ich auch«, ergänzte ich und fügte dann, nur um sicherzugehen, dass ich mich auch wirklich verständlich gemacht hatte, hinzu: »Und zwar sehr.«

»Ist das wahr?«, fragte er, als wir ins Haus gingen.

»Möchtest du einen Drink? Harry hat Bier für dich in den Kühlschrank gestellt«, erwiderte ich. »Nach der Fahrt bist du doch bestimmt durstig, ist ganz schön heiß, oder?«, plapperte ich vor mich hin. Will, der auf einmal so groß, so »inselmännisch« aussah, hier im Haus meiner Kindheit zu sehen, brachte mich ziemlich aus dem Konzept.

»Ja, es ist wirklich heiß«, stimmte Will immer noch lächelnd zu. »Und ja, ein Bier wäre toll, Lulu.«

Wir gingen hinaus in den Garten und setzten uns auf die Schaukel, wo Will mich über die WIWSV und die Pläne für die nun verschobene Eröffnung auf den neuesten Stand brachte.

»Wir sind startklar, Lulu«, sagte er. »Julia hat alle Gäste angerufen, die bereits reserviert hatten, und ihnen gesagt, dass wir uns bei ihnen melden, sobald du zurückkommst.«

Ich nickte und dachte, dass ich gleich hier und jetzt explodieren würde, wenn er nicht sofort aufhörte zu reden und mich endlich küsste.

»Kommst du denn zurück, Lulu?«, fragte er, den Blick stur geradeaus gerichtet.

Mir wurde klar, dass er nervös war, unsicher, was ich tun würde, was ich für die WIWSV geplant hatte, wie ich mich verhalten würde.

Wer konnte ihm das auch verübeln? Die Hälfte meiner Zeit auf Willow hatte ich damit verbracht, ihm aus dem Weg zu gehen.

»Ich komme auf jeden Fall zurück«, versicherte ich ihm. »Und ich will Barneys Bed & Breakfast durchziehen, und zwar mit dir zusammen.«

»Als dein Wassersportdirektor?«

»So was in der Art.« Ich stand auf, nahm ihn bei der Hand und führte ihn in mein Zimmer, wo wir Hals über Kopf hineinsprangen.

Später am Nachmittag lag ich da, den Kopf unter seinen Arm geschmiegt, und er drehte sich zu mir um und lächelte mich an.

»Na, Gott sei Dank«, sagte er. »Du kannst dir gar nicht vorstellen, wie satt ich dieses ganze Wassertreten hatte.«

»Du hast ja keine Ahnung«, erwiderte ich.

Epilog

Wie Quecksilber glitten sie durch die Schatten: Silberne Silhouetten, die sich unter den Ästen zu immer neuen Mustern zusammenfügten.

Im Halbdunkel konnte ich langsam ihre Gesichter ausmachen. Die ganze Gang, wie Duncan gesagt hätte. Alle waren gekommen.

Annie und Frank, Fergus, Christa, Josh und Annabelle, Simone, Stella, Billy, Mattie, Sam, sogar Ben, der Monica Golliana im Arm hielt.

»Ich hoffe, es ist okay, dass ich mitgekommen bin«, sagte sie zur Begrüßung, und ich mochte sie auf Anhieb. Auch wenn sie für diese Uhrzeit so früh am Morgen unnötig hübsch aussah.

Die Willower waren auch da: Julia und Boris und Will, der versuchte, Barney irgendwie in den Griff zu bekommen, den das berauschende Aufeinandertreffen alter und neuer Düfte schier um den Verstand brachte.

Annie hatte gesagt, wir sollten unbedingt vor den Bulldozern da sein – »um die Mistkerle zu überrumpeln« –, und daran hatten wir uns gehalten. Unsere Gesichter trugen den verstörten, bleichen Ausdruck der viel zu früh aus dem Schlaf Gerissenen.

»Ich mag vielleicht eine versoffene alte Hippiebraut sein«, hatte Annie bei einem der Treffen verkündet, die sie im Haus am Fluss anberaumt hatte. »Aber wenn es etwas gibt, womit sich versoffene alte Hippiebräute auskennen, dann damit, wie man einen Protest organisiert. Also seht zu und lernt, Leute, vor allem du, Lulu. Dass sich mir ja keiner in die Hosen macht, wenn die Polizei anrückt.«

Ich sah zu, wie sich Maxine Mathers und ihr Kamerateam einen Weg in unsere Richtung bahnten, und spürte, wie sich Simone neben mir das Fell sträubte.

»Denk dran«, ermahnte ich sie und grinste im Dämmerlicht. »Make Love, Not War.«

Ausgerechnet Annie war es gewesen, die Maxine eingeladen hatte, damit sie exklusiv darüber berichten konnte, wie sich die diversen Kriegsparteien innerhalb des Andrews-Familienclans vereinten, um ein Baumhaus zu retten.

»Wir wollen maximale Aufmerksamkeit«, war Annie in ihrem Vortrag fortgefahren. »Und das heißt: Maxine Mathers, ob es uns nun gefällt oder nicht.«

Annabelle hatte mir einen Blick zugeworfen und die Augen verdreht. Auf einmal war sie wieder zwölf Jahre alt und schnitt ihrer Mutter Grimassen, weil diese ihr für die Mittagspause ein rohes Ei mitgegeben hatte.

Annabelle und Josh blieben diesmal etwas länger. Sie wollten Franks Werk kuratieren, das aus unzähligen Gemälden, Radierungen und Aquarellen bestand, die über das gesamte Haus am Fluss verstreut waren: in Schubladen, hinten in den Schränken und sogar im Kofferraum seines Wagens.

Annie half ebenfalls dabei, was bedeutete, dass sie und Frank wieder einmal im Haus am Fluss vereint waren. Frank, das wusste ich aus eigener Erfahrung, war ein wahrer Meister in der Kunst des Vergebens. Während einer ihrer Streifzüge durch das Haus, auf der Suche nach weiteren Teilen von Franks Werk, war

Annie auf die amtliche Mitteilung über den endgültigen Abriss des Baumhauses gestoßen. Dem Vernehmen nach hatte sie darüber bloß den Kopf geschüttelt und gesagt: »Na, das wollen wir doch mal sehen.«

Wenig später waren wir alle Teil von Annies Kaleidoskop, das sich aus einer bunten Mischung aus Anrufen und Treffen zusammensetzte. Den Mittelpunkt bildete Annie, die diesmal keinen Tropfen anrührte, sondern ihre Anweisungen stattdessen mit einem Joint zwischen ihren pflaumenlila Lippen bellte.

Irgendwann während der Vorbereitungen rief Ben an und fragte: »Dürfen wir auch kommen? Ich würde wirklich gerne mitmachen, Lulu.« Und kurz darauf spazierte Fergus herein und erkundigte sich: »Also, wie gehen wir vor?«, als sei nie etwas geschehen.

Die Willower trafen einen Tag vor der Protestkundgebung ein. Julia trug Flipflops und Badeshorts an ihren gebräunten Beinen und einen Fischerhut auf dem Kopf, Boris kam in Oberhemd und gebügelter Hose – »Ich wusste nicht genau, was man zu so einem Protest anzieht«, erklärte er.

In der Nacht davor blieb ich im Haus am Fluss, wo Annie ein letztes Meeting einberief, in dem sie Anweisungen gab, wann wir uns unter dem Baum zu versammeln hatten, was wir anziehen sollten und wie wir uns zu verhalten hatten, wenn erst die Bulldozer und dann die Polizei anrückten: »Nicht grob werden«, riet sie. »Bleibt einfach nur standhaft.« Sie zeigte uns, wie wir uns unterhaken mussten, damit wir möglichst schwer zu trennen sein würden. Im Licht der Morgendämmerung hörte ich vom anderen Ende der Straße ein Brummen herannahen und wusste, es hatte begonnen.

»Also gut«, kommandierte Annie. »Unterhaken.« Ich spürte, wie mir die Aufregung einen kleinen Stromstoß durch die Adern jagte.

Maxine Mathers straffte die Schultern und zückte einen kleinen Taschenspiegel, um ein letztes Mal Lippenstift aufzutragen, dann gingen wir alle in Position. Nur dass nicht alle dabei waren.

Ich ließ den Blick über die Menge schweifen, die sich um den Baum versammelt hatte, und dachte an Duncan und daran, wie sehr er das hier geliebt hätte. Er hätte vermutlich irgendwo ein T-Shirt mit der Aufschrift *Brot statt Böller* ausgegraben und den ganzen Morgen so getan, als sei er in den Siebzigern Mitglied einer radikalen Studentenvereinigung gewesen. In Wahrheit hatte er in einem knöchellangen Seidenkaftan Fondue-Partys geschmissen.

»Wundervoll«, hörte ich seine Stimme aus den Ästen zu mir herabdröhnen. »Einfach scheißfantastisch, Lulu.«

Und Rose.

Rose hätte dabei sein sollen. Rose, die so froh gewesen wäre, Annabelle und mich vereint und versöhnt zu sehen; die zu Josh gesagt hatte: »Du brauchst ein bisschen mehr Fleisch auf den Rippen, komm am Sonntag zu uns, da gibt es Braten«; Rose, die an alle Plätzchen verteilt hätte, die sich in unseren Händen noch warm angefühlt hätten.

Aber Rose war nicht hier – und Harry auch nicht, wie ich mit einem plötzlichen Anflug von Panik feststellte.

Ich machte mich von Annabelles Arm los.

»Was ist?«, fragte sie.

»Harry«, antwortete ich.

Annabelle trat aus dem Kreis und ließ den Blick darüber schweifen. Dann drehte sie sich zu mir um und nahm meine Hände.

»Das wird schon, Tallulah«, sagte sie. »Er kommt noch. Und wir fangen auch nicht ohne ihn an.«

Wir sahen beide zum Ende der Straße, wo die Scheinwerferlichter der Bulldozer auf- und niedertanzten. Ich fing an, mir Sorgen zu machen. Mein Atem bildete kleine weiße Wölkchen der Angst in der Luft.

Wo war Harry?

Erst gestern hatte er gesagt, er würde sich das »nicht für allen Reis in China« entgehen lassen, und nun war er nicht hier. Mir ging durch den Kopf, dass ich es wirklich nicht würde ertragen können, wenn meinem Vater etwas zugestoßen wäre.

Ich hielt den Blick stur auf die Straße gerichtet und wünschte mir mit ganzer Kraft, dass Harry endlich auftauchen würde. Als einer der Bulldozer langsam auf uns zurumpelte, entdeckte ich plötzlich ein kleineres Paar Scheinwerfer, das an ihm vorbeirauschte. Als der dazugehörige Wagen näher kam, konnte ich den Schriftzug »Klempnerbetrieb de Longland« auf seiner Seite ausmachen und darunter: »Wir gehen Ihrer Verstopfung auf den Grund.«

Harry bog in die lange Einfahrt des Hauses am Fluss und stieg aus. Über seinem Overall trug er ein zum Zerreißen gespanntes butterblumengelbes Kleid.

Es hatte einen Bubikragen, eine Reihe Perlmuttknöpfe und sein gefältelter Rock umspielte Harrys Arbeitsstiefel, als er mit großen Schritten auf uns zukam.

»Entschuldigt die Verspätung«, rief er, dann stellte er sich neben mich und hakte sich bei mir unter. »Ich musste noch deine Mutter mitbringen«, sagte er lächelnd. »Das hätte sie um keinen Preis der Welt verpassen wollen.«

Ich erwiderte sein Lächeln. Da stand er, mein Vater. In Grace, in deren Taschen irgendwo tief unten ein rosafarbenes Stofftaschentuch mit einem aufgestickten R in der Ecke steckte.

Danksagung

Ein großer Dank geht an das Team von Pan Macmillan – an Brianne Collins, weil sie im besten Sinne eine Pedantin ist, und an die wunderbare Emma Rafferty, die so präzise und behände an einem Text herumschnippelt wie Edward mit den Scherenhänden im Sommerkleid.

Alles Liebe und vielen Dank an die ausgesprochen glamtastische und geduldige Cate Paterson, die dem Buch und mir acht Jahre lang unverbrüchlich die Treue gehalten hat.

Für die große Hilfe bereits im Anfangsstadium danke ich Julia Stiles, mit der ich so gerne zusammengearbeitet habe, dass ich eine Figur nach ihr benannt habe, und Bernadette Foley, von der die Idee stammt, einen Roman zu schreiben.

Sandra danke ich dafür, dass sie mir ein eigenes Zimmer zur Verfügung gestellt hat, als ich gerade dringend eines brauchte, und Peter Jenyns dafür, dass er mir vom Tanz der Muscheln und anderen fischigen Angelegenheiten erzählt hat.

Danke an Stephen Lamble, der mir meinen ersten Job als Journalistin verschafft und mir so ziemlich alles beigebracht hat, was ich weiß.

Den Leuten von Q Weekend, vergangenen und zukünftigen, vor allem aber Matt Condon und Susan Johnson, danke ich für ihre lebhaften Ermunterungen und den Ausflug in die Mechanismen der Bücherwelt. Danke auch an die Jungs von Verdict, Crash Craddock und Dennis Atkins: Ihr seid der beste Teil meiner Arbeitswoche.

Danke an die gesamte Kingscliff-Gang für ihre Hilfe beim Jonglieren und ihre wirklich miesen Tanzkünste.

Danke auch meinen wunderbaren Freundinnen Rebecca, Nushie, Alison, Jane, Slinky, Liss, Lou Lou, Kate, Maxine, Boo, Sally, Ness und Helen und natürlich der unvergessenen Rosalita, hübscher als eine Moskita.

Ich danke meiner und Johns Familie für ihre Liebe und Unterstützung.

Ich danke meinem Vater Paul Whiting, dass er die Seiten für mich aufgeschlagen hat. Du fehlst mir, Dad.

Ich danke meiner Mutter Shirley Whiting, dem Garten in meiner Tasche.

Und zu guter Letzt danke ich meinem Mann John, dem tollsten Mann, den ich kenne, für jeden einzelnen Schritt unseres gemeinsamen Weges, und meinen Kindern, dem abgefahrenen und großartigen Max und unserer zauberhaften Tallulah, mit deren Ankunft niemand mehr gerechnet hatte und die doch die ganze Zeit geduldig auf ihren Einsatz gewartet hat.

Anmerkung der Autorin

Ich habe den Namen Tallulah immer geliebt. Als man mir sagte, dass ich keine weiteren Kinder würde bekommen können, habe ich ihn daher einem anderen Mädchen gegeben, dem in diesem Buch.

Dann bekam ich zu unserer großen Überraschung und Freude doch noch ein Kind, eine Tochter, die wir natürlich Tallulah getauft haben.

Ich habe lange darüber nachgedacht, der Hauptfigur meines Buches einen anderen Namen zu geben, aber irgendwie schien keiner so richtig zu passen. Zu diesem Zeitpunkt waren mir beide bereits ans Herz gewachsen!

Daher gibt es in meinem Leben nun also einen Max und zwei Tallulahs – die fiktive und die echte. Wie viel Glück kann eine Frau nur haben?